漫长的告别

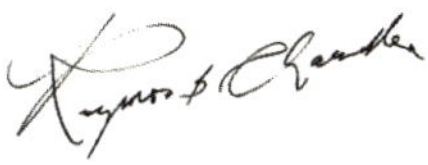

〔美〕雷蒙德·钱德勒 著

卢肖慧 译

南海出版公司

新经典文化有限公司
www.readinglife.com
出 品

目 录

作为准经典小说的《漫长的告别》

村上春树

身为名作家的钱德勒

最初读到钱德勒的《漫长的告别》是在高中时期。确切的时间记不清了（当时一下子读了太多书，记忆有些混淆），只记得好像是十六岁或十七岁前后。那以后的四十多年间，我一有机会就拿起这本书，重新读一读。最早读的是日语版的（清水俊二译），能够阅读英语书籍后，就开始阅读原文。再后来就随当时的心情翻翻日语版，或阅读原文。有时从头到尾通读，有时随意翻开一页选择部分阅读。就像一会儿从远处眺望一幅大油画，一会儿走到近处观察细节。因此，有关这部小说的每个细节，我都记得很清楚。

那么，为什么我会一遍又一遍反复阅读《漫长的告别》这部小说呢？或许反过来能说得更清楚些。为什么我反复阅读了这么多次，还是读不腻这部小说呢？

首先可以举出的一个理由是文章的优美。钱德勒独特的豁达文风，毫无疑问，在这部《漫长的告别》中达到了顶峰。最初阅读这部小说时，我着实对这种文风的不同一般感到惊讶，不由得惊叹，竟然还有这种东西。钱德勒的文字在某种意义上是极其个人化、具有独创性的，属于其他任何人都无法模仿的那一类。有许多人试图模仿钱德勒的文风，他还活着的时候就有，他死后也有，但都没能模仿到位。从这种意义上说，他的存在之于文学界或许就像查理·帕克[①]之于爵士乐界。借用这种语法是可以的。或者说，这种语法现在成为了一种重要的公共财产。但是，没有人能够将这种文风的核心创作出来。因为它始终是种纯粹的、属于独立的个人的财产。可以（大概地）将文章抄下来。但抄下来的几乎总是会失去原有的生命力。

钱德勒在创作《漫长的告别》时好像对自己的写作水平也相当自负。他在给文学代理的信件中坦率地写道：

> 不管怎样，在现在这个阶段，我能写出心里所想，只要我想写，就能完美地写出来……用被人模仿和剽窃的文风继续写下去。从某个时候开始，模仿我的人写的东西使得我自己反而更像个模仿者。于是，我不得不继续努力到达谁都不能追赶上来的境地。

那么，钱德勒的文风究竟优秀在何处？其独创性达到了何种高度？

纯文学女作家乔伊斯·卡罗·奥茨[②]的文笔之精妙举世公认。她曾这样评价钱德勒的作品：

---

①查理·帕克（1920–1955），美国爵士乐作曲家、萨克斯演奏家。

②乔伊斯·卡罗·奥茨（1938–），美国作家，普林斯顿大学教授。

> 钱德勒的行文，其生动流畅达到了无我之境。我们惊喜地意识到，在我们面前的不仅仅是个讲故事的人，而且是一个有独特文体风格的、有远见的作家。

乔伊斯·卡罗·奥茨的话准确地表述了钱德勒文风的魅力（一个侧面）。许多小说家有意或无意地描述自我意识，或者试图用各种各样的手法来描绘自我意识和外界的关系。这就是所谓的“近代文学”的基本构成。我们有种倾向，依据文学作品表述（具体地或抽象地）人类自我的活动状况的有效程度来判断其价值。但是，钱德勒不是这样。文笔虽然极其生动流畅，他却好像几乎从未想过去描绘人类的自我意识。这就是奥茨所说的“其生动流畅达到了无我之境”的意思吧。她的表述在那样的语境中是相当准确的。

那么，钱德勒以如此生动流畅的文笔描绘的究竟是怎样一个世界？用一句话来表达，就是通过叙述者菲利普·马洛的视线所截取的世界的景象。那是极其恰当的截取；即便叙述十分生动详尽，却几乎不涉及截取的过程。菲利普·马洛也许对其中多数景象表达了某种个人的意见，或者说表现出某种个人的反应，但是，他的那种意见或反应，在我们眼中，并不一定就和他的自我意识的真实情况直接关联。

不是说他的意见和反应完全没有反映出他的自我意识。完全不反映自我的意见和反应（应该）是不存在的。而且自我的意见自然有其一贯性。菲利普·马洛通过准确详尽地固持自己那种意见和反应的具体表象，通过格式化地、唯美地维持那种一贯性，使得我们对他是否将自我的真实情况巧妙地隐匿在了别的地方这一点的怀疑彻底模糊，但又难以消除。究其原因，所谓的一贯性始终不过是自我的一个功能。而且，通过准确详尽地固持自己的文风，这一点会与（看起来）试图将自己的肉体悄悄隐匿在别处的作者雷蒙德·钱德勒那令人难以理解的姿态完全吻合。我甚至想到了这些。

我们首先对这些东西产生了深刻的印象。那种克服了自我的坚定，那种彻底的一贯性，甚至令人感动。通过菲利普·马洛的视线，世界被一帧一帧地截取下来。各种各样的景象呈现，形形色色的人物登场，种种事物在此现身。马洛几乎是表情不变、神情淡然地通过了这一片现象之海。我们翻动书页，透过马洛的眼睛眺望世界的运动。而且很多情况下，我们是主动靠近他的观点。因为，那观点虽然显得有几分古怪、多余、夸张和矛盾，但却有着不可思议的强烈说服力。归纳起来就是，钱德勒的文字巧妙，视角一贯，有种古怪的（这样表述有点奇怪）普遍性。

我们读了几个以菲利普·马洛为主角的故事，了解了菲利普·马洛对各种事物的意见，理解了他的行为的基本模式，对马洛的生活姿态——不管多么细微，只要是钱德勒的粉丝——恐怕会产生共鸣，进而被其同化。然而，我们由此就略微理解菲利普·马洛这个人的本质了吗？恐怕不是这样。我们在此能够理解的终究只是菲利普·马洛这个“视角”截取世界的方式，只是这台机器的准确运作规程。虽然那些是极其具体、可触摸的，却不可能把我们送去别处。他究竟是怎样的人，我们几乎无从得知。实际上，马洛可能是在距离我们数光年之遥的某处。在一个无论怎么走也不可能抵达的灵魂边界般的地方。不，或者相反，马洛也许深藏在我们自身之中。也许他已经化成肉眼看不到的分子，进入了我们的身体。

仔细观察的话，我们会发现，许多相互矛盾的因素、相互排斥的性质在马洛这个人物身上共存着。远和近，具体和抽象，准确和模糊，实用性和符号性。如此深的矛盾性，在活生生的真实的人类身上是很难见到的。而且，进一步考虑这种矛盾性，我们不得不得出这样的结论：菲利普·马洛这个存在，与其说是活生生的人类，不如说是一种纯粹的假设，或是纯粹假设的载体（至少我是这样看的）。采取这种观点，关于钱德勒的小说，许多事情就更容易理解了。

暂且匆匆下个结论，或许可以非常简单地说，通过菲利普·马洛这个存在的确立和代替自我意识这个桎梏的有效的“假说系统”的建立，钱德勒独自从推理这个非主流领域中发现了走出近代文学易陷入的死胡同的规则，并成功地将这种普遍的可能性展示给全世界。而且，他把这种可能性放在托盘上端到了我们面前。给。

钱德勒的独创性

这种文学手法自然不是钱德勒一个人发现的，这样的文学类型也不可能是他独自创立的。在他之前先行的有欧内斯特·海明威和达希尔·哈米特[①]。有一种彻底消减心理描写的文学类型，即所谓的“非情”体系文学。通过这种文学类型，海明威对美国文学风格的可能性做了革命性的推进。他认为行为正是心理的表象。

举例来说，《永别了，武器》的最后有这样一段描写：爱恋的女子徘徊在生死边缘，处于不安和焦虑中的主人公在医院附近的咖啡馆里吃了不少东西。海明威几乎没有一个字提到主人公的不安和焦虑。只是细密而又简洁地描写他吃了什么又喝了什么。只是简短提及咖啡馆的外观、那里的人们、服务生和主人公之间实际的对话。

①达希尔·哈米特（1894–1961），美国著名硬汉侦探小说作家。

读了这些，读者就能实实在在地理解主人公精神上究竟被逼迫到了何种地步。自然，海明威很清楚自己做了什么，想要表达什么。因为人的行为处于自我的强烈影响下，在许多领域受到自我的支配，作家通过具体细致地描写人的行为，就能够客观地勾勒出自我的轮廓。这就是海明威的写作方式。这在很多情况下比直接描写自我更有效。当然要写得好才行。

哈米特把海明威的命题向前推进了一步。如果省略心理描写可行的话，那么删去自我存在这一前提（尽管是暂时的）是否也是可行的？哈米特虽是位优秀的作家，可文字的取舍宛如一把锋利的刀，存在一定的危险性。这是哈米特作品最根本的魅力，同时也是他的一个缺陷。哈米特的文章有时会把我们带往超现实主义的又硬又冷的地方，有时则会把我们带去前卫的地方。但是，有时又把我们扔在枯燥乏味、令人难以忍受的境地。就像托马斯·品钦[①]一样。

雷蒙德·钱德勒的作品的类型和海明威的不一样，和哈米特的也不一样。钱德勒以海明威的“作为前提应该存在的事物”和哈米特的“没有也无所谓的事物”为自我的存在场所，提出了“假设”这个新概念。这的确是身为小说家的钱德勒的原创。钱德勒将自我设定为一个黑匣子。不能打开盖子的、坚固的、彻底符号化的匣子。自我的确存在。在那里发挥着完美的功能。但是，存在归存在，核心“不清楚”。而且那匣子尤其不要求能打开盖子。不要求能够确认其中的内容。它在那里——只要这一点成为共识就可以了。因此，行为不必被自我的性质和使用方法所束缚。或者也可以换种说法：不必一一证明行为被自我的性质和使用方法所束缚。这是钱德勒创立的故事风格的一个命题。

---

①托马斯·品钦（1937- ），美国作家，其作品以晦涩复杂著称。

钱德勒为什么会采用这种手法呢？目的只有一个，那就是要将他想讲述的虚构故事打造成更自然、更绚丽、更有说服力的故事。在这个现实的世界里，甚至不论在任何世界里，菲利普·马洛这个人物都不可能实际存在。钱德勒自己非常明白这一点。他是他创造的。小说中的私家侦探“不是实际存在的，也不可能实际存在。他是一个行动的人格化，一个可能性的夸张”。那自然是一种有意识的假设。如果在小说中不得不设定马洛是拥有更真实自我的更真实的人物（就像海明威笔下的尼克[①]），那么钱德勒的小说肯定不会获得今日这般自在的存在感。马洛秉持的美学和哲学，或者那种行为规范和雄辩，或许只会化作稀薄的大背景。小说本身也会成为不自然的、令人不舒服的滑稽之作（模仿钱德勒作品的作家写出来的东西往往就是那样的）。

但是，钱德勒通过打磨行为和行为之间的相关性，稳健地构造着读者心目中“作为假设的自我”。因为那是假设，没有明确的定型，不管理论怎样说都无所谓。对于自我和现实之间的关系，作者不必进行任何具体的说明。一种行为和另一种行为之间的相关性A诞生了。这另一种行为和第三种行为之间的相关性B诞生了。而A和B之间又诞生了复合相关性C……如此一来，在故事中，相关性主动地、等比地膨胀开来。那种膨胀提升了“作为假设的自我”的真实性。通过这个自我的无意识的（不论何时何地那都得是无意识的）流畅自然的假定作业，作者和读者略去说明，将这膨胀的、多彩的共鸣彻底自发地、感官地积累起来。

关于自己构想的故事的性质，钱德勒在笔记里这样写道：

---

①《尼克·亚当斯故事集》中的主人公。

> 如果你要写一个故事，说一个人早上起来时有三只胳膊，那么这故事就不得不讲述多了一只胳膊后会发生什么事情。你不必对胳膊增加进行一番正当化处理。因为那已经是个前提了。

这也就意味着，胳膊增加一只，主人公采取的行为和那种行为引起的其他行为之间的相关性已经(自发地)暗示了胳膊增加的理由。这就是钱德勒的想法。

他的这种处理方法究竟给所谓的本格小说（纯文学）世界带来了怎样的影响？毫无疑问，是有影响的。允许我阐述一下个人意见，至少我受到了相当大的影响。我把他递出的托盘放在眼前，不禁拍了下大腿，恍然大悟，“是啊，没错，原来还有这样的写作方式”。我想，如果采用那种写作方式，会不会也能在纯文学领域贯通某种回路。虽然不是哥伦布的鸡蛋，但的确是一种新发现。我从一开始就没打算要写类型小说——推理小说，现在也不写。推理小说，我过去就一直喜欢阅读，可对自己创作却没有兴趣。我想写的是别种类型的小说。但是钱德勒所引领的，对虚构世界整体来说，是真正独创的信息，是蕴含巨大意义的新事物，这一点很容易理解。如果允许略微夸大些的说法，那几乎等同于新世界的发现。那种新，要用语言准确地表达是很困难的。不过，身体隐约感受到陆地的接近，却不是那么难。这是因为，能够更敏锐地理解写作者无意识的生动流畅的，不用说，就是阅读者无意识的理解力。

钱德勒曾认真思考过要在某个时候远离推理，写本格小说。不是放弃推理，而是想留下一部脱离了推理形式的小说。但最终他没有实现这个梦想。而这个没有实现的梦想，对他来说，至死都是一个巨大的失败。结果，钱德勒的心灵就时常在这种强烈的自负和长期的不安中摇摆。但毋庸赘言，这种事实对作为作家的钱德勒来说，不是什么瑕疵。因为他在推理这个限定的领域里用真挚的姿态持续创作出只有他才能创作出来的作品，对推理以外的世界，对文学整体给予了广泛的影响。而且他的影响力在作品发表后的这半个多世纪里一直未曾减弱。

对我来说，钱德勒是从一开始就有着重大意义的作家，其重要性至今没有变化。开始写小说时，我从钱德勒的作品中学到很多。技法部分，具体应该学习的东西有很多（毕竟他是名副其实的名作家）。但是，我从他那儿学习到的最重要的是肉眼看不到的那些东西。通过缜密的假设细节的慎重积累，直接切入世界的真实状态中，这是一种克己的前卫性。这种切入动作迅捷，逻辑条理有一种无意识的准确清晰。身为作家的钱德勒，身为名作家的钱德勒的价值，毫无疑问就在这里。

我认为，将钱德勒的独创性的特质以最为优美和激进的形式体现出来的正是这部《漫长的告别》。钱德勒的马洛系列，无论哪一部都值得一读，虽然优秀程度多少有些差异，但没有劣作。这是众人一致的意见。而《漫长的告别》是特别的存在。毋庸置疑，它是部完美的杰作，极其出类拔萃。如果允许我用夸张的表述，那几乎达到了梦幻的境界。如果没能完成《漫长的告别》，钱德勒这个作家的价值相较今日我们眼中的高度应该会下降（虽不至下降太多，但至少会有明确的差异）。

钱德勒和菲茨杰拉德

那么，《漫长的告别》和钱德勒的其他作品最大的、决定性的差异究竟是什么呢？换个更明确的问题吧。《漫长的告别》中有其他马洛故事没有的东西，那究竟是什么呢？不用说，那就是特里·伦诺克斯这个人物的存在。《漫长的告别》之所以明显区别于钱德勒的其他作品，可以断言完全就在于特里·伦诺克斯的塑造。这部作品既是菲利普·马洛的故事，同时又是特里·伦诺克斯的故事。

读过这部作品的各位知道，特里·伦诺克斯英俊优雅，拥有常人难以想象的巨大财富，又有着黑暗的过去和谜一般的身世。他拥有打动人心的特别魅力，在人后又有某种难以言说的隐痛。人格上可能存在缺陷，但在生活中仍恪守某种严格的规范。光明和黑暗，脆弱和坚强，在他身上不可避免地结合在一起。马洛被这个人吸引，结果卷入了复杂的血腥事件中。之前的马洛故事中根本找不到有这种存在感觉的人物。而且，使这种鲜活的情感代入成为可能的人物也从来没有出现过。的确，在《漫长的告别》中，马洛终于不再是单纯的健壮而又玩世不恭的观察者兼汇报者，他拥有了一种可能性，成为了有血有肉的角色。同时，马洛在这部作品里也是一种假设，一种符号，他在小说中的本来作用绝不会被舍弃。因为这是马洛作为叙述者的意义所在。他在发挥这种作用的同时，还作为一个人（作为一种假设意识）获得了更大的膨胀。而这种膨胀能够实现，的确是因为特里·伦诺克斯这个人物的存在。

从某个时期开始，我有了一种想法，莫非《漫长的告别》是以斯科特·菲茨杰拉德的《了不起的盖茨比》为样本创作的？我在这种假想的基础上再次阅读了《漫长的告别》。假如这种说法过于牵强，也可以说，将两部作品相结合，阅读《漫长的告别》。这终究不过是我个人的观点。就像《漫长的告别》中出场的小说家罗杰·韦德是菲茨杰拉德的崇拜者那样，雷蒙德·钱德勒也喜欢菲茨杰拉德的作品，其中他最喜欢的是《了不起的盖茨比》。他在派拉蒙影业公司做编剧时，实际上曾和制片人一起计划将《了不起的盖茨比》改编成电影。可惜这计划最终没能实现。假如实现了，那一定会是部极其吸引人的作品。派拉蒙的计划后来抛弃了钱德勒，最终面世的是一九四九年艾伦·拉德[1]主演的 B 级电影《了不起的盖茨比》。

爱尔兰裔，一生为酒精所困扰，为了生计不得不在好莱坞当编剧，这些都是这两位作家的共同之处。他们身处的时代也大致相同（钱德勒略微年长，不过开始写小说的时间是菲茨杰拉德在前）。两人都拥有各自独特的文风，是优秀的名作家。怎么说，都是属于不写文章不行的那类，是天生的作家。几分幻灭，几分伤感，有时有些自恋。两人都留下了大量信件。而且，两个人都相信浪漫。就像小孩子相信妖精的存在一样……这几项事实的重合，不免会让人产生这种猜测：在钱德勒的心目中，《了不起的盖茨比》这部作品有着相当重要的地位。

关于钱德勒的文风，通常的说法是受到了海明威的深刻影响，这一点的确没有异议。钱德勒的文风许多地方承袭了海明威，不管谁看都是明明白白的事情。但如果让我表述个人的意见，就更广泛的领域的精神影响而言，我觉得相比海明威，还是菲茨杰拉德的影响更强大些。至少，在钱德勒小说中能看到的“导致崩溃的波潮”那种向下的力量（那是始终沉默的、肉眼看不到的力量），在海明威的作品中几乎看不到。即便这种力量出现在故事中，海明威笔下的人物想必也会直接和它对抗。至少会表现出与它对抗的姿态。

但是，钱德勒笔下的人物——站在海明威的语境中看——不会对抗。绝不会像拳击手那样正面挑战。因为那是肉眼看不见、耳朵听不到的对手。他们默默承受着那宿命般巨大的力量，被它吞噬，受它驱使，同时在这旋涡中努力寻求自我保护的方法。在这种情况

①艾伦·拉德（1913-1964），二十世纪四五十年代著名的美国影星。

下，假如存在着与他们对决的对象，那应该是他们内在的弱点设定的极限。那种战斗大体都是悄悄地进行，所用的武器是个人的美学、规范、道义。多数情况下，即便明知会失败，仍挺直身躯努力迎上，不辩解，也不夸耀，只紧闭双唇，通过无数个炼狱。在此，胜负早已失去其重要性。重要的是尽可能地将自己制定的规范坚持到最后。因为他们明白，没有道德伦理，人生将失去根本的意义。

面临这种崩溃的危机或者是预感这种危机即将来临的人们所展示的美学和道义，是点缀钱德勒作品，使之绚丽多彩的要素之一。这一点的确正是斯科特·菲茨杰拉德作品的重要本质。心中背负着深深的罪恶感，因此沉溺于酒精、走向毁灭的作家罗杰·韦德对忠告他要戒酒的马洛说道：

> 酒鬼不可救药，我的朋友。他们只会走向崩溃。这个过程有的部分很有意思。但有的部分很可怕。

韦德所说的“崩溃”的感觉，和晚年的（说是这么说，其实也就刚过四十岁）菲茨杰拉德描写的“崩溃”巧妙地呼应。菲茨杰拉德从已经破碎的美丽盘子的碎片中看到了自己失败和幻灭的形象，并自虐般细致而优美地将这形象描绘出来。罗杰·韦德和特里·伦诺克斯都坐在没有油的小艇上，朝着崩溃这个巨大的瀑布漂去。他们明知已经无处可逃，却仍想着努力振作起来。但遗憾的是，他们所依据的道义大多数已经丧失了。好不容易保留到最后的，只是美学和规范的残影。马洛的作用，是将自身的道义——不论那显得多么微弱和滑稽——顽强地坚持到最后，守护到无法避免的最后一刻。就像尼克·卡拉韦拼命维持他那朴实的中西部的道德，杰伊·盖茨比想凭借金钱的力量恢复已经丧失生命力的纯粹的梦想那样，他们都预见到了那无法回避的结局。

在这种假设的前提下阅读《漫长的告别》，必然会意识到其中与《了不起的盖茨比》重合的部分不少。特里·伦诺克斯对应杰伊·盖茨比，马洛不用说相当于叙述者尼克·卡拉韦。故事发生地长岛（郊区住宅）和曼哈顿（大都市）置换成空闲谷和洛杉矶。特里·伦诺克斯拥有巨大财富，过着优裕的生活，终日穿梭于各种舞会，私底下却与黑社会头目有联系。这一点和谜一般的男人杰伊·盖茨比相似，文中明确暗示他直接插手了许多坏事。盖茨比和伦诺克斯内心都还拥有已经失去生命力的美丽的纯粹梦想（它们的凋亡，从结局来看，是由血腥的战争导致的）。他们的人生被这种沉重的丧失感压迫着，原来的人生道路已经发生巨大改变。最终结局是代替女人死去，或是迎来模拟的死亡。

马洛明知特里·伦诺克斯人格上的弱点，也深知他隐藏在内心深处的黑暗和道德上的颓废，还是和他结下友情。而且在不知不觉中，他们的心紧紧地连在了一起。恶棍曼宁德兹嘲笑他和特里的关系就像青涩友情小说中写的那样，马洛找不到能有效还击的话语。他能做到的只是最后暴揍对方的肚子，非常直接地采取了不知所措的小孩会采取的行动。初次见面的律师恩迪科特也说："你让我觉得好笑，马洛。你在某些方面很孩子气。"

但是，不管我们是否愿意，都能从马洛有几分孩子气的反应中看到那不合时宜的幻梦少年的身影。我们偶尔能感受到隐藏其中的困惑。马洛孤独地生活在洛杉矶这个难以描摹其真正面貌的大都市里，为了维持自身的规范，时而孩子气，时而不得不扮滑稽。这种孩子气和滑稽，与尼克·卡拉韦展现出来的顽强的生活状态相呼应。《漫长的告别》中马洛背负着的深深的忧郁和孤独，青年尼克·卡拉韦是在东部都市的喧嚣中、在未曾有过的经济繁荣中体验到的。憧憬和幻灭的故事完全吻合。这些故事是个人和都市之间反复出现的斗争故事。事实就是：菲茨杰拉德和钱德勒的共同之处在于他们对大都市纽约和洛杉矶始终抱着爱憎交错的情感。这两位作家以他们身处的大都市为舞台写了许多作品。在实际生活中，他们从未感到那里是自己本来应该存在的场所。菲茨杰拉德灵魂的根在故乡中西部，而钱德勒灵魂的根在少年和青年时代待过的英国。即便这样，他们的心灵还是常被巨大的都市吸引。他们需要一栋巨大的楼阁来建构他们的故事。

两个完美的叙述者

在这两个故事中，菲利普·马洛和尼克·卡拉韦分别承担了第一人称讲述者的角色。他们仔细深刻地观察周围的事物，绘声绘色地汇报一切。他们一边移动自己的身体，一边慢慢转移视线，逐步向我们汇报特里·伦诺克斯和杰伊·盖茨比的故事。时而紧贴对方，时而拉开距离，时而完全远离，却的的确确推动着故事向前发展。他们的双眼一帧一帧截取这个世界。他们的个性（尽管尼克和马洛的个性有相当大的差别）使得其汇报极其人性化，让人感到毛骨悚然。讲述的细节让人仿佛能伸手触摸到。而读者侧耳倾听着这些丰富多彩的汇报，不由自主默默地向着道路尽头那不祥的地点，向着存在于那里的致命的大瀑布而去。

读过《漫长的告别》和《了不起的盖茨比》这两部小说的读者也许能够发现，马洛和特里·伦诺克斯之间那种静静萌发的让人既恐惧又感到微妙的情感运动，和尼克·卡拉韦对杰伊·盖茨比渐渐生出的一种直观的、矛盾的、进退两难的深层想法——因为达到的程度过深，使得本人都无法准确把握——几乎是同质的，在两部作品中都成为故事展开的一大要素。每个人原本都不曾有积极追求友谊的想法。主人公（叙述者）尤其没有，就这样凭借偶然的积累硬是宿命般地加深了联系。为什么他们会生出这样深刻的想法？不必说，自然是因为他们（叙述者）在各自的对方（盖茨比和特里·伦诺克斯）身上发现了自己的分身。简直就像是在一块略微有些扭曲的镜子中看到了自己的小像。其中有着与此相似的同类化，有着强烈的憎恶，还有难以抗拒的憧憬。暴露对方深藏的矛盾，也就意味着将自己（包括镜中的自己）的矛盾暴露出来。但无论如何，这矛盾不得不暴露。因为他们为了保持自我端正所用的规范和道义会自动要求他们这么做。

小说中有个情节，作家韦德向救了他的马洛说："我开始喜欢你了。你有点儿混账——跟我一样。""混账"这种表达含有"不被世人接受"的意味。韦德本能地感受到了这一点，对马洛产生了一种扭曲的友情（或共鸣）。同样的说法也适用于特里·伦诺克斯。马洛和特里·伦诺克斯还有罗杰·韦德都不是能被普通世人接受的那类人。他们只能生活在普通世人之外，所以他们会在心灵深处彼此心意相通，所以他们的那种友谊的结局会和世间普通的友谊大相径庭。更进一步，或许该说是必定更加纯粹。然而只要略微有点相错，相交的心灵之间便有可能产生大扭曲，出现血腥（随着故事的展开，出现了实际的摩擦和血腥场面）。但是正因为如此，他们才时常认真检验各个细节，奉献出自己，接受对方——有时候正如字面所示，奉献出性命。所以事情不得已带上了仪式性的意味，有时不得不带着孩子气。

这些故事是真正意义上的灵魂交流的故事，是人与人之间自发地相互理解的故事，是人类抱有的美好幻想和它不可避免地引发的深深幻灭的故事。若非怀有这种殷切的期待，《了不起的盖茨比》和《漫长的告别》就不可能历经漫长岁月获得如此大的文学上的成功，也不可能得到如此多的读者的喜爱。其中毫无疑问有一种深刻的共通的东西。换句话说，雷蒙德·钱德勒将他自己的《了不起的盖茨比》以推理的形式放进了自家药箱里，通过固持其构造，巧妙地创作而成。钱德勒自己构建、花费时间拧上一个个螺丝、扎实打好基础的菲利普·马洛这个都市传说的框架，和菲茨杰拉德创作的璀璨的都市寓言故事的框架结合在一起，成功描绘了一个崭新的多彩的故事世界。其成功对他本人来说是种福音，同时对推理领域也是不可替代的福音，而且还以回馈的形式成为文学整体的一大福音。这就是我对《漫长的告别》这部小说的基本想法。

钱德勒其人

在此简单介绍一下雷蒙德·钱德勒其人与其生平。钱德勒一八八八年出生于美国伊利诺伊州芝加哥市。父亲是有着爱尔兰血统的教友派信徒，在铁路公司做工程师，因工作关系经常在美国各地迁移。母亲从爱尔兰来到美国，也是教友派信徒。因父亲酗酒严重，父母最终离婚。钱德勒回忆说，“那时父亲几乎总不在家，在家时总是烂醉如泥”。钱德勒七岁时，母亲带着他去了英国。之后，他再也没有收到过父亲的消息，也没有去调查过。母亲在孩子面前也从不提父亲的事情。他不仅在现实生活中几乎等于没有父亲，而且看起来在他的人生中父亲这个概念也被抹去了。他对养育自己的孩子不感兴趣，或许就因为这个缘故。钱德勒评价因酗酒而毁了家庭的父亲是“猪一样的男人”，可他自己最终也染上了酒瘾，一生为之苦恼。

少年时代，他住在伦敦郊外，依赖舅舅的资助生活（那绝不是幸福的生活），后进入公立学校学习。那时他逐渐对写作产生了兴趣。他在学校成绩不坏，可家里的经济情况不能供他上大学，只好从公立学校退学，取得公务员资格，入职海军部。但是那里的事务性工作过于无聊，他感到腻味，干了六个月就离职了，开始了之前向往的笔耕工作。他写了很多诗歌，但工作多为替报纸杂志写些小文章，几乎不可能维持生计。于是他决定离开英国。一九一二年，钱德勒二十三岁时再一次踏上了美国的土地。

十六年的英国生活对钱德勒的人格产生了巨大的影响。他所有的文化素养几乎都是在英国公立学校学习时积累的，那与他之后生活的美国西海岸的文化完全不同。可以说，相较于美国英语，他的母语更应该是英国英语。他本人一直到死都说着一口改不了的英国英语（当然，这是从美国人的角度看）。在他的小说中，美国英语口语如洪水泛滥，说到底那只是学习和调查得来的成果。据说他在小说中使用的俚语，一半是在街头收集的，另外一半来自其他人的小说。也就是说，就像纳博科夫和康拉德离开故国，运用后天学习的语言写小说一样，钱德勒大体上是运用后天学到的美国英语口语来写小说。阅读钱德勒小说原文，确实感觉到，他的文章存在口语“过剩”的问题。有些俚语使用牵强，个别地方甚至让人觉得纯粹是为了表示这是俚语。这些地方总给人一种借来的衣服的感觉。尺寸微妙地不合，总感觉和体形不搭。当然，这种异国情调的“过剩”最终也成了钱德勒文风的一大魅力。

钱德勒回到美国，并没有什么特别的技能，因此没能找到像样的工作，过了好一阵清贫的日子。之后第一次世界大战爆发，钱德勒参军。他拥有双重国籍（象征性的事实），没有加入美国军队，而是加入了加拿大军队。他被送往欧洲战场，立刻上了战斗激烈的前线。

有一次，他所在的部队遭到德国军队的集中炮击，他是唯一生还的人。恐怕那段经历给钱德勒造成了严重的心灵创伤，之后从未有人听他提及在战争中的经历（就像从来不提父亲一样）。那段战斗经历——第一次世界大战和第二次世界大战完全不同——应该对他描述特里·伦诺克斯在挪威战场上的血腥遭遇有很大帮助。至少那不是他凭空想象出来的。

战争结束没多久，他回到美国，结了婚。新娘是位美丽而有魅力的女子，只是比他大十八岁。或许是由于少年时期与许多年长女性生活在一起的缘故（在英国时，家中除了他没有其他男子），和年长女性一起生活会让他本能地感到安宁。她一九五四年去世，享年八十四岁，钱德勒一直深爱着她，照顾她，在她死后由于太过忧郁甚至企图自杀。顺便说一句，钱德勒病死是在五年后的一九五九年。《漫长的告别》是他在病床边照顾妻子的同时，孜孜不倦地写成的。妻子死后，他曾在一封信中这样写道：

> 不用说，很久以前我就和她告别过了。实际上，这两年间，每当深夜醒来时，我时常深深体会到我将失去她，那不过是时间问题。可当事实真的发生时，那种痛苦没有任何变化……三十年又十个月零两天的日子里，她是我人生的光明，是我全部的野心。我所做的其他任何事情，不过是温暖她双手的那把火。除此以外，我别无其他要说的了。

结婚后，钱德勒曾在西海岸某家经营与石油相关的业务的公司里工作，升至副经理。二十世纪二十年代经济很景气，钱德勒工资很高，是位能干的实业家。然而，或许是因为工作压力过大，他不知何时依赖上了酒精，游戏女色，结果引发了纠纷，一九三二年四十四岁时丢了工作。他很聪明，也有度世所需的潜在能力，只是他好像怎么都无法适应那种常规的正经工作。

失去工作后，钱德勒和妻子定居洛杉矶，生活艰辛。他戒了酒，再次踏上了当作家的征程。钱德勒爱好古典文学和诗歌，当然想写真正的小说，可作为一个必须养家的中年男人，他又不得不写一些能快速拿到钱的东西。于是他决心过了四十五岁以后当个真正的作家，暂时将这种奢侈的想法搁置一旁。少得可怜的积蓄即将见底。他瞄准的是那些登载煽情的侦探故事的廉价时尚杂志。那些杂志需要大量的作品。因此，为时尚杂志写作的作家被要求在短时间内写出数量庞大的稿件。只要写得还像样，对内容是不会有过多要求的。典型的“重质更重量”。钱德勒经由这份工作完全掌握了小说的写作方法。

众所周知，钱德勒是以达希尔·哈米特为模仿对象开始写作小说的。哈米特以推理作家为人所知，取得了相当大的商业成功，在文艺界作为特立独行的作家地位显著。因而，创作“哈米特式小说”成为钱德勒写作初期的切实目标。虽然他视哈米特为目标，却好像并没有将他看作是真正优秀的名作家。钱德勒写道：“哈米特能把他所做的事情都做到完美。但他做不到的事情也很多。”

他花了五年时间不断地为时尚杂志写稿酬低廉的短篇小说（内容自然是玉石混杂，这些短篇小说大多数在日后都成了他的长篇小说的素材），在反复创作修改中写作水平迅速提高，逐渐确立了自己的故事世界。一九三八年，他终于创作出长篇小说《长眠不醒》。这是认可钱德勒才能的克诺夫出版社社长阿尔弗雷德·克诺夫直接委托他执笔创作的。《长眠不醒》是私人侦探菲利普·马洛系列故事的第一部。马洛与以往短篇小说中出场的侦探形象很不一样，是个给人以真正的存在感的英雄人物。沉默寡言、健壮、顽固、机智、孤独、游手好闲又有浪漫气质的马洛。这个形象吸引了众多的读者。

菲利普·马洛和好莱坞

关于之后钱德勒的活跃，就不必在此描述了。《长眠不醒》之后，钱德勒在二十多年间创作了七部以马洛为主角的长篇小说。按年代顺序依次为:《长眠不醒》(1939)、《再见，吾爱》(1940)、《高窗》(1942)、《湖底女人》(1943)、《小妹妹》(1949)、《漫长的告别》(1953)、《重播》(1958)。最后一部马洛故事《幕后通缉令》(*Poodle Springs*)只写了开头几章（后来由钱德勒的崇拜者罗伯特·布朗·帕克续写完成）。

钱德勒的长篇小说处女作（他第一本以单行本发行的小说）《长眠不醒》出版后第二年，斯科特·菲茨杰拉德在好莱坞的一幢小公寓里逝世。菲茨杰拉德在好莱坞当编剧的同时继续创作一部有野心的长篇小说《最后一个大亨》，但那年十二月他心脏病突发，作品没有完成就寂寞地离开了这个世界，好像要和钱德勒交接席位似的。报纸上他的死亡报道占的版面很小，只有很少人注意到了。

钱德勒花了多年心血写了一部长篇小说，光凭这个是无法维持生计的，只好和菲茨杰拉德一样，不情愿地受雇于好莱坞的电影公司，开始执笔创作电影剧本。当时许多纯文学作家依靠在高级商业杂志上发表短篇作品来维持生计。推理作家通过在推理杂志上连载作品——以稿件的数量为前提——来确保收入。不管怎么说，单纯依靠单行本获得的版税收入来生活，对作家来说是相当困难的。但是钱德勒立志要开始以长篇小说为主的创作。他写的短篇小说与高级商业杂志（如《纽约客》、《时尚先生》）略微有些气场不合，而为推理杂志写连载小说，他的艺术良心却又已经过高，而且他已习惯了利己的（或者叫作自我而诚实的）创作类型。对于像他这样的作家——为了等待创作时机的成熟，花费时间辛苦写文章，不想写就放弃，先做阵子别的事情，等又想写时再拿出来继续写，然后细心打磨，最终完成稿件——每月被交稿日期逼迫着辛苦地写连载小说，几乎是不可忍受的。这么比较起来，还不如拿周薪写写电影剧本更合适。

他在好莱坞和阿尔弗雷德·希区柯克、比利·怀尔德等优秀的电影导演一起工作，工资相当高，作为编剧获得很高评价（这一点和菲茨杰拉德不一样），通过剧本写作至少学到了很多写小说的技巧。他写的《双重赔偿》获奥斯卡编剧奖提名。但是，他还是不能习惯与电影相关的工作，而且他的性格也不适合需要与人协作的工作。加上当时正处于战争时期，宗教界和军界对剧本的审核很严格，许多现实制约使得剧本的自由创作困难重重。要和电影公司高层讨价还价，和要求多多的电影导演们争分夺秒共同工作，都让他感受到压力。他和人争吵，陷入厌世情绪，又向酒瓶伸出了手。钱德勒对女性散发的母性很宽容，多数情况下会积极追求。面对男权面目时，他会感觉到那种力量向自己压过来，不出得热血上头。这种倾向或许在菲利普·马洛这个人物身上有明显体现。即便明知会有损自己，面对自上而下的暴力，马洛不能不卷起袖子迎上去干一场。当然，对于这样的马洛形象，我们才会产生自然的共鸣。

作品的单行本销量并不那么令人满意，钱德勒对此一直心怀不满。他在美国被推到推理这个文学分支上，没有获得身为艺术家和名作家应得的正面评价，尤其是从那些清高的文艺评论家和老一代的本格推理作家那里领受了许多让人难以忍受的冷遇。当然也有评论家赞扬钱德勒，但他们不会像评价哈米特的作品那样从文学性的角度来评价钱德勒的作品。钱德勒的新作甚至几乎不会出现在报纸的书评栏，因而无法引起人们的关注。由于销售不佳，一直都没有出版平装本。评论家们为哈米特作品的宗教式的非传统性所吸引，不知为何却对钱德勒作品中不动声色的革新和新鲜的魅力不感兴趣。

《漫长的告别》中有一个情节，作者假借虚构的作家韦德之口，趁醉（名义上）对文艺评论家们发泄了一通。钱德勒在英国受到的评价比在美国高（在英国，他作为跨类型的文学作家受到了高度评价），而且，就他作品的单行本的销量来看，有时英国的销量比美国还多。他在写给编辑和代理的许多信件中经常流露出对这种出版状况的不满和牢骚。本书中有不少对出版社代理霍华德·斯潘塞的揶揄，这些也可以看作是钱德勒在隐晦地表达对东部大型出版社（尤其是克诺夫）的不满。

钱德勒思维敏捷，又有幽默感，只要本人有意愿，肯定会是一个极有魅力的人。曾造访加州，与钱德勒畅谈过的威廉·萨默塞特·毛姆后来说："从来没有见过这么让人愉快的人。他如果不立志当作家，当个相声演员一定也能成名。"但在多数情况下，钱德勒有点神经质，不好打交道，回避与他人交际。他自尊心很强，因为一点点情感上和语言上的摩擦而受到伤害的事情时有发生。这样的人往往如此。经常和人吵架，伤害身边的人。能言会道，话语尖锐。尤其喝了酒之后这种倾向更加明显。有时沉溺于酒精，有时则完全戒了酒。深深爱着妻子，有时却又游戏女色。因为没有直接见过面，当然不能明确下判断，不过他应该是个在私人交往方面有些困难的人。

但是，写文章和爱猫，对他来说，是延续到生命最后一刻的"本性"。也就是说，他属于那类不管发生什么，不写就不能活的人。就像所有人活着都需要借助肺和支气管来呼吸一样，他活着需要借助铅笔和打字机来写文章。不管是什么——即便是私人的信件或笔记——都必须完美地写出来。把文章写好，对他来说，是一项重要的道德观念。他在一封信中这样写道：

我的想法是，拥有生命的文章是用心写成的。写文章会让人疲劳，会消耗体力。从这层意义上看，那是种激烈的劳动。可从有意识地努力这层意义上看，不能说是种劳动。对以作家为职业的人来说，重要的是，设定时间，每天至少有四个小时，除了写作什么都不干。可以不写作。如果不想写，也不必硬着头皮去写。可以呆呆地看着窗外，做会儿倒立，在地上打打滚。只是读点什么，写写信，翻翻杂志，签签支票，这些有目的的事情别去做。要不写，要不什么都不干……这种方法很管用。规则有两点，非常简单。(a) 不必勉强去写。(b) 不能做别的事情。其他就随便了。

他说的这些我非常能够理解。职业作家在日常生活中不能不直面写作。这种行为有必要与心紧密相连，即使实际上一个字也没写。这问题同职业作家的道义有深刻的关联。恐怕是这样。

关于翻译

如各位所知，《漫长的告别》之前经清水俊二翻译，由早川书房出过一版。我这次对书名采用音译，其中一个理由是为了和前一版区别。前面已经提到，我当年就是通过清水先生的翻译结识了《漫长的告别》。翻译非常优秀，读起来很轻松。只是“早川口袋装推理系列”出版这个译本是一九五八年的事情，在我写这篇文字时，已经过去了半个世纪。我常常这样想，将翻译与建房子类比，过二十五年差不多该修缮一下，五十年该来次大改造，或是新建。我翻译的作品，迎来第二十五个年头的也陆续启动了修补的程序。当然，和房屋一样，每个译本逐年“折旧”的程度多少会有些差异，这是很自然的。过了五十年（即便中途有修补）确实有些用词和表达方式的古旧会很明显。

不单单是用词，翻译方法也发生了巨大的变化。翻译技巧也着实在进步。可以说网络出现后更是明显。他文化和他语言的信息量，还有有关作家和作品的信息量，今昔有着巨大的不同。从这个意义上说，我说这些略微显得有点僭越。《漫长的告别》这个新译本的问世，或许首先可以说现在是很恰当的时机。具体的经过得从两年前说起，早川书房编辑部联系我，问能否帮忙翻译这部小说。我从很早以前就有意愿翻译它，于是就接受了。

我胆敢尝试挑战重新翻译的另一个理由是，在清水先生的译本中，相当多的文字，或者说细节部分，存在有意删减的情况。多年来，许多钱德勒小说爱好者对此有不少意见。我当然不知道清水先生是基于什么样的理由和情况对细节部分进行了如此大幅度的删减。究竟是出版社的要求，还是翻译者有自己的意图，也是无从知晓。但是，一九五八年（距离美国本国出版只过了四年），钱德勒身为名作家的价值，至少在日本还没有为人所知。我猜测这一点恐怕是作品整体被删减的一大原因。另外，从更一般的意义上看，好像当时有这样一种观念：“推理小说没必要那么准确地翻译细节，只要大致了解情节和氛围就足够了。”如今已经过去了半个多世纪，这些事情全都成了谜团。

只是，为了清水先生的名誉，我要大声说：清水版翻译“删减了一些细节，可即便少了这些，阅读依旧愉快，没有任何不足之感，是一部鲜活的读本”。这一点早已得到大众认可。先生翻译的《漫长的告别》在日本推理史上产生过巨大的影响，其功绩值得颂扬。我也要对先辈的翻译表示深深的、真挚的敬意。毕竟我也是借助清水先生的翻译开始阅读这部作品继而为之倾倒的。就我个人来说，我必须感谢先生。不管怎样，这是再也不可能遇到的轻松自在的翻译，不拘泥于细节，具有长者的风范。

但是，考虑到雷蒙德·钱德勒作为作家的重要性以及这部作品在他的作品群里的地位，“全译本”，或者说细节部分全都翻译出来的、（接近）现代感觉的译本，与清水版同时存在应该也不错。而且也值得。这是我的观点。因为这部作品已经达到了可以被称作“准经典小说”的高度。不用说，“可能的话想阅读完整的翻译”，或是“多少有些删减，只要能愉快阅读就好”，如何选择，决定权在读者。或许热心读者中还有想要同时读两种译本的呢。实际上，有人这么做，我会非常开心。

绕道达人，细节名人

继续细节的话题。翻开钱德勒的小说，阅读游离在故事主要情节之外的内容，对我来说，是一种愉快的体验。这是与主线无关的绕远道，或者让人觉得用力过度的修饰，无目的的比喻，为比喻而比喻，有不如没有的功能说明，让人腻味的详细描写，无用的长篇大论，独特的曲折表达，很多双关语……钱德勒华丽奢靡的作风深深地吸引了我，或许可以说是几乎如中毒一般（我暗自确信有这种感觉的不只我一个）。这次翻译，获得了一个又一个对“伟大的绕远道”的细节重新进行确认的机会，对我来说是极大的幸福。翻译这些部分时，我常常不由得微笑起来。

举个具体的例子，小说中描写金发女郎那一段，我以前就很喜欢。马洛在脑海中列举了世间种种金发女郎的特征。再也没有比这更完美的描写了。从整体看，这部分浮在上面，不要也可以。也许没有这一段，从小说整体来看，会显得更简练。聪明的编辑说不定会忠告说："钱德勒，这儿不要了。太啰唆了，删了吧。"但反复阅读，就会发现自己不可思议地喜欢上了最初让人觉得多余的这部分。当然还是没有也无妨，但其中有某种趣味，让人聆听到钱德勒自然的声音，这种"没有也无妨"（虽然这种表达很怪异）的描写奇妙地留在了心底，没缘由地刻在了脑海中。这样的内容，这本书中另外还有几处。

另外，我还喜欢马洛一天之内去见三个医生的那段。姓氏以V打头的三个各有隐情的医生。看到后面才知道，韦林吉医生才是目标。剩下的两个医生与故事的主线完全没有关系，在故事展开的过程中只是露个面，然后不再出场。然而这两个医生的出场绝对不算短。和故事主要情节无关的这两个人物，长相、动作和说话方式等细节都描绘得栩栩如生，阅读起来非常愉快。对他们的工作地点的描写也很详细，很有说服力。这正是阅读钱德勒小说的趣味之一。可以说，这种"绕远道"的存在正体现了这种妙处。我说钱德勒"不管是什么，都必须完美地写出来"，的确如此。

是否可以算是绕远道，我也不清楚。批判社会的长篇大论是钱德勒擅长的，在本书中有好几处。哈伦·波特的现代文明批判、记者朗尼·摩根的新闻媒体批判，以及警察伯尼·奥尔兹关于赌博的恶的淋漓畅快的批判，都十分出色。但是当他们开始长篇演说时，总有人在旁边插嘴。奥尔兹激情飞扬地讲述权力滥用时，马洛笑他："你说话怎么像个赤色分子。"对此，奥尔兹不屑地说："我不知道，还没有被调查过。"当然，通过旁边人的插话，钱德勒赋予这段演说以适当的收敛，维持了本书作为娱乐读物的平衡度。其中包含了某种辛苦。

《漫长的告别》出版于一九五三年，四十年代末至五十年代上半叶，美国反共气氛高涨，到处刮起红色恐慌风潮。原来加入共产党的人要接受下议院非美活动调查委员会的调查，被撤职和限制活动。当局采取的方法就是强迫告密。出卖朋友可免于撤职，能继续活下去。尤其在好莱坞，进步的电影人几乎全部成了牺牲品。达希尔·哈米特也被叫去接受调查，他拒绝提供证词（拒绝提供过去朋友的真名），被短期投入监狱。许多有良心的人失望地离开了美国，到别国寻求活跃空间。臆测、背信和恐怖在人们之间蔓延。奥尔兹所说的“调查”的背景正是这种阴暗扭曲的社会精神。钱德勒自始至终都是一个无党派人士，对于红色恐慌一直保持着一定的距离，然而他的生活方式原本就和哈米特一样，有着反抗、自由的习气。这些在经济大萧条的二十世纪三十年代度过青年时期的作家们多数都是这样。尤其是二十世纪三四十年代崭露头角的新型推理作家们，他们描绘的大多是社会底层、都市背面的人们的生活，对那些平凡的小人物抱有强烈的共鸣和同情。

钱德勒也不例外。他的小说中向社会体制喷射怒火的场景很多。当然，那不是图表式的宣传，也不是单方面的声明。其中包含了作者用双眼确实观察到的东西，包含了一种实际的世界观。但是这一类热情而敏锐的视线，在二十世纪五十年代以后，在推理小说界慢慢消失了。非美活动调查委员会的中心人物约瑟夫·麦卡锡不久也下台了。他遗留的反动政治风气成为一种既成事实长期盘踞在美国社会，有形无形地制约着文化活动。从那以后，美国的自由主义开始本能地避免政治上的倾斜。一般的文学作品，虽然有些进行了时代革新的尝试，但多数沦为单纯的知识替换。麦卡锡主义留下了深刻的伤痕。钱德勒一边在脑海中设想这样的政治背景，一边侧耳聆听出场人物长篇大论的体制批判，才能感受到时代的风格。他们所说的情况，有一部分让人觉得和今日几乎没有不同。当时钱德勒感受到的痛苦仍在那里，成为今日的我们的痛苦。

和长篇大论时相反，钱德勒的描写能力很强，抓取人物的特征只需寥寥几笔，让人有一种目睹优秀画家现场素描的感觉。例如对凶案组警监格里戈里厄斯的描写：

> 脑袋秃得厉害，像大部分结实的中年男人那样，腰间一团滚肉。眼睛呈鱼肚灰色，大鼻子上破裂的毛细血管纵横交错。他正喝着咖啡，弄出很大的声响。粗糙厚实的手背上汗毛浓密，一撮灰毛从他耳朵里支棱出来。

对卡恩机构的乔治·彼得斯的描写：

> 他是个手脚笨拙的长腿男人，瘦脸，发际线正在后退。他皮肤粗糙，像是常年在户外饱经各种气候磨砺的样子。他有一双深邃的眼睛，上嘴唇和鼻子差不多一样长，一笑起来，从鼻孔到宽嘴巴的两个嘴角便拉出两道深沟，脸的下半部就消失在沟里了。

对警探伯尼·奥尔兹的描写：

> 奥尔兹是个中等个儿的敦实汉子，一头乱糟糟的淡金色短发，淡蓝色眼睛，两撮粗硬的白眉毛。以前他还戴帽子的时候，每次一脱帽子，总会让你有些吃惊——他的脑袋比你料想的要硕大得多。他是个强悍的警察，对人生有一种严厉的看法，其实内里倒是个厚道人。

对配角外貌的描写，一般的作家会感觉“不得不写的话就写上一点儿”，最终成了平淡的说明文。而钱德勒完全不一样。无论何时都是扼要简洁地描写，让人眼前立即浮现出那个人物的形象。既不会过，也不会不到位。而且，他描绘的景致有某种不寻常的东西，让人感觉到一个活生生的世界在此。我喜欢他这种行文风格。读着读着心情就舒畅起来，就像手正好够着了痒痒的地方。好文章就是这样的。不过，相对于男性出场人物的鲜活，钱德勒对女性出场人物的描写就略欠精彩了。容易写成一个调子，这一点或许可以说是钱德勒的弱点。可能是因为钱德勒本人至死对女性都抱有一种浪漫的看法。

为了能够这样描写人物，就有必要经常仔细观察身边的人。作为与生俱来的本能和养成的习惯，钱德勒不得不到哪儿都细细观察。即便心里想“今天稍稍放松些，不观察了”，日常生活中他的双眼却不受意志控制，还是不停地进行观察。就像安装了自动摄影装置的精密相机。他时常维持着这种精神状态，恐怕神经一刻也不得休息。敏锐而又仔细的观察力，对人类的深刻洞察力，是他天生的才能，同时也是魔咒。优秀的文章和锐利的匕首一样，能有效地切开世界上的事物，有时也会划伤自己。

几个翻译问题

在翻译本书的过程中，我得到了克诺夫出版社的编辑马丁·阿赫特的关照。之前我就认识他，他是珍藏版的雷蒙德·钱德勒作品系列（蜥蜴系列）的经手人，也是《菲利普·马洛生活金句集》（克诺夫出版社）的作者。翻译过程中遇到一些句子怎么也无法理解，于是直接向他请教，得到很大帮助，在此表示深深的感谢。

例如，第二章有这样一段：出租车司机说“弗里斯科”，马洛纠正他说“圣弗朗西斯科”。司机说：“我就叫它弗里斯科，去他的那些个少数族裔。”英语是：“I call it Frisco,” he said. “The hell with them minority groups.”这句话的语气我有点无法理解，于是请教马丁。他的回信如下：

> 二十世纪六十年代我在圣弗朗西斯科生活了几年。（有人说记得二十世纪六十年代的事，马上就有人说其实那里没有那样的事情，不过那是另一个故事了。）我记得好像有宣传标语说：“不要说弗里斯科。”在我的记忆中，那是居住在圣弗朗西斯科的有名的专栏作家赫布·凯恩（听说最近去世了）在数十年前提出的。钱德勒描写的司机提到的少数族裔是指移民群体。当然包括西班牙裔，还有意大利裔。司机对着被全球性消毒清洁过的圣人像，却是那种“去他的”的态度，固持着蓝领阶层带有偏见的世界观。当然这只是我的理解，所以也不能肯定。

我觉得马丁的解释说不定确与事实吻合。司机的言论好像正有宣传政治上的平等的背景：“圣弗朗西斯科在西班牙语中是一个圣人的名字，为表达敬意，不能省略称呼。”这么一来意思就通了。所以最后翻译成：“我就叫它弗里斯科，去他的那些个少数族裔。”

但是，马丁作为研究钱德勒的权威，好像也有几处苦思不得其解的地方。

例如，第三十六章谈到自杀方法的时候举了很多例子。有一句说：They have hanged themselves in bars and gassed themselves in garages. 直

译的话就是："他们在酒吧上吊，在车库吸煤气。"这句话怎么看都别扭。钱德勒在这里列举的几个例子文字都是成对的，很漂亮。这让人不由得怀疑 bar 是不是 barn 的笔误。"他们在仓库上吊，在车库吸煤气。"这样的话就好理解了。在酒吧上吊，怎么想都有些不自然。没有必然性。但请教马丁后，他思考了一番，回复我说："不可能是笔误，是说在酒吧上吊。"可是，立志要写匀称齐整的文章的钱德勒写出了"他们在酒吧上吊，在车库吸煤气"这样的句子，我怎么都不能相信。我又翻了其他许多书，发现有记录称，关于这部《漫长的告别》，钱德勒因出版社排版校订错误、检查不够仔细等一直苦恼到最后一刻。他为此好像相当愤慨，十分困扰。那么说来，单纯的笔误不是"不可能"。因此考虑再三，我还是采用了"仓库"说。顺便提一下，清水俊二先生也采用了"仓库"说。我们意见一致。

逐个举例的话就没完没了了。关于翻译的幕后故事就举这两个，毕竟这是部名作，喜爱的读者人数众多，因此希望能在自己能力允许的范围内尽量减少错误，顾及各个细节。为向名作家钱德勒表达敬意，我打算翻译时尽量忠实原文，同时还要努力避免因过丁重视准确性而削弱作品的自然流畅。为了翻译成明白易懂的日语，有的地方添加了词句，有的地方做了省略。另外，有些地方进行了自由发挥，主要在对话部分。因为时代的变迁，不用过多考虑口语表达。当然有些地方，我自身也想享受一下。这些地方还望各位谅解。

还有一个，在翻译的过程中，总有人问我："那么，那句'To say goodbye is to die a little'该怎么翻译？"至少在日本，这是《漫长的告别》中的经典句子。但这其实不是钱德勒的原创。科尔·波特[1]在二十世纪四十年代创作了一首歌曲 *Everytime We Say Goodbye, I*

①科尔·波特（1891–1964），美国作曲家、流行歌曲词作者。

Die a Little，这首歌曲当时非常流行。也就是说，这句歌词在当时许多美国人的脑海中都有印象。钱德勒（菲利普·马洛）只不过是乘势借用了这句有名的表达。钱德勒在书中加了个开场白，“法国人有一种说法可以形容这种感觉”，然后说了这句话。所以，也许这原本是法国人说的，科尔·波特只是借用。波特长年生活在法国，这也是有可能的。一般认为下面这首法国诗人埃德蒙·阿罗古的诗是其源头。

> 分离就是轻微的死亡。是为了所爱的死亡。
> 不论哪里，不论何时，人总是留下自己的一部分离去。

不管怎么样，这不知从何处借来的句子在日本作为雷蒙德·钱德勒这个作家的标记广为人知，对此想必钱德勒也只有苦笑了。一种讽刺，恐怕只能接受下来。不过，这句子本身的确不错。

关于洛杉矶的警察体系

这也是翻译的细节问题。关于洛杉矶的警察体系，我想简单加以说明。洛杉矶和美国许多地方一样，采用县制，县的警察体系以县司法长官（sheriff）为最高领导。司法长官由常住居民依据普遍选举的原则选出。和西部电影中经常出现的那种小镇警长制度的建立方式基本相同，只是规模大了很多。各州有些细微的不同之处。县司法长官制度多数情况下另设都市警察，分担职责。一般来说，情况大体是这样的：大都市的实际警察职能由拥有现代化体系的都市警察承担，而一般的治安维护和都市周边的警察职能由县司法长官办公室承担。举洛杉矶县为例，县内有三十九处都市警察局，承担着都市内部的警察职能。除此以外的区域，其警察职能由县司法长官办公室负责安排。

就《漫长的告别》这部作品里的具体情况来说，西尔维亚·伦诺克斯被杀的恩西诺位于洛杉矶市内，所以案件由都市警察负责，罗杰·韦德被杀（或死亡）的空闲谷（虚构的地方）位于洛杉矶市郊，由县司法长官办公室负责。相当复杂，这一点不弄清楚的话，故事会显得混乱。这意味着殴打马洛的警监格里戈里厄斯隶属洛杉矶市警察局。赫南德兹和伯尼•奥尔兹隶属县司法长官办公室。格里戈里厄斯警监想要送马洛进去的是“市拘留所”，管辖洛杉矶县的地区检察官斯普林格从市警察局接手案件，于是马洛换到了“县拘留所”，格里戈里厄斯自然无法插手了。对想刑讯马洛的格里戈里厄斯来说，这当然就没意思了。

市警察局和县司法长官办公室，级别是有差异的。例如，市警察局的一般警察相当于 Deputy Sheriff，意思是“司法长官助手”，这实在具有西部电影的韵味。本书中一般译作“警察”。这样不会有语感上的抵触。而实际上司法长官助手和警察根本就没有差异。同样，“县司法长官”也译成了“县警察局局长”。“司法长官办事处”译作“分局”。忠于细节，自然最好是选用正确的用语来翻译，但这样一来，几乎所有的日本读者都会弄不清楚这种警察职能的分工（翻译本书前，我也不清楚），日语的流畅语感将大打折扣，因此我斗胆进行了意译。这一点我在此加以说明，希望能得到诸位的理解。

另外，县司法长官和地区检察官都不是任命的，而是由常住居民选举出来的，就像本书中介绍的一样，不少政治家以此作为政治生涯中的一步，时常能看到和政党的实权人物沆瀣一气腐败的例子。选举中，与实务能力相比，外表和个人的人气更有战斗力。钱德勒的这支笔将这种体系的滑稽描写得惟妙惟肖，尖刻辛辣。县司法长官彼得森和地区检察官斯普林格的形象栩栩如生地浮现在读者眼前。在美国，古老的、小规模的地方共同体的逻辑就这么直接融进大规模的都市体系里，这种事例很多，给社会带来了各种各样的矛盾和僵局。在英国长大的钱德勒恐怕是想更准确、更客观地把握这种状态的不可思议之处。将钱德勒的作品当作一个半外国人眼中的美国现象“文献”来阅读，一定是项相当有意义的作业。

最后，要向设计出如此精致装帧的奇普·基德[①]致以感谢。

（本文系村上春树为日文版《漫长的告别》新译本所写的后记，中文由张苓翻译。）

①村上春树在美国出版的全部作品的装帧设计均出自基德之手。

漫长的告别

1

我第一次瞧见特里·伦诺克斯时，他喝醉了，坐在舞者俱乐部露台外停靠的一辆劳斯莱斯银色幽灵里。车库侍者已经把车开了出来，手还把着车门，无法关上；因为特里·伦诺克斯的左脚还晃荡在车外，好像他压根儿忘了自己还有一条腿似的。他的脸看上去很年轻，可头发已然雪白。只消瞧一瞧他的眼睛你就知道他醉得够呛；除此之外，他看上去和那种身着晚宴华服、在娱乐场所一掷千金的年轻人没什么两样。这种场所的存在除了让他们挥金掷银，别无意义。

有个女孩坐在他身边。可人的深红色头发，唇边一丝漠然的笑；肩上的一领蓝貂几乎令劳斯莱斯黯然失色。但也只是几乎，没什么能完全做到这点。

车库侍者是常见的那种不太好使唤的家伙，穿着白外套，前襟绣着红色的酒店名。他开始不耐烦了。

“我说，先生，”他的言语有些刻薄，“您介不介意把贵腿缩进车里，好让我关上车门？还是让我把门开开，好让您滚出来？”

女孩扫了他一眼，那眼光足以刺穿他的腹背，可他并未理会。舞者俱乐部收罗了这么一群活宝，他们能看透大把花钱玩高尔夫熏陶出的高贵人格。

一辆外国敞篷跑车拐进停车场，走出一个男人，拿汽车点烟器点燃了一支细长的香烟。他穿着格子套头衫，黄色长裤，马靴，信步而过时，身后烟雾袅袅，根本不瞥劳斯莱斯一眼。他或许觉得这车过时了吧。走到露台台阶下时，他停住脚步，将单片眼镜卡在鼻梁上。

女孩突然和悦媚人地说：“我有个好主意，亲爱的。咱们不如叫辆出租车到你那儿，把你那敞篷车开出来？多么美妙的夜晚，沿着海滨兜风，一路开去蒙特西托。我知道那边有人举办池畔舞会哪。”

白发青年礼貌地说：“万分抱歉，那车已经不再属于我。我不得已把它卖了。”听他的语调和吐字，你会觉得他刚才最多就是喝了几口橘子水。

“卖了，亲爱的？你这是什么意思？”女孩从他身边挪开，而声音好像挪得更远。

“意思是我不得已而为之，”他说，“为了换饭钱。”

“噢，明白了。”这一瞬间，冰激凌掉在她身上也融化不了。

车库侍者凑近白发青年，一脸看待身份卑微的人的神色。“我说，伙计，”他说，“我得管车去了，回头见吧——要是有幸。”

他放开车门。那醉鬼立即从车座里跌了出来，一屁股坐在柏油路上。于是我走过去，弯腰帮了他一把。我想，和酒鬼纠缠无论如何是个错误。就算他认识你，喜欢你，他也随时可能后退两步，然后冲上来一拳砸在你牙齿上。我挟住他的胳膊，扶他站了起来。

“十分感谢。”他礼貌地说。

女孩移至方向盘前。“他一喝醉，就十足的英国绅士派头。”她的声音听起来像不锈钢，“多谢你扶他一把。”

“我把他弄到后座上去。”

“真是抱歉。我有约，等不及了。”她踩下离合器，劳斯莱斯启动起来。“他不过是条丧家犬，”她冷冷一笑，又说，“你或许能帮他找个窝。他多少还算训练有素。”

劳斯莱斯沿入口车道驶向日落大道，朝右拐了个弯，开走了。我正望着的时候，车库侍者回来了。我胳膊上还搭着这家伙，他已经睡着了。

“啊哈，这也不失为一种办法。”我对白外套说道。

“当然。”他讥诮道，“何苦跟醉鬼耗精神，麻烦事儿。”

“你认不认识他？”

“我只是听那妞儿叫他特里。除此之外我不知道他是哪家的阿狗阿猫。不过我在这里才干了两星期。”

“劳驾，把我的车开过来吧。”我把停车票交给他。

等他把我的奥兹开过来时，我觉得自己好像提了只铅袋子。白外套帮我把他弄进了前座。那主儿睁开一只眼，谢谢我们，然后又睡了过去。

“他是我见过的最懂礼貌的酒鬼。”我对白外套说。

“这些人什么样的都有，”他说，“都是瘪三。这位好像还整过容。”

“还真是。”我给了他一块钱，他谢了我。他没说错，这家伙的确整过容。我新朋友的右脸僵硬发白，横着几道细疤。疤痕周边的皮肤则看上去很光滑。他整过容，而且是伤筋动骨的大手术。

“你打算拿他怎么办？”

“带回家去，让他醒醒酒，好告诉我他住在哪里。”

白外套朝我扮个鬼脸。“得，倒霉蛋。要是我的话，就把他送到阴沟里去。这些酒鬼只会给人惹麻烦，一点儿都不好玩。我有一套理论。如今的比赛是这样，你得省着点儿劲，扭打时才可以保护自己。”

“看得出你从中获益匪浅。”我说。

他先有些摸不着头脑，接着大怒，不过这时候我已经坐进车里，启动了车子。

当然，他说得也不全错。特里·伦诺克斯确实给我带来了一连串麻烦。可说到底，那是我的本行。

* * *

那年，我住在月桂谷区丝兰街的一栋房子里，小房子倚着山坡，坐落在一条死巷里，长长的红杉木台阶通向前门，路对面是一片桉树林。房子配有家具，房主是一个老妇人，去了爱达荷州，要陪守寡的女儿住一段日子。租金很低廉，一则因为房主希望能够打个招呼就搬回家住，一则也因为那长台阶。她已经上了年纪，每次回家都要爬这么长的台阶吃不消。

我好歹把醉鬼弄上了台阶。他倒也很想配合一下，可他的腿像是橡皮做的，不听使唤，道歉的话还没说完就又睡过去了。我打开门，将他拖进屋子，让他瘫在长沙发上，替他盖了块毛毯，由他睡去。他呼噜打得山响，睡了一小时，然后突然就醒了，要用厕所。回来时，他斜眼瞧着我，想要知道自己在什么鬼地方。我告诉了他。他自报家门，说他名叫特里·伦诺克斯，住在韦斯特伍德街一栋公寓里，家里没人等他。声音清晰响亮。

他说他可以喝杯黑咖啡，我便给他倒了一杯。他小心地啜着，端着咖啡碟和咖啡杯。

“我怎么到这里来的？”他环顾左右，问道。

“你在舞者俱乐部喝醉了，倒在劳斯莱斯里。你女朋友把你撵下了车。”

“可不是嘛，”他说，“毫无疑问，她完全有理由这么干。”

“英国人？”

“我在那里住过，但不是在那里出生的。也许我可以叫辆出租车，我要告辞了。”

“有辆现成的车正等着你。”

他自己走下台阶。去韦斯特伍德街的路上，他言语不多，只是感谢我的好心，并对自己的失态表示歉意。他或许经常这么说，而且对许多人说过，这些话不过脑子就从嘴巴里溜出来了。

他的寓所又小又闷，没有人气。像是他当天下午才搬进去。硬邦邦的绿沙发前摆着张茶几，上面搁着一瓶喝了一半的苏格兰威士忌、一碗化开的冰块、三只空汽水瓶、两只玻璃杯和一盏烟灰缸——里头的烟蒂有的有口红印，有的没有。不见照片，也没有哪怕一件私人物品。你可以认为它是一间租来开会、举办告别派对、喝酒聊天，甚或上上床的旅馆客房；只是不像一个人真正住的地方。

他问我要不要喝点什么。我谢绝了，也没坐下。我离开时，他又谢了我，不过没表现得好像我对他恩重如山，但也不是完全不把我当回事儿。他稍微有点虚弱，还有点腼腆，但很有礼貌。他一直站在门口，直到自动电梯上来，我走了进去。他也许一无所有，但至少很有教养。

他没再提那女孩，也没提他没有工作，无所指靠，为了那所谓的上流尤物，他差不多是掏空了囊中最后一块钱付了舞者俱乐部的账单；而那尤物竟不肯多待一会儿，也不管他会不会被巡警抓进班房，或者被开出租的扔到野地里去。

电梯往下走时，我有一股冲动，想回去把他的苏格兰威士忌带走。但这实在不关我的事，而且说到底，那样也不顶用。只要想喝，他们总能搞到。

我开车回家，一路咬着嘴唇。我其实是心肠相当硬的人，可那家伙有什么东西触动了我。我不清楚是什么，也许是他的白发、疤脸、清晰的嗓音和他的礼貌。也许这些就足够了。我没理由会再见到他。他不过是条丧家犬，像那女孩说的。

2

感恩节之后的那个星期，我又见到了特里·伦诺克斯。那时，好莱坞大道两边的店铺里充斥着漫天要价的圣诞节垃圾，报纸上也开始叫嚣说要是你不早点置办节日所需，就会麻烦无穷。其实无论如何都会麻烦不断。向来如此。

在离开我办公室所在大楼约莫三条街的地方，我瞧见一辆警车并排停放着，车里坐着两名警察，正朝街边一家店铺橱窗旁的什么东西张望。那“什么东西”竟是特里·伦诺克斯——或者说是他所剩的东西——而这点东西看上去实在叫人不敢恭维。

他倚靠在店铺门口，好像不靠着什么就要倒下去似的。衬衫脏兮兮的，领口敞着，领子一边缩在外套里，一边耷拉在外面。看样子他有四五天没刮过脸了。他揉着鼻子，脸色惨白，连细长的疤痕都几乎看不见了。眼睛好像雪地上的两个窟窿。很显然，巡逻车里那两名警察正准备动手，于是我急忙跑过去，抓住他的胳膊。

“站好，走吧，”我装得凶巴巴的，一边朝他眨眼，“能行吗？

醉啦？”

他茫然地看着我，露出他那半边脸的微笑。“刚才是醉了，”他吸了口气，“眼下我想我只是有些——飘。”

“得了，抬抬脚。你一只脚已经踏进醉鬼拘留所了。”

他努力配合着，让我扶着他穿过人行道上的流浪汉们，走到街沿上。那里停着辆出租车，我一把拉开车门。

“他先。”司机朝前面一辆出租车翘翘大拇指，说道。然后他扭头看见了特里。“要是谁肯接这单生意的话。”他补充道。

“紧急情况，我朋友不舒服。”

“是吗？”司机说，“他可以去别的地方不舒服。”

“五块，”我说，“该满意了吧？”

“噢，好吧。”他说着把一份封面印着火星人的杂志塞到镜子背后。我伸手进去，打开车门，把特里·伦诺克斯弄进了车里。这时，巡逻车的影子堵住了另一侧的车窗。一名灰头发的警察跳下车走过来。我绕过出租车，迎上前去。

“等等，小子。这里怎么回事？这位衣服脏兮兮的先生真是你的熟人？”

“熟到我知道他需要朋友。他没喝醉。”

“当然，没钱嘛。”警察伸出手，我把我的证件放在他手上。他看了看，还给了我。“啊哈，”他说，“私人侦探钓了个雇主。”他的口气变得强硬起来，“那玩意儿只告诉我你是什么人，马洛先生。可他呢？”

“他叫特里·伦诺克斯，在影艺圈供职。”

“不错嘛。”他弯腰把头伸进出租车，瞪着角落里的特里。“可我敢说他最近没差事干。我敢说他最近没在屋里睡觉。我甚至敢说他是个流浪汉，我们应该把他抓进去。”

"你抓的人还不够凑数？"我说，"在好莱坞这是不可能的。"

他还是盯着特里。"你朋友叫什么名字，伙计？"

"菲利普·马洛，"特里迟缓地说道，"他住在丝兰街，月桂谷区。"

警察把脑袋从车窗里退出来，转身打了个手势。"可能你刚才告诉了他。"

"是有这个可能。不过我没有。"

他盯着我看了一两秒钟。"我就信你这一次，"他说，"别让他再混在街上了。"

我钻进出租车，穿过三条街，到我停车的地方。我拿出五块钱给司机。他横了我一眼，摇摇头。

"计程器上是多少就多少，老兄。你要是乐意，一块钱凑个整也行。我也倒霉过，在弗里斯科。没哪个肯搭把手，也没出租车肯拉我一程。没人情味的地方。"

"圣弗朗西斯科。"我不由得说道。

"我就叫它弗里斯科，"他说，"去他的那些个少数族裔。谢啦。"他收下一块钱，开车走了。

我们去了个有车道销售窗口的快餐店，他们做的汉堡味道还行，至少没糟到连狗都不吃的地步。我给特里买了两个，还给他要了一瓶啤酒，带着他回了家。他爬那长台阶依旧很费力；可他只管咧着嘴，气喘吁吁地往上爬。一小时后，他剃了胡须，洗了澡，又人模人样了。我们坐下来喝了一杯很淡的酒。

"多亏你记得我的名字。"我说。

"我特地记住的，"他说，"我还查过你。这事我还办得到。"

"为什么不给我打个电话？我一直住在这里。我还有间办公室。"

"我干吗要麻烦你？"

"看起来你不得不麻烦某个人，而且你好像没多少朋友。"

"噢，我有朋友，"他说，"勉强算得上的那种。"他转着茶几上自己的酒杯。"开口求助不容易——尤其是自作孽的时候。"他抬起头，脸上浮起疲倦的微笑，"也许哪天我就戒了酒。他们都这么说，不是吗？"

"得花三年工夫。"

"三年？"他有些惊诧。

"戒酒一般就得这么长时间。那是个完全不同的世界。你得习惯不那么丰富的色彩，不那么喧闹的声音。你可能会故态复萌。你会感到老朋友们变得有点陌生。其中大多数你都不再喜欢，他们也不再喜欢你。"

"那也算不得什么大改变。"他说，扭头看了看钟，"我有一个值两百块钱的箱子，寄存在好莱坞汽车站。要是能提出来，我可以把它当掉，换一个便宜的，余钱还可以搭车去拉斯维加斯。我到那里能得到一份工作。"

我没说话，只点点头，坐在那儿慢慢喝酒。

"你在想我早该这么打算了。"他平静地说。

"我在想我不该多管闲事——关于这背后的事。那份工作落实了吗？还是只是一个希望？"

"落实了。我在军队的时候有个混得很熟的伙计，他在那里经营一家大俱乐部，泥龟俱乐部。当然，他一方面是个骗子，他们都是骗子——可另一方面又是个好人。"

"我可以解决车票，外加其他一些花销。可我希望这钱换来的是长久一些的东西。你最好跟你的朋友通个电话。"

"谢谢，可是不必啦。兰迪·斯塔尔不会让我失望。他从未让我失望过。那个箱子能当五十块钱，我有经验。"

"好了，"我说，"你需要的钱我会给你。可我不是好心肠的傻瓜。

所以，钱拿去，别乱来。我希望你别再来找我麻烦，因为我有某种预感。”

“真的？”他低头看着自己的酒杯，只小口地啜着酒。“我们只见过两回，可两回你都对我很够意思。你有什么样的预感？”

“我预感下次见你时，你会陷入更大的麻烦，可我帮不了你。我说不出为什么，但我有这种预感。”

他用两个指尖轻轻地摸了摸右边的脸，“或许是因为这个。这的确让我看上去有点凶，我想。不过这是光荣的伤疤——或者说是光荣受伤的结果。”

“不是。那疤我一点儿也没放在心上。我是干私人侦探的，你这个麻烦我无须理会，不过麻烦就在那儿。这就叫作预感。要是你希望我把话说得格外委婉些，那就叫作对性格的感觉。那女孩把你扔在舞者俱乐部门口兴许不光是因为你喝醉了。说不定她也有某种预感。”

他不易察觉地笑了笑。“我和她结过婚。她叫西尔维亚·伦诺克斯。我因为钱娶了她。”

我站起身来，皱着眉头瞧他。“我给你做些煎蛋。你需要吃点东西。”

“等等，马洛。我这么潦倒落魄，而西尔维亚那么富有，你是不是纳闷我为何不向她讨几个钱？你听说过自尊吧？”

“你真逗，伦诺克斯。”

“是吗？我的自尊和别人的不一样，那是一个除了自尊之外一无所有的男人的自尊。要是冒犯了你，请原谅。”

我去了厨房，准备了一些加拿大熏肉、煎蛋、咖啡和烤面包。我们在厨房的早餐区用了餐。那个年代建造的厨房总有个早餐区。

我说我得去趟办公室，回来时会顺路把他的箱子带回来。他把收条给了我。他的脸现在稍微有些血色了，眼睛陷得也没那么深了，之前它们深得几乎要让人进去找。

离开前，我把一瓶威士忌放在长沙发前的茶几上。“请用你的自尊来对付它。”我说。

“给拉斯维加斯打个电话，就当是为了我。”

他只是笑笑，耸耸肩。我走下台阶时，心里还是不痛快。我不明白这是为什么，我同样不明白为什么一个男人宁愿饿着肚子在街头晃荡，也不肯典当他的衣箱。不管他的规则是什么，他是在照它行事。

* * *

这手提箱让人惊叹。它是用漂白过的猪皮做的，崭新时应当是淡奶油色。配件是金的。英国货，就算能在此地买到，它也要花掉你八百而不是两百块。我把它放在他跟前。那瓶威士忌还在茶几上。他没动它。他跟我一样清醒。他抽着烟，但兴致不高。

“我给兰迪打了电话，”他说道，“他不痛快，因为我没早点给他打。”

“而是靠陌生人帮忙，”我说，“是西尔维亚送的？”我指了指手提箱。

他望着窗外。“不是。在英国时别人给的，在我认识她之前很久。真是很久了。要是你能借我一个旧箱子，我就把它留在你这里。”

我从钱夹里抽出五张二十块的钞票放在他面前。“我不需要抵押。”

“我完全不是那个意思，你也不是开当铺的。我只是不想带着它去拉斯维加斯。再说我也不需要这么多钱。”

“那好，你收着钱，我收着箱子。不过这房子不怎么防盗。”

“没关系，”他漠然道，“一点儿也没关系。”

他换了衣服，五点半左右，我们在米索饭店吃了晚饭。没喝酒。他在卡文葛车站上了班车，我开着车一路东想西想回了家。他的空手提箱还放在我床上，刚才他就在那儿把箱子里的东西拿出来，放进我的轻便手提箱。他的手提箱有一把金钥匙，还插在锁孔里。我锁上它，将钥匙系在把手上，搁在衣橱上面的架子上。它感觉并不像是一个空箱子，但里面放着什么不关我的事。

那是一个寂静的夜晚，房子里好像比往常更空了些。我铺开棋盘，自己充当法国人和施坦尼茨[①]对垒。他走了四十四步就打败了我，但我也让他捏了两把冷汗。

九点半，电话铃响了，那头的声音我以前听到过。

“是菲利普·马洛先生吗？”

“是的。”

“我是西尔维亚·伦诺克斯，马洛先生。上个月有天晚上我们在舞者俱乐部匆匆见过。我后来听说你好心把特里送回了家。”

“不错。”

“想必你也听说了，我们已经离婚了，可我有些担心他。他离开了韦斯特伍德街的公寓，没人知道他的下落。”

“上次见面我已经了解你有多担心他了。”

“听着，马洛先生，我和他曾是夫妻。我对酒鬼没多少同情心，也许是我心肠太硬，也许当时我确实有相当重要的事要办。你是私人侦探，要是你愿意，可以按行情收费。”

“实在没必要，伦诺克斯夫人。他搭班车去了拉斯维加斯。他在

---

①威廉·施坦尼茨（1836–1900），奥地利人，一八八六至一八九四年间的国际象棋大赛冠军。

那里有个朋友，会给他安排一份工作。”

她突然高兴起来。“噢——去了拉斯维加斯？他真多情。那是我们结婚的地方。”

“我想他是忘了，”我说，“要不然他会去其他地方。”

她没挂断电话，而是笑起来，招人喜欢的轻笑。“你对客户总是这么粗鲁吗？”

“你不是我的客户，伦诺克斯夫人。”

“也许以后会是，谁说得准？那就说对你的女性朋友吧。”

“同样的回答。那家伙落魄潦倒，又脏又饿，一文不名。要是他值得你花时间，你会找到他的。当初他就不想接受你的帮助，现在大概同样不想。”

“这个，”她冷冷地说，“你可就不得而知了。晚安。”她挂了电话。

当然，她完全说对了，而我完全错了。可我不觉得自己有什么错，只是觉得不痛快而已。要是她早半小时打来，我一怒之下没准会把施坦尼茨打得一败涂地——只可惜他五十年前就去见上帝了，棋局是从书里看来的。

3

圣诞节前三天，我从拉斯维加斯一家银行收到一张百元支票，附了一封写在旅馆信纸上的短笺。他对我表示感激，祝我圣诞愉快，万事顺利，还说希望很快能再次与我相见。精彩的是附言：“西尔维亚与我开始了二度蜜月。她说想再努力一次，请你别对她心存芥蒂。”

余下的情况我是在报纸社交版某个趋炎附势的专栏里读到的。这类专栏我一般很少看，只有想找东西来恶心自己时才去翻一翻。

> 记者惊悉爱侣特里和西尔维亚·伦诺克斯于拉斯维加斯再结伉俪。西尔维亚是旧金山和圆石海滩的千万富翁哈伦·波特的次女。受西尔维亚之邀，马塞尔和让娜·迪奥克斯正在重新装修她位于恩西诺的府邸，下至地窖，上至顶棚，都将装潢成最引人注目的新潮式样。亲爱的读者，或许您还记得，这座拥有十八个房间的小宅子是科特·韦斯特海姆，西尔维亚在特里之前的丈夫赠予她的结婚礼物。您或许会问，科特如今安在？答案是圣特鲁佩斯，

听说他将永远在那里定居，陪伴他的是一位血统非常非常高贵的法国公爵夫人与一双美丽绝伦的孩子。您或许还会问，哈伦·波特如何看待次女与女婿的再度结合？那您就只好猜一猜了。波特先生是从来不接受采访的。这些社交界的宠儿们还能怎样排斥公众呢？

我将报纸扔进角落，打开电视。看过社交版的狗屎，就连摔跤也变得入眼了。不过事实或许就是如此。上社交版的，一般都确有其事。

我能够想象那种有十八个房间的“小宅子”，外加波特的几百万资财，再添上迪奥克斯那最新潮的鸡巴崇拜风格的装潢。但我实在无法想象特里·伦诺克斯穿着百慕大花裤衩，一边在某个泳池边晃悠，一边用电话指挥管家冰香槟、烤松鸡。无法想象！要是那家伙想要做别人的毛毛熊，这不会伤我一根毫毛，我只是不想再见到他而已。可我知道我还会再见到他——要是因为那只见鬼的镶金猪皮手提箱就好了。

那是三月份一个雨天的傍晚，五点钟光景，他走进了我那邋遢的头脑商店。他看上去变了。老相了些，非常冷静、严肃而沉着，像是个学乖了的人。他身穿牡蛎白的雨衣，戴着手套，头上没扣帽子。白头发一如鸟羽般伏贴顺滑。

“我们找个安静的酒吧喝几杯吧，”他说，似乎已经来了有十分钟的样子，“我是说，要是你抽得出时间。”

我们没握手。我们从未握过手。英国人不像美国人那样握手握个不停，他不是英国人，但他有些英国人的派头。

我回答说：“去我那儿，拿走你那只高级箱子吧。那东西让我不安心。”

他摇摇头。“就请你行行好，替我保管着吧。”

“为什么？”

“我觉得那样更好。你不介意吧？那东西让我想起过去，那时我还不是一只酒囊饭袋。”

“胡扯。”我说，“但那是你的事。”

“你是不是因为担心被偷走——”

“你的事你自己看着办。我们走吧。”

我们去了维克托酒吧。他开的是一辆铁锈色的丘比特－乔伊特①，一顶轻飘飘的遮雨帆布车篷下只容得下我们两个人。车里包着浅色皮革，配件好像是银的。我不太讲究车，可对那玩意儿还是流了点口水。他说可以在一秒钟内加速到六十五英里。还有个不及他膝盖高的短胖小排挡。

“四速的，”他说，“这种车，他们还没有发明自动挡。其实你也不需要。哪怕上坡发动也可以放三挡，反正在车流之中想要再快也快不了。”

“结婚礼物？”

“属于‘碰巧在橱窗外瞄见的小意思’那种随便的礼物。我被宠得厉害。”

“只要不坠个价签，”我说，“那也不错。”

他飞快地瞥了我一眼，又把视线收回到潮湿的路面上。双雨刷簌簌地轻扫着小挡风窗。“价签？什么东西不坠个价签，朋友？你大概以为我不幸福？”

“对不住，是我失言。”

“我有钱。他妈的谁要幸福？”他语气里有一种我不曾听见过的

---

①英国乔伊特汽车公司于二十世纪五十年代上半叶生产的一款汽车。

苦涩。

“还贪不贪杯？”

“文雅透顶，老兄。出于某种很奇怪的原因，我好像能够控制这事儿。不过谁知道呢，是不是？”

“也许你从来就不真的是个酒鬼。”

我们坐在维克托酒吧的吧台一角喝琴蕾。“这儿的人不懂怎么调酒，”他说，“他们所谓的琴蕾不过是柠檬汁或者酸橙汁掺上杜松子酒，再加些糖和几滴苦味液。真正的琴蕾是一半杜松子酒一半玫瑰牌酸橙汁，其他什么都不要。比马提尼强多了。”

“我对酒向来不太讲究。你和兰迪·斯塔尔相处得如何？我们这边谁都知道他是个不好惹的家伙。”

他往后靠了靠，若有所思的样子。“我想他的确不好惹，他们都那德行。不过在他身上不明显。我可以告诉你几个混在好莱坞的家伙，同样路数。兰迪不找人麻烦。他在拉斯维加斯是个正儿八经的生意人。下回你去那里不妨会会他。你会和他交上朋友的。”

“可能性不大。我不喜欢流氓。”

“这不过是一种说法罢了，马洛。看看我们的世界，打了两次大战，变成了这副样子，我们要维持下去。兰迪、我和另一个伙计曾经一起遭难，我们之间因此结下了情义。”

“你需要帮助，何不向他开口？”

他喝干杯里的酒，示意侍者。“因为他不能拒绝。”

侍者端来新调的酒。我说：“这个你只跟我说说就罢了。倘若那家伙欠了你，替他想想，有机会报答，他会很高兴。”

他慢慢地摇了摇头。“我明白你说得不错。当然，我的确跟他讨了一份工。那份工，我的的确确是干了活儿的。伸手乞怜？不。”

“可你向一个陌路人伸手。”

他直直地盯着我的眼睛。“陌路人可以继续走他的路，装作没听见。”

我们喝了三杯琴蕾，不是双份的，他一点事也没有。这点酒精刚好可以勾起一个酒鬼的瘾头。所以，我估计他已经戒了酒。

然后，他把我送回办公室。

“我们通常八点十五分吃晚餐，”他说，“这晚餐，只有百万富翁才消受得起，如今也只有百万富翁的下人才能应付自如。总是高朋满座。”

***

自那以后，他开始习惯性地在下午五点左右到我的办公室。我们并不总去同一家酒吧，不过维克托是最常光顾的地方。或许这家酒吧令他想起了某些我所不知道的事情。他从不喝多，对此他自己都惊讶不已。

“这一准就像隔日发作的疟疾，”他说，“发作时很糟。一旦过去了，你就好像从来没得过这病似的。”

“像你这样处境优越的人会愿意跟个私人侦探一起泡酒吧，我想不出个所以然来。”

“你是在谦虚吗？”

“没有。我只是奇怪。我算相当随和的那类人，可我们活在不同的圈子里。我只知道有个恩西诺，除此之外我不知道你在哪里打发日子。我猜想你的家庭生活该是相当舒适从容的。”

“我没家庭生活。”

我们又叫了琴蕾。这地方空荡荡的。几个泡在酒坛里的瘾君子坐在吧台旁的高凳上，这些家伙伸手拿第一杯酒时，动作非常之慢，小心翼翼，以免碰翻什么。

“这我就不懂了。可以告诉我原因吗？”

“大制作，可是没故事，就像他们在摄影棚里说的那样。我想西尔维亚挺开心，但不是非要和我在一起。在我们的圈子里，这没什么大不了的。倘若你不用工作，也不用顾及金钱，那你总能找到点事干。这并不是真正的快乐，但有钱人不明白这点。他们从来没有真正快乐过。他们对任何东西都没有强烈的欲望，也许除了别人的老婆。和管道工的太太想在起居室装一幅窗帘的愿望比起来，这种欲望苍白得可以。”

我没有说什么，由着他继续。

“大部分时候我只是在消磨时间，”他说，“难挨得很。打打网球，打打高尔夫，游游泳，骑骑马，瞧着西尔维亚的朋友们到午餐时间还一脸宿醉的模样，也算是一种精致的消遣。”

“你去拉斯维加斯那晚，她说她不喜欢酒鬼。”

他歪嘴一笑。我已经看惯了他的疤脸，只有当他脸上的表情有所变化，而那半边脸仍然僵硬的时候，我才会注意到那几道疤。

“她指的是身无分文的酒鬼。若是有钱人，那就只是豪饮客而已。要是他们一进门就呕吐，自有管家会去收拾。”

“你没必要这样。”

他将酒一饮而尽，站起身。“我得告辞了，马洛。我不但招你烦，天知道连我都烦我自己。”

“你并没有烦到我。我是训练有素的倾听者。迟早我会弄明白你为什么喜欢做一只被豢养的卷毛狗。”

他用手指轻轻摩挲着他的疤痕，脸上掠过一丝若有若无的笑。“你应该想想为什么她想让我在她身边，而不是为什么我想要在那儿，靠着缎面垫子耐着性子等她来摸摸我的头。”

“你喜欢缎面垫子，”起身和他一同离开时我说，“喜欢丝绸床单，喜欢按铃唤下人，喜欢管家恭顺的微笑。”

“也许吧。我是在盐湖城一家孤儿院长大的。”

我们出了门，走进疲惫的黄昏，他说他想走一走。我们是坐我的车来的，而且这次我动作足够迅捷，抢先付了账单。我望着他走出我的视线。消失在薄雾中之前，有那么一个片刻，他的白发在从一家店铺的橱窗里射出的灯光下闪闪发光。

他酩酊大醉、落魄潦倒、饥肠辘辘、遭遇挫败而又维持着骄傲的时候，我更喜欢他些。果真如此吗？或许我只是喜欢充当大恩人。他那些事情实在叫人琢磨不透。在我这行里，有些场合你要提问题，有些场合则要由着他文火慢炖，直到他自己爆发。任何一个称职的警察都明白这道理。这跟下象棋或打拳击很相似。对付有些人，你得咄咄逼人，使其无法保持平衡；而有些人，你只要挥挥拳头，他们就会自己败下阵来。

如果我开口问，他会把他的事儿抖落给我。但是，我甚至连他的脸是怎么被打烂的都从来没问过。要是我问了，而他又告诉了我，或许能够救下几条人命。只是或许而已。

4

我们最后一次一起在酒吧喝酒是在五月份。那天我们去得比平日早，才过四点。他看上去有些疲倦，也瘦了些，可他环顾左右，脸上缓缓浮起一抹愉快的微笑。

“我喜欢刚开始晚间营业的酒吧。室内空气仍然干净清爽，什么都擦得锃亮，酒保站在镜子前最后一次打量自己，看看领带有没有歪，头发是不是顺溜。我喜欢吧台背后精致的酒瓶，闪闪发亮的可爱玻璃杯，还有期待。我喜欢看酒保调当晚第一杯酒，看他把酒杯摆在干燥洁净的杯垫上，再在旁边放上叠得整整齐齐的小餐巾。我喜欢慢慢品尝。傍晚在一个清静的酒吧喝第一杯清静的酒——真是美妙啊。”

我同意他的说法。

“酒就像爱情，”他说，“初吻妙不可言，再吻代表亲密，三吻便是例行公事。接着你就开始脱妞儿的衣服了。”

“就这么糟？”

“这是高规格的刺激，但不是纯粹的情感——美学意义上的不纯粹。我并不鄙夷性。它是必要的，也并不一定丑陋，但必须持续地经营。使性富有魅力，那是十亿美元的巨大产业，一分钱都省不得。”

他左右看看，打了个哈欠。“我一直睡不好觉。这里很舒服。不过一会儿这里就会挤满酒鬼，他们大笑大嚷；那些讨厌的女人们还会手舞足蹈，挤眉弄眼，手镯叮当响，卖弄包装好的魅力。到了夜间，这种魅力就会生出汗酸味儿，尽管淡淡的，但不容置疑。”

“宽容点儿，”我说，“她们也是人哪，会出汗，会弄脏，也得去洗手间。你指望什么——金色蝴蝶在玫瑰色的薄雾里飞舞？”

他喝干了酒，把杯子倒过来举着，望着一滴酒慢慢聚拢在杯子边缘，颤抖了一下，落了下去。

“对她我感到遗憾，”他慢吞吞地说，“她是个不折不扣的荡妇。兴许隔着遥远的距离，我也会欣赏她。总有一天，她会需要我，而我会是她身边唯一一个手里没捏着利器的人。很可能到那时我会被踢出局。”

我只是瞧着他。“你把自己卖了个好价钱。”过了一会儿我说。

“是啊，我明白。我是个意志薄弱的人，没胆量没野心。我攀住了一只黄铜圈，然后吃惊地发现它原来不是金的。像我这样的人一辈子就辉煌那么一次，秋千架上一次完美的飞荡。之后的人生就花在一件事上：努力让自己别从人行道上跌进臭水沟。”

“这又从何说起？”我拿出烟斗，开始填烟丝。

“她害怕了。她怕得要命。”

“怕什么？”

“我不知道。我们已经不再经常交谈了。大概是怕老头子。哈伦·波特是个铁石心肠的畜生。表面上一脸英国王族式的高贵，骨子里却和盖世太保一样残忍。西尔维亚是个荡妇。他知道，而且讨厌这个，可他也没办法。他就等着看着，要是西尔维亚弄出大丑闻来，他会把她砍成两段，头埋在东，脚埋在西，距离十万八千里。”

“你是她丈夫。”

他举起空杯子，重重砸在吧台边缘。随着一声尖利的“啪”，杯子碎掉了。酒保盯着我们看，但没吱声。

“就像这样，伙计，就像这样。噢，当然，我是她丈夫。登记卡上是这么写的。我是那三级白台阶，那扇绿色大门，那个黄铜门环，你长叩一下短叩两下，女佣就会过来把你引入这百元档次的妓院。”

我站起身，往桌上扔了些钱。“你说得他妈的太多了，”我说，“净是他妈的你自己。再见。”

我走了，把他撇在那里。借着酒吧的灯光，我看到他很吃惊，脸色发白。他在我背后喊了句什么，我没有回头。

十分钟以后，我后悔了。但那时我已经在其他地方了。他再也没有来过我办公室。再也没有，一次也没有。我击中了他的痛处。

我有一个月没见到他。再见到他时是某日早晨五点，天刚亮。持续不断的门铃声把我从床上惊起。我跌跌撞撞地穿过走廊和起居室，打开前门。他站在那里，看上去似乎一个星期都没合眼了。他穿着件薄大衣，衣领竖着；他好像在发抖。深色毡帽压得很低，遮住了眼睛。

他手中握着把枪。

5

枪不是冲着我，他只是握着它。那是一把中口径自动手枪，肯定不是柯尔特或萨维奇[①]，而是把进口货。疲惫苍白的脸，脸上的疤，竖起的衣领，压低的帽檐，还有这手枪，就像是从一部老派警匪片里走出来的。

“你送我去蒂华纳，赶十点十五分的飞机，”他说，“我有护照和签证，一切都办妥了，只差送机。因为一些情况，我不能从洛杉矶坐火车或班车，也不能搭飞机。五百块出租车费合不合理？”

我站在门口，挡着没让他进屋。“五百块，外加一把手枪？”我问。

他低头茫然地瞧了瞧那把枪，然后把它搁进口袋。

“它或许是一种保护，”他说，“为你，而不是为我。”

“进屋吧。”我侧过身，他精疲力竭，踉跄着扑了进来，跌坐在沙发里。

客厅依然相当暗，因为房东由着浓密的灌木丛遮挡窗户。我拧

---

①二者均为美国枪械制造公司的名字。

亮台灯，摸出一支烟点上。我看着他，抓抓本来已经乱糟糟的头发，脸上照例摆出不耐烦的笑容。

“这么可爱的早晨，我竟然还睡懒觉？十点十五分，嗯？啊呀，时间绰绰有余。我们去厨房吧，我来煮咖啡。”

“我碰到了很棘手的事情，探子。”探子，他第一次用这个词称呼我。不过倒是和他进门的样子、衣着、手枪等很搭调。

“今天天气这么好。和风轻送。你没听见对街那些老桉树在咬耳朵吗？它们在回忆当初在澳洲时的日子，小袋鼠们在树枝下跳来跳去，考拉们互相驮着背着。是啊，我想你是碰上了麻烦。等我先喝几杯咖啡再说。我刚醒来时总是有些头重脚轻。让我们同哈金斯先生和杨先生[①]商讨一下。”

“听着，马洛，眼下不是……”

“别怕，小子。哈金斯和杨两位先生顶呱呱。他们做哈金斯－杨咖啡，这可是他们一辈子的事业，他们的骄傲和乐趣。总有一天我会看到大家给予他们应得的称许。眼下他们只是挣了些钱而已。你别以为他们会满足于此。”

我一边喋喋不休地胡诌，一边进了后面的厨房。我拧开热水龙头，从架子上取下咖啡壶，在水里润了润吸管，量好咖啡倒进上面的容器里。这时水已经在冒蒸汽了，我装满下面的容器，把它放在火上，再将上半截套上，拧一下，它们就旋在一起了。

这时，他已经跟了过来，从门口往里探了探，侧身挤进早餐区，滑进座椅。他还在发抖。我从架子上拿了一瓶“老祖父”[②]，往一个大杯子里倒了一口给他。我知道他需要一个大杯子。即便那样，他还是得用两只手捧着才能凑近嘴边。他吞酒下肚，砰的一声把杯子重

①此处是指哈金斯－杨牌咖啡，二十世纪五十年代在美国广受欢迎。

②在美国较为流行的一种威士忌品牌。

重放下，接着咚的一声倒在椅背上。

“要昏过去了，”他嗫嚅道，“就好像我一个星期都没合眼。昨夜一点儿都没睡。”

咖啡壶里快要冒气泡了。我调小了火，瞧着水往上走。水在玻璃管底部逗留了一会儿。我把火开大，待水刚漫过小圆丘，马上将火调小。我搅了搅咖啡，再盖上盖子，将计时器定在了三分钟。马洛，做事非常有条理的家伙。天塌下来也不会扰乱他煮咖啡的程序，哪怕有亡命之徒拿着把枪顶在他背后。

我又给他倒了点威士忌。“坐着别动，”我说，“坐着。什么也别说。”

他用一只手端起了第二杯威士忌。我去盥洗室飞快地洗了一下，出来时计时器的铃声正好响起来。我关了火，把咖啡壶放在桌上的一块草垫上。我为什么要叙述得如此详尽？因为紧张的气氛使每一个细节都凸显出来，似乎那是一场表演，一个独特并且极端重要的动作。那是高度敏感的瞬间，你所有无意识的动作都变成了意志的不连贯的行为，无论这些动作你多么习惯。你好像是个患了小儿麻痹后学走路的人。没有一件事情是顺理成章的，绝对没有。

咖啡融进水里，气流涌入，发出惯有的嘶嘶声，咖啡滚着气泡，渐渐消停下来。我取下上面的容器，搁在装有底座的漏水板上。

我倒了两杯咖啡，往他的杯子里加了点威士忌。“你的黑咖啡，特里。”我往自己的杯子里加了两块糖和一些奶油。现在我渐渐清醒过来。我刚才都没意识到自己是怎么打开冰箱取出奶油盒的。

我坐在他对面。他一动不动，僵硬地坐在角落里。突然，他毫无预兆地趴在桌上啜泣起来。

我伸过手去，从他口袋里把枪取走，他一点儿都没觉察。那是一把七点六五毫米口径的毛瑟枪，很漂亮。我嗅了嗅，拉开弹匣。是满的，一发不缺。

他抬起头，看见了咖啡，慢慢地喝了几口，没看我。“我没开枪杀人。”

“嗯——看上去最近没用过，否则这枪一定擦过了。我想你没拿它杀过人。”

“我来告诉你。”他说。

“慢着。”咖啡滚烫，我尽可能快地喝完，又替自己斟满。“是这样，”我说，“告诉我这些事情你得非常小心。如果你希望我送你去蒂华纳，有两件事情我绝对不能知道。第一——你在听吗？”

他略微点点头，茫然地望着我头顶上方那片空墙。今天早晨，他脸上的疤呈乌青色，皮肤惨白，但疤痕一如往日那般触目。

“第一，”我缓慢地重复道，“要是你犯了罪，或者干了任何法律认为是犯罪的事情——我指的是重罪——我不能知道。第二，要是你知道有人犯了如此大罪，我同样不能知道。除非你不希望我送你去蒂华纳。明白了吗？”

他直视着我的眼睛。目光专注，但毫无生气。他喝下了咖啡，脸上仍不见血色，但情绪倒是稳定下来了。我又给他添了些咖啡，照样加了威士忌。

“我告诉过你我遇到麻烦了。”他说。

“我听到了。我不想知道是什么样的麻烦。我得挣钱谋生，保证执照不被吊销。”

“我可以拿枪逼你。”他说。

我咧嘴一笑，把枪从桌上推到他面前。他低头瞧了瞧，没去碰。

“你不可能拿枪押着我送你去蒂华纳，特里。不可能拿着枪通过边境，登上飞机。我是个偶尔会和枪打打交道的人。我们没法拿枪来做借口。要是我告诉警察我怕得很，不得不按你吩咐的办，在警察眼里这可不寻常。当然，假设一下，我不知道有什么要报告警察的。”

“听着，”他说，“不到中午或者更晚，没人会去敲那扇门。下人们知道，当她睡懒觉时，最好别去打扰她。但到了中午，女仆会敲门进去。而她却不在房间里。”

我喝着咖啡，一言不发。

“女仆会发现她根本没在床上睡过，”他继续道，“接着就会想到去另一个地方看看。在主屋背后很远的地方有栋大客宅。自带车库，有专用车道。西尔维亚在那里过的夜。女仆最终会在那里发现她。”

我皱了下眉头。“我向你提问题时，得非常小心谨慎，特里。她有没有可能没在家过夜？”

“在她的房间里，衣服扔得满地都是。她从来不把衣服好好挂起来。女仆知道她在睡衣外裹了件袍子，就那样跑出去了。这样子只可能去客宅。”

“不一定吧。”我说。

“一定是去了客宅。见鬼，你以为他们不知道客宅里在干什么勾当？下人们消息最灵通。”

“别说了。”我说道。

他用手指顺着没疤的半边脸重重地捋下去，留下一道红印。“客宅里，”他一字一顿地说，“仆人会发现——”

“西尔维亚醉死过去，没了知觉，毫无形象可言，通体冰凉。”我挖苦道。

“噢。”他想了想。好一会儿之后，“自然，”他加了一句，“应当是这样。西尔维亚不是酒鬼。不过要是喝过了头，也会很糟糕。”

“故事到此结束，”我说，“或者马上就要结束。我再来即兴发挥一下。我们上次一起喝酒，我对你有些粗鲁，要是你记得，我一走了之，把你扔在那里。你实在让人受不了。之后我又想了想，觉得你只是想通过自嘲摆脱大祸将至的预感。你说你有护照和签证。去墨西哥的签证不是马上就能弄到手的。他们不会随便放行。看来这次出走，你已经准备了一段时间。我还在奇怪你能忍多久呢。”

“我隐约感到还有义务待在她身边，想着她或许还在其他方面需要我，除了要我充当门面，以免老头子嗅东嗅西。顺便提一句，我半夜打过电话给你。”

“我睡得很死。没听见。”

“之后，我去了一家土耳其浴室。在那里消磨了两个小时，洗了蒸气浴、浸浴、多孔喷淋，做了按摩，还打了几个电话。我把车停在拉布里亚街和喷泉之间。我是走过来的。没人瞧见我拐进你家这条街。”

“那些电话有没有牵涉到我？”

“一个打给哈伦·波特。老头子昨天飞去帕萨迪纳，有些生意上的事情。他没回家，我费了好大劲儿找他，不过最后他总算和我通了话。我跟他说：我很抱歉，但我要走了。”说这些话时，他斜睨着水槽上方的窗户和拂着纱窗的金钟花丛。

“他怎么样？”

“他很难过。他说祝我好运。问我缺不缺钱，”特里刻薄地一笑，“钱。这是他的常用语汇里的第一字。我告诉他钱我够了。然后我打了电话给西尔维亚的姐姐。同样的故事。就这些。”

“我想问一句，”我说，“你在客宅里发现过她和其他男人在一起吗？”

他摇摇头。“我没这么做过。不过要发现一点儿不难。一点儿不难。”

“咖啡要凉了。”

“我喝不下了。”

“不少男人，啊？可你照样回头跟她复婚。我承认她很漂亮，尽管如此——”

“我告诉过你我不是条好汉。见鬼，我第一次为什么离开她？我为什么每次见到她之后就喝得臭气熏天？为什么我宁愿跌进阴沟里也不伸手向她要钱？除了和我，她还结过五次婚。只要她勾勾指头，随便哪个都会回头。不光是因为百万资产。”

“她相当漂亮。”我看了看表，“为什么非得坐十点十五分从蒂华纳走的飞机？”

“那班飞机总有空位。洛杉矶没人会愿意搭乘 DC-3[①]翻山越岭，他们可以坐康尼，七小时就到墨西哥城。再说我要去的地方康尼也不停。”

我站起身，靠在水槽边。“好，现在我们来总结一下，请别打断我。今天早晨你在情绪非常激动的情况下来找我，想让我送你去蒂华纳赶早班飞机。你口袋里揣着手枪，但我未必看得出来。你告诉我你已经忍了很久，昨夜你终于忍无可忍。你发现你老婆醉得不省人事，并且有个男人和她在一起。你离开她，去了土耳其浴室消磨时间，直到早晨。你给你老婆的两个最亲近的家人打了电话，告诉了他们你打算干什么。你去哪里跟我无关。你有进入墨西哥所需的证件。你如何过去也跟我无关。我们是朋友，我没有多想，只是照你吩咐的去办。我为什么没多想？你一分钱没给我。你有车，可你感觉很糟糕，不想自己开车。这也是你自己的事。你是个很情绪化的人，你在战争中负过重伤。我觉得应当把你的车开过来，找家车库寄存。”

他把手伸进衣服里，掏出皮制钥匙夹，从桌上推过来。

---

①DC-3 以及后面提到的康尼（Connie）均为飞机型号。DC-3 是一种小型飞机，因其在第二次世界大战中的表现被认为是航空史上最具代表性的运输机之一。康尼曾经被用作艾森豪威尔总统的专机。

“听上去如何？”他问道。

“要看是谁在听了。我还没说完。除了身上穿着的衣服和你岳父给的一些钱，你没带走她给的任何东西，包括那辆停在拉布里亚街和喷泉之间的漂亮玩意儿。为了将来，你想尽可能走得干净。好吧，我可以接受。我现在要去刮胡子换衣服了。”

“你为什么要这么做，马洛？”

“你可以趁我刮胡子的时候喝些酒。”

我走了出去，留他一个人蜷缩在早餐区。他没脱帽子和大衣，但看上去有生气多了。

我走进盥洗室，刮了胡子。回卧室打领带时，他走了过来，站在门口。“我把杯子洗了，以防万一，”他说，“我一直在想，也许你最好打电话报警。”

“要打你自己去打。我又没什么要报警的。”

“你要我报警？”

我飞速转过身，狠狠地瞪了他一眼。“妈的！”我几乎是在对他吼叫，“老天，你能不能别再惹麻烦了？”

“我道歉。”

“你当然得道歉。像你这样的人总是在道歉，而且总是道歉得太晚。”

他转过身，沿着走廊走回客厅。

我穿好衣服，锁上卧室门。我走进客厅时，他已经在一把椅子上睡着了，脑袋歪向一边，脸上毫无血色，身体精疲力竭，耷拉在那儿。他看上去真可怜。我拍了拍他的肩膀，他慢慢地清醒过来，好像他和我之间隔着一段不短的距离。

等他将注意力移到我身上，我说道：“那个箱子怎么处理？那白猪皮做的东西还在我壁橱最上层搁着。”

“里面是空的，”他说，毫无兴趣的样子，“而且太招眼。”

“你要是两手空空没行李，会更招眼。”

我走回卧室，踩着壁橱内的梯子，把那东西从高处的架子上拖了出来。天花板的正方形活门刚巧在我头顶，于是我顶开活门，尽可能地伸进手去，把他的皮制钥匙夹丢到一根蒙着灰尘的梁柱或者别的什么东西后面。

我拎着手提箱爬下来，掸去灰尘，往里面扔了些东西：一套从没穿过的睡衣，牙膏，备用牙刷，几条廉价浴巾和手巾，一包棉手帕，一管十五美分的刮胡膏，那种买整包刀片赠送的刮胡刀。都是没有用过、没有标记、不显眼的东西，只是没有他自己的东西高档。我又放进一瓶未拆封的一品脱装波旁威士忌。我锁上箱子，把钥匙留在其中一个锁孔上，提了出去。他又睡着了。我没叫醒他，提着箱子打开门，去了车库，把箱子放在敞篷车前座的背后。我把车开出来，锁上车库，回到客厅，把他叫醒。关窗锁门之后，我们就离开了。

我开得飞快，但没快到会让警察追上来。一路上我们几乎没说什么话。也没停下来吃东西。时间不多了。

边卡的人没对我们说什么。蒂华纳机场位于一片多风的台地上。我把车停在机场办公楼附近，特里去买机票，我坐在车里等着。DC-3 的螺旋桨已经在慢慢转动，开始预热引擎。一名穿灰制服的帅气的高个飞行员正在和四个人聊天，其中一个约莫有六英尺四英寸，别着枪套；那人旁边站着一个穿宽松裤子的女孩，一个矮小的中年男人，还有个灰白头发的高个女人——衬得那中年男人更矮了。周围还站着三四个一望便知是墨西哥人的家伙。看来这些人就是这趟班机的所有乘客了。扶梯已经架在舱口，但没人急于登机。一名墨西哥空服从扶梯上走下来，站着等候。好像没有扩音设备。墨西哥人上了飞机，可飞行员还在和那几个美国人聊天。

有一辆帕卡德大轿车[①]停在我旁边。我探出头去，瞧了一眼那车的牌照。我哪一天可以学会不多管闲事呢。我把脑袋伸出车窗时，见到那高个女人正朝这边望过来。

这时特里穿过尘土飞扬的碎石路走了过来。

“都办好了，”他说，“我要就此说再见了。”

他伸出手来，我握了握。他看上去不错，只是显得疲倦，非常疲倦。

我把猪皮手提箱从奥兹里拎出来，放在碎石地上。他有些愠怒地瞪着那东西。

“我告诉过你我不想要它。”他粗鲁地说。

“里面有一品脱好酒，特里，还有些睡衣之类的，都是不值钱的东西。如果你不需要，寄存在哪里，或者扔掉。”

“我有我的道理。”他语气生硬。

“我也有我的道理。”

他突然微笑起来。他接过手提箱，空着的那只手用力捏了捏我的手臂。“好啦，老兄。听你的。记住，万一情况变得糟糕，你看着办好了。你什么也不欠我。我们一块儿喝过几回酒，有些交情，关于自己，我唠叨得太多了。我在你的咖啡罐里留了五张百元钞票。请别生我的气。”

“但愿你没留。”

“我的钱连一半都花不完。”

“祝你好运，特里。”

两个美国人走上扶梯，进了机舱。一个黑宽脸的矮胖子从办公楼里走出来，招招手又指了指。

“上去吧，”我说，“我知道你没杀她。这就是我会来这里的原因。”

---

①二十世纪二三十年代著名的豪华汽车。

他停住了，身体僵了一下，慢慢转过身，回头望着我。

“对不起，”他平静地说，“但是你错了。我现在放慢脚步上飞机。你有足够的时间拦下我。”

他一步一步地走着，而我则望着他。站在办公楼门口的那人等在那里，并未显得多么不耐烦，墨西哥人很少有这份耐心。他伸出手拍拍猪皮手提箱，朝特里咧嘴一笑，接着让到一边，让特里进门。过了一会儿，特里从海关另一侧的门里走了出来。他走得依然很慢，经过碎石地，走向登机扶梯。他停下脚步，注视着我这边。他没示意也没招手。我也没有。然后他踏上扶梯进了机舱。扶梯被挪走了。

我钻进奥兹，发动引擎、倒车、掉头，从停车场当中开过。这时，那个高个女人和矮个男人还站在停机坪上。女人掏出手帕扬了扬。飞机开始移动，向机场边缘滑去，尘土飞扬。飞机在机场边缘转了个弯；马达在一阵轰鸣声中旋转起来，飞机开始慢慢加速。

飞机腾空而起，带起漫天尘土。我望着它缓缓升入起风的空中，消失在东南方蔚蓝的天际。

然后我就离开了。边境关卡那儿没人看我一眼，好像我的脸如表盘上的指针，平常得不值一顾。

6

从蒂华纳回来的路又臭又长，是加州境内几条最乏味的道路之一。蒂华纳什么都没有，那儿的人就要钱。小孩凑近你的车，瞪着一双可怜巴巴的大眼睛望着你说，“请赏个子儿吧，先生”，接下来就要把他的姐妹兜售给你。蒂华纳不是墨西哥。边城只是边城，此外什么都不是；就好像海滨只是海滨，此外什么都不是一样。圣地亚哥是什么？世界上最美丽的港口之一，城里一无所有，除了海军，外加几条渔船。到了夜晚，那是个仙境一样的地方。涛声轻柔，好像老妪在低吟圣歌。但是马洛得赶快回家，看看有没有少什么东西。

往北开的路非常单调乏味，好像一首船夫号子。你穿过一个镇子，下一道山坡，沿海滨走一程；再穿过一个镇子，再下一道山坡，沿海滨再走一程。

两点钟我到了家，他们坐在一辆深色轿车里等着我。车上没有警察标识，没有红灯，只有双天线，而这天线其他车辆也可能装。他们从车里钻出来朝我吼叫时，我已经上了几级台阶。两个平常人穿着平常的套装，动作流露出一贯的冷漠闲散，好像这个世界正屏气止息，静候他们吩咐差遣似的。

“你叫马洛？我们有话跟你说。”

他在我面前亮了一下证件。我什么都没看清，说他是防治虫害中心的也未尝不可。他的发色是一种暗淡的金色，一脸难对付的模样。他的同伴是个高个子，干净利落，眉目俊俏，不过一脸不折不扣的奸相，一个喝过墨水的恶棍。他们长着窥视和等待的眼睛，耐心且谨慎，冷漠而轻蔑，是警察才有的眼睛。这样的眼睛，站在警察学校毕业游行的队伍里时，他们就已经拥有了。

“格林警官，凶案组的。这位是戴顿警探。”

我走上去，打开门。你是不会跟都市警察握手的。那种亲近太过了。

他们坐在客厅里。我打开窗户，和风轻拂。格林开口了。

“名叫特里·伦诺克斯的家伙，认识他吧，嗯？”

“我们偶尔一起喝杯酒。他住在恩西诺，和有钱人结了婚。我从未去过他家。”

“偶尔，”格林说，“指多久？”

“那是一种含糊的说法。我就是那个意思。可能一个星期，也可能两个月。”

“见过他老婆吗？”

“只匆匆见过一次，还是在他们结婚之前。”

“最后见他是什么时候，在哪里？”

我从沙发旁的茶几上拿起烟斗，填上烟丝。格林凑近我。高个子年轻人坐得远些，手中的圆珠笔停在一本红边便笺本上。

“现在该我问：‘这都怎么回事？’而你们却说：‘是我们提问题。’”

“所以你就只管回答问题，嗯？”

我开始点烟斗。烟丝太湿，花了一番工夫才点着，用了三根火柴。

“我有时间，”格林说，“不过我已经在外面等了你很久，所以紧着点，先生。我们知道你是谁。你也知道我们不是来这儿找乐子的。”

“让我想想，”我说，“我们常去维克托酒吧，比较少去绿灯笼和牛与熊——就是日落大道尽头那家想要装出英国旅馆味道的——”

“别拖时间。”

“谁死了？”我问。

戴顿警探开口了。他有着“别跟我打哈哈”那种严厉而沉稳的声音。“请回答问题，马洛。我们在做例行调查。你不需要知道其他事情。”

也许是我太累又太敏感。也许是我有些心虚。这人我甚至不用认识就能心生讨厌。哪怕只是隔着整个餐厅的人瞥见他，都忍不住想把他的门牙打得瘪进去。

“行啦，伙计，”我说，“把这废话留给少年犯罪部门吧，连他们都会笑掉大牙的。”

格林笑起来。戴顿的表情一点没变，但骤然间，他看上去老了十岁，坏了二十倍。他鼻翼扇出轻微的呼呼声。

“戴顿通过了律师资格考试，”格林说，“你别跟他打哈哈。”

我慢慢起身，走向书柜，取下一册加州刑事法典，递给戴顿。

“你介不介意为我找出那个段落，说明我必须回答问题？”

他一动不动。他想猛揍我一顿，我们俩都心知肚明。但他得找个机会。可见要是他违反规章制度，他不确定格林会不会替他搪塞过去。

他说：“每个公民都必须与警察合作。不论在哪方面，甚至以实际行动配合，尤其是回答任何与犯罪行为有关的问题，只要警察认为有必要知道。”他的口气表明这是无可置疑的、明摆着的事情。

“那种结果，”我说，“多半是动用直接或间接的威吓手段达到的。

法律上不存在这种义务。在任何场合任何时间，谁也不必告诉警察任何事情。”

“噢，闭嘴，”格林不耐烦地说，“你想躲避，你心里清楚。坐下。伦诺克斯的老婆在他们位于恩西诺的府邸的客宅里被谋杀了。伦诺克斯逃走了。我们怎么也找不到他。我们在搜寻凶杀嫌疑人。满意了吧？”

我把刑事法典扔进一把椅子，坐回茶几旁边的沙发上，和格林面对面。“为什么找上我？”我问道，“我从来没去过那地方。我告诉过你。”

格林拍着大腿，手起来落下，起来落下。他无声地朝我咧了咧嘴。戴顿坐在椅子里一动不动，眼神像是要吃掉我。

“因为在过去的二十四小时内，他在房间里的一个便笺本上写下了你的电话号码，”格林说，“那是个印有日期的本子，昨天的被撕掉了，但能从今天那页纸上看到印迹。我们不知道他是什么时候打电话给你的，也不知道他去了哪里，什么时候、为什么走的。我们当然得查一查。”

“为什么是在客宅？”我问道，没指望他回答。但他却回答了。

他有点脸红。“看来她常去那里。夜晚去。见客人。透过树林，下人能够望见那里的灯光。汽车来来去去，有时比较晚，有时相当晚。这么多还不够，嗯？别骗自己了。伦诺克斯是我们要找的人。他凌晨一点去了那里。碰巧被管家看见了。约莫二十分钟之后吧，他一个人又回来了。之后什么事情也没有发生。灯一直亮着。今天早晨伦诺克斯不见了。管家去了客宅。那女人被剥得精光躺在床上，像条美人鱼；告诉你，他都认不出她的脸。实际上她的脸已经不在了。被人用一尊青铜猴子雕像砸得稀巴烂。”

“特里·伦诺克斯不会干那种事，”我说，“她让他戴绿帽子。老一套了。她经常这样。他们离了婚又再婚。我猜这事情肯定不会让他高兴，可他为什么到现在才发作？”

“谁都不知道答案，”格林耐心地说，“这种事常常发生，男人女人都一样。某个家伙忍了又忍，最后受不了了。恐怕连他自己都不知道为什么，为什么就在那个时刻发作了。反正他发作了，有人送了命。所以我们就有差事干了。我们来问你一个简单的问题。别再兜圈子，不然我们把你弄进去。”

“他是不会告诉你的，警官，”戴顿尖刻地说，“他读过那本法律书。就像那些读过一点儿法律书的人，他认为法律就在书里。”

“你管做记录，”格林说，“省点脑子。要是你真的能干，我们就让你去警局吸烟室唱《慈母颂》[1]。”

“去你的，警官。如果不冒犯您官衔的话，请允许我这么说。”

“你们干一仗吧，”我对格林说，“他跌倒我会架着他点儿。”

戴顿把记录本和圆珠笔非常小心地搁在一边，站起身，双眼放光。他走过来，站在我跟前。

“起来，聪明人。别以为我上过大学就可以容忍你这种傻蛋胡说八道。”

我站起身来。趁我还没站稳他给了我一下子，接着又利落地亮出左勾拳，但是打了个空。铃声响起，可不是晚餐铃。我重重地坐下，摇摇头。戴顿还站着。现在他在微笑。

“再来一次，”他说，“刚才你没准备好。不合规矩。”

我瞧着格林。他在看自己的大拇指，像是在研究上面的肉刺。我没有动弹，也没说话，等着他抬头。要是我再站起来，戴顿会再揍我。不过无论怎样，戴顿总会再揍我。但要是我站起来，而他揍

①*Mother Machree*，爱尔兰诗歌，作者不详。

了我，那么我会把他打烂。刚才那几招说明他绝对是个拳击手。他出手准确，可要把我打倒也不是那么几拳就能办到的。

格林几乎是心不在焉地说：“干得好，小子。你送上门去，他正求之不得。”

然后他抬头看看，和缓地说道：“为了档案记录，再问一遍，马洛。你最后一次见特里·伦诺克斯是在哪里，说了些什么，怎么见的；还有，你刚才从哪里回来。回答——还是不回答？”

戴顿稳稳地站着，身形很放松。他眼里泛过一丝惬意的光泽。

“另外那人怎么样了？”我问道。没理他。

“什么另外那人？”

“在客宅作乐，脱得精光。你不会说她去那宅子一个人玩纸牌游戏吧。”

“这是以后的事情——我们得先拿住丈夫。”

“当然，有了替罪羊，事情就不那么难办了。”

“你不说，我们就抓你进去，马洛。”

“作为重要证人？”

“作为重要个屁。作为嫌疑人！有凶杀发生之后的从犯嫌疑。帮助凶犯潜逃。我猜是你把那家伙弄到什么地方去了。眼下我只要有猜测就够了。近来头儿难伺候。他懂法律规章，但常心不在焉。算你倒霉。无论如何我们得从你这里得到一个说法。越是难以得到的，我们就越是确定需要。”

“对他来说这全是废话，”戴顿说，“他懂法律。”

“对每个人来说都是废话，”格林心平气和地说，“不过仍然管用。得，马洛。我要跟你过不去了。”

“好吧，”我说，“那就过不去吧。特里·伦诺克斯是我朋友。我对他投入了一定的情谊。不会因为警察说几句就把它糟蹋了。你有案子要调查他，要调查的或许比我从你那里听到的多得多。动机、机会，还有他潜逃的事实。动机是旧话，早就不新鲜了，差不多是交易的一部分。我本人不怎么欣赏这类交易，但他是那号人——有点懦弱，但非常温和。要是他知道她死了，自然明白自己是你的网中之鸟；其他的没有任何意义。如果到时有庭审，而且他们传讯我，我必须回答问题。我现在不必回答你的问话。格林，我看出你是个好人，也看出你那搭档是个他妈的喜欢亮警察证、有权力情结的家伙。要是你想给我找些真正的麻烦，让他再打我。我会把他那玩意儿打断。"

格林站起身，不无遗憾地瞧着我。戴顿没动弹。他是那种"一次性"硬汉。他得花点时间捶捶背了。

"我用一下电话，"格林说，"但是我知道答案会是什么。你这孬种，马洛。孬透了。让开点。"最后一句话是冲着戴顿说的。戴顿转身回到之前坐的地方，拿起便笺本。

格林走到电话旁，缓缓拿起听筒。由于长期从事这种吃力不讨好的苦差事，他脸上爬满了皱纹。这就是跟警察打交道的麻烦。你打定主意从心眼里讨厌他们，然而却碰上个有人情味的。

警监说把我带进去，不许客气。

他们给我上了手铐，没搜查我的屋子，看来是他们疏忽大意。也许他们以为我经验丰富，不会留下任何会危害到自己的蛛丝马迹。这点他们就错了。要是搜一搜的话，他们会找到特里·伦诺克斯的汽车钥匙。一旦汽车被发现了，这是迟早的事情，他们就会把钥匙和锁孔对上，就会知道我曾经和他在一起。

结果证明这实际上毫无意义。警察没发现那辆车。车在那晚不知什么时候被偷了，可能被开到埃尔帕索，换了新锁，伪造了文件，最终在墨西哥城的市场上出售。老一套做法。钱换成海洛因再流回来。在恶棍流氓眼里，这是睦邻政策的一部分。

7

那年凶案组的头儿是个叫格里戈里厄斯的警监，属于正在变得稀有但还没绝种的一类警察，办案会动用强光、疲劳逼供、踢腰子、用膝盖顶腹股沟、拳击太阳穴、用警棍打尾椎之类的手段。六个月后，他由于在大陪审团面前作伪证遭起诉，没受审就被解雇了。后来他在怀俄明州自家的农庄里被一匹大公马踩死了。

眼下我是他砧板上的肉。他脱了外衣坐在办公桌后面，袖子差不多挽到了肩头。脑袋秃得厉害，像大部分结实的中年男人那样，腰间一团滚肉。眼睛呈鱼肚灰色，大鼻子上破裂的毛细血管纵横交错。他正喝着咖啡，弄出很大的声响。粗糙厚实的手背上汗毛浓密，一撮灰毛从他耳朵里支棱出来。他一边把玩桌上的什么东西，一边盯着格林看。

格林说："他不肯开口，我们什么也没弄到，头儿。因为那个电话号码我们跑去查他。他开车出去了，不肯说去了哪里。他跟伦诺克斯很熟，但不肯说最后见到他是什么时候。"

“自以为很硬，”格里戈里厄斯冷冷地说，“我们会让他改变的。”他说，好像根本不在乎。他或许真的不在乎。在他面前没人是硬汉。“关键是地区检察官在这桩案件里嗅出了不少大文章。实在怪不得他，看看这女的老爷子是谁！我想我们最好帮他掏掏这家伙的鼻屎。”

他瞧着我，好像我是一只烟屁股或一把空椅子，只是一件存在于他视线之内的东西，不必当回事。

戴顿恭敬地说：“很显然，他摆出这种态度就是为了造成拒绝开口的局面。他还跟我们引用法律，激我揍他。我没管住自己，警监。”

格里戈里厄斯阴阴地看了他一眼。“要是这废物也可以激怒你，你也太容易被激怒了。是谁打开了手铐？”

格林说是他。“铐上去，”格里戈里厄斯说，“铐紧。帮他提提神。”

格林重新给我铐上手铐，更确切地说，正要铐上，“铐在背后！”格里戈里厄斯吼道。格林把我的双手铐在背后。我坐在一把硬邦邦的椅子上。

“再紧点，”格里戈里厄斯说，“得让他觉得痛。”

格林把手铐又紧了紧。我的手开始发麻。

格里戈里厄斯终于正眼看我了。“现在你可以说话了。快说。”

我没回答。他往后靠了靠，咧咧嘴。他慢慢地伸出手握住咖啡杯，身体略往前倾了倾。那杯子猛地飞了过来，我侧身一让，躲过了杯子，但肩部重重着地。我翻了个身，缓缓站起来。手麻得不行。一点感觉都没有。手铐上方的手臂开始觉得痛。

格林帮着把我弄回到椅子上。咖啡溅湿了椅背和座位的一部分，但大部分都泼在了地上。

“他不喜欢喝咖啡，”格里戈里厄斯说，“他倒是灵活，动作快得很。反应不错。”

谁也没搭腔。格里戈里厄斯拿一双鱼眼上下打量着我。

“在此地，先生，侦探执照并不比电话卡更有用。现在给我们供词，先来口供。我们待会儿会记录下来。要说得完整。比如说，告诉我们你从昨晚十点到现在的行踪。我是说完整的。本部门正在调查一宗谋杀案，主要嫌疑人失踪了。你和他有联系。那家伙抓到他老婆与人通奸，把她的脑袋打得血肉模糊，头发浸泡在血水里。用的是我们的老相识——青铜雕像，不是什么真品，不过挺管用。你以为他妈的随便哪个私人侦探都能就这事在我面前引用法律，先生，后面有你苦头吃。这个国家没有哪个警局可以光靠法律书来办案。你有情报，我正需要，你可以说没有，而我可以不相信。你连‘没有’都没说。你不会对我缄口不言的，我的朋友。不值得。开始吧！”

“警监，能不能把手铐打开？”我问，“我的意思是要是我供出点什么的话？”

“有可能。长话短说。”

“如果我告诉你在最近的二十四小时里我没见过伦诺克斯，没跟他说过话，并且不知道他可能在哪里——这是否能让你满意，警监？”

“有可能——如果我信的话。”

“如果我告诉你我在什么地方、什么时候见过他，但不知道他杀了人，或犯了什么罪，进而不知道眼下他会在哪里。这根本不会让你满意，对不对？”

“要是有具体情报，我会听下去。比如哪里，什么时候，他看上去怎样，你们聊了什么，他又去了哪里。从中有可能发展出某些线索。”

“照你这么干，”我说，“大概会把我发展成从犯。”

他下巴上的肉鼓起来，眼睛像脏了的冰。“所以呢？”

“我不知道，”我说，“我需要法律咨询。我希望与你们合作。我们能不能请地区检察官办公室派个人来？”

他发出沙哑而短促的笑声。这笑声立刻就止住了。他慢慢站起来，绕过办公桌，俯身凑近我，一只大手撑在木头桌面上，露出一丝微笑。然后，保持这样的微笑，照着我脖子一侧挥出一拳，那拳头坚硬如铁。

那一拳的发力距离最多八至十英寸，几乎把我的脑袋打下来。胆汁渗进我的嘴里。我尝到混合了胆汁的血，除了脑袋里的轰鸣，我什么都听不见。他凑近我，仍然微笑着，左手撑在桌面上。他的声音好像从很远的地方传来。

"我以前很厉害，现在老啦。你挨了结结实实的一下子，先生。我就只给你这一下子。我们市属监狱里有几个小伙子该去屠宰场干活才是。我们大概不该雇他们，他们可不像我们的粉拳打手戴顿那样斯文。他们也不像格林有四个孩子和一座玫瑰园。他们热衷于跟这不一样的消遣。我们需要各种人，而且干活的人不好找。你还有什么有趣的小主意，劳你驾说出来？"

"手铐不松不开口，警监。"就连说这么几个字都疼得要命。

他向我凑得更近了些，我闻得见他的汗酸味和口臭。接着他挺直了身体，绕回到办公桌后面，把那结实的屁股塞进椅子里。他举起一把三角尺，大拇指沿一条边摩挲着，好像那是把利刃。他朝格林看看。

"在等什么，警官？"

"命令。"格林从嗓子里挤出这两个字，好像厌恶自己的声音似的。

"一定得等我吩咐？你是个有经验的人，档案上是这么说的。我要一份关于此人最近二十四小时内活动的详尽供词，可能会需要更长时间段的，但先要这些。我要知道其间每一分钟他在干什么。我要这供词签了名，找到证人，并且核实过。两小时内就要。然后我要他回到这里时干净整齐，没有伤痕。还有一件事，警官。"

他顿了顿，朝格林瞪了一眼，那一眼足可以速冻一只刚出烤炉的马铃薯。

“以后我询问嫌疑人一些文明的问题时，不想看见你站在那儿看着，活像我撕下了他的耳朵似的。”

“是，长官。”格林转向我。“我们走吧。”他粗声说道。

格里戈里厄斯朝我龇了龇牙。他的牙齿需要清洁——非常需要。“我们来个退场白吧，朋友。”

“是，长官，”我礼貌地说，“或许你不是有意的，但你帮了我一个忙。戴顿警探也出了力。你们替我解决了一个难题。没人愿意出卖朋友，而我连敌人都不愿出卖给你。你不仅残暴，而且无能。你连如何进行一次最简单的调查都不知道。我刚才站在刀锋上，你本可以让我倒向任何一边。但你虐待我，往我脸上泼咖啡，在我除了挨打什么都无能为力的情形下，你用拳头打我。从现在起，就算你问的是这屋里墙上挂钟显示的时间，我也不会告诉你。”

出于某种奇怪的原因，他坐在那里一动不动，由着我说。然后他咧了咧嘴。“你只是个向来讨厌警察的小人物，朋友。你就是那么个人，探子，一个一贯讨厌警察的小人物。”

“警察并不是到处都惹人厌，警监。但在那些地方你当不上警察。”

他把这话也咽下去了。我想他受得了。他大概不止一次消受过比这更过分的话。这时他办公桌上的电话响了。他看了看电话，打了个手势。戴顿伶俐地绕过桌子，拿起听筒。

“格里戈里厄斯警监办公室。我是戴顿警探。”

他听着，两道英俊的眉毛轻轻往一块凑了凑。他轻声说道：“请稍等，长官。”

他把听筒递给格里戈里厄斯。“长官，是奥尔布莱特局长。”

格里戈里厄斯皱起眉头。“是吗？那杂种想要干什么？”他接过听筒，顿了顿，舒缓了一下表情。“是格里戈里厄斯，局长。”

他听着。“是，他在这儿，在我的办公室，局长。我问了他几个问题。

不合作。一点都不合作……怎么又这样了？”他的眉头忽然紧紧地皱了起来，脸扭曲成一团，脸色阴沉。血涌上前额。但他的声调却丝毫没改变。“如果这是直接命令，应当由探长发出，局长……当然，我将照此办理，直到获得证实。当然……见鬼，没有。没人动他一根手指头……是，长官，马上办。”

他把电话放回机座。我觉得他的手抖了一下。他抬眼，目光掠过我的脸，移向格林。“打开手铐。”他的声调没有起伏。

格林为我打开手铐。我揉着手，等待血液流过时针刺般的疼痛。

“把他送去县拘留所，”格里戈里厄斯慢吞吞地说道，“凶杀嫌疑人。地区检察官从我们手里抢走了这宗案子。咱们的制度多完美！”

没人动弹。格林离我不远，呼吸声很响。格里戈里厄斯抬头瞧了瞧戴顿。

“等什么，奶油小生？等奶油冰激凌筒？”

戴顿几乎吓着了。“你没给我下命令，头儿。”

“称呼我长官，混账！我是警官的头儿。不是你的头儿，孩子。不是你的头儿。出去。”

“是，长官。”戴顿飞快地走出门去。格里戈里厄斯起身走到窗前，看着外面。

“过来，我们走。”格林低声对我说。

“趁我还没把他的脸打瘪，把他带走。”格里戈里厄斯冲着窗户说。

格林走到门边，把门拉开。我刚要跨出去，格里戈里厄斯突然大吼道：“等等！关上门！”

格林把门关上，靠在门后。

“过来，你！”格里戈里厄斯对我吼道。

我没挪步，站在那儿盯着他。格林也没动。一阵阴郁的僵持。然后，格里戈里厄斯非常缓慢地穿过房间，走到我跟前，同我面对面。他把他的大铁手放进口袋里，脚尖翘起来回摇晃。

“没碰他一根手指。”他压低声音说，好像是在自言自语。他目光冰冷，没有表情，嘴巴抽搐着。

然后，他对着我的脸吐了一口唾沫。

他后退一步。“就这样，谢谢。”

他转身踱回窗前。格林拉开门。

我一边往外走，一边伸手掏手帕。

8

重罪区三号囚房有两张铺位，卧铺车上那种。这一区没住满，这间囚房只住了我一个。在重罪区，他们待你还算宽厚。你有两条毛毯，不算肮脏也不算干净，钢丝床上铺着两英寸厚的床垫。有一个抽水马桶，一个洗脸盆，一些纸巾，还有一块涩涩的灰色肥皂。囚房区相当干净，闻不到消毒水的气味。模范犯人搞清洁。模范犯人总是源源不断。

狱官们上下打量你一番，他们的眼光很厉害。如果你不是醉鬼、精神病，或者举止不像是醉鬼、精神病，你可以保留香烟火柴。开庭前你穿自己的衣服。开庭之后，你就得穿囚服，没有领带，没有皮带，没有鞋带。你除了坐在铺位上等，没其他事可干。

醉汉牢区就没这么好了。没有床铺，没有椅子，没有毛毯，什么都没有。你只能躺在水泥地上。你坐在马桶上对着自己的大腿呕吐。悲惨之状如是，我亲眼目睹。

虽是白天，天花板上却亮着灯。囚房区的铁门内侧有用铁栏杆框起的窥视孔。电灯开关安在铁门之外。九点熄灯。没人走进铁门或招呼一声。你有可能正在读报纸或杂志，一句话读到一半。没任何声音任何预警——突然一片黑暗。直到夏日曙光初现，你无事可做，能睡就睡，有烟就抽，有的想就想，只要想这些事情不比什么都不想更难熬。

拘留所里的人没有人格可言。他是一个需要解决的小问题，报告上的几行字。谁也不在乎世界上有谁爱他或者恨他，他长得如何，他一辈子干过什么。除非他惹是生非，要不然没人会理他，也没人会揍他。他要做的就是安安静静地走进自己的囚房，安安静静地待着。没什么可争的，也没什么可气的。狱卒多是沉默寡言的人，没有敌意，也不是虐待狂。你读过的所有那些像是呼喊尖叫、撞击栏杆、拿勺子敲打栏杆、看守提着棍子冲进来，等等——那讲的都是监狱。好的拘留所是世界上最安静的地方之一。你可以夜间从一个普通的囚房区走过，透过铁栏杆的空隙瞧见团成一团的褐色毛毯，或者头发，或者一双茫然的眼睛。你可能听见鼾声。时间长些的话，你也有可能听到有人做噩梦。拘留所里的人生是悬而未决的，没有目的，没有意义。在另一间囚房里，你或许会看见一个人无法入睡，甚至不想入睡，他坐在铺位边，什么也不干。他看着你或者不看你。你看着他。他对你默然，你对他也默然。你们彼此没什么好说的。

在囚房区一角可能有第二道铁门通往展示间。那儿有面墙是钢丝网，漆成了黑色。后墙上画着量身高的标尺。头顶有泛光灯。你照规定在夜班队长还没下班前一早去到那里。你背靠着标尺站好，泛光灯照着你，铁丝网背后没有光线。但有许多人：警察，侦探，遭抢劫、受袭击、被诈骗、被用枪指着踢出汽车或被骗得倾家荡产的公民。你看不见听不见他们。你只听见夜班队长的声音。你得清晰而响亮地回答他。他考察你的能力，好像你是一条表演杂耍的狗。

他疲倦，愤世嫉俗，称职。他是一出戏的舞台总管，那出戏经久不衰，但已经不再能引起他的兴趣。

“好吧，你。站直了。把肚子收进去。把下巴缩进去。肩膀往后。头放平。眼睛直视前方。往左。往右。再向前看。伸出手来。掌心向上。向下。撩起袖子。没有明显的疤痕。深褐色头发，有些白发。褐色眼睛。身高六英尺半英寸。体重一百九十磅。姓名：菲利普·马洛。职业：私人侦探。好了，好了，见到你很高兴，马洛。行了。下一个。”

多谢，队长。多谢你的宝贵时间。你忘记叫我张开嘴巴了。我镶了几颗漂亮的假牙，还有一颗高级瓷牙冠。八十七块一颗的瓷牙冠。你还忘了往我鼻孔里瞧瞧了，队长，里面有许多疤等着你呢。隔膜手术，做手术的家伙是个屠夫！那会儿花了两个小时，我听说现在他们只要二十分钟就够了。是玩橄榄球时弄的，队长。一次小失算，想去顶球，结果顶在一只脚上了——那只脚已经把球踢了出去。十五码罚球，跟手术后第二天他们从我鼻子里一寸寸拉出来的变硬的沾了血的绷带差不多长。我不是在吹牛，队长，我只是告诉你。小事情才有意思。

第三天早晨，一个狱官打开我的囚房门。

“你的律师来了。灭掉香烟——不要弄在地上。”

我于是把它扔进马桶冲了下去。狱官把我带进会议室。一个深色头发的苍白的高个男人站在那里，望着窗外。桌上放着一只鼓鼓的公文包。他转过身。等门关上后，他在一张橡木桌的另一头靠近公文包坐下。那桌子颇多疤痕，像是从方舟上弄来的，诺亚买的也是二手货。律师打开银烟盒放在跟前，然后上下打量我。

“坐下，马洛。要支烟吗？我叫恩迪科特，休厄尔·恩迪科特。我受委托来做你的律师，费用不用你出。我想你希望离开此地，对不对？”

我坐下，拿了一支烟。他伸出打火机为我点上。

“再次见到，真是荣幸，恩迪科特先生。我们以前见过——那时你还是地区检察官。”

他点点头。“我不记得了，很有可能。”他微微一笑，“我不太合适那职位。我想我没有那么雄心勃勃。”

“谁派你来的？”

“无可奉告。要是你接受我当你的律师，费用不用你出。”

“我猜这意味着他们逮到了他。”

他只是注视着我。我喷了口烟。这是种带过滤嘴的烟，抽上去味道就像被棉毛制品滤过的浓雾。

“你是不是指特里·伦诺克斯，”他说，“当然了，你指的就是他。没有——他们还没抓到他。”

“为什么那么神秘兮兮，恩迪科特先生？谁派你来的？”

“我的委托人不希望具名。这是他的特权。你接不接受我？”

“我不知道，”我说，“要是还没抓到特里，他们为什么要拘留我？谁也没问过我什么，也没人跟我接触。”

他皱了下眉头，低头瞧着自己修长白皙的手指。“地区检察官斯普林格亲自审理这宗案子。他可能太忙，抽不出时间来问你话。但你有权接受传讯和预审。我可以根据人身保护程序把你从这里保出去。你大约知道这条。”

“我是记录在案的凶杀嫌疑人。”

他不耐烦地耸耸肩。“这只不过是为了万无一失。你本该被送去匹兹堡，或被指控诸多罪名里的一种。他们指的大概是谋杀从犯。你把伦诺克斯送到什么地方去了，是不是？”

我没回答。我把那支没烟味儿的香烟扔在地下，踩了一脚。恩迪科特又耸耸肩，皱了下眉头。

“只是为了讨论方便，假设你送他去了什么地方。要把你列为从犯，他们必须证明你有动机。这意味着当时你知道犯罪已成事实，而伦诺克斯就是逃犯。在任何情形下，你都可以得到保释。当然你实际上是个重要证人。但是在我们州，除非法庭下指令，不然他们不能把重要证人关进监狱。法官认为谁是重要证人谁才是。但执法的人总能想到法子为所欲为。”

“当然，”我说，“一个叫戴顿的警探揍了我。一个叫格里戈里厄斯的凶案组警监朝我脸上泼咖啡，朝我脖子挥拳，差点儿把我的动脉打断——你瞧现在还肿着。警察局长奥尔布莱特打来电话，害得他不能把我送去当棒下冤魂，他就朝我吐唾沫。你说得太对啦，恩迪科特先生。那伙执法的小子总是能够为所欲为。”

他毫不掩饰地看了看腕表。“你想不想出去？”

“多谢，我不认为我想出去。一个被从拘留所保释出去的家伙在公众眼里已经是半个罪犯了。假如日后能洗脱罪名，那只能是因为他找了个高明的律师。”

“非常愚蠢。”他不耐烦地说。

“好吧，是愚蠢。我就是愚蠢。若非如此我也不会落到这般境地。如果你和伦诺克斯有联系，告诉他别为我操心。我在这里不是为了他，是为了我自己。交易的一部分。毫无怨言。我的职业是帮助人们对付他们的麻烦。大大小小各种麻烦，那些他们不愿去找警察的麻烦。要是随便哪个别着警徽的打手都可以叫我大头朝下、魂飞魄散，那以后还会有人来找我吗？”

“我懂你的意思了，”他慢慢地说道，“允许我纠正一件事情。我和伦诺克斯没有丝毫联系。我几乎不知道这个人。和所有律师一样，我不能在法庭上说谎。倘若我知道伦诺克斯的下落，我不会对地区检察官隐瞒实情。最多只能答应先和他见一面，然后在某个时间地点把他交出去。”

“再没有别人会设法派你来这里帮助我。”

“你觉得我在说谎？”他伸手在桌面下方摁灭了烟蒂。

“我记得你好像是弗吉尼亚人，恩迪科特先生。在这个国家，大家对弗吉尼亚人持有一种由来已久的看法。把他们视为南方侠义精神的代表。”

他微微一笑。“过奖了，但愿如此。可我们在浪费时间。要是你稍微有一点儿常识，就会告诉警察你一个星期没见过伦诺克斯了。这不一定非得是真话。发誓后你总是可以把实情说出来的。跟警察说谎不犯法。这是他们料想之中的。比起拒绝与他们对话，他们更愿意接受谎话。拒绝对话是对他们权威的直接挑战。你希望从中得到什么？”

我没有回答。我的确没有一个答案。他起身拿起帽子，啪地合上烟盒，揣进口袋。

“你非要强出头，”他冷冷地说，“坚持自己的权利，满口法律。好不天真啊，马洛？像你这样的人应当知道怎么周旋。法律不等于正义，它是一种非常不完善的机制。要是你碰巧按对了按钮，而且又走运，那正义可能会在结论里体现出来。法律的目的不外乎建立一种机制。我觉得你不在乎我提供的帮助。所以我得走了。如果你改变了主意，可以来找我。”

“我会再坚持一两天。要是他们抓到了特里，对他是如何逃走的就不会在乎了。他们在乎的是如何把审判弄得沸沸扬扬。哈伦·波特先生的千金被谋杀的案子会成为全国各地的头版头条。像斯普林格这种哗众取宠的家伙可以凭借这出戏平步青云，当上首席检察官，再由此爬上州长宝座，接下来——”我停住不说了，让余下的话飘浮在空中。

恩迪科特露出嘲弄的微笑。“我想你不是很了解哈伦·波特先生。”他说。

“要是他们找不到伦诺克斯，也不会想知道他是如何跑掉的，恩迪科特先生。他们只会想要尽快把这件事情整个忘了。”

“把整件事情都看透了，是不是，马洛？”

“我有的是时间。对哈伦·波特先生，我只知道他身价应该有一亿，拥有九到十家报纸。宣传进行得怎样？”

“宣传？”他的声音冷得像冰。

“是啊，竟然没有一位报界人士来采访我。我倒是期待在报纸上弄出点大动静来，好多招些生意。私人侦探宁可锒铛下狱，绝不出卖朋友。”

他朝门口走去，转动把手时，他回过头来。“你让我觉得好笑，马洛。你在某些方面很孩子气。的确，一亿块可以买到不少公众关注。我的朋友，如果运用得当，一亿块也可以买到许多沉默。”

他拉开门，走了出去。狱官随即进来把我带回重罪区三号囚房。

“要是有恩迪科特当律师，估计你不会在这里待太久。”他在把我锁进囚房时欣然说道。我说但愿如此。

9

值早夜班的狱官是个金发大个子，咧着嘴笑得很友善，肩膀肉嘟嘟的。他人到中年，早已不再为同情和愤怒所扰。他希望轻轻松松打发掉八小时，一副没有烦心事的样子。他打开了我的囚房门。

“有人找你，地区检察官那里来的伙计。睡不着，嗯？”

“现在睡觉对我来说还太早了点。什么时候了？”

“十点十四分。”他站在走道上，瞧着囚房。一条毛毯铺在下铺，另一条卷起来当作枕头。垃圾桶里有几张用过的纸巾，洗脸盆旁边搁着一小卷草纸。他赞许地点点头。“这里有没有你自己的东西？”

“只有我。”

他没锁那间囚室的门。我们走过安静的过道进了电梯，下楼来到登记台。一个穿灰西装的胖子站在登记台旁抽着玉米芯烟斗。他指甲不干净，身上有气味。

“我是地区检察官办公室的斯普兰克林，”他口气生硬地说，“格伦茨先生在楼上，要见你。”他反手从屁股后面摸出一副手铐。“咱来试试大小。”

狱官和登记员对着他咧开嘴笑得很开心。“怎么回事，斯普兰克林？怕他在电梯里打劫你？”

“我什么麻烦都不想惹。”他低吼道，“有个家伙从我手里逃走了。搞得我屁滚尿流。走吧，小子。”

登记员把一份表格推到他面前，他龙飞凤舞地签了个名字。“我从来不冒不必要的险，”他说，“在这地方鬼知道会撞上哪档子事。”

一个巡警带进来一个耳朵血淋淋的醉汉。我们朝电梯走去。“你碰上麻烦了，小子，”斯普兰克林在电梯里对我说，“一大堆麻烦。”他似乎有些幸灾乐祸，“人在这地方总会惹出一大堆麻烦来。”

电梯工扭头瞥了我一眼，我笑了笑。

“甭动歪脑筋，小子，”斯普兰克林厉声说道，“我可是毙过一条命的。想开溜。他们可把我搞得屁滚尿流。”

“你都应付过来了，不是吗？”

他想了想。“是啊，”他说，“不管怎样，他们总会把你搞得屁滚尿流。这粗野的城市。不尊重人。”

我们走出电梯，拐进地区检察官办公室的双扇门。电话总机无人接听，线路断开了。访客座位上空无一人。有几间办公室还亮着灯。斯普兰克林推开一间亮灯的小办公室的门，里面有一张办公桌、一个文件柜、一两把硬板椅，还有一个身体笨重的家伙，方下巴，目光迟钝。他红着一张脸，正把什么东西塞进办公桌抽屉。

“你不会先敲门?！”他厉声说道。

“对不住，格伦茨先生，”斯普兰克林结结巴巴地说，“我在想着犯人。”

他把我推进办公室。“要不要打开手铐，格伦茨先生？”

“我不明白你他妈的铐他干什么！”格伦茨恶声恶气地说。他看着斯普兰克林打开我腕上的手铐。许多钥匙拴在一起足有一个柚子那么大，他找得晕头转向。

“得得，滚吧，”格伦莰说道，“外面等着，到时把他带回去。”

“我该下班了，格伦莰先生。”

“我告诉你下班，你才能下班。”

斯普兰克林涨红了脸，挪动着肥臀出去了。格伦莰恶狠狠地目送他离去，门一关上，他又把同样的目光投向我。我拉过一把椅子坐下。

“我没说让你坐下。”格伦莰厉声道。

我从口袋里掏出一根卷烟，叼在嘴上。“我没说你可以抽烟。”他吼道。

“我在囚房里都可以抽。为什么这里就不许？”

“因为这是我的办公室。我说了算。”一股辛辣的威士忌的气味从桌子对面扑过来。

“赶快再喝一杯吧，”我说，“酒会让你冷静。我们进来打搅你了。”

他往后重重地靠在椅背上，脸涨得通红。我划了根火柴，点燃香烟。

过了长长的一分钟，他和缓地说：“得了，你小子有种。好汉一条，是不是？你猜怎么着？他们进来时有大有小各式各样，可出去时只剩下一种尺寸——小，一个样子——蔫。”

“你见我有何贵干，格伦莰先生？要是你想喝就喝，别介意我在跟前。我累了、紧张了或者工作过度，也会来它一杯。”

“你好像没意识到自己的处境多么糟糕。”

“我不觉得陷入了什么糟糕的处境。”

“我们等着瞧。还有，我要你提供完整的供词。”他用手指弹了弹办公桌旁边柜子上的录音机，“我们先用它，明天再整理出来。要是首席副检察官对你的供词感到满意，只要你保证不离开本市，他可能会放你出去。开始吧。”他打开录音机。语调冰冷而坚决，竭力装出恶心人的口气，不过右手一直在朝办公桌抽屉的方向挪动。他还年轻，鼻子上却已经爬满血管，而且眼白颜色混浊。

“我烦透了。”我说。

“烦什么？”他厉声道。

“难伺候的小人物坐在一间小办公室里摆个屁狠劲儿。我已经在重罪区蹲了五十六小时。没人找我碴，没人在我面前要狠。他们没必要这么干。他们收起狠劲儿等要用时才使出来。再说了，我为什么蹲囚房？我被指控有杀人嫌疑。什么见鬼的法制系统，因为几个警察得不到想要的回答就把人送进重罪囚房？他有什么证据？便笺本上的一个电话号码？把我关起来又能证明什么？证明他有权力，除此之外什么都证明不了。你现在跟他一个腔调——想要让我瞧瞧在这烟盒大小的被称作办公室的地方你能怎么发威。你派个看小娃儿的胆小鬼半夜三更把我弄到这里，你以为我一个人枯坐在那里呆想了五十六小时，脑子可能已经成一锅糨糊了？你以为我会趴在你腿上哇哇大哭，求你摸一下我的脑袋，因为我待在那么大的拘留所里感到孤苦无依？闭嘴吧，格伦茨。喝你的酒去，有点人样吧。但愿你只是履行职责。请先把铜指套脱了。要是你厉害，根本不需要那玩意儿；要是你需要，那就别对我逞能。”

他坐在那里听着，望着我，接着咧着嘴狰狞地一笑。“精彩的演讲，”他说，“得了，你把心里的恶气放出来了，我们来弄供词吧。你是希望回答问题呢，还是照你自己的方式陈述？”

“我在跟鸟儿说话，”我说，“只想听听微风吹过的声音。我不会给你什么供词。你是律师，你知道我可以不给。”

“不错，”他冷静地答道，“我懂法律。我知道警察的做事方式。

我提供机会让你澄清自己。要是你不在乎，我也无所谓。我可以明天早晨十点传讯你，让你出席预审听证会。我会为你辩护，但你有可能交保。而一旦交保，事情就难办了。你就得花大钱。这是一种处理办法。”

他低头溜了一眼桌上的一张纸，看完后把它朝下扣在桌上。

“什么罪名？”我问。

“第三十二条。事后从犯。属于重罪，可能会在圣昆廷监狱蹲上五年。”

“最好先逮住伦诺克斯。”我谨慎地说。格伦茨已经掌握了什么，我从他的态度里感觉得到。我不知道有多少，但是他肯定已经掌握了一些。

他往椅背上一靠，抓起一支笔，放在两只手掌间慢慢地搓着。紧接着，他微笑起来，扬扬自得的样子。

“伦诺克斯是个很难隐藏的家伙，马洛。指认大多数人需要照片，而且是清晰的照片。但一个半边脸上满是疤痕的家伙是不需要的，更别提他不到三十五就已经满头白发。我们有四个证人，说不定能找到更多。”

“这些证人要证实什么？”我嘴里苦涩得很，就像受了格里戈里厄斯那一拳后尝到的那股胆汁味儿。这让我想起依然肿痛的脖子。我轻轻揉了揉。

“别犯傻了，马洛。圣地亚哥高等法院的一个法官和他的老婆刚巧送儿子和媳妇上那架飞机。他们四人都看到了伦诺克斯，法官的老婆还看见了送他来的车和人。你输定了。”

“很好，”我说，“你怎么找到他们的？”

“电视台和电台的特别告示。一段详细的描述就足够了。法官打来了电话。”

"听上去不错，"我公道地说，"可是还差一点，格伦茨。你得抓到他，证明他杀了人。并且还要证明我知道他杀了人。"

他手指轻轻弹了弹电报纸背面。"我觉得我要喝一杯，"他说，"连着几晚都在干活。"他打开抽屉，把一瓶酒和一只小酒杯摆上办公桌。他斟了满满一杯，一饮而尽。"好些了，"他说，"好多了。抱歉，你在拘留中，我不能也赏你一杯。"他塞上木塞，把酒瓶推远些，但还是能够到。"噢，是啊，我们需要证明，你说的。哈，说不定我们已经得到了他的自白，伙计。太糟了，嗯？"

一根小而冷的手指顺着我的脊梁往下滑，像是一条冰凉的虫子在爬。

"那你又何必要我的供词？"

他咧咧嘴。"我们希望文件条理清晰。伦诺克斯会被带回来受审。我们需要任何能弄到的情报。与其说我们想从你这里得到什么，不如说我们更想让你出去——如果你合作的话。"

我瞪着他。他轻轻拨弄着文件，身子在椅子里挪了挪，瞧了一眼酒瓶，竭力克制着不去碰它。"你大概想听听整个故事吧，"他突然给了我不怀好意的一瞥，"好啊，聪明的家伙，为了证明我没骗你，你且听着。"

我倾身往他的办公桌凑过去，他以为我要拿酒瓶，于是一把抓过去，放回抽屉。我只不过是想把烟屁股扔进他的烟灰缸。我坐回来，点上另一支烟。他说得很快。

"伦诺克斯在马萨特兰下了飞机，那是个只有三万五千人的小城，也是个航空中转点。他失踪了两三个小时。后来，一个深色皮肤、脸上有许多可能是刀疤的疤痕的高个黑发男人以西尔瓦诺·罗德里格兹的名字定了去托利昂的机票。他的西班牙语说得不错，但对有这么个名字的人来说又不够好。他的个头远比有这种深色皮肤的墨西哥人要高。飞行员发来了有关他的报告，可托利昂的警察动作太慢。墨西哥警察实在不利索。他们最拿手的是开枪打人。等他们到达，那家伙已经包了一架飞机，去了一座叫奥塔托丹的小山城，一个冷门的有片湖的夏季避暑之地。包机的驾驶员曾在德克萨斯州受训驾驶战斗机，英语不错。伦诺克斯假装听不懂他的话。”

“假定那人是伦诺克斯。”我插嘴道。

“等等，伙计。那就是伦诺克斯，没错。嗯，他在奥塔托丹下了飞机，住进了一家旅馆，这回用了马里奥·德塞瓦这个名字。他带着一把枪，七点六五毫米口径的毛瑟，当然这宝贝在墨西哥没人识货。但是包机驾驶员觉得这人不太对劲，就报告了当地警局。他们把伦诺克斯监控起来，向墨西哥城核对了些信息，接着也住进了那家旅馆。”

格伦茨拿起一把尺子，从一头看到另一头，这毫无意义的动作使他不必看着我。

我说：“啊呀，那开包机的家伙真聪明，对客人好不殷勤周到。这故事差劲得很。”

他突然盯着我。“我们需要的，”他干巴巴地说，“是快速审判，我们能接受二级谋杀的申诉。有些东西我们不希望牵扯进来。毕竟那个家族相当有势力。”

“你指哈伦·波特？”

他略微点点头。“依我看，这想法大错特错。斯普林格可以花一天时间去现场看看。这案子什么都牵涉到了。性、丑闻、金钱、不贞的漂亮老婆和在战场上挂了彩的英雄丈夫——我猜他的伤疤是打仗得来的——妈的，能上好几个星期的头版头条。国内的烂报纸会把它吃光抹净。所以我们要快刀斩乱麻。”他耸了耸肩，“要是头儿想这样，也只好这样。我可以开始录供词了吗？”他扭头看看轻声嗡嗡的录音机，机身前面的灯亮着。

"关掉吧。"我说。

他身子晃了晃，狠毒地看了我一眼。"你喜欢蹲班房？"

"不太糟，就是碰不上出色人物，可谁稀罕呢？动动脑子吧，格伦茨。你想让我出卖朋友。我也许太固执，或太重感情，可我也很实际。比方说，你需要雇个私人侦探——对，对，我知道你很讨厌这个比方——比方你遇到这种情况，没其他辙，你会雇个出卖朋友的家伙吗？"

他恨恨地瞪着我。

"再说几点。你不奇怪伦诺克斯逃走的策略太明显了一点儿吗？要是他想被逮住，没必要经历那么多麻烦；要是不想，他很明白不该在墨西哥把自己扮成墨西哥人。"

"什么意思？"格伦茨冲我吼道。

"意思是你可以编些胡话来蒙我，根本不存在染黑头发的罗德里格兹，在奥塔托丹的旅馆里也没有马里奥·德塞瓦。你不知道伦诺克斯的去向，就跟你不知道黑胡子海盗把宝贝藏在哪里一样。"

他又拿出酒瓶，斟了一杯，跟刚才一样一口灌下去。他慢慢松弛下来，在椅子上转身，把录音机关了。

"我真想提审你，"他烦躁地说，"你就是那种我想要治一治的聪明人。机灵孩子，这黑锅你得背一阵子。它跟你走路，陪你吃饭，你睡觉都会梦见它。下一回你再出差错，我们会把你宰了。现在，我不得不干一件叫我反胃的事情。"

他在桌子上摸索，把朝下的文件拉到跟前，反过来，签上名。你总是可以察觉出什么时候一个人在写自己的名字。他运笔的动作很特别。然后他起身，大步绕过办公桌，猛地拉开他那鞋盒的门，大喊斯普兰克林。

胖子挟着一股体臭走了进来。格伦茨递给他那份文件。

“我刚才在你的释放文件上签了字，”他说，“我是公仆，有时得履行不愉快的职责。你想不想知道我为什么在这份文件上签字？”

我站起身。“如果你想告诉我的话。”

“伦诺克斯的案子结案了，先生。根本就没有什么伦诺克斯的案子。今天下午他在旅馆房间里写了份完整详尽的自白书，然后一枪把自己崩了。就像我刚才说的，在奥塔托丹。”

我茫然地站在那里，眼角扫见格伦茨慢慢地后退，好像认为我要过去揍他似的。有一瞬间，我的脸色一定非常难看。接着他又回到办公桌后面，斯普兰克林抓住了我的手臂。

“过来，走啊，”他咕哝道，“男人偶然也想回家过夜。”

我跟他一起走了出去，带上门。我的动作很轻，好像那屋里刚死了一个人。

10

我找出个人财产清单复印件交了出去，在原件上签了字，然后将自己的东西装进口袋。有个男人靠在登记台的一端，我转身时，他径直走过来跟我说话。他约莫六英尺四英寸高，瘦得像根电线。

“要不要搭便车回家？”

白惨惨的灯光下，他看上去老成、倦怠、玩世不恭，但并不像个骗子。“多少钱？”

“免费。我是《新闻报》的朗尼·摩根。正要收工。”

“噢，跑警察局口的。”我说。

“只是这星期。我是专跑市政厅的。”我们一起走出大楼，在停车场找到了他的车。我抬头望着天空。天上有星星，但灯光太亮了。一个清爽宜人的夜晚。我深深地吸了几口气，然后跨进他的车。引擎响起，我们离开了那地方。

“我住在月桂谷区，相当远，”我说，“随便在什么地方把我放下都可以。”

“他们把你送进来，”他说，“却不管你怎么回家。这案子令人反感的一面引起了我的兴趣。”

“看来没什么案子可言，”我说，“今天下午特里·伦诺克斯开枪自杀了。都这么说。都这么说。”

“相当省事。”朗尼·摩根一边透过挡风玻璃看着前面，一边说道。车子安静地穿过僻静的街道。“这帮着他们筑起了一道高墙。”

“什么高墙？”

“有人在伦诺克斯的案子周围筑了高墙，马洛。你是个聪明人，难道没看出来？这案子不会引起新闻媒体应有的注意。地区检察官今晚出城去了华盛顿，开什么会议。他退出了近年来最有甜头的大新闻，为什么？”

“问我没用。我一直待在冷库里。”

“因为有人给了他好处，这就是其中的奥秘。我不是说一沓钞票之类赤裸裸的好处。有人向他应承了某些对他非常重要的东西，跟整个案子有牵连的人里，只有一个人能够办到。女方的父亲。”

我歪在车座一角。“好像不太可能，”我说，“那么报纸呢？哈伦·波特的确拥有几家报纸，可是他的竞争对手呢？”

他匆匆瞥了我一眼，好像觉得我很有趣，然后继续专心开车。“你在报社干过吗？”

“没有。”

“报纸是有钱人拥有和发行的。有钱人都是一伙的。当然，有竞争——为发行量，为新闻渠道，为独家新闻，竞争相当激烈；前提是不损害报纸所有人的声望、特权和地位。一旦这些人受到损害，盖子就会捂上。这盖子，我的朋友，捂住了伦诺克斯的案子。这个案子，我的朋友，要是好好做，不知道要卖出去多少报纸。里头什么都有了。审判会引来全国各地的特稿写手。可是不会有审判了，原因是审判还没开始伦诺克斯就已经去见上帝了。就像我刚才说的——非常省事——对哈伦·波特和他们家来说。”

我坐直了，狠狠地瞪了他一眼。

“你认为这整件事情是受人操纵的？”

他嘲弄地歪了歪嘴。“也可能有人帮着伦诺克斯自杀。在警察上门的时候不太乖。墨西哥警察一碰枪，手指就痒痒。要是你想打赌，我敢说没人数过他身上有多少个弹孔。”

“我想你错了，”我说道，“我很了解伦诺克斯，他早就心灰意冷了。要是他们把他活捉回来，他会听任他们摆布。他会接受非蓄意杀人罪。”

朗尼·摩根摇摇头。我知道他要说什么，果然他就那样说了。“不可能。如果他只是一枪崩了她，或者砸裂了她的脑袋，或许可能。但杀人手段实在太凶残。她的脸被砸得稀烂。他能指望的最轻的判决也得是二级谋杀；即便那样，也会使舆论哗然。”

我说：“也许你说得对。”

他又瞧了瞧我。“你说了解那家伙，那你接受现状吗？”

“我太累了。今晚想不了什么事情。”

很长一段静默。然后朗尼·摩根平静地说道：“如果我不是个替报纸跑腿儿的，而是个有自己脑子的人，我会认为他大概根本就没杀她。”

“那不失为一种看法。”

他摸了根香烟叼在嘴里，在仪表盘上划了根火柴点上。他静静地抽着烟，清瘦的脸上眉头紧锁。我们到了月桂谷区，我告诉他在哪里拐下大街，从哪里开进我家所在的小巷。他的车费力地爬上山坡，在我房子前面的红杉木台阶前停了下来。

我下了车。“谢谢你送我回家，摩根。要不要进去喝点东西？”

“改日再喝吧。我想你更愿意独自静一静。”

“我已经独自待了相当长的时间。太长时间了。”

“你得跟一个朋友道别，”他说，“你为他锒铛入狱，他一定是你的好朋友。”

“谁说我入狱是为他？”

他微微一笑。“我不能在报上发表出来，并不意味着我不知道，老兄。再见啦。改日再见。”

我关上车门，他掉转车头，往山下开去。车尾灯在拐弯处消失时，我爬上台阶，捡起地上的报纸，开门走进空荡荡的房子。我拧亮所有灯，敞开所有窗户。屋里太闷了。

我煮了些咖啡，一边喝，一边把五张百元大钞从咖啡罐里取了出来。那几张钞票卷得很紧，是从边上竖着塞到咖啡粉里的。我端着杯咖啡走来走去，打开电视又关上，坐下，起来，又坐下。我浏览了堆在台阶上的报纸。一开始伦诺克斯的案子登得极醒目，但第二天早晨就变成二版新闻了。有一张西尔维亚的照片，但没有伦诺克斯的。报上还登了一张我的快照，我自己都不知道居然还存在这么一张照片。“洛杉矶私人侦探被拘留审讯。”报上刊登了伦诺克斯在恩西诺的府邸的巨幅照片。房子是仿英国式的，有许多尖顶，要把所有的窗户都擦一遍准得花上一百块钱。房子建在一座圆丘上，加上周边的土地有两英亩，这在洛杉矶算是面积很大的地产了。报上还刊登了客宅的照片，那是主建筑的缩小版。客宅被一片树林包围着。两幅照片显然都是从远处拍摄然后再放大修描过的。没登出报上所谓的“死亡现场”的照片。

这些我以前在囚房里都看过了；但现在我用不同的眼光重新阅读。除了报道一名富有的漂亮女子被谋杀，什么都没说，新闻界几乎完全被排斥在外。可见那家的影响力很早就开始起作用了。跑犯罪新闻的记者一定咬牙切齿，可也白搭。可以理解。要是伦诺克斯在她被杀的当晚就跟在帕萨迪纳的岳父通了电话，那就会有十几个保镖在警察抵达之前捷足先登，到达那栋宅子。

但其中有些事情怎么都说不通——她被杀的惨状。没人能让我相信这是特里干的。

我关了灯，坐在敞开的窗前。窗外树丛里，一只嘲鸫趁着夜幕降临前的时间自得地练习着几个颤音。我脖子发痒，所以刮了胡子，冲了澡，上床平躺着倾听，仿佛我能从黑暗深处听见一个声音，一个平和而耐心的声音，这声音使一切变得清晰。但我没听见，我知道以后也不会听见。没有人会向我解释伦诺克斯的案子。没有解释是必然的。杀人者自己承认了，而且他已经死了。连审讯都不会有。

就像《新闻报》的朗尼·摩根所说的——相当省事。如果是伦诺克斯杀了他妻子，很好。那就没必要审问他，没必要翻出所有令人不快的细节。如果他没杀她，那也很好。死人是世上最好的替罪羊。他不会反驳。

11

早晨，我又刮了一遍胡子，穿戴整齐，和平常一样开车去市中心，把车停在平常停车的位置，要是看车库的知道我是个重要的新闻人物，那他掩饰得倒是不错。我上了楼，穿过走廊，摸出钥匙正要打开办公室的门，发现一个皮肤黝黑的斯文男人望着我。

“马洛吗？”

“有何贵干？”

“别走远，”他说，“有人想见见你。”他离开倚着的墙壁，懒洋洋地走了。

我踏进办公室，捡起地上的信件。书桌上摊着更多来信，是夜间清洁女工放在那里的。我先将窗户打开，再撕开信封，把不想收到的丢掉，事实上没一封是我期待的。我打开另一道门的门铃装置，填满烟斗点上，然后坐下来等人上门求救。

我想到特里·伦诺克斯时，心里并没有多大起伏。他已经隐退到远处去了，灰白头发、疤脸、某种柔弱的魅力，还有那怪异的清高。

我既不评判他，也不剖析他，就像我从不问他那一脸疤痕是怎么来的，何以竟会和西尔维亚那样的人结为夫妻。他就像你在客轮上邂逅的某个人，混得很熟，然而实际上你对他一无所知。他走的时候也像那么个人，在码头跟你道别时说“保持联络，老朋友”，而你知道你不会跟他联络，他也不会跟你联络。你很可能再也不会见到那家伙。就算再见，他也完全成了另外一个人，不过是休闲列车里的又一个扶轮社[①]会员而已。生意如何？哦，还行还行。你气色不错呀。你气色也很好啊。我胖了好多。咱们彼此彼此。还记得那次坐“法兰考尼亚”（或者其他随便什么名字）客轮旅行吗？噢，当然，那次旅行精彩得很哪，是不是？

去他的精彩旅行。你真是无聊透顶。你和那家伙聊了几句，只因为周围再没一个人让你感兴趣。或许这就像我和特里。不，不太一样。我拥有他的一部分。我在他身上投入了时间和金钱，外加三日囚房时光，还没提下颌挨的那一下子，脖子上挨的那一拳，至今咽东西还会痛。现在他死了，我没法还他五百大钞。这让我不痛快。总是些小事让人不痛快。

门铃和电话铃同时响起。我先接了电话，因为门铃只意味着有人走进了我的小号候客室。

“是马洛先生吗？恩迪科特先生要跟您说话。请稍候。”

他在电话那端。“我是休厄尔·恩迪科特。”他说，好像他那见鬼的秘书没把他的名字通报给我似的。

“早晨好，恩迪科特先生。”

“很高兴听说他们把你放了。你没跟他们作对，我认为这种做法很正确。”

---

①一个国际性的社团，以增进职业交流和社会服务为宗旨。其成员来自不同行业，定期聚会。每个“扶轮社”独立运作，但需经“国际扶轮”许可方能成立。

“这不是做法。只不过是犟脾气而已。”

“我觉得你可能不会再听到有关这个案子的什么消息了。要是听到，而且需要帮忙，请告诉我一声。”

“怎么会呢？那家伙已经死了。要证明他接近过我，可得花掉他们不少时间，更何况还要证明我知情。还要证明他犯了罪或者是逃犯。”

他清了清嗓子。“大概，”他审慎地说道，“他们没告诉你他留下了一份完整的自白书吧。”

“他们告诉我了，恩迪科特先生。我是在同律师对话。如果我建议自白书也应当被证实，证实它既非伪造，也符合事实，算不算越界？”

“我怕没时间跟你探讨法律上的问题，”他不客气地说，“我正要飞去墨西哥，去处理一项相当悲哀的事务。你或许可以猜到是什么事务。”

“啊哈。要看你代表谁了。你没告诉我，你可记住了。”

“我记得相当清楚。好啦，再见，马洛。我说过愿意帮你，这话仍然有效。不过我送你一个小小忠告。别太肯定你已经脱离了危险。你的处境相当不妙。”

他挂断了电话。我小心地把电话放回机座。我锁着眉头坐了片刻，手依然没有离开听筒。过了一会儿，我拂去脸上的愁云，起身拉开了候客室的门。

有个男人靠窗口坐着，在浏览杂志。他穿着蓝灰色西装，上面的浅蓝格子淡得几乎看不见，双脚交叉，穿着黑色软皮系带鞋，这种鞋子有两个透气孔，穿着走过一个街区都不会磨破袜子，几乎和休闲鞋一样舒服。他的白手帕折得方方正正，后面露出墨镜一角。他深色的头发浓密且呈波纹状，皮肤晒得黝黑。他抬头望过来，两只眼像鸟眼一样亮，小胡子下有些笑意。他雪白的衬衫上打了个深栗色的尖尖的蝶形领结。

他将杂志扔到一边。“垃圾杂志登垃圾文章，”他说，“我刚才在读有关科斯特洛[①]的一篇东西。啊呀，他们多么了解科斯特洛，就像我多么了解特洛伊的海伦一样。”

“我能为您效劳吗？”

他不紧不慢地上下打量着我。“骑大红摩托的人猿泰山。”

“什么？”

“说你哪，马洛。骑大红摩托的人猿泰山。他们请你吃苦头了？”

“有几次。这与你有何干系？”

“是奥尔布莱特打电话给格里戈里厄斯以后的事吗？”

“不是，在那之前。”

他点了点头。“你有面子，让奥尔布莱特给了那混账一梭子。”

“我在问你哪，这与你有何干系？顺便说一句，我不认识奥尔布莱特局长，我也没求他做任何事。他为什么要帮我？”

他沉下脸盯着我，然后慢吞吞地站起来，动作优雅得有如一头美洲黑豹。他穿过屋子，往我的办公室里张望，又扭头冲我看看，便自己走进去了。他是那种走到哪里都以主人自居的人。我跟着进了办公室，关上门。他站在办公桌旁四处张望着，饶有兴趣的样子。

“你是个小角色，”他说，“非常小。”

我走到自己的办公桌后面，等着。

“你一个月挣多少，马洛？”

我点上烟斗，没搭理他。

“最多七百五。”他说。

---

①可能是指美国喜剧演员卢·科斯特洛（1906-1959）。

我将烧焦的火柴扔进烟灰缸，吐出一圈烟雾。

“马洛，你是个胆小鬼，小骗子，小到要用放大镜才可以看见。”

我一句话也不接。

“你的感情不值一个子儿。你从头到脚没一点值钱的地方。你和一个家伙混在一起，喝几杯酒，讲几句俏皮话，他身无分文的时候你塞几个小钱给他，最后还为了他把自己搭进去。就像读《弗兰克·梅里韦尔》[1]的小学生。你没胆量，没脑子，没门路，没见识，只能摆摆不值钱的态度，指望别人为你哭泣。骑大红摩托的人猿泰山。”他脸上浮现出一丝厌倦的微笑，“据我看，你一文不值。”

他从桌子对面凑过来，随意而傲慢地用手背轻轻拍了拍我的脸，但没有伤害我的意思，脸上始终挂着微笑。他见我一动不动，便慢慢坐了下来，一只手肘撑在桌上，棕色的手托着棕色的下巴。那双鸟眼盯着我看，除了灼灼光彩，里面什么也没有。

“知道我是谁吗，瘪三？”

“你叫曼宁德兹。小弟们称你曼迪。你在日落大道一带出没。”

“是吗？那我是怎么变得这么有名的？”

“我没兴趣知道。你大概是从在墨西哥妓院拉皮条起家的吧？”

他从衣兜里摸出一只金烟盒，用金打火机点燃一支棕色香烟。他呼出辛辣的烟味，点点头，把金烟盒放在办公桌上，用手指摩挲着。

“我是个大恶棍，马洛。我赚了很多钱。我得赚大钱去榨那些我要榨的人，榨那些我要榨的人才可以赚大钱。我在贝艾尔[2]的宅子花了九万，修一修，又花掉更多钱。我在东部有个漂亮的金发老婆，两个上私立学校的孩子。我老婆的钻石首饰就值十五万，还有值

①美国作家吉尔伯特·帕滕（1866-1945）的系列小说，弗兰克·梅里韦尔在书中是个力挽狂澜型的球场英雄。

②位于洛杉矶以西丘陵地带的富人社区。

七万五的裘皮和服饰。我有一个管家、两个女仆、一个厨师和一个开车的，还不算那些跟在屁股后面的猴儿们。我走到哪里都是个人物。一切都是顶级的，顶级的饭菜、顶级的酒水和顶级的饭店包房。我在佛罗里达有栋宅子，加上一艘配了五名水手的游艇。我有一辆宾利，两辆凯迪拉克，外加一辆克莱斯勒旅行车，还给我儿子弄了一辆MG。过几年也要给我女儿弄一辆。你有什么？”

“不多，”我说，“今年我有个地方住——一人独享。”

“没女人？”

“就我一个。加上你眼前这些东西。银行里还有一千两百块，几千块债券。这回答你的问题了吗？”

“你接一个案子最多赚了多少？”

“八百五。”

“老天啊，人怎么可以这么廉价？”

“别再聒噪了，告诉我你想要干什么？”

他掐灭吸了一半的香烟，马上又拿出一支新的点上。他往后靠在椅背上，朝我撇撇嘴。

“当时我们三人在一条战壕里吃东西，”他说，“天冷得要命，到处是雪。我们吃罐头食品，冷冰冰的。耳边传来零星的枪声，更多的是迫击炮弹爆炸的声音。我们冻得发青，我是说真的发青。兰迪·斯塔尔、我，还有那个特里·伦诺克斯。一枚迫击炮弹扑通一声掉在我们三人中间，不知为什么居然没有炸开。那些德国佬花招一套又一套，他们喜欢开歹毒的玩笑。有时候，你以为那是颗闷弹，可三秒钟后它爆炸了。特里抱起它，兰迪和我还没来得及抬腿，特里已经跃出了战壕。我是说他动作飞快，兄弟。就跟优秀的控球员一样。他扑倒在地，把那家伙扔出去，它在空中爆炸了。大部分在他头顶上方开了花，可一大块弹片扎进了他的脸颊。就在这时德国佬发动了进攻，等反应过来时，我们已经不在那里了。”

曼宁德兹住了嘴，看着我，黑眼睛闪闪发亮。

“多谢你告诉我。”我说。

“你倒是经得起玩笑，马洛。你行啊。兰迪和我聊过这事，我们认为特里·伦诺克斯的经历够把任何人的脑子搞懵。有很长一段时间，我们以为他死了，可他没死。德国佬逮住了他。他们把他折腾了大概一年半。他们干得不赖，但他太受罪了。我们花了钱查出真相，又花了钱找到他。不过战后我们在黑市里赚了一笔，担得起。特里为了救我们的命，落得半张新脸、白发，精神很差。到了东部，他喝上了，老被抓进去，差不多完蛋了。他的心事我们从来不知道。后来我们得知他娶了那有钱的妞儿，一下子就上了天。他离开了她，一落千丈，又娶了她，这回她死了。兰迪和我一件事都帮不了他。他不要我们帮，除了拉斯维加斯那份临时工。他真的碰到麻烦不来找我们，竟然去找你这种瘪三，一个警察可以拿捏的软蛋。然后他死了，连再见也不跟我们说一声，连报答的机会也不给我们一个。我可以把他弄出国去——比老千洗一副牌还快。但他跑去找你救命，这让我不痛快。一个瘪三，一个警察可以拿捏的软蛋。”

“警察要拿捏谁就可以拿捏谁。你要我怎么办？”

“放弃。”曼宁德兹马上接口道。

“放弃什么？”

“别想着借伦诺克斯的案子发财扬名。已经结案了，完了。特里死了，我们希望你别再去烦他。那伙计的遭遇真是太惨了。”

“流氓大发悲情，”我说，“笑死人了。”

“看着点你的嘴，瘪三。看住你的嘴。曼迪不和人斗嘴。他只是吩咐他们。找个别的生财之道吧，听明白我的话了？”

他站起身。来访结束。他捡起手套，那副雪白的猪皮手套。看上去不曾戴过。曼宁德兹先生，一个讲究穿戴的人。可骨子里却野蛮得很。

“我并不想出风头，”我说，“也没谁要给我钱。他们给我钱，为什么？”

“别糊弄我，马洛。你不会仅仅出于情义去蹲三天大牢。你拿了好处，我不知道谁给的，但我有数。我猜给你好处的人很有钱。伦诺克斯的事已经结了案，而且是铁板钉钉了，即使——”他突然住了嘴，拿手套轻轻地拍打桌沿。

“即使特里没杀她？”我说。

他流露出一丝惊诧，微薄得就如露水夫妻婚戒上镀的那层金。“我也很希望是那样，瘪三。但这没意义。就是确实有——特里也希望如此——接下来也只会像现在这样。”

我没有说什么。过了片刻，他慢条斯理地咧了咧嘴。

“骑大红摩托的人猿泰山，”他拉长腔调说，“硬汉子一个。让我来教训教训他。几个子儿就可以雇来的家伙，谁都能拿捏的家伙。没钱，没家，没希望，一无所有。改日见，瘪三。”

我坐着一动不动，下巴紧绷，看着桌角上他那闪闪发光的金烟盒。我感觉很累。我缓慢地站起来，把手伸向那只烟盒。

“你忘了这个。”我说着绕过桌子。

“这玩意儿，我有半打呢。”他冷笑道。

我走近他，把它递了出去。他毫不在乎地接过去。“来半打这玩意儿如何？”我问道，尽全力给了他腹部一下子。

他弯下腰哀号。烟盒掉在地上。他后退到墙根，双手抽搐着，大口地喘着气。他冒着汗，非常缓慢而艰难地直起身。我们再次四目对视。我伸出一根手指头，沿他下颌划过。他一动不动。最后，他褐色的脸上勉强挤出一个笑容。

“我没想到你这么有种。”他说。

“下回带把枪再来——不然就别叫我瘪三。”

“我手下人带枪。”

“把他带着。你需要他。”

“你这刀枪不入的家伙，马洛。”

我用脚把那只金烟盒踢到一边，弯腰捡起，递给他。他接过去揣进口袋。

“我不明白，”我说，“什么事值得你花时间跑到这里来跟我开玩笑，弄得很无趣。恶棍都很无趣。就像玩一副只有 A 的牌，好像什么都有了，其实什么都没有。你只是坐在那儿自我欣赏。难怪特里·伦诺克斯不找你帮忙。就好像不从妓女手里借钱一样。”

他伸出两根手指小心翼翼地按了按肚子。“你这么说话我很遗憾。瘪三。你俏皮话说得太多了。”

他向门口走去，拉开门。门外，他的保镖在走廊对面挺直身体转过来。曼宁德兹晃了晃脑袋。保镖于是走进办公室，站在那儿毫无表情地打量着我。

“好好看看这个人，奇克，”曼宁德兹说，“一定要记住他的模样，以防万一。你和他说不定哪天要打打交道。”

“我看见他了，老大，”那个皮肤光滑黝黑的家伙从紧闭的唇缝里挤出几个字，“他还烦不到我。”他们都喜欢这样发音。

“别让他打着你的肚子，”曼宁德兹苦笑着说，“他的右勾拳可不是好玩的。”

保镖朝我冷冷一笑。“他靠近不了我的肚子。”

“得，再见，瘪三。”曼宁德兹说完转身走了。

“改日见。”保镖冷冷地说道，“我叫奇克·阿戈斯蒂诺。我想有一天你会认识我的。”

“就像一张脏报纸，”我说，“提醒我别踩着你的脸。”

他下巴鼓了起来。然后突然转了个身，尾随他的老板走了。

装了气动铰链的门慢慢关上了。我侧耳倾听，却没听见走廊上他们离去的脚步声。他们走得轻手轻脚，像猫一样。过了一会儿，为了确认，我又拉开门朝外看了看，走廊上空空如也。

我回到办公桌前坐下。像曼宁德兹这样有名气的地痞竟会舍得花工夫亲自登门，来警告我少管闲事，真让人纳闷。而且几分钟前我刚接到休厄尔·恩迪科特的电话。虽然表达方式不同，但其实同样是警告。

我实在想不明白，于是打算试试运气。我提起电话，给拉斯维加斯泥龟俱乐部的兰迪·斯塔尔打了过去，菲利普·马洛找兰迪·斯塔尔，没人接。斯塔尔先生出城了，还要找谁说话吗？不要。我并不很想找斯塔尔说话，只是心血来潮而已。他太远了，打不着我。

之后的三天什么事都没发生。没人来揍我或开枪打我，也没人打电话警告我别多管闲事。没人雇我寻找走失的女儿、越轨的妻子、遗失的珍珠项链或者失踪的遗嘱。我就坐着对墙发呆。伦诺克斯的案子来得突兀，去得也同样突兀。有过一个潦草的庭审，我没有被传讯。庭审安排在一个古怪的时间，没有事先通知，也没有陪审团。由于死者的丈夫已经在法医的管辖区域之外身亡，法医提出了裁决：西尔维亚·波特·韦斯特海姆·德乔其奥·伦诺克斯之死是由其丈夫特伦斯·威廉·伦诺克斯的蓄意谋杀所致。在庭审记录里，他们大概宣读了自白书；为了满足法医，他们大概也认真核实了它。

她的遗体被取回，往北空运到家族墓园下葬。新闻界没被邀请。没有人接受采访，当然不用提从不接受采访的哈伦·波特先生了。见他几乎跟见达赖喇嘛一样困难。在仆从、保镖、秘书、律师及驯服的执行人组成的屏障之后，腰缠万贯的家伙们过着不同寻常的日子。他们或许也吃喝拉撒，也理发，也穿衣服，但你永远不可能确切地知道。你能读到听到的所有关于他们的消息都已经经过一帮公关人士加工雕琢，而那帮人拿着高薪，专事营造和维护适宜主子的人格形象，使其简单、洁净、精确，如一枚消过毒的针头。主子的人格形象不求真实，但求与众所周知的事实一致。而这样的事实屈指可数。

第三天下午比较晚的时候，电话铃声响起，打来的是个叫霍华德·斯潘塞的人，他自称是纽约一家出版社的代理人，来加州短期出差，说有一件事情想和我谈谈，约我明天上午十一点在里兹－贝弗利酒店的酒吧见面。

我问他是什么样的麻烦。

“相当微妙，”他说，“但完全合乎道德。要是我们谈不拢，自然，我会付你报酬。”

“多谢，斯潘塞先生，这倒不必。是不是哪个熟人把我推荐给了你？”

“有个人知道你——还包括你最近碰上的案子，马洛先生。请允许我说是那个案子引起了我的兴趣。不过我的工作与这件悲惨的事无关。只是——好吧，我们到时边喝边聊，就先不在电话上谈了。”

“你确定要和一个蹲过牢的人打交道？”

他笑了起来。笑声和嗓音都很悦耳。他说话的方式好像纽约人还没学会外来的南腔北调时说话的方式。

“在我看来，马洛先生，那本身就是一种举荐。不是因为，允许我插一句，你，如你所说，蹲过监狱；而是因为，允许我再说一句，你表现得非常镇定，甚至在压力之下。”

他是一个说话加逗号的家伙，好像一本大部头小说。反正在电话里是如此。

“好吧，斯潘塞先生，我明早会去见你。”

他谢了我，挂断电话。我搞不清楚是谁推荐了我。我想可能是休厄尔·恩迪科特，所以就打电话跟他确认，可他前一星期都不在城里，此时仍旧没回来。这没关系。即便在我这一行，偶然也会碰上个把满意的客人；何况我也要揽些活儿干，因为我需要钱——或者说我觉得我需要钱，直到这天晚上回家，发现有封信，里面夹着一张印有麦迪逊总统头像的大钞。

12

这封信躺在我家台阶口的红白两色鸟舍信箱里。信箱顶上固定在摇臂上的啄木鸟跳了起来；即便如此，我原本也不一定会去看信箱，因为我从来没在家里收到过信件。但是这几天啄木鸟丢了嘴巴尖，木头露出干净的断口。不知被哪个淘气鬼用原子枪打掉了。

信封上印着西班牙文的“航空邮件”字样，贴着好几枚墨西哥邮票，还有手写的西班牙文，要不是我这几天满脑子墨西哥，可能一时还认不出那些文字来。我辨不清邮戳，是手打的，印泥干得厉害。信很厚。我爬上台阶，在起居室坐下，展开信纸读起来。傍晚十分寂静。一封由死者发出的信件或许随身带着属于它自己的一份寂静。

信首没有注明日期，也没有开场白。

我正在一家不太干净的旅馆二楼一间客房里靠窗的地方坐着。这家旅馆坐落在一个叫奥塔托丹的有片湖泊的小山城。窗户下方就有一个邮箱，仆役送咖啡上来时，我已经吩咐他待会儿替我去寄这封信，在投进邮箱之前，他会把信举起来，那样我就可以看清楚。他当这份差，会得到一张一百比索的钞票，对他来说，这是个大数目。

为什么要来这一手？门外有个穿尖头皮鞋、衬衫肮脏、皮肤黝黑的家伙守着门。他在等待着什么。我不清楚是什么，但他不让我出门。只要这封信寄出去，关系也就不大了。我希望你能收下这笔钱，因为我用不着，而本地警察一定会吞掉它。我本来就没打算用这张钞票买东西。就算是我为给你惹了诸多麻烦表达歉意，对一位正人君子表示景仰吧。和以往一样，我什么事情都没做对，但是我手上还有把枪。我估计你大概在某一点上已经有了自己的定论。我可能杀了她，也许的确是我干的，但另外的事绝不可能出自我手。那样的残忍不可能是我所为。真叫人痛心。不过再也没关系了，丝毫没关系了。现在重要的是如何避免一出无必要、无益处的丑闻。她父亲和姐姐从来没有伤害过我。他们有他们的生活要过，而我却因为厌恶自己的生活走到这一步。西尔维亚没有把我弄成流浪汉，其实我早就是了。我无法明确回答你她为什么要嫁给我，我猜那只是一时异想天开。至少她死时年轻美丽。俗话说肉欲使男人苍老，却使女人年轻。俗话说了一大堆废话。俗话还说富人总能够保护自己，还说他们的世界永远是夏日。我和他们一起生活过，他们无趣而寂寞。

我写过一份自白书。我感到有些不舒服，倒没那么害怕。你在书中读到过这样的情景，但你读的不是真实。事到临头，你被逼到这肮脏的异国小旅馆，剩下的就只是口袋里的一把枪，你只有一条出路——相信我，老兄，没有什么令人激动和振奋的，唯有龌龊、耻辱、阴郁和凄凉。

请你把这件事，也把我忘却。不过请先代我去维克托酒吧喝一杯琴蕾。你下回煮咖啡，也替我倒一杯，加些许波旁酒，再给我点一支烟，搁在咖啡杯旁。完了就把这整件事统统忘记。特里·伦诺克斯成为过去，不复存在。就此作别。

有人敲门。我想是仆役送咖啡来了。如果不是，那就该有枪击了。一般来说，我喜欢墨西哥人，但我不喜欢他们的班房。别了。

特里

信就此结束。我折起信纸，塞回信封。那么，是仆役送咖啡来了。不然我不会收到这封信。不会收到里面夹着的麦迪逊总统头像。一张五千块的巨钞。

它躺在我面前的桌子上，碧绿崭新。这巨钞我还从未见识过，许多在银行工作的人也不曾见过。像兰迪·斯塔尔、曼宁德兹之类的角色倒很可能会把这种钞票揣在身上当现款用。你如果去银行要换一张，他们也不一定有。他们得特地为你跑一趟联邦储备银行，可能要等上几天。在美国整个货币流通系统里，这种巨钞大约也只有一千来张。我这张泛着柔和的光泽，就像一枚独特的小太阳。

我坐着，久久凝视着它。最后，我把它放进信匣，去厨房煮咖啡。不管是不是伤感，反正我照他嘱咐的做了。我倒了两杯咖啡，在他那杯里加了些波旁酒，放在送他去机场那天早晨他坐过的桌子那一侧。我为他点燃一支烟，搁在咖啡杯近旁的烟灰缸里。我凝视着咖啡杯里袅袅升起的热气，烟嘴上浮动的淡淡烟雾。屋外，金钟花丛里，有只鸟儿跳来跳去，轻声自言自语，偶尔扇扇翅膀。

终于，咖啡不再冒热气，香烟也不再燃烧，成了烟灰缸边沿一枚熄灭的烟蒂。我把烟蒂丢进水池下的垃圾桶里，倒掉咖啡，洗净杯子，放进柜子。

就这样。相对于五千块钱来说，做这些好像不够。

后来我去看了一场晚间电影。什么也没看进去。我几乎看不明白发生了什么，只有噪声和放大的脸。回家后，我摆了一种非常愚蠢的西班牙式象棋开局，也一样觉得没意思，就上床睡觉了。

可我睡不着。凌晨三点钟，我在屋里踱来踱去，听着哈恰图良[①]在拖拉机工厂里劳作的声音，而他居然把这称为小提琴协奏曲；我听着像是风扇皮带松掉了。见它的大头鬼。

不眠之夜于我就如肥胖的邮差一样少见。如果不是因为约好与霍华德·斯潘塞在里兹－贝弗利酒店见面，我会干掉一瓶酒然后倒头昏睡。下次我要是碰见哪个礼貌的家伙醉倒在劳斯莱斯银色幽灵里，我会不择方向地拔腿就跑。世上没有比自己给自己下的套更要命的了。

---

①阿拉姆·伊里奇·哈恰图良（1903–1978），苏联作曲家，最广为人知的作品是《马刀舞曲》。

13

十一点钟，我坐在从餐厅附属建筑进来右手边第三个厢座里。我背靠墙壁，可以看见每个出来进去的人。这是个晴朗的早晨，没有烟，甚至没有高雾[1]，阳光照在与酒吧仅隔一堵玻璃墙的泳池的水面上，令人目眩。泳池一直延伸到餐厅那头。一个穿着白色斜纹泳装的性感女人正走上通往高台的扶梯。我瞧着她晒黑的大腿和泳装之间那道白色，不禁心旌摇荡。接着，她被垂得低低的屋檐挡住了，离开了我的视线。过了一会儿，我望见她转体一圈半跳下水去。水花高高溅起，阳光在水珠上跳跃，舞起一道和女人一样曼妙的彩虹。然后她登上扶梯，解开白泳帽，把带漂白粉味儿的头发抖松。她扭动腰肢走到一张小白桌前坐下，桌边还坐着个穿白斜纹布长裤、戴墨镜的健壮家伙。皮肤上的黑色那么均匀，不可能是别人，只可能是这儿雇的泳池管理员。他伸手拍拍她的大腿。她笑起来，嘴张得

①加州临海山区常常起雾，高雾（high fog）特指雾气高悬于这一地区上空并扩展至背阴的山谷上方形成层云。

如同消防水桶。这让我一下子兴味索然。我听不见她的笑声，但她咧开嘴时脸上那个大窟窿就使我倒足胃口。

酒吧相当冷清。再往里数第三个厢座，坐着两个时髦家伙，正手舞足蹈地相互卖弄打算推销给二十世纪 - 福克斯电影公司的故事，他们中间的桌上放着一架电话。每隔两三分钟，他们就以一个小游戏决定谁给扎纳克[①]打电话，卖给他好主意。他们年纪轻轻，皮肤黝黑，热情，活力充沛。即便只是打打电话，他们也动员了如此多的肌肉，足够我把个胖子扛上四楼。吧台边坐着个忧郁的家伙，在跟酒保说话。酒保边擦拭酒杯边听着，脸上挂着假笑—— 一个人强忍着不尖叫出来时绷在脸上的那种假笑。酒客是个中年人，穿戴讲究，已是醺醺然了。他想说话，即便不是真的想，也已经管不住自己的嘴巴了。他礼貌而友善，我听见他说话口齿好像还清楚，但你知道他的酒瘾已经被勾了上来，不到夜晚睡着他是不会罢手的。他会一辈子这样过下去，这就是他的一生。你永远弄不清楚他是怎么落到这一步的，因为即便他告诉了你，那也不是实情，充其量只是对他以为的那点真实的扭曲记忆罢了。世上哪个冷僻的酒吧里没有这样一个忧郁的人呢？

我瞧瞧手表，这位有权势的出版人已经迟到二十分钟了。我等三十分钟就走人。听任雇主摆布从来就没好结果。如果他让你如何你就如何，他会觉得别人也能这样拿捏你，他雇你可不是为了这个。眼下我并不十分需要揽活儿，不打算让这些东部来的蠢驴把我当马夫使，这些决策人物，坐在八十五楼用板壁隔出来的办公室里，面前一排按钮、一个内部通话装置和一个穿哈蒂·卡内基[②]职业女装的美目盼兮的秘书。这种家伙会叫你九点准时到达，而他两小时后喝

①达里尔·F. 扎纳克（1902–1979），好莱坞制片人、作家和演员，一九三三年与人合作创办了二十世纪电影公司。

②哈蒂·卡内基（1880–1956），二十世纪三四十年代活跃于纽约的著名时装设计师。

了双份吉布森鸡尾酒才翩翩光临，如果你没有脸上挂着安之若素的微笑静候大驾，他那受到冒犯的管理能力就会来一次爆发，以至于必须去阿卡普尔科[1]度假五星期，方能恢复元气。

吧台老侍者踱过来，瞥了眼我那兑过水的淡苏格兰威士忌。我朝他摇摇头，他也摇摇白发蓬松的脑袋。就在这时，一位梦中人儿走了进来。我觉得酒吧瞬间静了下来：那两个时髦家伙停止了相互吹嘘，醉汉不再唠叨。就好像指挥敲一下乐台，抬起手臂、悬而未落的那个瞬间。

她很苗条，身材颀长，穿着合身的白色亚麻质地的衣服，颈上围了一条黑底白圆点围巾。头发是像童话里的公主那样的浅金色，头上戴了顶小帽，金发兜在帽中，如小鸟栖于巢中。眼睛是罕见的矢车菊那种蓝色，长睫毛的颜色浅得简直有些过了。她走向过道对面的桌子，除下白色长手套，老侍者为她挪开桌子，永远不会有一个侍者像那样为我挪开桌子。她坐下，把手套放进手提袋，朝侍者报以感谢的微笑，那微笑如此温柔、纯洁和精致，几乎让他挪不动脚。她对他低声说了句什么，他哈着腰飞快地离开了。这家伙生活里还很有奔头哪。

我注视着她。她发现了，就把视线抬高了那么一点儿，我于是就不在她视野里了。不过无论在不在她的视野里，我都大气不敢出。

金发的女人世上有不少，现在金发几乎已经变成了一个滑稽字眼。每种金发女人各有特色，除了那些皮肤像漂白了的祖鲁族[2]、性格温顺得如脚下被践踏的人行道、头发如真金般闪亮的女人。有一种小巧玲珑的，唧唧喳喳，咯咯嘎嘎。有一种雕塑般丰腴硕大的，用冰蓝的眸光拦住你。有一种仰视着你，香喷喷亮闪闪，吊在你手

①墨西哥著名的滨海旅游城市。

②南非最大的黑人族群。

臂上，可等你把她带回家，她总是非常非常疲倦。她摆出那种无助的姿态，还他妈的头疼，你真恨不能揍她一顿，但你还是庆幸及早发现了头疼这个问题，还没在她身上投入太多的金钱、时间和希望。因为头疼总在那里，是一件用不坏的武器，像刺客的轻剑或琉克勒齐亚[①]的毒药一样致命。

有一种金发女人，温柔，乖巧，嗜酒；只要是貂皮，不管什么式样她都爱穿；只要有星光露台和香槟，不管哪里她都愿意去。还有一种可爱的小美人，假小子一个，自己付账单，很阳光，有常识，精通柔道，能够一边给卡车司机来个过肩摔，一边一行不漏地读《星期六评论》。还有另一种，发色非常非常淡，患有某种不致命但也治不好的贫血症。她无精打采，色如鬼魅，说起话来气若游丝。你不能碰她一根手指头。其一，你根本不想；其二，她正在阅读《荒原》或用古意大利语写的但丁作品，不然就是卡夫卡或克尔凯郭尔，又或者是在研究普罗旺斯文。她酷爱音乐，纽约爱乐乐团演出欣德米特[②]，她能够告诉你六把低音提琴里哪一把晚了四分之一拍。我听说托斯卡尼尼[③]有这功力。世上也就他们这对了。

最后还有一种美轮美奂的展品，嫁过三个相继归天的大骗子，然后又攀上几位百万富翁，一位一百万，最后在安提布岬[④]谋得一座浅色玫瑰别墅，一辆配有司机和副手的阿尔法－罗密欧豪华车，一群老朽的贵族朋友。对于这群人，她报以心不在焉的亲切，就像老公爵跟他的管家道晚安。

---

①琉克勒齐亚·博吉亚（1480–1519），教皇亚历山大六世的私生女，美貌非凡，应家族政治利益所需，先后婚嫁多次，据说曾参与施毒、家族乱伦，在诸多艺术作品里以荡妇形象出现。

②保罗·欣德米特（1895–1963），德国作曲家、指挥家、中提琴和小提琴演奏家。

③阿图罗·托斯卡尼尼（1867–1957），意大利著名指挥家。

④安提布是法国南部一座海港城市。

对面的这位梦中人儿不属于上述任何一种，甚至压根儿不属于那个世界。她无法归类，好似山泉一样悠远清明，水色一样难以描摹。我正看得出神，一个声音在身旁响起："我来得太迟了，向你道歉。全得怪这个。我是霍华德·斯潘塞。你是菲利普·马洛，没错吧。"

我扭头看着他。一个发福的中年人，穿得很随意，但胡子刮得挺干净，薄薄一层头发仔细地朝后梳得光溜溜的，覆盖着两耳间的大脑袋。他戴着无边眼镜，穿着抢眼的双排扣背心，这种衣服在加州几乎看不见，除非碰上个来访的波士顿人。他拍了拍一只破旧的公文包，显然这便是他所谓的"这个"了。

"三部完整的新手稿，小说。要是在我们找到机会退稿前把它们弄丢了，那就太尴尬了。"他朝老侍者打了个手势，后者刚把高高的一杯绿色玩意儿放在那位梦中人儿面前，往后退了几步。"我特别喜欢金酒加橙子汁。实在是很不上台面的饮料。你要不要也试试？很好喝。"

我点点头，老侍者缓步离开了。

我指着公文包说道："你怎么知道会退稿？"

"如果真是好东西，是不会由作者亲自送到酒店来的，而是会在纽约那些代理手上。"

"那何必留下？"

"一方面是为了照顾情绪，另一方面，出于所有出版人都梦寐以求的沙里淘金那千分之一的可能。大多数时候，你参加一个鸡尾酒会，被介绍给各色人等，其中一些写过小说，而你又多喝了几口，便要行善积德，于是说你想看看手稿。这不就飞快地送到酒店来逼你读了？但我觉得你并不会对出版商和他们的头疼事感兴趣。"

侍者端来了饮料。斯潘塞拿起他那杯，喝了一大口。他没注意到过道对面的金发女子。他把全部注意力都集中在我身上。他是个不错的中间人。

“如果工作需要，”我说，“我偶尔也会读几页书。”

“我们有个最重要的作者就住在这附近，”他随意地说，“你可能读过他的东西。罗杰·韦德。”

“啊哈。”

“我明白你的意思，”他苦笑道，“你对历史浪漫小说没兴趣。可这些书卖得很火。”

“我没别的意思，斯潘塞先生。我以前读过他的一本小说。我觉得那是胡诌。我是否不该这么说？”

他咧咧嘴：“哦，没事。许多人和你有同感。问题是眼下他是个有保障的畅销作家。现在成本那么高，每个出版商手上非得有几个畅销作家不可。”

我向那金发女子投去一瞥。她已经喝完了那杯柠檬水之类的玩意儿，瞧了眼精致的腕表。酒吧里人渐渐多起来，但还没到闹哄哄的地步。那两个时髦家伙还在手舞足蹈，吧台边的独饮客攀上了几个酒友。我回头望了望霍华德·斯潘塞。

“你的麻烦是不是和他有关？”我问道，“我是说，韦德那家伙。”

他点点头，又仔细打量了我一番。“跟我谈谈你自己吧，马洛先生。如果你不反感我的请求的话。”

“谈什么？我是持执照的私人侦探，已经做了相当长时间了。我孤零零一个人，还没成家，快到中年了，没什么钱。我进去过不止一回，不接离婚案子。我喜欢酒、女人和象棋，还有些别的东西。警察不怎么喜欢我，可有几个我和他们混得还不错。我是本地人，生在圣塔罗莎，双亲都去世了，没兄弟姐妹。要是我什么时候在黑巷子里被干掉了，没一个人会觉得自己的日子没了着落。其实这种事情可能落到我们这行任何人头上，也可能落在其他任何行业的人或眼下什么都不干的人头上。”

“哦，明白了，”他说，“但我想听的并不是这个。”

我喝完了金酒加橙子汁。我不喜欢这种饮料。我朝他咧了咧嘴。“有件事我没提，斯潘塞先生。我口袋里有张麦迪逊总统头像。”

“麦迪逊总统头像？我恐怕不明白——”

“面值五千块的钞票，”我说，“一直带在身边。我的幸运符。”

“天哪，”他压低声音说道，“那不是很危险吗？”

“是谁说的，超过一定限度，所有的危险都一样。”

“我想是沃尔特·巴杰特[①]，他说的是高空作业的工人。”他咧嘴笑笑，“对不起，我只是个出版商。你很好，马洛。我要来试试运气，如果我没这打算，你会请我滚蛋，是吧？”

我也朝他咧嘴笑笑。他唤来侍者，又要了两杯饮料。

“是这样的，”他谨慎地说道，“罗杰·韦德给我们造成了大麻烦。手上的书他完成不了。他失去了自制力，背后有什么事情。他好像崩溃了似的。疯狂地酗酒，脾气暴躁，过一段时间就会失踪几天。不久前，他把老婆推下楼梯，害得她断了五根肋骨，进了医院。他们之间并没有通常意义上的问题，完全没有。这家伙只有喝醉了才会像个疯子。”斯潘塞往后靠了靠，忧郁地瞧着我，“我们必须让他完成那本书。我们非常需要它。在某种程度上，我能保住饭碗就靠那本书。但我们需要更多。我们希望拯救一个才华横溢的作家，他应该能够创作出更出色的作品。一定是发生了很糟糕的事情。这次我来，他见都不见。我觉得应该去找精神科医生，可韦德夫人不同意。她肯定他精神非常正常，但有什么事情让他极其担忧，比如匿名信。韦德夫妇结婚五年。他以往的事情可能缠上了他。甚至可能

①沃尔特·巴杰特（1826–1877），英国商人、散文作家、记者，写过大量文学、政治、经济事务方面的文章。

是——只是瞎猜而已——开车撞死了人随后逃逸，有人捏住了他的软肋。我们不清楚到底发生了什么。我们想弄清楚，而且愿意出大价钱解决麻烦。如果最后发现真是患了什么病，那么——也只能那样了。如果不是，必定有个答案。同时还要保护韦德夫人。他下次说不定会杀了她。谁知道呢。”

第二轮饮料送了上来。我看着他一口气喝下半杯，没去碰我自己那杯。我点上一支烟，继续看着他。

“你不需要侦探，”我说，“你需要找个会变魔术的。我能做什么？如果我恰巧那个时候在那里，而且对付得了他，我可以把他打昏，弄上床。但是，我必须在那里。那只有百分之一的可能。这个你明白。”

“他身量和你差不多，”斯潘塞说道，“可是体能比不过你。再说，你可以随时都在那里。”

“不见得。醉鬼们狡猾得很。他肯定会专挑我不在场的时候撒野。我不打算谋份男护士的工作。”

“男护士根本指望不上。罗杰·韦德不会接受男护士。他是个非常聪明的家伙，只是有些控制不了自己。他写了一堆垃圾给傻瓜们读，挣了一大笔钱。但是唯有写作才能拯救作家。要是脑子里还有好货，他就会写出来。”

“好吧，我对他很感兴趣，”我不耐烦地说，“他很了不起，而且还很危险，他藏着罪恶的秘密，企图借酒把它忘记。这可不是我擅长处理的问题，斯潘塞先生。”

“明白了。”他看了看腕表，锁起眉头。他的脸皱巴起来，看上去老了一圈也小了一圈。“当然，我只是试一试而已，你不会怪我吧。”

他伸手去拿装得鼓鼓的公文包。我瞧着对面那位金发女子。她准备离开了。白发侍者手捧账单侍立一旁。她报以灿烂的微笑，给了他一些钱；他表现得好像刚跟上帝握过手一般。她抿了抿嘴唇，戴上白手套，侍者将桌子移得老远，腾出地方让她从容通过。

我朝斯潘塞投去一瞥，他膝盖上搁着公文包，正愁眉不展地看着桌边的空酒杯。

“哎，”我说，“要是你希望，我可以去见见那家伙，看看是怎么回事。我会跟他老婆谈一谈。不过我想他会把我扔出门外。”

一个不属于斯潘塞的声音说道：“不会的，马洛，我不认为他会那样。相反，我觉得他会喜欢你。”

我抬头望见一双紫罗兰色的美目。她正站在桌边。我站起来，因为不能跨出厢座，只好侧着身子，别扭地卡在椅子和厢壁之间。

“请别站起来，”她的声音宛如夏日云朵般柔和，“我应当先向你道歉。对我来说，在介绍自己之前能够先观察你一下很重要。我是艾琳·韦德。”

斯潘塞阴沉着脸说：“艾琳，他没兴趣。”

她温和地一笑。“我不觉得。”

我努力使自己镇定。我仍保持那个姿势，张着嘴，像个高中小甜妞一样呼吸。真是个美人。近看简直叫人挪不动脚。

“我没说不感兴趣，韦德夫人。我只是说，或者我想说的是，我觉得自己帮不了什么忙，说不定插手这件事是个大错误，反而害了别人。”

她听得很认真。笑容消失了。“你过早下结论了。要评判一个人，你不能就事论人。如果真想要评判他，那得就人论人。”

我茫然地点点头，因为我正是那么看特里·伦诺克斯的。从他的所作所为来看，他实在不怎么样，除了战壕里那一瞬间的闪光——假设曼宁德兹没有胡说——但是做过什么绝不等于全部。他是个你不可能讨厌的人。你一辈子遇见的人里有几个是这样的呢？

“所以你得了解他，”她和气地说道，“再见，马洛先生。要是你改了主意——”她很快打开提包，递给我一张名片，“谢谢你赏光。”

她向斯潘塞点点头，转身离去。我目送她走出酒吧，穿过玻璃围着的附属建筑进了餐厅。她的身形曼妙至极。我注视着她拐进通往前厅的拱门。我的视线捕捉到了她白色亚麻裙裾的最后一闪，接着她就拐过弯消失了。我松了一口气，坐下来端起金酒橙汁混合饮料。

斯潘塞正看着我。目光不善。

“干得好，”我说，“可你至少也该偶尔看她一眼。那么一位梦中人坐在对面二十分钟，而你居然根本没注意到。”

“我很蠢，是不是？”他努力挤出一个微笑，而他其实并不想笑。他不喜欢我看她的眼神。“大家对私人侦探有些奇怪的看法。要是打算请一个回家的话——”

“别指望把这一个请回家去，”我说，“不管怎样，你得先另外编个故事才行。别期待我会相信有人竟舍得把这么个美人儿扔下楼梯，摔断她五根肋骨，不管他有没有喝醉。你能编个更好的故事，是不是？”

他涨红了脸，双手紧紧抓着公文包。“你以为我撒谎？”

“有什么关系呢？你已经表演过了。你大概有点迷上那位女士了吧。”

他噌地站起来。“我不喜欢你说话的口气，”他说，“我不确定我是否喜欢你。就算帮个忙，这事情到此为止。我想这应当够买你花费的时间了。”

他往桌子上扔了一张二十块的票子，又加了几张一块的给侍者。他站了片刻，居高临下望着我，眼睛闪闪发光，脸依旧涨得通红。“我成了家，有四个孩子。”他突兀地说。

“恭喜恭喜。”

他喉咙里短促地响了一声，转身就走。他走得相当快。我朝他的背影望了片刻，收回了目光。我把剩下的饮料喝完，掏出烟盒，抖出一根香烟叼在嘴里，点上。老侍者走上前来，望着那几张钞票。

“还要什么吗，先生？”

“不用。这些钱都归你。”

他缓慢地拿起钱来。“这是一张二十块的，先生。那位先生弄错了吧。”

“他认识字。这些钱都归你，我已经说过了。”

“我当然非常感谢。要是你能肯定，先生——”

“相当肯定。”

他频频点头，走开的时候还是一脸不放心。酒吧开始拥挤起来。两个身材苗条的女孩哼着歌儿摆动着手臂经过，她们认识后面厢座里那两个时髦家伙。空气里开始不时响起“亲爱的”，伴着飞舞的红指甲。

我抽了半支烟，肚里一股恶气没地方出，打算起身离开。我转身取烟盒时，背后有个什么东西重重地撞了我一下。这正是我此刻需要的。我腾地转身，望见一个身宽体壮、穿着皱里吧唧的牛津法兰绒裤子、爱凑热闹的家伙，如明星一般张大手臂，嘴巴咧成一个二英寸高六英寸宽的大洞，是那种决不肯吃亏的人。

我抓住那只伸出来的手臂向后扭去。“怎么着，小子？是不是过道还不够宽，容不下你这号人物？”

他挣脱了，发起狠来。“伙计，别得意，小心我卸掉你的下巴。”

“哈哈，”我说，“你大概能在扬基队[1]守中外场，举根面包棍子击出本垒打。”

---

①美国职业棒球大联盟中最著名的球队之一。

他握起一只肉嘟嘟的拳头。

“心肝儿，小心你漂亮的指甲。”我说。

他憋住怒气。“你这神经病，自作聪明的家伙，”他冷笑道，“下一次，等我有了闲工夫。”

“会比现在还闲吗？”

“我警告你，快滚开，”他吼起来，“再开玩笑，你就要换口假牙了。”

我朝他咧嘴笑笑。“来吧，伙计。可说话得注意点。”

他的表情变了。他笑了起来。“朋友，你上过海报。”

“只上过钉在邮局里的那种。”

“罪犯相片簿上见。”他说，一边走，一边龇牙咧嘴。

这的确很傻，不过倒是把恶气出了。我走出餐厅附属建筑，穿过酒店前厅，来到大门口。走出大门前，我停下戴上墨镜。直到坐进车里，我才想起看看艾琳·韦德留下的名片。是刻纹的那种，但并不很正式，上面印着电话和地址。罗杰·斯特恩·韦德夫人。空闲谷路 1247 号。电话：空闲谷区 5-6324。

我很熟悉空闲谷区，知道那一带变了许多。以前那里入口处有门房，还配有私家警察，湖上设了赌场，有要价五十块的卖笑女子。后来赌场关了，那一带被有品位的有钱人占领。那些有钱人抬高了地价，使那里成了地块划分商的梦想之地。湖泊和湖边被一家俱乐部买下，要是俱乐部不接纳你，你连一滴湖水都碰不得。那是个排外的地区，所谓排外，指的不仅仅是昂贵，它意味着“排外”一词蕴含的全部意义。

我与空闲谷区格格不入，就如在香蕉船冰激凌上放了一个小洋葱头。

那日向晚时分，霍华德·斯潘塞给我打来电话。他已经息怒，想跟我道歉，说他没有将事情处理妥当，问我是否能再考虑考虑。

“如果他请我去，我可以见见他。否则我不会去。”

“我明白了。报酬会很高。”

“听着，斯潘塞先生，”我有些不耐烦，“花钱雇不来命运。如果韦德夫人怕那家伙，她可以搬出去。那是她的问题。没人能够二十四小时保护她，不让她丈夫碰她，世上没这种保护法。可你想要的还不止这些。你想要知道那家伙为什么、什么时候、怎样失去控制，这样便可以解决问题，不让他故态复萌——至少在完成书稿之前。而能不能交稿，这事完全看他。要是他很想把那部见鬼的什么书写出来，那么写完之前他就不会去沾酒。你的要求很过分哪。”

“这些事儿没法分开，”他说，“归根结底就是一个问题。但我想我能理解。对于你这一行的人来说，这有些过于微妙了。好了，再见。我今晚飞回纽约。”

“一路顺风。”

他谢了我，挂断了电话。我忘了告诉他我把他那二十块钱给了侍者。我想再打个电话告诉他，又一想他已经够倒霉了。

我关上办公室的门，往维克托酒吧走去，打算照特里在信上要我做的去喝一杯琴蕾。但我改了主意。今天我不太伤感。我去了劳里酒吧，要了马丁尼、牛肋排和约克郡布丁。

回到家，我打开电视看拳击。选手们不怎么样，像是一群在阿瑟·默里[1]门下混过的舞蹈大师。他们只是跳上跳下，捅来捅去，佯攻使对手失去平衡。他们每个人的手都轻得不可能摇醒瞌睡中的老祖母。观众席上嘘声四起，裁判不断拍手让他们进攻，可他们一直摇摇晃晃、战战兢兢，不时挥几下左长拳。我换了个频道，看犯罪剧。故事发生在一个衣橱里，演员们无精打采，而且张张脸都似曾相识，也不漂亮。

---

①阿瑟·默里（1895-1991），犹太裔舞蹈教师，经营舞蹈教育事业十分成功。

对话莫名其妙，填字游戏都不会采用。私人侦探用了个黑人男孩当仆人，想增添些喜剧效应。其实根本用不着，他自己就够喜剧的了。广告真烂，连在垃圾堆里长大的山羊看了都会作呕。

我关了电视，抽了根卷得很紧的长杆凉烟，这让我的喉咙很舒坦。上好的烟丝，我忘了注意牌子。我正准备上床，凶案组的格林警官打来一个电话。

“我想你也许有兴趣知道几天前他们把你的朋友伦诺克斯埋了，就在他死去的那个墨西哥小城。有个律师作为家族代表去了那里，出席了葬礼。这回算你走运，马洛。下回别再帮朋友越境了。”

“他身上有几个弹孔？”

“你说什么？”他厉声说道。沉默了片刻，他字斟句酌地说：“一个，我应当这么说。打脑袋的话，一般一颗就够了。那律师带回了一些照片和他口袋里所有的东西。你还想知道什么？”

“当然，可是你不会告诉我。我想知道谁杀了伦诺克斯的老婆。”

“啊呀，格伦茨没告诉你他留下一份完整的遗书？反正是上了报的。你不再看报了？”

“谢谢打来电话，警官。多谢你的好意。”

“听着，马洛，”他声音刺耳，“你要是再对这案子胡乱猜想，那可是自找麻烦。案子已经了结，盖棺论定，进档封存了。算你他妈的走运。本州事后从犯要判五年。让我再提醒你一件事。我当警察有些年头了，有一点我相当了解，就是你被关进监狱并不一定因为你干了什么，而是因为事情在法庭上展现出来的样子。晚安。”

他挂断了电话。我把听筒放回机座，心想，于心有愧的正直警察总喜欢做出凶巴巴的样子，心术不正的警察又何尝不是如此。几乎所有人都这样，包括我自己。

14

次日一早，我正在擦拭耳垂上的爽身粉，门铃响了。我走过去拉开门，见到一双紫罗兰色的眼睛。她这回一身褐色亚麻衣裙，红辣椒色的围巾，没戴帽子，也没佩戴耳环。她看上去有些苍白，但不像经常被人推下楼梯的样子。她对我报以犹疑的一笑。

“我知道不该来这儿打搅你，马洛先生。你大概还没用早餐吧。可我不太愿意去你的办公室，我也讨厌打电话讲私事。”

“没关系，进来吧，韦德夫人。你要不要喝杯咖啡？”

她走进起居室，坐在长沙发上，目光茫然。她将提包平搁在膝上，双脚并拢端坐着，显得十分规矩。我打开窗户，拉起百叶窗帘，拿起她面前茶几上放着的脏烟灰缸。

“谢谢。请给我杯黑咖啡，不加糖。”

我走进厨房，在绿色金属托盘上铺了张餐巾纸，看上去像赛璐珞硬领一样低劣。我把它揉成一团，拿出一条缀着流苏的餐巾，这玩意儿还配有小三角餐巾，是这房子里原来就有的，和这里大部分家具一样。我拿出两个印有沙漠玫瑰图案的咖啡杯，斟满咖啡，端着托盘回到起居室。

她啜了一口。“非常好，”她说，“你煮得一手好咖啡。”

“上一次和别人一起喝咖啡恰巧就在我进班房之前，”我说，“我想你知道我坐过牢，韦德夫人。”

她点点头。“当然。他们怀疑你帮他逃跑，是不是？”

“他们没有说。他们在他房间里的一个便笺本上发现了我的电话号码。他们向我提问，我不回答——主要是因为他们问话的方式，我想你不会有兴趣听。”

她小心地放下咖啡杯，往后靠了靠，微笑着看向我。我问她是否想抽烟。

“谢谢，我不抽烟。我当然有兴趣。我们有个邻居认识伦诺克斯夫妇。他准是疯了。他根本不像那种人。”

我拿出一支斗牛犬式烟斗，填满烟丝，点上。“我想也是，”我说，“他一定是疯了。他在战场上受过重伤。他死了，一切都过去了。我想你不是为讨论这个而来的吧。”

她缓慢地摇摇头。“他是你的朋友，马洛先生。你肯定有自己坚定的看法。我觉得你是一个相当坚定的人。”

我按实烟斗里的烟丝，重新点上，同时不紧不慢地隔着烟斗打量她。

“嘿，韦德夫人，”最后我说，“我的看法无关紧要。怪事天天发生。最不可能犯罪的人犯了最不可能犯的罪：慈祥的老太太毒死一家子；眉清目秀的孩子多次持枪抢劫行凶；二十年没有污点的银行主管被查出长期盗用公款；功成名就而且按理来说应该感到幸福的小说家成了醉鬼，把老婆打得进了医院。我们甚至对自己最好的朋友的行为动机一无所知。”

我以为这么说会激怒她，可她除了抿紧嘴唇眯细眼睛之外，没有什么其他反应。

“霍华德·斯潘塞不该告诉你这些，”她说，“是我的失策，我不知道怎样避开他。打那以后我明白了，要是男人喝得太厉害，有一件事情你绝对做不得，那就是去劝阻他。这个，你一定比我清楚得多。”

“你当然不能用嘴巴去跟他讲，”我说，“要是你运气好，而且有力气，有的时候可以阻止他伤害自己或别人。即便那样，也得靠运气。”

她轻轻拿起咖啡杯和碟子。她的手十分迷人，就像她身上的其他部位一样。指甲的形状修得很优美，涂了极淡雅的指甲油。

“霍华德是否告诉你这回他没见到我丈夫？”

“说了。”

她喝完咖啡，将杯子小心地放回托盘，手指拨弄了一会儿茶匙。接着她开口说话了，但眼睛并不看着我。

“他没告诉你为什么，因为他不知道。我很敬重霍华德，但他是那种好管教人的人，什么事情都想管。他觉得自己非常善于管理。”

我等着，一言不发。又是一阵沉默。她静静地望了我一眼，收回目光转向别处。她极其轻柔地说：“我丈夫已经失踪三天了。我不知道他去了哪里。我来这儿请求你去找他，把他带回家。哦，这事情以前发生过。有一次他自己把车一直开到波特兰，病倒在那边的一家旅馆里，找了医生帮他醒酒。开了那么远竟没惹上麻烦，他是如何做到的，实在令人惊奇。他三天没进食。还有一回，他去了长滩一家瑞典人开的提供清洗肠道服务的土耳其浴场。最近一次，去了一所名声可能不怎么好的私家疗养院。距今还不到三星期。他不告诉我那地方叫什么名字，也不说在哪里，只说他在那里治疗，没有问题。可他看上去极为苍白虚弱。他被送回家时，我匆匆瞥了一眼送他的人。那是个高个子年轻人，穿着只有在舞台上或者彩色音乐片里才见得到的过分考究的牛仔装。他在车道上让罗杰下了车，倒车后马上就开走了。”

“说不定是个度假牧场，”我说，“有这种乖牛仔，把挣来的每一分钱都花在漂亮衣服上，女人对他们着迷得很，牧场就是为这个才需要他们。”

她打开提包，拿出一张折起来的纸。“我带来一张五百块的支票给你，马洛先生，是预付款，你肯收下吗？”

她将支票放在茶几上。我望了一眼，没有碰它。“何必？”我问她，“你说他离家三天了，让他清醒并进点食物一般需要三四天。他难道不会像以往那样回家？还是这回跟以往有所不同？”

“他不能再这么下去了，马洛先生。他会送命的。事情发生得越来越频繁。我实在担心得要死。岂止担心，还很害怕。太不正常了。我们结婚五年了。罗杰一直喜欢喝酒，但并非疯疯癫癫的酒鬼，一定出了什么问题。我要找到他。昨夜我只睡了不到一个小时。”

“你知道他为什么喝酒吗？”

那双紫罗兰色的眼睛定定地注视着我。今天早晨她看上去有些虚弱，但还没到弱不禁风的地步。她咬住下嘴唇，摇摇头。“除非是因为我，”她终于说道，声音近乎耳语，“男人厌倦了自己的妻子。”

“我只是个业余的心理医生，韦德夫人。干我们这行的人对此多少都懂那么点儿。依我看，他更可能是厌倦了自己写的东西。”

“很有可能，”她轻声说，“我可以想象所有作家都会碰到这样的阶段。一点不假，他看来无法完成手上的书稿。可他不是非要写完了去换房租不可啊。我觉得这个理由并不充分。”

“他清醒时是怎样的人？”

她微微一笑。“啊，我的看法可能相当偏颇。我觉得他实在是个非常温和的人。”

“那喝醉后呢？”

“很可怕。思路敏捷，无情无义。他自以为机智诙谐，其实是恶毒。”

“你没提到他动粗。”

她扬起淡棕色的眉毛。“仅仅一次，马洛先生。那事被说得过头了。我从来没有跟霍华德·斯潘塞说起过，是罗杰自己告诉他的。”

我站起身，在屋子里来回踱步。今天一定会很热。现在已经热起来了。我将一扇窗子的百叶帘放下，遮住阳光，然后直截了当地开了口。

“昨天下午，我在《名人录》里查了他的材料。他现年四十二岁，跟你是第一次婚姻，你们没有孩子。他来自新英格兰，在安杜佛[1]和普林斯顿上过学。他当过兵，记录良好。他写了十二部性爱加斗剑的长篇历史小说，本本都在畅销排行榜上。他一定挣了大钱。要是对老婆不再有兴趣，他看起来是会说出口并且要求离婚的那种人。要是他在外面拈花惹草，你大概会知道。总之他没有必要为了显示情绪低落跑去喝个烂醉。如果你们结婚五年，那当时他已三十七岁。依我看，他对女人已经相当了解了。我说相当，因为没有人能够完全了解。”

我停下来，瞧了瞧她，她冲我微微一笑。没伤到她的感情，于是我继续说下去。

“霍华德·斯潘塞觉得——根据什么我不知道——困扰罗杰·韦德的是很久以前发生的事情，早在你们结婚之前。现在那麻烦缠上了他，弄得他焦头烂额。斯潘塞认为是匿名信。你知不知道？”

她慢慢地摇摇头。“你的意思是问我知不知道罗杰付过大笔的钱给什么人——不，我不知道。我从来不过问他账上的事情。他有可

①安杜佛菲利普斯学校创建于一七七八年，位于麻省的安杜佛，是美国最古老的寄宿高中，素有哈佛、耶鲁预科班之称。

能付过一大笔钱出去而我一无所知。”

“好吧。我对韦德先生不了解，不知道他会怎样对付敲诈勒索他的人。他如果脾气暴躁，说不定会把那家伙的脖子扭断。要是那宗秘密，不管它是什么，会损害他的社会或职业地位，举个极端的例子，使得警察登门拜访，他大概会付钱买太平——买一阵子的太平。但这些对我们都无济于事。你想找到他，你担心他，而且不仅仅是担心。问题是我怎么去找？我不想收你的钱，韦德夫人。至少现在不想。”

她又把手伸进提包里，拿出几页折起的黄纸，看上去像是复写纸，其中一张皱巴巴的。她将它们捋平，递给了我。

“一张我是在他的书桌上发现的，”她说，“夜里很晚或者凌晨什么时候。我知道他一直在喝酒，他没有上楼。大约两点钟的时候我下去看他是不是没事儿——相对来说没事儿，还是醉倒在地上、沙发上或其他地方。可他却不见了。另外一张是在字纸篓里，准确地说是卡在篓子边上，没掉进去。”

我扫了一眼第一页纸。上面只有打字机打出的短短一行字：

> 我不愿顾影自怜，也再无他人可爱。
>
> 罗杰·（F. 斯科特·菲茨杰拉德）·韦德
>
> 又及：这就是我永远完成不了《最后一个大亨》的原因。

“你看出什么了，韦德夫人？”

“不过是装腔作势罢了。他很崇拜斯科特·菲茨杰拉德。他说菲茨杰拉德是自柯勒律治[1]以来最出色的酒鬼作家，后者还吸毒。注意

---

①塞缪尔·泰勒·柯勒律治（1772–1834），英国诗人、浪漫主义文学奠基人之一，因患有多种疾病，长期服用鸦片酊镇痛。

字迹，马洛先生。干净利索，轻重均匀，没有错字。”

“我注意到了。大多数人酒后连自己的名字都会写得一团糟。”我展开皱巴巴的那一张，还是打的字，同样没有错字，轻重均匀，上面写道：

我不喜欢你，V医生。但眼下你是我需要的人。

我看着这张纸的时候，她在一边说：“我不知道V医生是何许人。我们不认识任何姓名以那个字母开头的医生。我猜罗杰上次去的地方是他开的。”

“牛仔把他送回家那次？你丈夫什么名字都没提过？连那地方的名字也没提过？”

她摇摇头。“没有。我查过电话簿，上面列了几十个姓名以V打头的各种门类的医生。也有可能V不是他的姓。”

“很有可能他根本就不是医生，”我说，“这就牵涉到现金问题了。正经的医生应当收支票，冒牌医生则不会，支票会变成证据。那种家伙收费不会便宜。他在家里提供食宿，要价一定不菲，这还不算针药。”

她有些惊奇：“针药？”

“所有可疑的医生都给病人用麻醉药。这样对付他们最省事。让他们昏睡十或十二小时，等他们醒过来，又都是好端端的了。但是无执照使用麻醉药品，山姆大叔[①]可以送你进班房管你吃住。这代价真的很高。”

“我明白了。罗杰身上大概有几百块钱，他一直在书桌里留这么

①指美国政府的执法机构。

多钱。我不知道为什么。我以为那不过是出于某个怪念头。可现在那些钱不见了。”

“好吧，”我说，“我试试去找V医生，现在还不知道怎么去找，但我会尽力而为。把支票带走，韦德夫人。”

“怎么？难道你不该——”

“以后再说，谢谢。何况我更希望这支票出自韦德先生之手。他绝对不会喜欢我要干的事。”

“可如果他病了，很无助——”

“他可以给自己的医生打电话，或者让你打。他没那么做。可见他不想。”

她把支票收进提包，站起身来，一脸愁苦。“我们的医生拒绝治疗他。”她苦涩地说。

“此地有几百个医生，韦德夫人。任何医生至少会跟他打一次交道。其中大多数医生会为他治疗一阵子。现在医疗行业竞争相当激烈。”

“我明白。当然你说得肯定是对的。”她缓缓向门口走去，我跟过去，拉开门。

“你也可以给医生打电话，为什么不打？”

她与我面对面，眼睛亮亮的，仿佛有泪星闪烁。实在是个尤物。

“因为我爱我丈夫，马洛先生。要是能帮他，我愿意做任何事情。可我知道他是什么样的男人。如果每次他一喝多，我就打电话给医生，这丈夫我也留不了多久。你不能像对待喉咙痛的孩子一样对待大男人。”

“如果他喝醉了，你当然可以，很多时候你不得不这么对待他。”

她站得离我很近。我闻到她的香水味儿，或者我自以为闻到了。那芬芳不是出自香水瓶喷嘴，或许只是夏天的气息吧。

“假设他以前做过什么不光彩的事情，”她说，一字一顿，好像每个字都苦涩异常，“甚至犯过罪，那对我没有影响。但我不愿自己去查明其中的原委。”

“但如果霍华德·斯潘塞雇我干这事就没关系了？”

她慢悠悠地露出笑容。“你曾说过，好汉宁愿锒铛下狱也不背叛朋友。除了这个，你真以为我还指望你会给霍华德·斯潘塞别的回答？”

“多谢夸奖，可那不是我蹲监狱的原因。”

她一时无话，然后点点头，道了声再见，走下红杉木台阶。我望着她上了车，一辆瘦长的灰色美洲豹，看上去很新。她把车往前开到街尾，在停车场掉头。驶下坡道时，她朝我挥了挥手。小车划过拐角处，消失了。

大门边的墙根下有一丛红色夹竹桃，我听见里面有羽翼轻扇的声音，一只小嘲鸫焦急地叽叽叫着。我发现它停在顶部的一根枝条上拍着翅膀，好像站不稳似的。墙角的柏树里传出一声刺耳的鸣叫，像是警告。叽叽声马上打住，胖嘟嘟的小鸟哑然无声。

我走进屋去，关上门，留下鸟儿自己上飞行课。鸟儿也得学习啊。

15

无论你觉得自己多么精明能干，也得从某个地方着手：某个名字，某个地址，某个社区，某种背景，某种环境，某个参照点。但我手上有的只是一页皱巴巴的黄纸，上面写着："我不喜欢你，V 医生。但眼下你是我需要的人。"单凭这页纸，我等于在太平洋里捞针，花一个月遍访列在半打县医疗协会名单上的成员，到头来只落得两手空空。在我们的城市里，江湖医生像豚鼠一样繁殖得很快。以市政府为中心，一百英里之内有八个县，每个县里任何一个小镇都有医生。有些医生名副其实，有些只不过是通过函授课程取得资格证书，可以挖挖鸡眼，或者在你背脊上蹦跶蹦跶。名副其实的医生有些富有，有些则挺穷，有些讲医德，有些则不一定讲究得起。家里有钱的初期酒精中毒病人是懒得使用维生素和抗生素的糟老头们的财源。但没有线索真是无从下手。我没有线索，艾琳·韦德要么没有，要么不知道自己有。而且，即使我发现有人符合条件，名字也以 V 开头，事关罗杰·韦德，那也完全可能是个虚构出来的人物。那个句子可能是韦德醉眼迷离时脑子里碰巧闪过的东西，就好比提到斯科特·菲茨杰拉德有可能只是一种特别的道别方式。

这种情形下，小人物就得求助于大人物的脑瓜了。我于是打电话给贝弗利山庄卡恩机构的一个熟人。卡恩是个时髦机构，专门护卫上层阶级——所谓护卫，几乎涵盖了一只脚踏进法律禁地的任何事情。那家伙名叫乔治·彼得斯，他说如果我能很快把事情说清楚，他可以给我十分钟。

卡恩机构位于一栋粉红色四层建筑的二楼，占了半个楼面。电梯门开关由电子眼自动控制，走廊凉爽而安静，停车场每个车位都标有名字，前厅外面有位药剂师，配安眠药配得手腕都肿了。

门外侧是浅灰色的，镶着凸起的金属字母，醒目锋利如一把新刀：卡恩机构。杰拉尔德·C.卡恩，总裁。下面是一行小字：入口。像是一家投资信托公司。

进门是一间小而难看的接待室，但这难看是花足了心思和金钱的。家具是猩红和深绿色的，墙壁是沉闷的布伦兹维克绿；墙上挂的画装了镜框，镜框也是绿色的，但色调暗了几度。画面上是几个骑着大马正要疯狂地越过高高的篱笆的红衣人。另外有两面没边框的镜子，上面涂了薄薄的一层叫人看了不舒服的淡粉色。打磨得锃亮的白桃花心木桌上放着新到的杂志，每本都套了透明塑料封皮。布置这房间的家伙一定“色”胆包天。他有可能穿红辣椒色衬衫，配桑葚紫裤子、斑马纹鞋，大红内裤上还用亮丽的橘红丝线绣着姓名首字母。

这整个房间只是个门面。卡恩机构每天至少要向每个客户收一百块，客户要的是上门服务，他们才不会坐在接待室里。卡恩是个退伍宪兵上校，一个白里透红的大个子，结实得像块木板。他曾邀请我加入，可我还没走投无路到那种地步。当浑蛋有一百九十种招数，卡恩没有哪种不精通。

磨砂玻璃门拉开了，一名前台接待瞧着我。她脸上挂着职业性的笑容，还有一双能看清你裤兜里的钱夹中有几张钞票的眼睛。

“早上好。请问能为你效劳吗？”

“找乔治·彼得斯，我姓马洛。”

她将一本绿皮本子放在台子上。“他是否在等你，马洛先生？我没在预约登记本上查到你的名字。”

“是私事。我刚跟他通过电话。”

“明白了。你的姓怎么拼，马洛先生？还有你的名字呢？”

我告诉了她。她写在一张狭长的表格上，然后把表格的一边插进计时钟。

“这是做给谁看的？”我问道。

“我们这里非常注意细节，”她冷冷地说，“卡恩上校说过，你永远料想不到芝麻小事何时会变成致命大事。”

“或者反过来。”我说，但她没有领会。她做完登记，抬头说：“我会向彼得斯先生通报你来了。”

我说我很荣幸。过了一分钟，嵌板上有道门打开了，彼得斯招呼我走进一条漆成战舰灰的走廊，两侧是一格格小办公室，像囚房一般。他的办公室天花板上装了隔音设备，一张灰色铁书桌，两把配套的椅子，灰色台子上放着灰色录音机，电话机、笔架、墙壁和地板是同一种颜色。墙上挂着几幅镶了镜框的照片。一幅是卡恩头戴雪花莲式钢盔的戎装照；一幅是卡恩身着便装坐在办公桌后面，一脸高深莫测。还有一幅励志小匾，硬邦邦的字体，灰色底纹。上面写着：

在任何时候任何场合，卡恩机构的侦探必须维持绅士仪表和谈吐。没有例外。

彼得斯两大步走到房间另外一头，挪开一幅照片，背后墙壁里嵌着灰色的麦克风拾音器。他把它拉了出来，拔掉接线，再塞回去，然后把照片移回原位。

"我会立刻丢掉饭碗，"他说，"要不是那狗娘养的解决一个演员醉酒驾车的案子去了。所有的麦克风开关都在他的办公室里。这鬼地方到处都布了线。有一天早晨，我建议他在接待室的一面半透明镜子背后装上红外线缩微胶片照相机。他不怎么有兴趣。大概别人已经装了。"

他在一把灰色硬椅上坐下。我瞧着他。他是个手脚笨拙的长腿男人，瘦脸，发际线正在后退。他皮肤粗糙，像是常年在户外饱经各种气候磨砺的样子。他有一双深邃的眼睛，上嘴唇和鼻子差不多一样长，一笑起来，从鼻孔到宽嘴巴的两个嘴角便拉出两道深沟，脸的下半部就消失在沟里了。

"你怎么受得了？"我问他。

"坐下，老兄。别大声喘气，说话声音轻点儿。记住，卡恩侦探和像你这样的小私人探子相比，就好像一个是托斯卡尼尼，一个是街头手风琴艺人的猴子。"他停顿了一下，咧开嘴笑笑，"我受得了，因为我不在乎。给的钱不少。要是什么时候卡恩发作起来，以为我是在他战时管辖的戒备森严的英国监狱服刑，那我就领了支票滚蛋。你碰上什么麻烦了？我听说你前不久吃苦头了。"

"没什么好抱怨的。我想来查查你们关于那些不守规矩的人的档案。我知道你们有一份。埃迪·道斯特离开此地后告诉我的。"

他点点头，说："埃迪有点太敏感，对卡恩机构来说不合适。你刚才提到的是最机要的档案。机密切不可外传。我马上去拿。"

他出去了，我则望着灰色字纸篓、灰色油地毡和记录簿的灰色皮质四角。一会儿彼得斯回来了，手里拿着一只灰色纸板档案夹。他放下档案夹，打开。

“老天哪，这地方有没有什么东西不是灰色的？”

“学校的颜色，孩子。本机构的精神。啊，非灰色的东西在此。”

他拉开办公桌抽屉，取出一支约莫八英寸长的雪茄。

“乌普曼 30①，”他说，“一位从英格兰来的老先生送的，他在加州住了四十年，还是把收音机叫无线电。清醒的时候，他是个时髦人物，有些肤浅的魅力，我觉得挺好；因为绝大部分人，肤浅也好，不肤浅也罢，一点魅力也没有。包括卡恩。他很没意思，就像炼钢工人的大裤衩。喝醉酒的时候，这老先生有个怪癖，喜欢写他没开账户的银行的支票。他总是赔偿了事，加上敝人的帮助，他至今还没坐过牢。他给了我这个。要不我们一起抽，像两个一起筹划一场大屠杀的印第安酋长？”

“我不抽雪茄。”

彼得斯无奈地端详着特大号雪茄。“我也是，”他说，“我想过送给卡恩。可这不是一个人能抽得了的烟，就算那个人是卡恩。”他皱了皱眉头，“你知道吗？我老把卡恩挂在嘴边，一定是太紧张了。”他把雪茄放回抽屉，看着打开的档案，“我们到底要查什么？”

“我在找一个富有的醉汉，他品位高雅，又玩得起高雅。至今他还没干过跳票的事，反正我没听说过。他有暴力倾向，他老婆相当担心他。她认为他正躲在某个醒酒机构里面，但也吃不准。我们手上唯一的线索是一张提到某个 V 医生的字条。只有姓氏的第一个字

---

①乌普曼是最老的雪茄品牌之一，产于多米尼加共和国或古巴。30 指的是雪茄的环径，1 环径为 1/64 英寸。

母。我要找的人已经失踪三天了。”

彼得斯若有所思地看着我。“这不算长，”他说，“有什么好担心的？”

“要是我先找到他，他们就得付我钱。”

他又看了看我，摇摇头。“我不明白，不过没关系。让我们来看看。”他开始一页页翻阅。“不太好找啊，”他说，“这些人来来去去。只有一个字母，提供不了什么线索。”他从档案夹里抽出一页纸，过了一会儿又抽出一页，最后再抽出一页。“这里有三个，”他说，“阿莫斯·瓦利，正骨医生。在阿尔塔迪纳开了家大诊所。夜间出诊要价或者曾经要价五十块。雇有两名注册护士。几年前被州麻醉药品管理局的人找过麻烦，被迫交出了处方权。这些信息不是太新。”

我把名字和地址记了下来。

“还有个莱斯特·乌坎尼奇医生。耳鼻喉科，诊所在好莱坞大道上的斯托克韦尔大楼里。这人是个活宝。主要看门诊，好像专攻慢性鼻窦炎，非常简单的常规治疗。你去看病，抱怨鼻窦炎引发头疼，他就把你的鼻腔洗一洗。当然，他得先用奴佛卡因麻醉，可要是他看你顺眼，不一定非要用奴佛卡因不可。明白吗？”

“当然。”我把这位也记了下来。

“不错，”彼得斯边看边继续说道，“显然，他的麻烦在于拿货。所以咱们的乌坎尼奇医生经常去恩赛纳达[①]钓鱼，坐自己的私人飞机去。”

“我想，他自己带毒品不可能持续多久。”

彼得斯想了想，摇摇头。“我不这么认为。他可以一直干下去，只要不过分贪心。他唯一的危险是某个不满足的顾客——抱歉，我

①墨西哥西部海港城市。

的意思是病人——当然他大约知道怎么对付这种情形。他已经在同一个地方行医十五年了。”

“这些东西你们到底从哪里弄到的？”

“我的老弟，我们可是一个机构啊。不像你孤狼一匹。有些是客户自己提供的，有些是我们从内部得来的。卡恩不怕花钱。要是他愿意，他很善于交际。”

“他听了一定喜欢。”

“操！最后一个是个姓韦林吉的人。把他列档的侦探早就不在这里干了。好像有个女诗人在韦林吉位于塞普尔韦达峡谷的牧场里自杀了。他经营着一个艺术村，供作家之类希望和一群趣味相投者共同隐居的人居住。租金不贵。他看上去没什么出轨的事。他自称医生，但不行医。可能是个博士。说实在的，我搞不懂他为什么跑进我们的档案里来，除非是跟自杀事件有牵连。”他拈起一张贴在空白页上的剪报。“哦，过量使用吗啡。没有迹象证明韦林吉知晓内情。”

“我对韦林吉有兴趣，”我说，“很有兴趣。”

彼得斯合上档案夹，拍了拍。“你没见过这个。”他说完，站起来走出屋子。他回来的时候，我起身打算告辞。我向他道谢，他摆摆手。

“听着，”他说，“你要找的人可能会去几百个地方。”

我说我知道。

“顺便告诉你，我听说了一些有关你的朋友伦诺克斯的事，你大概有兴趣听听。我们有个同事五六年前在纽约碰上个家伙，非常符合他的特征。但那家伙不叫伦诺克斯，他说的。叫马斯顿。当然他可能搞错了。那家伙整天喝酒，所以也不确定。”

我说道：“我怀疑是否是同一个人。为什么他要更名换姓？有战争记录可以核查。”

“这我就不知道了。我这个同事眼下在西雅图。等他回来，要是你觉得有必要，可以找他聊聊，他姓阿什特费尔特。”

“太感谢你了，乔治。这可是相当长的十分钟。”

“我哪天说不定也需要你帮忙。”

“卡恩机构，”我说，“永远不需要任何人帮任何忙！”

他用拇指比了个粗俗的手势。我离开了他那铁灰色的小牢房，穿过接待室。现在这里看起来顺眼多了。走出牢房区，扎眼的色彩变得合乎情理了。

16

下了公路，到达塞普尔韦达峡谷底部，看到两根黄色方形门柱。一扇五根木条钉的栅栏门敞开着。入口上方用铁丝悬挂着一块牌子，写着：私家道路，不得擅入。空气温暖而沉静，充满桉树的骚味。

我拐了进去，顺着环绕山肩的碎石路开上一道缓坡，翻过山脊，下到另一侧的浅谷中。谷中非常热，温度比公路上高出十至十五度。我看见前面碎石路绕着一片草地转了个圈子，断了。草地边上摆放着用石灰粉刷过的石块。我左手边是个没灌水的游泳池，再没有什么比没水的游泳池更落寞了。游泳池周围三面原来应该是草坪，散放着几把红杉木躺椅，上面有褪了色的靠垫，颜色纷杂，蓝的、绿的、黄的、橘红及铁锈色的，靠垫边缘有些地方脱了线，有的纽扣掉了，里面的垫料鼓了出来。游泳池另一面是一个围着铁丝网的网球场。游泳池上方，跳水板前端疲惫地耷拉着，垫子烂成一条条的，金属配件则锈迹斑斑。

我开上环道，在一栋有木屋顶和宽大前廊的杉木房子前停下来。

入口装了两扇纱门，几只大黑蝇攀在上面打盹儿。房子旁边是常绿但永远灰蒙蒙的加州橡树林，林间有小径。透过树干的间隙，可以看见散布于山坡上的乡间木屋，有些几乎被树影遮得严严实实。我能望见的那些木屋一副淡季无人居住的样子。门紧闭着，窗户上挂着粗厚棉布或类似质料的厚帘子。你几乎可以感觉到窗台上厚厚的旧年灰尘。

我熄了火，手把方向盘，坐着静听。什么声音都没有。这地方死寂如法老墓，唯有纱门背后的门开着，昏暗的房间里好像有东西在晃动。接着我听见一声轻微但清晰的口哨，一个男人出现在纱门后面，他推开纱门，缓步晃下台阶。那是个值得一觑的人物。

那人头戴扁扁的黑色南美牛仔帽，帽带系在下颌下面，穿着白丝绸衬衫，一尘不染，领口敞开，灯笼袖，腕部束得紧紧的，脖子上系了条带流苏的黑围巾，一头长一头短，长的那头垂到腰际。他系着黑色宽腰带，穿着乌黑发亮、臀部紧绷的裤子，裤子外侧缝着金线，一直延伸到下方开衩的地方，衩口两边都缀着金扣子，脚下穿着黑色漆皮舞鞋。

他走下最后一级台阶，停住脚步瞧着我，嘴里还吹着口哨。他轻捷灵巧如细鞭，长着一双我见过的最大最空的烟色眼睛，覆着柔软的长睫毛。他五官精致却不显纤弱。鼻梁挺拔但不细削，嘴漂亮地翘着，下巴上有个小窝，小耳朵优雅地贴着脑袋。皮肤是那种没有晒过太阳的白皙。

他左手扶着臀部，右手在空中划了一道漂亮的弧线。

“你好啊，”他说，“天气真好，是不是？”

“我觉得这里太热。”

“我就喜欢热。”这表达生硬，不留余地，结束了对话。我喜欢什么他不在乎。他在第一级台阶上坐下，不知从哪里摸出一把长锉刀，开始修指甲。“你是银行派来的？”他头也不抬地问。

“我找韦林吉医生。”

他停止了锉指甲，望向热烘烘的远处。“他是什么人？”他毫无兴致地问道。

“这地方是他的。你倒是干脆，好像你不知道似的。”

他又开始锉指甲。“人家跟你说错了，宝贝儿。这地方是银行的。他们已经取消了这块地产的赎取权，或者是交给第三方托管之类的。我忘记具体细节了。”

他抬眼望着我，一副具体细节不关他痛痒的表情。我下了车，靠在热乎乎的车门上，然后又移到有点风的地方。

“哪家银行？”

“你不知道，那你不是从那里来的。既然你不是从那里来的，跟这里就没有什么生意要谈。上路吧，宝贝儿。快滚开。”

“我得找到韦林吉医生。”

“这地方不营业，宝贝儿。牌子上写得明明白白，这是私家道路。哪个小畜生忘记锁上大门了。”

“你是看管员？”

“就算是吧。别再东问西问了，宝贝儿。我的火气可是说来就来的。”

“你火气来了会怎么样——跟地松鼠跳跳探戈？”

他霍地站起来，动作挺优美。他微笑了一下，但笑容缺乏温度。“看来我不得不把你扔回你那小破敞篷车里去。”他说。

“先别忙。眼下我在哪里可以找到韦林吉医生？”

他把锉刀收进衬衣口袋，右手上多了件别的东西。他飞快地套上了闪亮的黄铜指套，脸颊上的皮肤绷紧了，烟色大眼睛深处燃着一团火焰。

他缓步向我走来。我后退了几步，离他远些。他继续吹着口哨，不过口哨声变得尖利刺耳。

“我们没必要打架吧，”我告诉他，“没什么好打的。弄不好还会让你的漂亮裤子裂几个口子。”

他的动作疾如闪电，稳稳地跳将过来，左手飞快地冲我甩过来。我以为他会拿拳头猛击我，便闪开脑袋，哪料到他的目标是我的右手臂，他得手了，钳得死死的。他猛地推了我一下，我打了个趔趄，那只带铜指套的手跟着就来了个上击拳。要是后脑勺挨这东西一下子，那我以后就是个病人了。如果我抽身，他会打着我的脸或上臂；反正不是脸就是手臂，总有一个要完蛋。这种情形下，我只有一个办法。

我往后撤，顺势从背面钩住他的左脚踝，揪着他的衬衫，接着听见布片撕裂的声音。我感到颈后被什么东西打了一下，但不是金属。我往左躲闪，他从侧面过来，猫一样落地，我还没站稳，他就已经立在那里了。他咧嘴嘻笑，对这一切感到满意，得意于自己的杰作。然后他飞身冲我扑过来。

只听哪里传来气壮如牛的一吼：“厄尔！住手！马上给我住手，听见没有？”

这牛仔停了手，懊恼地咧了咧嘴。他动作极快，黄铜指套消失在宽腰带里。

我转过头，看见一个穿夏威夷衬衫的敦实壮汉沿着一条小径急匆匆向我们走来，同时挥着手臂。他走过来时有些喘气。

“你疯了吗，厄尔？”

“千万别这么说，医生。”厄尔轻声说道。然后他微微一笑，转身走开，在房前的台阶上坐下。他取下平顶牛仔帽，摸出梳子，开始心不在焉地梳理浓密的黑发。过了一会儿，他轻轻吹起了口哨。

穿花哨衬衫的壮汉站在那儿看着我。我也看着他。

“怎么了？”他低声吼道，“先生，你是哪位？”

“我姓马洛。我想见韦林吉医生。被你唤作厄尔的这个小伙子想玩一玩，我猜是天气太热的缘故。”

“在下就是韦林吉医生，”他礼貌地说，一晃脑袋，“进屋去，厄尔。”

厄尔慢吞吞地站起来，朝韦林吉投去探究、关切的一瞥，烟色大眼睛里一片茫然。他于是跨上台阶，拉开纱门。一群苍蝇气冲冲地嗡嗡乱飞，门关上后，它们重又在纱门上趴定。

“马洛？”韦林吉医生再次把注意力转向我，“我能帮你什么忙，马洛先生？”

“厄尔说你这里歇业了？”

“不错。我只是在等某些法律手续，一旦办好马上就搬出去。此地只有我和厄尔两人。”

“我很失望，”我做出一副失望的样子，“我还以为有个姓韦德的人住在你这里呢。”

他扬起两道眉毛——那眉毛一定会引起富勒毛刷公司那帮家伙的兴趣——“韦德？我倒是有可能听说过这姓氏——很常见——他为什么要住在我这里？”

“接受治疗。”

他皱了皱眉头。谁要是长了这么两条眉毛，倒是真该对你皱一皱。“我是个医生，先生，不过已经不再接待病人了。你觉得是哪种治疗？”

“那家伙是个酒鬼。他不时发作，接着就会失踪。有时凭借自己的力量回家，有时被人送回家，也有时别人得费神去找一找。”我取出名片，递给他。

他看了看，不太高兴。

“厄尔是怎么回事？”我问道，“他觉得自己是瓦伦蒂诺[1]还是怎么的？”

他再次动了动眉毛。我觉得这眉毛真叫绝。它们会自己拱起一寸半光景。他耸了耸肥厚的肩膀。

“厄尔不会伤人，马洛先生。他——有时候——有点儿精神恍惚。活在舞台上，也许可以这样说。”

“你这么认为，医生。在我看来他戏演得相当不客气。”

“啧啧！马洛先生。你肯定夸大其词啦。厄尔喜欢打扮自己，这方面他就像个孩子。”

“你的意思是说他是个神经病，”我说，“这地方是个疗养院，对吗？或者曾经是？”

“当然不是。没有歇业前，这里是个艺术村。我提供食宿、娱乐设施，最重要的是这儿与世隔绝。价格也公道。艺术家们，你应该知道，有钱的不多。我所说的艺术家当然包括作家、音乐家，等等。对我来说，这是一份很有收获的工作——这儿还在营业的时候。”

他说这些时神情有些哀伤，眉毛向两侧耷拉下来，和嘴巴相呼应。要是眉毛再长一点儿，就掉进嘴巴里了。

“这我知道，”我说，“都入了档案。还有早先的一起自杀事件。牵涉到毒品，是不是？”

他马上来了精神，怒气冲冲。“什么档案？”他厉声问道。

“我们掌握了一些我们称之为‘铁窗病房’的材料，医生。发病时无法跳窗逃跑的那些地方，私人小疗养院，或者说治疗酒鬼、瘾君子和轻度躁狂症病人的地方。”

“根据法律，经营那类地方必须有执照！”韦林吉医生声音刺耳。

---

①鲁道夫·瓦伦蒂诺（1895–1926），默片时代著名的意裔男演员、性感偶像。

“是啊，按理说是这样。可他们有时也会忘记。”

他一下子挺直了身子。这伙计还有几分自尊。“这说法简直无礼，马洛先生。我不知道我的名字为什么会列在你提到的名单上。请你立即离开这儿。”

“再说说韦德吧。他有没有可能用了别的名字待在这儿？”

“除了我和厄尔，这儿没有别人。只有我们俩。好了，请原谅我不能奉陪——”

“我想在附近转转。”

有时你把他们惹毛了，他们会说出过分的话。但韦林吉医生没有。他依然保持着自己的尊严，他的眉毛也很配合。我往房子那边瞅了瞅。里面传来了音乐声，是舞蹈音乐，隐隐约约还和着响指。

“我敢说他在里面跳舞，”我说，“探戈。我敢说他独自在那里跳。小子真行。”

“你走不走，马洛先生？不然我就叫厄尔帮我把你赶出去。”

“行啦，我走。别发火，医生。只有三个医生名字是V开头的，而你是其中可能性最大的一个。这是我们仅有的线索——V医生。他离开前，在一张纸上写下了这几个字：V医生。”

“不下几打。”韦林吉医生镇静地说道。

“当然。不过我们的‘铁窗病房’档案里并没有几打。谢谢你，医生。厄尔有点勾起了我的兴趣。”

我转身走向我的车，坐进去。我拉上车门时，韦林吉医生过来了。他凑近我，和颜悦色。

“我们用不着争执，马洛先生。我知道干你们这行的常常不得不去打扰别人。厄尔怎么让你感兴趣了？”

“他显然是个假货。在假货周围你容易发现其他假货。那家伙得了躁郁症，是不是？眼下正是他的亢奋期。”

他沉默地瞪着我，显得严肃而礼貌。“我这里住过许多既有趣又有才气的人，马洛先生。不是所有人都像你这样头脑冷静啊。有才气的人往往神经兮兮。就算我有这份雅兴，这里也没有设施来接纳精神病人和酒鬼。除了厄尔，我没雇其他人，他基本上不是那种能够护理病人的人。”

“你刚才说他是怎样的人，医生？除了会跳泡沫波波舞什么的？”

他靠着车门，压低声音，语气十分私密。“厄尔的父母是我的好朋友，马洛先生。他们已经去世了，得有人照顾厄尔，他必须远离充满喧闹和诱惑的都市，安静地度过一生。他不太稳定，但基本不伤人。我轻易就能制住他，这你已经看见了。”

“你勇气可嘉。”我说。

他叹了口气。眉毛轻轻地动了一下，像是某种来历不明的虫子的触须。“这是一种牺牲，”他说，“很大的牺牲。我以为厄尔可以在这里帮我干些活儿。他网球打得棒极了，游泳和跳水玩得一流，可以彻夜跳舞。他平常都很友善，只是有些时候会——有意外。”他挥了一下大手，仿佛要把不愉快的记忆挥走似的，“结果是，要么放弃厄尔，要么放弃这里。”

他摊开双手，掌心朝天，又翻过去，让它们垂落在身体两侧。他的眼睛潮潮的，含着泪水。

“我卖了它，”他说，“这美丽的小山谷将要成为房地产开发区，会修人行道，安装路灯，会有骑脚踏车的孩子，以及收音机的聒噪声。甚至还会有——”他发出凄凉的叹息，“电视。”他大手一挥。“但愿他们会留下这些树林，”他说，“可我怕他们不会。山脊那儿会架设电视天线。不过我想厄尔和我将会走得远远的。”

“再见，医生。我的心在为你泣血哟。”

他伸出手，湿乎乎的，但很厚实。“谢谢你的同情和理解，马洛先生。我很抱歉，对于帮着找斯莱德先生，我无能为力。”

“韦德。”我说。

“对不起，韦德，当然。再见，祝你好运，先生。”

我启动车子，沿着来时走的碎石路往回开。我感到悲哀，但没到韦林吉医生希望的那种地步。

我出了大门，转过公路弯道开了很长一段，把车停在从入口那儿望不见的地方。我下了车，沿着公路边缘往回走到透过铁丝网可以望见大门的位置，站在一棵桉树下等着。

五分钟左右过去了。有一辆车从私家道路开下来，扬起一股尘土。车停在从我的角度看不清的地方。我后退躲进树丛里，听见嘎吱嘎吱的声音，然后是沉重的门闩扣上时那咔嗒一声，还有链子碰撞的声音。汽车发动起来，往回开去。

汽车发出的声音消失后，我回到自己车里，拐了个U形的弯，朝城里开去。路过韦林吉医生的私家道路入口时，我看见大门上了一把链条挂锁。今天不再接受来客，谢谢。

17

我开了二十多英里回到城里，吃了午饭。吃饭时我越来越觉得整件事情很荒唐。我这种做法是找不到人的。你能碰见像厄尔和韦林吉医生那样有趣的人物，但找不到你要找的人。这番折腾只是让你白白浪费了轮胎、汽油、口舌和心力而已。把所有都押上赌桌，还是赢不了赌局。有三个姓以V打头的人，我找到韦德的概率和在双骰子赌博中打败希腊赌神尼克[①]的概率相当。

无论如何，第一个总是错的，死胡同一条。满心指望的线索在你面前碎裂，连声音都没有。可他也不该把韦德误说成斯莱德。他是个有学问的人，不该这么健忘；要是他健忘，那就该全忘记。

也许是，也许不是。了解的时间不够。喝咖啡时，我想着莱斯特·乌坎尼奇医生和阿莫斯·瓦利医生。去，还是不去？那两个医生会耗费掉我整个下午。等到我打电话去空闲谷路的韦德府上，他们

①本名尼古拉斯·丹道洛斯（1883–1966），出生于希腊，十八岁来到美国，以豪赌闻名。

会告诉我主人已经回家，暂时一切阳光灿烂。

找乌坎尼奇医生倒不费什么劲。他就在几个街区之外。可瓦利医生则远得要命，在阿尔塔迪纳山区，路上又长又热又无聊。去，还是不去？

最后的答案是：去。有三大理由：其一，你对不光彩行业及其从业者的了解永远不够；其二，彼得斯给了我这些档案，要是我能为他的档案增加内容，也算表达对他的谢意和友谊了；其三，我没其他事可干。

我付了账，把车留在原处，沿街道北边往前走，到了斯托克韦尔大楼。那是栋老旧的大楼，入口处有雪茄柜，人工操作的电梯一路摇晃上去，六楼走廊狭窄，门上嵌了毛玻璃。这栋楼比我的办公楼旧，也龌龊得多，满楼都是混得不怎么样的医生、牙医，还有基督教科学派[①]医师，那些律师是你希望对手去雇用的那种，而那些牙医和医生只是勉强混着，技术不太好，陈设不太干净，判断不太准确。三块钱，给护士；那些提不起劲儿也没有信心的家伙们掂得出自己有多少斤两，知道去找他们的是什么样的病人，也清楚从那些病人那里能榨出多少油水。请别赊账。医生在，医生不在。卡金斯基太太，你的臼齿晃得厉害。要是你打算用这种新型塑胶补一补，它可是跟金子一样牢靠呢，我可以为你做，只收十四块。奴佛卡因麻醉，外加两块。医生在，医生不在。要三块钱。给护士。

这类办公楼里总有那么几个赚大钱的家伙，但看不出来。他们混在这肮脏破烂的地方，这肮脏破烂是他们的保护色。暗地里参与保释金诈骗的奸诈律师（被骗走的保释金只有百分之二被追回）；冒充其他身份以掩人耳目的非法堕胎师；假扮泌尿、皮肤或者其他任何

①基督教边缘教派，认为真正的真理只在精神层面，相信可以通过灵修治愈身体的疾病。

分科医生的毒品贩子——只要那种分科需要频繁看诊，经常使用局部麻醉剂而不会引人注目。

莱斯特·乌坎尼奇医生的候诊室很逼仄，陈设也很寒酸。里面坐着十几个人，个个都病歪歪的。他们看上去和别人没什么两样，没什么特别。不过话说回来，一个控制得不错的吸毒者和一个吃素的簿记员，你看不出他们之间有什么不同。我等了三刻钟。病人分别从两扇门进去。一名身手敏捷的耳鼻喉科医生可以同时应付四名受罪的家伙，只要他的地方足够大。

终于轮到我了。我坐在一把咖啡色皮椅里，旁边是张盖着白布的桌子,上面摆着一套器具。靠墙的地方有台消毒箱,正呼噜噜作响。乌坎尼奇医生套着白大褂,脑门上绑着一枚圆镜子,轻快地走了进来，在我面前的高凳上坐下。

“鼻窦炎性头痛，是吗？很厉害？”他瞧了一眼护士预备的病历夹。

我说疼得实在受不了。疼死我了。特别是早上刚起床的时候。他点点头表示了解。

“典型症状。”他说着把一个玻璃帽套在一支自来水笔似的东西上。

他将那玩意儿伸进我嘴里。“请你抿拢嘴唇，但别咬牙。”他边说边伸手把灯关了。屋里没窗户。通风扇在某个地方嗡嗡作响。

乌坎尼奇医生拔出玻璃笔帽，打开电灯，仔细地瞧着我。

“一点没有堵塞。马洛先生。要是你头痛,不是因为鼻窦有问题。我敢说你的鼻窦从来没出过什么毛病。我知道你以前动过鼻隔膜手术。”

“是啊，医生。玩橄榄球被踢了一脚。”

他点点头。“长了块小骨，应当切除，不过几乎不影响呼吸。”

他坐在高凳上，手撑着膝盖，往后靠了靠。“要我为你做什么呢？”他问道。他长着一张乏味苍白的瘦脸，像只得了结核病的白老鼠。

“我想跟你谈谈我朋友的事情。他情况挺糟糕。他是个作家，很有钱，可精神有问题。需要人帮一把。他一连几天靠喝酒撑着，想加点东西。他的医生再也不肯跟他合作了。”

“你说的合作到底是什么意思？”

“那家伙偶尔需要来一针让他平静下来。我想我们说不定能把这事情摆平呢。钱上面肯定是相当不错的。”

“抱歉，马洛先生，这病我可看不了。”他站起来，“请允许我说一句，你这么做实在鲁莽。如果你朋友愿意，可以来看病；但他最好得了需要治疗的病。马洛先生，治疗费十块。”

“得了，医生。你是名单上的人。”

乌坎尼奇医生往墙上靠了靠，点燃一支烟。他在等我说下去。他呼出一口烟，瞧着袅袅烟雾。我没说话，而是递上名片。他看了一眼。

“什么样的名单？”他打探道。

“有铁窗病房的家伙。我估计你早就认识我的朋友了。他姓韦德。你大概把他藏在哪个小白屋里吧。那家伙从家里失踪了。”

“你这蠢驴。”乌坎尼奇医生说，“连喝四天的醉鬼来找我，这类挣不到几块钱的治疗我是不碰的。他们根本治不好。我没什么小白屋，也不认识你的朋友——就算有这么个人。治疗费十块，要现钞，马上交。还是你想让我叫警察，向他们报告你向我索取毒品？”

“漂亮，”我说，“叫吧。”

“滚蛋，你这骗子。”

我从椅子里站起来。“医生，大概我犯了个错。上次那家伙守不住犯了酒瘾，躲到一个姓以 V 打头的医生那里。治疗完全是秘密的。

他们深夜把他接走，等他酒疯劲儿过去，他们以同样的方式送他回家。他还没进门，送他的人就溜了。这回他又投奔那鬼地方了，至今连个影子都没有，我们自然要查档案找线索。我们发现了三个姓以V打头的医生。”

“有趣，”他冷笑道，仍在等着我说下去，“你那名单是依据什么选出来的？”

我望着他。他右手顺着左上臂内侧轻轻地上下移动，脸上沁出一层细汗。

“对不住，医生。我们干得非常隐秘。”

“抱歉，等一等。我另有一个病人——”

他话说了一半就走了出去。他离开后，一名护士从走廊上探进头来，飞快地朝我望了一眼，又缩了回去。

一会儿乌坎尼奇医生迈着轻快的步子回来了，他放松地微笑着，双眼放光。

“怎么，你还在这儿？”他好像非常惊讶，或者装作非常惊讶，“我以为我们的小小会晤已经结束了。”

“那我走了。我还以为你让我等等。”

他轻声笑了。“你以为怎么着，马洛先生？我们活在一个非凡的时代。只要花上五百块钱，我就能让你断几根骨头，住进医院。滑稽吧？”

“令人捧腹，”我说，“医生，你给自己的静脉来了一针，是不是？伙计，你情绪高得很啊。”

我往外走。“回头见，阿米哥。”[①]他尖声说道，“别忘了我的十块钱。交给护士。”

---

①原文为西班牙语。“阿米哥”是音译，意为“朋友，哥们儿”，多用于称呼拉丁美洲讲西班牙语的人群。

他走到内部通话机旁，我离开时他正冲着那东西发话。候诊室里原先那十二个人或者跟原先那班人相像的另外十二个人病歪歪地等在那里。一名护士正在忙乎。

“请付十块钱，马洛先生。本诊所要求立付现钞。”

我跨过一堆腿脚，向门口走去，她从椅子里弹出，绕过桌子奔过来。我拉开了门。

“拿不到钱你怎么办呢？”我问她。

“怎么办，你等着瞧！”她火冒三丈地说。

“得了，你尽你的职，我也是。瞧一瞧我留下的名片，你就知道我是干什么的了。”

我跨出门去。候诊的病人们不满地望着我。怎么可以如此对待医生！

18

阿莫斯·瓦利医生完全不同。他拥有一栋老房子，坐落在一个古老的大花园里，周围有高大的老橡树浓荫庇护。那是一栋高大宽敞的房子，回廊遮顶上有精致的涡形雕饰，白色栏杆上有圆雕和槽纹，像一排老式三角钢琴的腿儿。几位羸弱的老人坐在回廊的长椅上，身上裹着毛毯。

入口装了一排双扇门，门上镶嵌着彩色玻璃。大厅里宽敞凉爽，镶花地板擦得锃亮，一块地毯也没铺。阿尔塔迪纳夏天很热。这房子背山而建，微风从高空掠过。八十年前，人们就知道如何修建房舍以适应这里的气候了。

一位一身雪白的护士接过我的名片。等了一会儿，阿莫斯·瓦利医生屈尊出来见我了。他是个光头大个子，笑容可掬，白大褂纤尘不染，脚上穿着胶底鞋，走路悄然无声。

“我能为你效劳吗，马洛先生？”他声音温和淳厚，足以减轻苦痛，抚慰忧心。医生在此，什么都别担心，一切都会好起来。他有那种临床医生的气质，一层又一层，厚厚的，如蜜糖一般，真是了不起——他包裹得刀枪不入。

“医生，我正在寻找一个姓韦德的人，他是个有钱的酒鬼，从家里失踪了。根据他以往的做法，应该躲在哪个能帮他醒酒的秘密场所。我唯一的线索指向某位姓以V打头的医生。你是第三个V医生，我快要失去信心了。”

他和气地笑了笑。“才第三个，马洛先生？我相信洛杉矶地区准有一百个姓以V开头的医生。”

“当然，不过不是所有医生都拥有窗户装铁栏杆的病房。我注意到这房子侧面楼上有几间这样的屋子。”

“是老人，”瓦利医生难过地说，不过那是一种充盈饱满的难过，“孤独的老人，忧郁寡欢的老人，马洛先生。有时候——”他打了个富于表现力的手势，往外划了一道弧线，稍作停顿，轻轻落下，好像一枚枯叶飘落在地上。“我这里不治疗酒鬼，”他明确地补充道，“抱歉，现在我要——”

“对不起，医生。你刚巧在我们的名单上。可能是个误会。几年前，你好像跟麻醉药品管理局的人有过摩擦。”

“是吗？”他一脸困惑，然后恍然大悟，“啊，是的，我一时糊涂雇了个助手。只雇了很短时间。他滥用我对他的信任。是的，确有其事。”

“跟我听说的不一样，”我说，“估计我听错了。”

“你听说的是怎样，马洛先生？”他依然以沉稳的语调和微笑提供给我周到的礼遇。

“你不得不交出麻醉药的处方单。”

这有点说中了他的要害。他没有马上动怒，只是撕去了几层魅力。他的蓝眼睛闪着冷冷的光。“这么精彩的消息又是从哪里得来的？”

“一家大侦探机构，他们搜罗这方面的信息很厉害。”

“毫无疑问，是一帮擅长敲诈勒索的穷无赖。”

“不是穷无赖，医生。他们的起价是一天一百块，由一位退伍宪兵上校经营。不是挣小钱的小人物，医生。大家对他评价很高。”

“我倒是想跟他计较计较，”瓦利医生带着一种冷冷的嫌恶说道，“请问他尊姓大名？”瓦利医生的态度夕阳西下，到了冷飕飕的黄昏时分。

“是机密，医生。不过别上心，全是例行工作。韦德这个姓听上去一点儿也不耳熟？”

“我想你知道大门在哪里，马洛先生。”

一架窄小的电梯的门在他背后打开了，护士推着轮椅走了出来。轮椅上坐着一个风烛残年的老人。他闭着双目，皮肤泛青，毛毯裹得紧紧的。轮椅无声地驶过光滑的地板，出了边门。瓦利医生喃喃说道：

“老人，生病的老人，孤独的老人。别再来了，马洛先生。你会惹怒我的。我恼火的时候相当不客气，或许应当说十分不客气。”

“没问题，医生。耽误你的时间了。你这里可是个等死的好地方啊。”

“什么？”他向我逼近一步，撕去最后几层糖衣。脸上柔和的线条僵硬得有如山脊。

“怎么了？”我问道，“我知道我要找的人不会在这儿。我不会来这儿找还有还手之力的人。生病的老人，孤独的老人。这是你自己说的，医生。没人要的老人，可是有钱，有饿狼似的遗产继承人。他们大多数已经被法院判定为无行为能力的人了吧。”

“我要发火了。”瓦利医生说道。

“少量食物，少量镇静剂，坚持不懈的治疗。把他们弄出去晒太阳，再搬回床上。有些窗户得装上铁条，以防万一有谁还有余勇跳出去。他们爱戴你，他们人人都爱戴你。他们临死还拽着你的手，望着你眼中的忧伤。那可真是货真价实的忧伤啊。”

“当然是。”他低声吼道，手握成了拳头。我应当住口，可是他开始让我觉得恶心。

“没错，”我说，“没有哪个人愿意失去出好价钱的客户，尤其是那些你甚至不用去讨好的客户。”

“这些事情得有人去干，”他说，“得有人去照料这些老人，马洛先生。”

“阴沟得有人去掏。把它想成一种纯洁崇高的工作吧。再见，瓦利医生。什么时候我觉得我的工作肮脏不堪，我就想想你，肯定会马上振作起来。”

“你这卑鄙的家伙，”瓦利医生从大白牙齿的缝隙里挤出两句话，“小心我打断你的脊梁骨。我所服务的是一个可敬的行业的一个可敬的分支。”

“是啊，”我不耐烦地瞧了他一眼，“我明白。只不过散发出死亡的气味。”

他没有揍我，而我撇下他走了出去。经过那宽大的两重门时，我回头望了望。他还站在原地。他有一件事情要干：把撕下的一层层蜜糖再贴回去。

19

我驾车回到好莱坞，感到精疲力竭。吃晚餐还太早，而且也太热。我把办公室的风扇打开，空气并没有因此凉快下来，只不过稍微有些风罢了。屋外，大街上车流喧嚣，无休无止。屋里，我满脑子的思路全粘在一起，就好像苍蝇粘在捕蝇纸上一般。

连发三枪，都打空了。我只是不断地见医生，见了太多医生。

我打了个电话到韦德府上，一个墨西哥口音的人接的电话，说韦德夫人不在家。我又说要找韦德先生。那声音说韦德先生也不在家。我留了自己的名字。他好像完全跟得上我说话。他说自己是这家的男仆。

我又打了个电话给卡恩机构的乔治·彼得斯。他也许知道其他的医生。他不在。我留了一个假名字和真电话号码。一个小时过得如此之慢，就好像无精打采的蟑螂在爬。我就是被遗忘的大漠里的一粒沙尘，刚把子弹打完的双枪牛仔。连发三枪，都打空了。我最恨凡事成三而来了。你找 A 先生，不是；你找 B 先生，不是；你找

C 先生，同样不是。一个星期后，你发现应当是 D 先生，只是你以前不知道有这么个人，等到弄清楚了，雇主已经改了主意，不再需要你调查。

乌坎尼奇医生和瓦利医生被划掉了。瓦利钱太多，不会傻到去碰酗酒病例。乌坎尼奇是个废物，铤而走险的家伙，居然在自己的诊所往静脉里注射毒品。助手一定知道，而且至少有些病人也知道。只要碰上个对他不满的人，一个电话就能把他结果掉。无论清醒还是喝醉了，韦德是不会走进他的地盘的。韦德不一定是世上最聪明的人——成功人士并非都是智慧型巨人——但他不至于笨到和乌坎尼奇纠缠不清。

唯一有可能的是韦林吉医生。他有地方，而且那地方又隐蔽。他大概也有耐心。但塞普尔韦达峡谷和空闲谷区相去甚远，他们在哪里碰头，又是如何认识的，如果韦林吉拥有那片地产，而且已经有了买主，那么他将变得相当富有。这提醒了我。我打了个电话给一个在产权公司服务的熟人，想知道那片地产的状况。没人接。产权公司已经关门打烊了。

我也关门打烊，开车去了拉辛尼加大道，走进红宝石烤肉店，跟领班报了名字，坐在吧台前等着好好享受一番，面前一杯威士忌酸酒，耳边环绕着马雷克·韦伯[①]的华尔兹音乐。等了一会儿，我越过丝绒绳圈走了进去，享用了一份红宝石“举世闻名”的索尔兹伯里牛排[②]，其实就是摊在热木板上的牛肉饼，边上一圈焦黄的土豆泥，配上炸洋葱圈和什锦色拉。这种色拉男人们在饭店里会毫无怨言地吃下去，但要是老婆在家胆敢拿这东西来对付他们，他们可能已经

①马雷克·韦伯（1888–1964），德国小提琴演奏家、管弦乐队指挥。

②美国医生 J.H. 索尔兹伯里（1823–1905）发明的一种牛肉饼，碳水化合物含量较低，在美国很受欢迎。

嚷嚷开了。

吃完后，我开车回到家。一打开门，电话铃就响了起来。

“我是艾琳·韦德，马洛先生。是你让我给你回电话的吧。”

“就想看看你那边有没有什么新情况。我一整天都在见医生，到处树敌。”

“很遗憾，没有。他还没回来。我忍不住非常焦虑。这么说来，你没什么消息要告诉我？”她的声音低下去，听起来很沮丧。

“这地方相当大，人又多，韦德夫人。”

“到了今晚，就整四天了。”

“不错，但时间不算太长。”

“对我来说很长了。”她沉默了半晌。“我一直在想，努力回想起一些事情，”她继续道，“准有什么事情，什么暗示或者回忆。罗杰喜欢说话，什么事情都会说。”

“韦林吉这个姓你有印象吗，韦德夫人？”

“没有，恐怕没有。怎么了？”

“你提到过韦德先生有一回被一个穿牛仔装的高个子送回家。要是你再见到那人，你认不认得出来，韦德夫人？”

“我想我也许认得出来，”她犹豫着说道，“要是在同样的情形下。可我只匆匆瞥过他一眼。他姓韦林吉？”

“哦，不是，韦德夫人。韦林吉是个大块头的中年人，在塞普尔韦达峡谷经营着，或者更确切地说，曾经经营着一家牧场旅馆。有一个喜好打扮的漂亮小伙子替他干活，名叫厄尔。韦林吉自称是医生。”

“太好了，”她温和地说道，“你不觉得找对路了吗？”

“眼下我还没弄清楚。等有了消息再告诉你。我只想问一问罗杰有没有回家，而你是否还想到了什么确切的事情。”

“我恐怕帮不了你什么，”她无奈地说，“有事情打电话给我，多晚都没关系。”

我说我会的，然后就挂断了。我带上手枪，还有一个三节电池的手电筒。那是把点三二口径的短筒手枪，使用平头子弹。韦林吉医生的小伙子厄尔卸下铜指套，说不定还有其他玩意儿。要是有，那他玩起来肯定是没轻没重的。

我又上了公路，敢开多快就开多快。这是个无月之夜，等我到达韦林吉医生的地产入口，天就全黑了。黑暗正是我需要的。

入口大门上仍然挂着链条挂锁。我开过去，把车停在离公路有一段距离的地方。树下还有些光亮，但很快就会暗下去了。我翻过大门，爬上山坡，想找一条徒步小径。恍惚间听见背后远远的山谷里有鹌鹑在叫。一只哀鸠叫声凄厉，好像在倾诉生活的不幸。这里没有徒步小径，或者说我没找到，我只得又折回碎石路，贴着路边往前走。桉树越来越少，橡树越来越多，我翻过山脊，远远望去，可以见到几星灯光。我花了三刻钟从游泳池和网球场后面绕过去，走到碎石路尽头的某个地方，从那里可以俯视主屋。房子里亮着灯，里面传出音乐声。远处的树林里，还有一间小木屋亮着灯。树林里散布着许多黑洞洞的小木屋。我沿着一条小路往前走，忽然主屋背后亮起一盏探照灯。我停下来一动不动。探照灯并没有目标，只是径直在后回廊和回廊外的空地上投下一大片光亮。接着门哗啦一声打开，厄尔走了出来。这下，我知道我来对了地方。

今晚厄尔是个牛仔；那时把罗杰·韦德送回家的就是个牛仔。厄尔正在舞动一条绳子。他穿着用白线缝制的深色衬衫，脖子上松松地结着一条圆点围巾，腰间束着一条缀满银饰的宽皮带，上面佩着两个镂空皮枪套，各插一把象牙柄手枪。下身穿着漂亮的马裤和白线十字针脚缝制的锃亮的新马靴。脑袋后面扣着一顶白色宽边帽，一条看上去像是银丝编织成的链子松松地垂在他的衬衣上，两端没有扣上。

他一个人站在一片雪白的灯光下，绳子绕着他飞舞旋转，他不断地跳进跳出，一个没有看客的演员，一个瘦高的靓仔，自编自演，自我陶醉。双枪厄尔，科奇斯县众所畏惧的好汉。厄尔是那种属于牧场旅馆的人物，那种“马来疯”牧场旅馆，连前台小姐上班都蹬着马靴。

突然间，他听见了什么声音，或者佯装听见了什么声音。绳子落地，他双手唰地从枪套里摸出两把手枪，平举，拇指弯曲摁住击锤。他盯着暗处看。我屏住呼吸一动不动。那两把枪里可能装了子弹。但探照灯亮得晃眼，他什么也看不清。他将手枪插回套子，捡起绳子，松松团起，返回屋里。灯光熄灭。黑暗里我又开始行动。

我在林间前行，接近山坡上亮着灯的小木屋。屋里静悄悄的。我靠近一个装了纱窗的窗户，朝里望去。床头柜上亮着台灯，床上仰卧着一个男人，他身形放松，裹在睡衣袖子里的手臂搁在被子外面，瞪着眼睛看天花板。他看上去块头相当大，脸一半在暗影里，但我能分辨得出他脸色苍白，需要刮刮胡子，没刮胡子的时间跟韦德失踪的时间应该差不多长。他五指张开，手一动不动地耷拉在床边。他看上去好像有好几个小时不曾移动过。

我听见通向木屋的小径上有脚步声，纱门嘎的一响，接着韦林吉医生结实的身躯出现在门口，他手中握着一大杯像是番茄汁的东西。他拧亮了一盏落地灯，夏威夷大花衬衫在灯下成了黄色的。床上的人看也不看他。

韦林吉医生将杯子放在床头柜上，拉了把椅子过来坐下。他拉过那人一只手腕测脉搏。“现在感觉怎么样，韦德先生？”他友善而关切地问道。

床上的人不回答，也不朝他看一眼，继续瞪着天花板。

“行啦行啦，韦德先生。我们别怄气。你的脉搏比正常情况稍微快了一些。你还虚弱，但是其他——”

“蒂姬，”床上的人突然开口，“去告诉那家伙，要是他知道我现在的状况，婊子养的就没必要来问我。”他嗓音不错，可说话很难听。

“谁是蒂姬？”韦林吉医生耐心地问道。

“我的传声筒，她就在那边的角落里。”

韦林吉医生抬头张望了一下。“我只看见一只小蜘蛛，”他说，“别演了，韦德先生。没必要跟我来这套。”

“家隅蛛，最常见的跳蛛，伙计。我喜欢蜘蛛。它们从来不穿夏威夷花衬衫。”

韦林吉医生舔了舔嘴唇。“我没有时间陪你玩，韦德先生。”

“蒂姬可不是好玩的。”韦德慢慢转过头，好像脑袋很重似的，不屑地瞧着韦林吉医生，“蒂姬可是动真格的。她爬到你身上。趁你不注意，她悄无声息飞快地一跳。不一会儿，凑得够近了，最后奋力一跳。你会被她吸干，医生，一滴不剩。蒂姬不吃你，她只不过吮你的血，把你吸干，只剩下一层皮。要是你打算继续穿这件花衬衫，医生，我觉得这事儿还不至于马上发生。”

韦林吉医生往椅背上靠了靠。“我要五千块，”他心平气和地说道，“什么时候可以拿到？”

“你已经收了六百五十块，”韦德恶狠狠地说，“还有我的几个零子儿。住这妓院到底要多少钱？”

“没几个钱，”韦林吉医生说，“我告诉过你我提高了收费。”

“你可没说提高到威尔逊峰上去。”

“别跟我打马虎眼，”韦林吉医生直截了当地说道，“现在可不是你开玩笑的时候，而且你泄露了我的机密。”

"我不知道你还有什么机密。"

韦林吉医生缓缓地拍打着椅子扶手。"你半夜三更打电话给我，"他说，"你情况危急。你说要是我不去你就自杀。我不想再干了，你知道原因。在加州我没有行医执照。我正设法把这块地产脱手，免得一点不剩。我要照料厄尔，他差不多又要发病了。我告诉过你要收一大笔钱，你非要我去不可，我才去的。我要五千块。"

"我醉得厉害，"韦德说，"你不能乘人之危讨价还价。你收的已经够多了。"

"还有，"韦林吉医生说得很慢，"你跟你老婆提了我的名字。你告诉她我会去接你。"

韦德一脸惊诧。"我可没干过那档子事，"他说，"我那晚甚至没见到她。她在睡觉。"

"那么就是在其他什么时候说的。有个私人侦探来这儿找过你。他不可能知道这儿，除非谁告诉了他。我敷衍了一番，把他打发走了，他有可能还会回来。你得回家去，韦德先生。不过得先给我五千块。"

"你不是世上最聪明的家伙，对不对，医生？要是我老婆知道我在哪里，她干吗还需要侦探？她会自己找上门来——假定她很在乎我。她可以带着我们的仆人甜哥儿一起来。还没等你那位'忧郁少年'想清楚今天要扮演什么人物，甜哥儿就已经把他撕成碎片了。"

"你的嘴巴很恶毒，韦德。你的心也是。"

"我还有五千块恶毒的钱，医生。想办法来拿呀。"

"你给我写一张支票，"韦林吉医生语气坚决，"现在就写，马上写。然后你穿上衣服，厄尔会送你回家。"

"支票？"韦德几乎是在笑，"我当然会写一张支票给你。行！你怎么兑现？"

韦林吉医生轻轻一笑。"你以为你可以止付支票，韦德先生？你不会。我保证你会付钱。”

“你这恶棍！”韦德冲着他吼道。

韦林吉医生摇摇头。“不错，有时候是，但并不总是。我性格很复杂，大多数人都这样。厄尔会送你回家。”

“不行。那家伙让人汗毛凛凛。”韦德说。

韦林吉医生缓缓站起来，伸出手去，拍拍床上那人的肩膀。“我认为厄尔不会伤人，韦德先生。我有办法制住他。”

“什么办法，说说看？”一个声音说道，厄尔从门外走进来，一身罗伊·罗杰斯[1]的打扮。韦林吉医生回头，笑了笑。

“别让这神经病靠近我。”韦德吼道，第一次流露出害怕的神情。

厄尔双手搁在腰间的装饰皮带上，脸上毫无表情，轻微的口哨声从他牙缝里挤出来。他慢步走进屋子。

“你不该这样说话。”韦林吉医生连忙说。他转向厄尔：“这样吧，厄尔。我自己来应付韦德先生，我会帮他穿好衣服。你去把车开过来，尽可能靠近这屋子。韦德先生相当虚弱。”

“他就要更虚弱了，”厄尔用一种类似唿哨的声音说，“让开，胖子。”

“听着，厄尔——”他伸手抓住那英俊小伙的胳膊，“你不想回卡马里奥[2]去，是不是？我一句话，你就——”

他还没说完，厄尔就挣脱了，右手挟着一道闪光挥过来。套着指套的拳头打在了韦林吉医生的下巴上。他像心口中了一枪似的翻倒在地，木屋随之摇晃了一下。我冲了过去。

到了门口，我用力拉开门。厄尔扭过头，往前凑了凑，看着我，

---

①罗伊·罗杰斯（1911-1998），美国歌手，二十世纪四五十年代最著名的西部片明星之一，饰演的牛仔形象深入人心。

②美国加州小城。

但没认出来。他嘴里发出咕噜咕噜的声音，马上冲我攻来。

我拔出手枪，亮给他看。不顶用。不知道他的手枪是没装子弹还是压根被他忘了。他只需要铜指套就够了。他继续朝我进攻。

我对准床背后敞开的窗户打了一枪，枪声在逼仄的小屋里显得异常响亮。厄尔停下不动了。他扭头望了望纱窗上枪弹留下的窟窿眼儿，回头瞧着我。他的脸慢慢显出活气来，他咧嘴一笑。

“怎么了？”他欣欣然道。

“除下指套。”我盯着他的眼睛说道。

他惊讶地低头瞧着自己的手，脱下指套，顺手往屋角一扔。

“现在除下枪套皮带，”我说，“不许碰枪，解开搭扣就行。”

“没装子弹，”他笑嘻嘻地说，“见鬼，它们连枪都不是。只不过是道具。”

“快，皮带。”

他望着我手上的短筒手枪：“是把真货？啊，当然是真的。瞧纱窗。是的，瞧纱窗。”

韦德已经不在床上了。他站在厄尔背后，敏捷地抽出厄尔身上其中一把锃亮的枪。他这么干，厄尔不喜欢，看他的脸就知道。

“住手，”我恼火地说道，“把枪放回原处。”

“他说得没错，”韦德说道，“是玩具手枪。”他朝后退去，把手枪搁在桌上。“上帝，我弱得像断了手脚。”

“除下皮带。”我第三次说。跟厄尔这样的人打交道，你得单刀直入，并且话一旦出口，就得咬住不放。

最后，他相当顺从地照办了。他提着皮带，走到桌边，拿起另一把枪，插回枪套，又把皮带重新系上。我由着他去。这时候，他才看见韦林吉医生蜷成一团倒在墙边的地上。他关切地呼唤着，飞快地穿过屋子走进卫生间，出来时手里提了一罐水。他把水朝韦林吉医生头上浇下去。后者口里喷出唾沫，翻了下身，发出呻吟声。然后他一手捂住下巴，想爬起来。厄尔扶起他。

“对不起，医生。我刚才一定没看清楚是谁就出手了。”

“没关系，没有打断什么，”韦林吉说道，挥手让他走开，“去把车开过来，厄尔。别忘记下面挂锁的钥匙。”

“把车开来，好的，马上。挂锁的钥匙。我知道了。马上。医生。”

他打着唿哨出了屋子。

韦德坐在床沿上，颤巍巍的样子。“你就是他说的那侦探？”他问我，“你是怎么找到我的？”

“只要问问知道内情的人就够了，”我说，“要是你想回家，就穿好衣服。”

韦林吉医生靠在墙上，揉着下巴。“我会帮他穿好衣服，”他声音沙哑，“我所做的都是在帮助人，而他们却一脚踹在我的牙齿上。”

“我明白你的感受。”我说。

我走出屋子，让他们去处理余下的事情。

20

他们走出木屋时，汽车在近旁停着，厄尔却走了。他停好车，熄了灯，没跟我讲一句话，便朝大房子走去。他依然吹着口哨，试着回忆一首记不太清楚的曲子。

韦德小心翼翼地爬进后座，我跨进去坐在他旁边。韦林吉医生开车。至于他的下巴伤得重不重，脑袋疼不疼，他不露声色，只字不提。我们翻过山脊，开到碎石车道尽头。厄尔已经在那里了，他打开挂锁，推开门。我告诉韦林吉医生我的车停靠的地方，他开到近旁。韦德坐进我的车，一声不吭，目光茫然。韦林吉医生钻出汽车，绕到他身边跟他说话，语气温和。

“关于那五千块钱，韦德先生，你答应过给我支票。”

韦德滑下去，把头靠在椅背上。“我再考虑考虑。”

“你答应过。那钱我需要。”

“威逼，韦林吉医生，这词的意思就是以伤害来要挟。我现在有人保护了。”

“我喂你吃饭，为你擦洗，”韦林吉医生坚持道，“我半夜来接你，保护了你，治愈了你——至少你暂时没问题了。”

“不值五千块，”韦德冷笑道，“你已经从我腰包里拿走够多的了。”

韦林吉医生不肯罢休。“我一个在古巴的朋友答应帮忙，韦德先生。你是个有钱人，你应当救人于急困。我要照顾厄尔，为了得到这个机会，我需要这笔钱。我日后会如数归还。”

我开始觉得窘迫，想抽烟，但又怕烟味会使韦德不舒服。

“你会如数归还，鬼才相信，”韦德不耐烦地说，“你活不长，说不定哪个夜晚‘忧郁少年’趁你睡着把你宰了。”

韦林吉医生往后退去。我看不见他的表情，但他的声音强硬起来。“还有更不幸的死法，”他说，“我想你的便是其中之一。”

他走到自己的车旁，钻了进去。车子进了大门，随后便消失了。我倒车，掉头，往市区驶去。过了一会儿，韦德喃喃自语：“我为什么要给那蠢猪五千块钱？”

“没道理。”

“那为什么不给我倒觉得自己很浑蛋？”

“没道理。”

他稍微偏过头，刚好可以看着我。“他把我当成小娃娃，”韦德说，“很少让我一个人待着，怕厄尔会进来揍我。他把我口袋里最后一个子儿都搜走了。”

“有可能是你叫他把钱都拿走的。”

“你站在他那边？”

“行了，”我说，“我只不过是办差而已。”

接下来的两三里路，我们保持了沉默。经过一片远郊边缘时，韦德又开口了。

“也许我会给他。他破产了。地产被银行取消了赎取权。他一个子儿也捞不回来。全是为了那个神经病。他为什么要这么干？”

“我不知道。”

“我是作家，”他说，“我应当明白什么事情会打动人。可我对人简直就是一无所知。”

车子转过隘口，爬了一段坡，谷地的万家灯火连成一片展现在我们眼前。接着我们下到西北方向通往文图拉的公路上。过了一会儿，经过恩西诺。我停下等绿灯，抬头望了望山上的灯光，那儿有许多大府邸，其中一栋曾经住着伦诺克斯夫妇。我们又往前开去。

“岔路口马上就要到了，”韦德说，“你知道？”

“我知道。”

“顺便问一声，你还没告诉我尊姓大名。”

“菲利普·马洛。”

“好名字。”他的声音陡然一变，说：“等等。你就是那个和伦诺克斯混在一起的家伙？”

“正是。”

他在车内昏暗的光线中盯着我看。我们的车驶过恩西诺主街上最后几栋建筑。

“我认识她，”韦德说，“泛泛之交。他，我从来没见过。很怪，那事情。执法的家伙们整你来着，是不是？”

我没搭理他。

“你大概不愿意提这事吧。”他说。

“大概是吧。你为什么会对这个感兴趣？”

“见鬼，我是作家。那事儿一定精彩。”

“今晚就歇着吧。你一定感觉很虚弱。”

“好吧，马洛。好吧。你不喜欢我。我明白了。”

我们到了岔路口，拐了进去，那边的丘岗和山谷地带便是空闲谷区了。

“我没不喜欢你，也没喜欢你，”我说，“我不认识你。你太太要我找你，把你带回家。我把你送到家，就完事了。她为什么挑上我，我不得而知。就像我刚才说的，我只不过是办差而已。”

我们绕过一座小山的一侧，上了一条更宽、更平整的路。他说再往前开一英里，右手边就是他家。他告诉我门牌号码，其实我已经知道了。对于一个像他眼下这副模样的人来说，他的话可算够多的了。

“她要付你多少钱？”

“我们没说。”

“不管多少都不够。我实在太感谢你了。你干得真棒，老兄。我不值得你劳神。”

“这只不过是你今晚的想法而已。”

他笑起来。“你猜怎么着，马洛？我开始喜欢你了。你有点儿混账——跟我一样。”

我们到了他家。那是栋两层楼的全木瓦建筑，前面是立着圆柱的小门廊，长长一道草地从入口一直伸展到白栅栏围起的茂密的矮树丛边。门廊上亮着一盏灯。我驶上车道，在车库旁边停下来。

“你自己进去能行吗？”

“当然，”他下了车，“你不进来喝点酒什么的？”

“谢谢，今晚不行。我会在这里等到你进去。”

他站在那里呼呼喘气。“行啊。”他简短地回道，然后转过身，沿着石板路小心地走到大门前。他扶着白柱子停了一会儿，然后敲了敲门。门开了，他走了进去。门没关，一片光亮泻在草地上。里面突然爆发出一阵欢呼声。我启动车子，靠着倒车灯的指引从车道上倒出去。有人在呼喊。

我一看，是艾琳·韦德站在敞开的门口。我继续倒车，她跑了出来。我不得不停下，熄了车灯，下了车。等她走近，我说：

“我应当打个电话给你，但我不敢让他一个人待着。”

“当然。你是不是碰到了很大的麻烦？”

“嗯，比按门铃要麻烦些。”

“请你进屋来跟我说说。”

“他应当上床睡觉。到明天他就会焕然一新。”

“甜哥儿会照顾他上床，”她说，“他今晚不至于喝酒，你是不是担心这事？”

“没想过。晚安，韦德夫人。”

“你一定很累了。你难道不想喝一杯？”

我点燃一支香烟，好像有好几个星期没碰过香烟似的，陶醉在烟雾里。

“可不可以也让我抽一口？”

她靠近我，我把烟递给她。她吸了一口，呛到了。于是她把烟还给我，笑起来。“你瞧，完全是个新手。”

“这么说来，你认识西尔维亚·伦诺克斯，”我说，“你因为这个想要雇我？”

“我认识谁？”她的语气听上去很困惑。

“西尔维亚·伦诺克斯。”香烟又回到了我的指间，我抽得很猛。

“噢，”她说，显得很吃惊，“那个——被杀掉的女孩。不，我并不认识她。我知道她是谁。我难道没告诉过你？”

“抱歉，我只是忘记你告诉过我什么了。”

她仍然静静地站在那里，离我很近，穿一件白色的什么衣服，修长苗条。敞开的大门里流泻出的灯光使她的发梢闪着柔和的光泽。

“你为什么会问我这是否和我想要——如你所说——雇你有

关？”还没等我回答，她马上又跟了一句：“罗杰告诉你他认识她？”

“我告诉他名字时，他提了几句案子的事。他并没有马上把我和那案子联系起来，过了一会儿才想起来。他的话多得很，我连一半都记不住。”

“原来如此。我得进去了，马洛先生，去看看我丈夫需要什么。要是你不想进屋坐——”

“我把这留下。”我说。

我抱住她，将她揽过来，把她的头往后按，在她的嘴唇上狠狠地吻了一下。她没有挣扎，也没有回应。她默默地挣脱，站在那里望着我。

“你不该这么做，”她说，“这样不对，你是那么好的一个人。”

“当然，这非常不对。”我表示同意，“但是我今天一整天像条守规矩、忠心耿耿的猎狗。我是昏了头了，参与这桩我有生以来碰到过的最愚蠢的冒险。要说这出戏没有人在背后编排，我决不相信。你猜怎么着？我相信你从头至尾都知道他在哪里——或者至少知道韦林吉医生的名字。你只不过想让我接触他，和他混在一起，这样我就会感到有义务照看他。还是我在犯傻？”

“当然是你在犯傻，”她冷冷地说，“这是我听过的最荒唐的无稽之谈。”她转身打算离开。

“等等，”我说，“亲嘴不会留下痕迹。那只不过是你的担心。别再跟我说我是个好人了。我更愿意是个浑蛋。”

她回头看着我：“为什么？”

“要是我不在特里·伦诺克斯面前充好人，他现在应该还活着。”

“是吗？”她轻声说道，“你怎么就那么肯定？晚安，马洛先生。这所有事情，我真是太谢谢你了。”

她沿着草地边缘往回走，我目送她走进那栋房子。大门关上了。门廊上的灯也熄灭了。我朝黑暗挥挥手，驾车离开。

21

因为前一晚挣了一大笔，我次日就睡了个懒觉，多喝了杯咖啡，多抽了支烟，多吃了片熏肉，并且第三百次发誓以后再也不用电动剃须刀，之后日子恢复正常。我十点到办公室，拿了杂七杂八的信件，撕开信封，将里面装的东西摊在桌上。我打开窗户，让夜里聚集的悬浮在停滞的空气中、屋角、百叶窗条板间的灰尘和浑浊气味飘散出去。办公桌一角有只死蛾子张着双翼，窗台上一只断了翅膀的蜜蜂沿着木框缓缓爬行，无精打采地嗡嗡着，好像知道怎么叫都没用，自己的末日到来了。它飞了太多次，这次肯定是回不了自己的蜂窝了。

我知道今天准是一个荒诞不经的日子。这种日子谁都有过。滚进来的净是松脱的轮子、丢了脑子的野狗、找不到干果的松鼠和老是落下一个齿轮的机械师。

首先来了个粗鲁的金发男人，好像姓魁什南或某个类似的芬兰姓氏。他硕大的臀部塞在顾客座椅里，两只粗糙的人手搁在我的办公桌上，自称是开铲土机的，住在斑鸠市，隔壁那该死的女人企图对他的狗下毒。每天早晨让狗到后院放风前，他必须亲自从篱笆这头搜索到那头，寻找隔壁那女人从马铃薯藤后面扔过来的肉丸子。到目前为止，他一共搜到了九粒，它们裹着一层绿色粉末，他知道那是砒霜除草剂。

“监视她，抓住她，你要价多少？”他眼睛一眨不眨地瞪着我，就像鱼缸里的金鱼。

“你为什么自己不去抓她？”

“我得干活糊口，先生。我花时间跑来这里，不然我一个钟头可以挣四块二。”

“报警没有？”

“我报了警，他们大概要等到明年才会来管。眼下他们正在舔米高梅[1]的屁股，忙不过来。”

“没找动物保护组织，像是‘尾巴摇摇’？”

“那是什么玩意儿？”

我给他讲了讲“尾巴摇摇”。他一点儿兴趣也没有。他知道动物保护组织，去他的动物保护组织，比马小的动物他们可看不见。

“门上写着你是探子，”他蛮横地说，“得，倒是走啊，去探探呀。逮着她给五十块钱。”

“抱歉，”我说，“我走不开。尽管能挣五十块钱，可要躲在你家后院的老鼠洞里几个星期，我无论如何都做不到。”

他站了起来，怒目圆睁。“了不得的人物，”他说，“有钱不挣，哈？救一条不值一提的狗命，看不上眼！哈，屁大的事，了不得的人物。”

“我也有麻烦事，魁什南先生。”

“要是我逮着她，一定会拗断她那该断的脖子。”他说。我毫不

①指米高梅（MGM）电影公司。

怀疑他会那么干。他能够把大象后腿拗断。“因此我得找别人。就为了一有汽车开过，那小杂种就要叫唤。臭着一张脸的老婊子。”

他向门口走去。“你肯定她想毒死的是你那条狗？”我问他。

“当然，我敢肯定。”他就快走到门口，正要扳下镍把手，忽地转过身。“再说一遍，杂种。”

我只是摇摇头。我可不打算跟他对打。他说不定会举起办公桌砸向我的脑瓜。他哼了一声走了，差点儿把门也卸了去。

下一个上门的是个女人。既不老，也不年轻；既不干净，也不肮脏；但显然又穷又笨，衣着寒酸，牢骚满腹。跟她同屋的女孩——在她眼里，在外谋生的所有女性都是女孩——从她的提包里拿钱。这里一块那里半块，可积少成多。她估计少了二十块钱，她损失不起，而搬家她也负担不起，她更雇不起侦探。她认为我或许能打个电话吓唬吓唬她的同屋，但不要提到她的名字。

她花了二十分钟左右才讲清楚这事，一边说一边不断地捏她的提包。

“这电话你认识的人都可以打。”我说。

“是啊，不过你是个侦探。”

“我没有获得执照去吓唬我全无了解的人。”

“我要告诉她我来找过你。我不一定说是她。只说你在着手调查。”

“如果我是你，我不会这么说。你倘若提到我的名字，她可能会打电话来，那我得说实话。”

她站起来，将那只破旧的提包往肚子前面一甩。“你真不够绅士。”她尖声说道。

“谁规定我必须当绅士？”

她嘴里咕哝着离开了。

午饭过后，来了一位叫辛普森·埃德尔魏斯的先生，有名片为证。他是缝纫机代理公司的经理，一个神态疲惫的小个子，四十八到五十岁之间，小手小脚，穿了一件袖子过长的咖啡色西装，僵挺的白衬衫领子下系着紫色领带，领带上饰有黑钻。他平静地坐在椅子边缘,拿忧伤的黑眼睛望着我。他的头发也是黑色的,又粗又浓密,看不见白发。他有一弯修剪过的红褐色小胡子。倘若你不细看他的手背，会以为他只有三十五岁。

“叫我辛普好了,”他说,“别人都这么叫。报应啊！我是个犹太人,娶了个异教徒为妻,才二十四岁,很漂亮。她已经离家出逃好几次了。”

他摸出一张照片给我看。他可能觉得她漂亮，可我觉得她只不过是个长着一张小嘴的肥娘儿们。

“碰到什么麻烦事了，埃德尔魏斯先生？我不受理离婚事务。”我想把照片还给他,他挡开了。“除非顾客对我谎话连篇,”我说,“不然他就是我的老爷。”

他笑笑:“说谎对我没好处。这事也无关离婚。我只想要梅布尔回家。我不找到她，她是不会回家的。这大概是她的一种游戏。”

他平静地说着她的事情，没有丝毫怨气。她酗酒，胡闹，在他眼里，她算不上一个称职的老婆，但这说不定是因为他从小受到的家教过于严厉了。她心胸宽大，大如广厦，他说，他爱着她。他没有自欺欺人地把自己描述成理想情人，只不过是个领工资回家的安分守己的职员。他们在银行里有一个联名账户，她把里面的钱一股脑儿都卷走了，但他对此已有准备。他很清楚是谁和她一起私奔了，如果他没猜错，那家伙一定会把她的钱全部花光，留下她一筹莫展。

“姓克里根,”他说，“门罗·克里根。我不想数落天主教徒。犹太人里也有许多坏家伙。这个克里根是个理发师。我也不想找理发师的碴。可他们当中有许多人四处流浪，赌马。不太靠得住。”

“等她被人骗光了，你不就可以听到她的消息了？”

“她会觉得无地自容的，说不定会伤害自己。”

“这是一桩寻人案子，埃德尔魏斯先生。你应该报警。”

“不。我不想挑剔警察，可我不愿意报警，梅布尔会受到羞辱的。”

这世上好像到处是埃德尔魏斯先生不想数落挑剔的人。他把几张钞票搁在桌上。

“两百块，”他说，“预付款。我想按自己的想法来处理。”

“以后还会发生的。”我说。

“的确，”他耸耸肩，温和地摊开双手，“她二十四岁，而我快五十了。这又有什么关系？过一段时间，她终究会定下心来。麻烦的是没有孩子。她不能生小孩。犹太人喜欢有儿女，梅布尔知道这个，她感到羞愧。”

“你是一个非常大度的人，埃德尔魏斯先生。”

“是的，我不是基督徒，”他说，“我也不是在数落基督徒，你知道。但对我来说，这是真的。我不只是说说而已，我真是如此。噢，我几乎把最重要的事情忘记了。”

他掏出一张印有图案的明信片，抵着钞票从桌子那边推过来。“是她从火奴鲁鲁寄来的。钱在火奴鲁鲁不经花。我有个叔叔在那边做珠宝生意，退了休，搬到西雅图去住了。”

我又拿起照片来。“我得把这案子委托出去，”我告诉他，“所以我要把照片复印一下。”

“来之前，我就知道你会这样说，马洛先生。我已经准备好啦。”他摸出一只信封，里面是五六张照片复印件。“还有克里根的，不过是一幅快照。”他把手伸进另一个口袋，又摸出一只信封给我。我瞧了瞧克里根，果然不出我所料，长了一张不诚实的小白脸。克里根的照片复印件有三张。

辛普森·W. 埃德尔魏斯先生又给了我一张卡片，上面有他的名字、地址和电话号码。他说，但愿费用不会太高，不过一旦需要更多费用，他会立刻给的；他说希望能从我这里听到好消息。

“如果她还在火奴鲁鲁，两百块应该差不多了，”我说，“我眼下需要一份双方身体特征的详细描述，我可以写进电报。身高、体重、年龄、肤色、明显的疤痕或其他标记，她穿着、带着什么样的衣服，账户里有多少钱被提走。要是你以前经历过这事，埃德尔魏斯先生，你明白我需要什么。”

“我对这个克里根有种奇怪的感觉。他让我不舒服。”

我又花了半小时从他那里搜罗需要的信息，记录下来。最后，他安静地站起来，安静地握了握我的手，安静地鞠了一个躬，离开了办公室。

“跟梅布尔说，什么事都没有。”他边往外走边说。

结果就是依照惯例，我给火奴鲁鲁那边的代理机构发了电报，又航空邮寄过去照片和电报里没有提及的信息。他们在一家豪华宾馆里发现了她，她在给宾馆客房女服务员打下手，擦洗浴缸、浴室地板之类。正如埃德尔魏斯先生所料，克里根真那么干了，趁她熟睡的时候翻出她全部的钱，滑脚溜了，把宾馆账单留给她，让她走不了。她只剩下一枚戒指，除非动用武力，不然克里根拿不走。她典当了戒指，换来的钱够付宾馆账单，但余钱不够回家的旅费。于是埃德尔魏斯先生跳上一架飞机，直奔她而去。

她实在配不上他。我给了他一张二十块的账单，外加那份长电报的开销。火奴鲁鲁的代理拿去了那两百块钱。有那张放在我办公室保险箱里的麦迪逊总统头像打底，我少收一点儿还能过得下去。

私人侦探一生中的一天就这样打发过去了。平常的日子并非完全如此，也并非完全不同。天知道是什么让人一直这样混下去。你发不了财，也不常碰到有趣的事。你有时会挨顿打，挨颗枪子儿，或者被扔进牢房，有时还会送了命。每隔一个月，当你可以安静走路而无须冥思苦想的时候，你都会再次决定罢手，去找一份明智的工作。这时门铃响了，你拉开候客室的门，面前是一张挂着新麻烦的新面孔，一段新忧虑，一点微薄的钱。

“请进，某某先生。能为你效劳吗？”

这一定有原因。

三天后的黄昏时分，艾琳·韦德打了个电话给我，请我第二天晚上去她家喝一杯。他们邀请了几个朋友喝鸡尾酒，罗杰想见见我，好好谢谢我。还有，请我给他们一份账单。

“你什么也不欠我，韦德夫人。我做的区区小事已经得到了报酬。”

“我那天一定显得很可笑，好像还活在维多利亚时代似的，”她说，“现在接个吻算不了什么。你会来的，是不是？”

“我想是吧。不过我觉得不应该去。”

“罗杰恢复得很好，正在工作。”

“不错。”

“你今天的口气显得一本正经。我想你把人生看得相当严肃。”

“有时候。怎么了？”

她轻声笑起来，道了声再见，把电话挂了。我先是坐在那儿，严肃地思考了一会人生，接着又尽量想一些有趣的事情好让自己开怀大笑，但都行不通。于是我把特里·伦诺克斯的诀别信从保险箱里取出来重读。这提醒了我还没有去维克托酒吧替他喝一杯琴蕾。眼下正是一天里最好的时候，酒吧里相当安静。要是他还在，与我同往，他一定会很高兴。我想起他，心里掠过一丝朦胧的悲哀，还有些辛酸。经过维克托酒吧门前时，我差一点走过去。差一点，不过还没有。我得了他一大笔钱。他愚弄了我，为了这殊遇他付出了大价钱。

22

维克托酒吧里真是安静，进门时，你仿佛可以听见温度下降的声音。吧台高凳上坐着个黑衣女子，衣服剪裁得体，这个时令，料子应当是合成纤维，比如奥纶。她独自坐着，用一支长长的玉烟嘴抽着烟，面前是一杯淡绿色饮料。她的神情中有种微妙的紧张，那可能是由于神经质，也可能是由于性饥渴，还有可能仅仅是因为节食过度。

我在离她两个座位的吧凳上坐下。酒保朝我点点头，但没有露出笑容。

“来一杯琴蕾，”我说，“不加苦料。”

他将小餐巾放在我面前，不断地打量我。“你猜怎么着，”他用愉悦的声音说，“我听见你和你朋友有天晚上谈起，就进了一瓶玫瑰牌酸橙汁。可你们再也不来了。我今晚才开的瓶。”

“我朋友离开了此地，”我说，“方便的话，给我来杯双份的。多谢费心。”

他走开了。黑衣女子飞快地瞥了我一眼，又低头瞧着自己的杯子。

“这地方极少有人喝这种东西。”她声音很轻，我起初都没意识到她是在跟我说话。她又朝我这边看了看。她有一双深色的大眼睛，指甲涂成我见过的最艳的红色。她看上去不像是可以随便勾搭的女人，声音里也没有挑逗的意思。“我指琴蕾。”

“有个朋友教我喜欢上了这种饮料。”

“他一定是个英国人吧。”

“何以见得？”

“酸橙汁啊。酸橙汁很英国，就像用吓人的鳀酱煮鱼一样英国，那东西就跟加了厨师的血似的。难怪别人叫他们酸橙佬。我是指英国佬，不是指鱼。”

“我还以为是某种热带饮料，大热天里喝的。马来半岛之类的地方。”

“也许你说得对。”她又回过脸去。

酒保把调好的酒放到我面前。加了酸橙汁，琴蕾呈现出一种淡淡的、迷蒙的黄绿色。我尝了一口，既甜又烈。黑衣女子瞧着我，向我举起酒杯。我们同时喝下一口。这时我知道了原来她的酒跟我的一样。

接下来就该是老一套了，所以我没动，仍然安坐在那里。“他不是英国人，”片刻之后，我说，“我估计可能战争期间他在那里。我们以前偶尔过来，会来早些，就像现在这时候，别人还没闹腾起来。”

“非常惬意的时候，”她说，“几乎可以说是泡酒吧最好的时候。”她喝尽了杯中的酒。“我说不定认识你的朋友，”她说，“他叫什么名字？”

我没有马上回答，先点了一支烟，瞧着她把烟蒂从玉烟嘴里磕出来，又装上一支。我把打火机凑过去。“伦诺克斯。”我说。

她谢过我给她点烟，飞快地扫了我一眼，然后点点头。“是啊，我跟他非常熟悉。也许太熟悉了。”

酒保踱过来，望了望我的杯子。“一样的再来两杯，”我说，“送到厢座去。”

我从高凳上下来，站在一边等着。不知道她会不会让我难堪。我倒不怎么在乎。即便在这个性意识过强的国家，一个男人和一个女人偶尔也可以会会面谈谈天，而不把上床扯进话题。眼下这情形有可能是这样，但她也有可能以为我要勾搭她。要真是那样，滚她的蛋。

她犹豫了片刻，拿起一双黑手套和一个黑色小山羊皮金边金搭扣手提包，向角落里的厢座走去，默默坐下。我在小桌子对面坐下。

“我姓马洛。”

“我叫琳达·洛林，”她平静地说，“你有那么一点伤感，是不是，马洛先生？”

“就因为我来此地喝一杯琴蕾？那你呢？”

“或许我是对这种酒情有独钟。”

“或许我也是。不过这岂不是太巧了？”

她朝我微微一笑。她戴着绿宝石耳坠，别着绿宝石领针。它们看上去像是真货，可以从切割方式看出来——边缘的斜切很平滑。即便在酒吧昏暗的灯光下，它们仍闪烁着柔和的光泽。

“这么说来，你就是那个人。”她说。

侍者端来酒，放下。等他走后，我说：“我只是个认识特里·伦诺克斯、喜欢他、偶尔跟他出去喝喝酒的人。这是份无心插柳、偶然拾得的交情。我从没去过他家，也不认识他的妻子。只是在停车场见过她一回。”

“比这再稍微多些，不是吗？”

她伸手去拿酒杯。她戴着一枚镶了许多小钻石的绿宝石戒指，旁边是一枚窄窄的白金戒指，表明她已经结婚。我把她归入三十五至四十岁那一组，但是靠近年轻的那头。

“也许吧，”我说，“那家伙老来烦我，到现在还是。那你呢？”

她用一只胳膊支着下巴，面无表情地注视着我。“我说过跟他太熟了，熟到认为他碰上的事没什么要紧的。他妻子很有钱，给了他所有的奢华。她要求的唯一回报就是不受打扰。”

“好像合情合理。”我说。

“别挖苦人，马洛先生。有些女人就是那样。她们身不由己。一开始他又不是不知道。如果他要尊严，大门可是敞开的。他没必要杀了她。”

“我同意。”

她挺直身子，狠狠瞪了我一眼，嘴唇撮起来。“所以他逃走了，而且如果我听说的是真的,你助了他一臂之力。我猜你为此很自豪吧。”

“不，”我说，“我仅仅是为了钱。”

“这可就没意思了，马洛先生。坦白地说，我不知道为什么会坐在这儿和你一起喝酒。”

“换个话题很容易，洛林夫人。”我端起酒杯，灌下一大口。“我想你也许可以跟我讲讲特里那些我不知道的事情。至于他为何把他妻子的脸砸得血肉模糊，我没兴趣推测。”

“这话太寡情了。”她有些愤怒。

“你不喜欢我的用词，我也不喜欢。而且，如果相信他干了那样的事，我今天也不会坐在这里喝琴蕾。”

她盯着我看。过了片刻，她缓慢地说：“他自杀了，留下一份完整的自白。你还想知道什么？”

“他还有把枪，”我说，“在墨西哥这就足够让那帮神经兮兮的警察朝他开火。在美国也不乏警察就这么杀了人——他们有些人因为门晚开了几秒钟，就隔着门板开枪了。提到自白书，我没见过。”

“毫无疑问，是墨西哥警察作假。”她尖刻地说道。

“自白书说不定是真的，像奥塔托丹这样的小地方，他们不知道怎么造假。不过这并不能证明就是他杀了他的妻子。至少我不这么认为。对我来说，自白书只说明他走投无路了。在这种情形下，某种人——你说他懦弱也罢，心软也罢，感情用事也罢，如果这么说能让你高兴的话——有可能会决定不让其他亲友成为公众瞩目的对象。”

“异想天开，”她说，“一个男人不会为了掩盖一桩小丑闻而自杀，或者存心让人杀了。西尔维亚已经死了，至于她的父亲和姐姐——他们完全能够应付自如。马洛先生，有钱人总是能够把自己保护得很好。”

“好吧，就算我把动机看错了。说不定我把什么都看错了。刚才我惹怒了你，你想要我马上离开吗——这样一来你可以独自享用琴蕾？”

她突然笑了起来。“抱歉。我开始觉得你的确是诚实的了。我起初还以为你在设法为自己辩解，而不是为特里。不知怎么地，我现在不这么以为了。”

“我不是替自己辩解。我干了傻事，给自己惹来了麻烦，至少在某种程度上。我不否认他的自白书救了我。要是他们把他带回来，送上法庭，我想他们也会给我安个罪名。至少钱上会大大超出我的承受能力。”

“还没提吊销你的执照。”她冷冷地说。

“也许吧。有一个时期，随便哪个余醉未消的警察都能够让我完蛋。不过现在已经不同了，在州执照机构受理之前，得先上法庭听证。那些家伙不太买警察的账。”

她啜着饮料，慢条斯理地说：“总而言之，你不以为这样的结局最妥当？没有审判，没有煽情大标题，没有诽谤中伤——报界为了报纸销量会不顾事实，不顾公正，不顾无辜者的感情。”

“我刚才不是那样说了吗？你说那是‘异想天开’。”

她往后一靠，把头枕在靠垫上缘凹下去的地方。“意料之外的是特里·伦诺克斯会为此自杀。意料之中的是不开庭审判对所有的人都有好处。”

“我要再来一杯，”我说着朝侍者招招手，“我觉得脖子后面有一股冷气。请问你和波特家族是否有关系，洛林夫人？”

“西尔维亚·伦诺克斯是我妹妹，”她说，“我以为你知道。”

侍者走过来，我吩咐他麻利些。洛林夫人摇摇头，说不想再喝了。等侍者离开后，我说：“有波特老头——对不起，哈伦·波特先生——捂住这件事，我居然还能知道特里的老婆还有个姐姐，真是够幸运的。”

“你夸大其词了，我父亲没那么有势力，马洛先生——当然也没那么狠心。我承认他处理私事的确非常老脑筋。即便是自己的报纸，他也从不接受采访。他从不拍照，从不作演讲，外出一般坐汽车或者自己的飞机，雇有专门的驾驶员。不过他是相当有人情味的。他喜欢特里，说特里一天二十四小时都是个绅士；不像许多人，只有从客人进门到他们开始品尝第一杯鸡尾酒的十五分钟内才是。”

“可他最后出了个差错。我是指特里。”

侍者端着我的第三杯酒快步走过来。我尝了尝味道，然后静坐在那里，用一根手指抵着圆形杯底的边缘。

“特里的死对他是个不小的打击，马洛先生，你说话又开始阴阳怪气了。请别这样。父亲也知道这情形会让某些人觉得太天衣无缝了。他倒宁可特里逃掉。如果特里向他求助，他会帮他的。”

“哦，不会的，洛林夫人。被杀的是他的女儿。”

她变得有些不耐烦，冷冷地横了我一眼。

“恕我直言。父亲多年以前就已经跟妹妹断绝了关系。见面时，他极少跟她说话。要是让他表达自己的看法——他过去不曾以后也不会这么做——我敢肯定他对特里杀人的怀疑程度不下于你。不过特里已经死了，追究这些还有什么用？他们也可能因为飞机失事、失火、高速公路撞车而丧命；既然她早晚会死，这时候也许是最恰当的。再过十年，她会变成一个被淫欲牵着鼻子走的婆娘，就跟你现在或者以前会在好莱坞聚会上撞见的某些可怕的女人一样。那些国际人渣。”

我心中陡然冒起一股火。我起身朝厢座四周望了望，邻座空着，再过去一个座位有个家伙正在独自安静地读报纸。我一屁股坐下来，把酒杯推开，俯身凑过去。我还有足够的理智压低自己的声音。

“老天啊，洛林夫人，你想告诉我什么？你是说哈伦·波特是那么一位善良可爱的人物，他从没想过对地区检察官施加影响，让那帮家伙捂住那桩杀人案的调查，以免有人去碰它？你是说他怀疑特里没杀人，可他不让任何人着手调查到底谁是真正的凶手？你是说他没有动用自己的报纸对政界的影响力，没有动用银行户头，没有动用九百名一心揣摩他心思的家伙？你是说他没有插手，所以没有旁人，没有地区检察官办公室的人，没有市警局的人，只有一个听话的律师孤身一人去了墨西哥，确认特里是否真的给了自己脑袋一枪，而不是哪个印第安人手痒痒开了火？你老子腰缠万贯，洛林夫人。我不清楚他是怎么发的财，可我非常明白，如果没有一个强大的组织网络，他是不可能有今天的。他可不是好拿捏的人，他是个厉害角色。这世道要挣这么一大笔，你非得这么厉害不可。你跟三教九流打交道，不需要跟他们见面握手，只需要远远地跟他们做买卖就行。”

“蠢哪，”她愤愤地说道，“我真是受不了你。”

“当然。我可不会唱你喜欢听的曲儿。告诉你吧，特里在西尔维亚被杀那晚跟你老子通过电话，说什么了？你老子告诉了他什么？

去墨西哥，再给自己一枪，孩子。家丑不能外扬。我知道我女儿是个荡妇，那帮醉鬼里随便哪个杂种都可能一时发疯，把她的漂亮脸蛋打烂。不过你无法预知，孩子。那家伙酒醒后会后悔莫及。你活得滋润，现在是你报答的时候了。我们要维护波特家族的名声，使其高洁如山中的紫丁香。她和你结婚是因为她需要在面子上有个交代。现在她死了，这是她最需要这个交代的时候。你就是这个交代。要是你失踪了，就一直失踪下去，没问题。但是一旦被人发现了，就得去见上帝。太平间再见。”

“你真的以为，”黑衣女子口气冰冷，“我父亲是这么说的？”

我往后靠了靠，不友善地笑了。“如果需要，我们也不妨把这段对话润饰得漂亮些。”

她收拾起自己的东西，走出厢座。“我能否送你一句忠告？”她说得很慢，字斟句酌，“很简单。要是你以为我父亲是那种人，要是你四处散布你刚才对我说过的想法，你在这座城市干这行或者其他任何行业，前途将会极其短暂，随时可能终止。”

“非常好，洛林夫人，非常好。这话我听玩法律的人说过，听地痞流氓说过，也听上等人说过。措辞不一样，但意思没分别：别掺和。我来这儿喝一杯琴蕾，是因为有个人曾经嘱咐过我。瞧，我现在是在自掘坟墓啊。”

她站起来，略微点点头。“三杯琴蕾，双份的。你大概有些醉了。”

我往桌上扔了远多于酒钱的钞票，起来站在她身边。“你也喝了一杯半，洛林夫人，为什么喝那么多？是否也有人嘱咐你，还是你自己的主意？你的嘴巴也不紧啊。”

“谁知道呢，马洛先生？谁知道？谁又真的什么都知道？吧台那边有个人在看我们。你认识他？”

我扭头看了看，很惊讶她居然注意到了。一个黑皮肤的瘦子坐在吧台那头靠门的凳子上。

“他叫奇克·阿戈斯蒂诺，”我说道，“赌棍曼宁德兹的枪手。我们给他来个出其不意，吓他一下。”

“你真是喝醉了。”她马上说，抬脚就走。我跟在她身后。吧台边坐着的那个家伙转过身望着前面。我走到他身边时，一步跨到他背后，飞快地架住他的胳膊。我大概真的有点醉了。

他气冲冲地转过身，滑下高脚凳。“留点神，毛小子。”他吼道。我眼角扫见她正要跨出门去时停下脚步回头望了一眼。

“没带枪，阿戈斯蒂诺先生？多粗心啊你。天快黑了。要是碰上难招架的小鬼怎么办？”

“死开。”他粗暴地嚷道。

“啊，这句话你是从《纽约客》上偷来的吧？”

他嘴巴抽了抽，人却没动。我扔下他，追着洛林夫人出了门，来到门外的遮雨篷下。一个花白头发的黑人司机站在那里跟停车场的小伙子说了几句话。小伙子行了个触帽礼离开了，一会儿开来一辆漂亮的凯迪拉克豪华车。黑人拉开门，洛林夫人上了车。他关上车门，样子就好像关上珠宝箱的盖儿一样。他绕到驾驶座那边。

她摇下车窗，从里面望着我，似笑非笑。

“晚安，马洛先生。很不错——是不是？”

“我们一顿好吵。”

“你是说你吧——而且大部分时候是和你自己。”

“经常如此。晚安，洛林夫人。你不住在附近吧？”

“不在附近。我住空闲谷区。远离湖边公路的那头。我丈夫是医生。”

“你是否碰巧认识一个姓韦德的人？”

她皱了一下眉。“我认识韦德一家，怎么？”

“怎么问这个？因为在空闲谷区我就认识这家人。”

“哦，是这样。好吧，再道一声晚安，马洛先生。”

她靠回车座，凯迪拉克轻轻地咕噜着，汇入了日落大道的车流中。

一转身，我差点儿和阿戈斯蒂诺撞个满怀。

“那小瓷人儿是谁？”他冷笑道，“下次你要卖乖，躲远点。”

“她不会想认识你。”

“好啊，你小子真机灵。我记下了车牌号码。曼迪喜欢知道这类小事情。”

来了一辆车，车门砰地一开，跳出个七英尺高四英尺宽的彪形大汉，瞧了眼阿戈斯蒂诺，往前跨出一大步，单手扼住他的脖子。

“小痞子，不许来我吃东西的地方转悠，我要跟你讲几遍？”他咆哮道。

他摇晃着阿戈斯蒂诺，用力一扔，后者身体飞过人行道，撞上墙去，随后瘫在地上，不断咳嗽。

“下一次，”大汉吼道，“我他妈的一定把你给崩了。相信我，小子，他们收尸的时候，你手里会拿着把枪。”

奇克·阿戈斯蒂诺摇摇头，闷声不响。大汉上下审视了我一番，咧咧嘴。“晚上好啊。”他说着跨进了维克托酒吧。

我瞧着阿戈斯蒂诺直起身子，惊魂甫定。“这位老兄是谁啊？”

“大模子威利·马贡，”他含糊地说道，“风化纠察队[①]的绣花枕头。他自以为很厉害。”

“你是说他不见得厉害？”

他木然望了我一眼，走了。我从停车场把车开出来，回了家。在好莱坞，任何事情都有可能发生，任何事情。

---

①美国处理赌博、吸毒、卖淫等非法活动的警察组织。

23

一辆低车身的美洲豹绕过我前面的山丘，减慢了车速，免得浇我一头一脸的尘土。进入空闲谷区的半英里小石子路无人照料，坑坑洼洼。他们似乎是有意不管它，好让在公路上兜风的新手司机知难而退。我瞥见一角鲜亮的围巾和一副太阳眼镜。有人跟我随意地挥挥手，邻里之间打招呼那种。接着是一段尘土飞扬的路，飞尘降落在已经裹了一层白蒙蒙灰土的灌木丛和晒干的枯草上。绕过岩层，路面渐渐平整，一切都像是被仔细保养维护着的。茂盛的橡树向路中央略微倾斜，仿佛很好奇想瞧瞧是些什么人走过去了；粉红小脑袋的麻雀跳来跳去，啄食着只有它们才认为值得一啄的东西。

接着出现了一丛丛木棉，桉树消失了。然后是茂密的白杨林，林子深处依稀可见一幢白屋。之后又见到一个女孩沿着路边遛马。她穿着牛仔裤，衬衫色彩亮丽，嘴里嚼着一根嫩枝。马似乎很热，但没有焦躁不安，女孩对着马轻声哼着歌。一堵石墙后面，一个园丁正操纵着电动割草机修整一大片波浪般起伏的草地，草地尽头是一栋威廉斯堡殖民时代府邸的门廊，那府邸豪华气派。不知什么地方有人正在大三角钢琴上弹奏左手练习曲。

这些都过去后，出现了一片湖水，波光粼粼，闪亮耀眼，我开始留心看门柱上的号码牌。韦德家的宅子我只见过一次，而且是在黑暗中。现在看来没有晚上看上去那么高大。车道上已经停满了车，于是我把车泊在路边，走了进去。穿着白色外套的管家给我开了门。他是个脸蛋漂亮、身材修长的墨西哥人，那外套穿在他身上既合身又优雅。他像是那类一星期挣五十块且不干什么重活儿的墨西哥人。

“下午好，先生，”他咧嘴一笑，用西班牙语说道，仿佛自觉占了上风，“请问您尊姓大名？”

“马洛，”我说，“你想抢哪一位的风头？甜哥儿？我们电话上说过几句，不记得了？”

他咧了咧嘴，我走了进去。是老一套的鸡尾酒会，每个人都在哇啦哇啦大声说话，却没有人在听；每个人都紧紧抓着一大杯琼脂玉浆，双目生辉，双颊或红或青或冒出汗水，具体要看喝了多少和酒量如何。不一会儿艾琳·韦德出现在我近旁，她穿着浅蓝色衣裳，那挺适合她。她也擎着酒杯，可好像只不过是件道具。

“真高兴你能来，”她语气庄重，“罗杰希望在书房见见你，他最讨厌鸡尾酒会了。他在工作。”

“这样吵闹还能工作？”

“他好像从来不怕这种干扰。甜哥儿会给你端酒——除非你喜欢自己去吧台——”

“我自己去吧台，”我说，“那天晚上对不起。”

她笑了。“我认为你已经道过歉了。没什么大不了。”

“确实没什么大不了。”

她维持着笑容，点了点头，转身走开了。我看见高大的法式落地长窗旁边的角落里有个吧台，是可以到处推的那种。我小心着不撞上别人，走到屋子中央时，听见有个声音说：“哦，马洛先生。”

我转过身，看见洛林夫人坐在沙发里，身边是个戴无边眼镜、神情刻板的男人，那人下巴上一抹黑，可能是山羊胡子。她手上拿了杯酒，看上去有些无聊。他一言不发，双臂抱在胸前，面色不豫。

我走过去。她朝我微笑，把手伸给我。“这位是我丈夫，洛林医生。爱德华，这位是菲利普·马洛先生。”

那长着山羊胡子的家伙朝我飞快地一瞥，略微点了点头。此外他几乎没动，好像打算把精力留给更有意思的事。

“爱德华很累，”洛林夫人说，“爱德华总是累得不行。”

“医生们都那样，”我说，“要我为你端一杯酒来吗，洛林夫人？你呢，医生？”

“她喝得够多了，”那家伙看都不看我们一眼，“我滴酒不沾。我越看那些喝酒的人，就越庆幸自己没碰那东西。”

“回来吧，小谢芭。”[①]洛林夫人做梦似的说。

他转过头，看了她一眼。我转身朝吧台走去。丈夫在身边，琳达·洛林就好像换了个人。她出言尖刻，一脸不屑。她即便生气的时候，也没有给过我这副脸色。

吧台背后站着甜哥儿。他问我要喝什么。

“现在不要，谢谢。韦德先生想见见我。”

“先生非常忙。[②]非常忙。”

我想我是不会喜欢上这位甜哥儿的。我只是看着他，他又加了一句：“让我去看看。马上就来，先生。[③]”

---

①《回来吧，小谢芭》是美国剧作家威廉·英奇（1913–1973）的名作，讲述了一桩没有爱情的婚姻由于年轻的女大学生的介入逐步瓦解的故事，谢芭是女主角走失的爱犬。

②③原文为西班牙语。

他敏捷地穿过人群，很快就回来了。“好，朋友。走吧。”他愉快地说。

我跟随他穿过客厅。他打开一道门，等我走进去，他在我身后关上了门，闹哄哄的声音顿时远了。这间屋子位于拐角处，宽敞、凉爽、安静，有法式落地长窗，窗外种了玫瑰，一扇侧窗上装着空调。我可以望见湖水。韦德平躺在一张长长的浅色皮沙发上。一张发白的木质大书桌上放着打字机，旁边有一叠黄纸。

“多谢赏光，马洛，”他懒洋洋地说，“坐吧。你已经喝了一两杯了吧？”

“还没有。”我坐下望着他。他看上去还是有些苍白疲惫。“工作如何？”

“还行，只是很容易感到疲倦。唉，醉酒四天，恢复起来相当难。我通常是喝一杯后写作状态最佳。干我这行，太容易变得紧张、迟钝；那样写出来的东西很糟糕。写出来的东西好，写得一定很顺。那些你读过听过的在相反的情形下完成的东西都是乱糟糟的。”

“也许要看作者是谁，”我说，“福楼拜写得很艰难，但他的东西却很不错。”

“啊哈，”韦德坐起来，“那么说来你读过福楼拜，你就是知识分子了，是批评家了，是文学界的饱学之士了。”他揉了揉前额。“我在戒酒，我讨厌戒酒。我看到手里拿着酒杯的人就来气，可我得出去跟那帮讨厌鬼套套近乎。他们谁他妈的不知道我是个酒鬼，他们都想知道我在逃避什么。有个狗娘养的弗洛伊德信徒把他那套宣扬得家喻户晓。现在就连十岁大的小毛孩都知道那些。要是我有个十岁大的孩子——但愿不会发生这样的事——那捣蛋鬼会问：‘你喝醉酒是要逃避什么呀，爸爸？’”

“按我的理解，这些都是新近发生的吧。”我说。

“越来越糟，可我是酒量很好的人。年轻时碰上困难，经得起折腾；年近四十，就不可能这么快恢复了。”

我往后靠了靠，燃上一支香烟。“你想见我，有什么事吗？”

“你认为我在逃避什么，马洛？”

“不知道。我没有足够的情报。再说了，谁不在逃避某些东西？”

“并非每个人都是酒鬼。你在逃避什么呢？你的年轻时代？良心的谴责？还是你是这个三流行业里一个不足挂齿的小人物这一事实？”

“我明白了，”我说，“你需要找个人来羞辱。来吧，伙计。捅到痛处我会告诉你一声。”

他咧嘴笑笑，伸手揉了揉浓密的鬈发，用食指戳戳心窝。“你现在正瞧着这个三流行业里的一个不足挂齿的小人物，马洛。所有作家都是废物，我是其中最废的。我写了十二部畅销书，要是我能完成桌上那堆乱糟糟的玩意儿，那就算十三部。它们没一部有价值，连下地狱都不配。我在只限极少数亿万富翁居住的地区有一栋漂亮的住宅；我有喜欢我的可爱老婆，有喜欢我的优秀出版人，而我尤为喜欢我自己。我是个自我中心的混账，我是个文学娼妓，或者皮条客——你爱怎么说就怎么说——一个彻头彻尾的浑蛋。你能拿我怎么办？”

“什么怎么办？”

“你怎么不感到痛心？”

“没什么好痛心的。我不过是在听你自怨自艾。没意思，但并没有伤到我的感情。”

他发出粗鲁的笑声。“我喜欢你，”他说，“咱们喝一杯吧。”

“不在这儿，伙计。不是只有你我关起门来喝。我不在乎看着你喝下第一杯。没人会阻止你，我估计也没人打算阻止你。只是我没必要推你一把。”

他站起身。“我们不必在这儿喝。我们去外面瞧瞧等你挣了大钱会与之为邻的那种人里的精品吧。”

“喂，”我说，“得了，闭嘴吧。他们和其他人没什么不同。”

“不错，”他马上说道，“但他们应当跟别人不同，不然要他们做什么？他们是上等阶级，但不比喝便宜威士忌的卡车司机更好。甚至不如他们。”

“闭嘴吧，”我又说了一遍，“你想发疯尽管发去，不过别当着大庭广众。他们发起疯来，不会跑去韦林吉医生那儿，也不会头脑发昏把老婆推下楼梯。”

“不错，”他突然冷静下来，似乎在思考什么，“你通过了考试，伙计。愿不愿意到这里来住一段时间？只要你在这里就是帮了我很大的忙。”

“我不明白要怎么做。”

“我明白。只要人在这里就行。一千块钱一个月，意下如何？我一醉就很危险。我不想喝醉，不想身处险境。”

“我阻止不了你。”

“试三个月吧。到那时我会完成这部见鬼的书，去远方旅行一段时间，到瑞士山区住住，静静心。”

“那本书，哈？这钱你是非挣不可？”

“不是。只不过我开了头，就得把它完成，否则我就完蛋了。我作为朋友求你。你为伦诺克斯做的可比这多多了。”

我站起来，走到他近旁，瞪了他一眼。“我害得伦诺克斯送了命，先生。我害得他送了命。”

“呸！别对我来软的，马洛。”他将手横在颈部，“我受够了心软的小宝贝。”

“心软？”我问，“或者只是心善？”

他后退一步，撞上沙发，但没有失去平衡。

“去你的，”他温和地说道，“不成就不成。当然，我不怪你。有些事情我想弄明白，我非得弄明白不可。你不明白那是怎么一回事，我也不确定我是否明白。但我敢肯定事有蹊跷，而且一定得弄明白。”

“关于谁？你老婆？”

他咬着嘴唇。“我觉得是我自己，”他说，“咱们走吧，去喝一杯。”

他走到门口，一把拉开门，我们走了出去。

如果他想让我心里不自在，那他干得相当不错。

24

他拉开门，客厅里的喧哗迎面扑来，好像比刚才更吵了，如果可能的话。这些人大约又灌下了两杯酒。韦德四处打招呼，见到他，大家显得很愉快。其实酒喝到了这时候，即便看见手持特制冰锥的“匹兹堡的菲尔”①，他们都会乐呵呵的。人生不过是一场长长的杂耍表演。

前往吧台时，我们迎面碰上洛林医生和他的妻子。医生起身走向韦德。他脸上的表情几乎可说是憎恶。

“很高兴见到你，医生，”韦德和气地说，“你好，琳达。最近你躲到哪里去了？哦不，问得真蠢，我……”

“韦德先生，”洛林声音发颤，“我有话跟你说。非常简单，希望不用我再啰唆一遍。离我老婆远点。”

韦德好奇地望着他。“医生，你累了。啊，你没喝酒，我拿一杯

---

①哈里·“匹兹堡的菲尔”·施特劳斯（1909–1941），二十世纪三十年代的职业杀手，使用过多种行凶手法，包括枪杀、用冰锥刺死、溺毙、活埋、勒死等。

给你。”

“我不沾酒，韦德先生。你非常明白，我来这儿只为一件事，我刚才已经挑明了。”

“好吧，我想我明白你的意思，”韦德依然很和气，“因为你是我的客人，我不好说什么，不过我认为你搞错了。”

近旁的聊天声突然低了下去。男男女女都竖起了耳朵。大制作。洛林医生从口袋里掏出一副手套，拉直，攥住其中一只的指尖，朝韦德脸上狠狠抽去。

韦德的眼睛一眨不眨。“明早去决斗？”他沉着地问道。

我望着琳达·洛林。她气得满脸通红。她慢慢地站起来，面对医生。

“老天，你做得太过火了，亲爱的。别犯傻，行不行？还是你更愿意等别人来掴你耳光？”

洛林转身对着她，举起手套。韦德跨过去挡在他面前。“悠着点儿，医生。我们这地方，要打老婆得回家关起门来打。”

“你在说自己吧，我知道得非常清楚，”洛林冷笑道，“你不配给我上礼仪课。”

“我只收有出息的学生，”韦德说道，“抱歉，请你马上离开此地。”他提高嗓门，用西班牙语说：“甜哥儿！洛林医生马上就要走了！”他转过来面对洛林。“要是你听不懂西班牙语，医生，那意思是说，门在那儿。”他指了指门。

洛林瞪着他，没有动。“我警告过你了，韦德先生，”他冷冷地说，“许多人都听见了，但愿我无须警告你第二遍。”

“用不着，”韦德毫不客气地说，“但是你若要再开尊口，请选个对你我都公平的地方，那样我行动可以更自由些。对不住，琳达，可你嫁了他了。”他慢慢揉着刚才被手套抽过的脸颊。琳达·洛林苦笑着耸耸肩。

“我们走吧，”洛林说，“过来，琳达。”

她又坐了下去，拿起酒杯。她朝自己的丈夫投去隐含着轻蔑的一瞥。“你走吧，”她说，“你还有好几个电话要打，别忘了。”

“你跟我一起走。”他怒气冲冲地说。

她转过身背对着他。他突然伸手抓住她的手臂。韦德一把抓住他的肩头，把他扳了过来。

“悠着点儿，医生。你可不能什么都占上风。”

“别碰我！”

“没问题，别紧张，”韦德说，“我有个好建议，医生。你何不找个高明的医生看看？”

有人大笑起来。洛林身体紧绷，就好像一头马上要跳将起来的野兽。韦德觉察到了，利落地转身走开，留下洛林一个人下不来台。如果他追上前去，会显得比现在更蠢。唯有一走才是上策，于是他走了。他目不斜视，迈开大步，飞快地穿过客厅，走向甜哥儿拉开的门。他走了出去。甜哥儿关上门，表情漠然地回到吧台边。我走过去，要了杯苏格兰威士忌。我没有看见韦德去了哪里，他不见了。我也没有见到艾琳的影子。我背对着客厅，不理会他们的哄闹，只管喝我的苏格兰威士忌。

一个土黄色头发、束着发带的小个子女孩从我身边冒出来，她将酒杯放在吧台上，低声说了句什么，甜哥儿点点头，给她又倒了一杯酒。

女孩转向我。“你对共产主义有没有兴趣？”她问道。她目光呆滞，小红舌在嘴唇上舔来舔去，像是在搜寻巧克力余屑。“我觉得谁都应该有兴趣，”她继续说道，“不过你要是去问这里随便哪个男人，他们都只想要摸你。”

我点点头，从酒杯上方望过去，看到她的狮子鼻和被太阳晒得粗糙的皮肤。

“只要斯文，我倒不是很在乎。”她边对我说边伸手去拿刚斟满的酒杯。她喝下半杯酒后，对着我咧开了嘴。

“我也靠不住。”我说。

“你叫什么名字？”

“马洛。”

“有 e 吗？”[①]

“有。”

“啊，马洛，”她沉吟道，“多么伤感又美丽的名字呀。”她放下快空掉的酒杯，闭上眼睛，头往后仰，伸出双臂，差一点儿戳到我的眼睛。她的声音因为激动而颤抖。

> 就是这倾国倾城之颜，发动千条战船，
> 烧毁了伊里亚高入云端的城塔？
> 甜蜜的海伦，请以一吻赐我永生。[②]

她睁开眼，抓起酒杯，向我眨了眨眼。“你写的诗真棒，朋友。最近还在写吗？”

“不怎么写了。”

“要是你愿意，可以亲亲我。”她扭扭捏捏地说。

一个穿茧绸外套、开领衬衫的家伙走到她背后，越过她的头顶朝我咧咧嘴。他一头红色短发，脸像一只烂肺头。我这辈子没见过长得这么丑的人。他拍了拍女孩的头顶。

---

①马洛的名字原文为 Marlowe。

②这几行诗选自英国剧作家和诗人克里斯托弗·马洛（1564–1593）的剧作《浮士德博士》。

“行了，猫咪。得回家去了。”

她愤怒地攻击他。“你是说又得给那该死的秋海棠浇点水了？”她嚷道。

“噢，听着，猫咪——”

“别碰我，你这讨厌的强奸犯。”她尖叫起来，把剩余的酒泼在他脸上——只不过是一匙酒外加两块冰。

“看在上帝的分上，宝贝儿，我是你丈夫，”他嚷嚷着回道，一边抓起一方手巾擦了擦脸，“明白吗，你丈夫！”

她剧烈地抽噎着，扑进他的臂弯里。我绕过他们离开了。每个鸡尾酒会都一个德行，连对话都一样。

客人们告辞离开，走进傍晚的暮色里。嘈杂声渐渐退去，汽车启动，告别声像皮球一样在人们之间弹来弹去。我走向法式落地长窗，跨出去，来到铺着石板的露台上。地面向湖畔倾斜下去，湖水纹丝不动，就像沉睡的猫儿。湖边有一小截木栈桥，边上用白缆绳系着一条小船。对岸不是太远，一只黑色水鸡懒洋洋地在水上游弋，像个溜冰的人，几乎没搅起什么涟漪。

我舒展手脚，仰卧在一张铺有软垫的铝合金躺椅上，点上烟斗，悠闲地抽着，困惑于自己究竟在这儿干什么；只要罗杰·韦德有心，他看来完全能把握住自己。他对付洛林很有分寸。倘若他给洛林的尖下巴来一拳，我也不会太吃惊。按常规说他那样做有些过火，但洛林也太过分了。

如果说这所谓常规还有意义，它意味着你不该在大庭广众之下威吓要揍别人，你当着妻子的面拿手套掴另外一个男人耳光，实际上是在指责她行为不检点。作为一个酗酒还没有完全康复的人，韦德表现不错。何止不错。当然，我没见过他喝醉，我不知道他醉后会是什么样。我甚至怀疑他是否真是个酒鬼。差别大着哪。一个偶尔贪杯的人喝醉时和清醒时是同一个人，而一个酒鬼，一个货真价实的酒鬼，就根本不是同一个人了。你无法预料他会怎样，唯一可以肯定的是他会变得你根本认不出来。

我背后响起轻轻的脚步声，艾琳·韦德走过来，在我旁边的躺椅边上坐下。

“哎，你觉得怎样？”她悄声问道。

“你是说那位甩手套的先生？”

“哦，不。”她皱了皱眉头，接着又笑了起来，“我讨厌这种造作的闹剧。倒不是说他医术不高明，可他已经跟空闲谷区一半的男人这么闹过了。琳达·洛林不是烂货。她看上去不像，谈吐不像，举止行为也不像。我不明白为什么洛林老这么干，好像她真是个烂货似的。”

“说不定他是个改邪归正的醉鬼，”我说，“很多醉鬼后来变得恪守清规戒律。”

“有可能，”她朝湖那边望去，“这地方非常宁静。人们认为一个作家在这儿会很愉快——如果对作家来说，还存在愉快这回事的话。”她扭头看着我。“这么看来，说不动你接受罗杰的请求了？”

“没什么意义，韦德夫人。我做不了什么。我已经说过了。我不能保证事发时刚巧就在这里。那样我必须时时刻刻守在这里。即便别的事情都不干，这也不可能。举个例子，如果他发疯，那是一瞬间的事情，而我没看出他有任何发疯的迹象。他看上去相当稳定。”

她低头瞧着自己的手。“要是他能完成手上的书，我想情形会好很多。”

“我帮不了他。”

她抬起头，手拄在躺椅边缘，身体微微前倾。“他觉得你能，你就能。这才是关键。你大概觉得既在我家做客又拿报酬，心里不是滋味？”

“他需要一个精神科医生，韦德夫人。你认不认识哪个有点真本事的医生？”

她看上去很吃惊。“精神科医生，为什么？”

我把烟灰从烟斗里磕出来，持着空烟斗坐着，等它凉了好收拾起来。

“你想听听外行的看法，那就请听着。他觉得心里埋着个秘密，又无法弄清楚是什么。有可能是关于他自己的罪恶秘密，也有可能是关于别人的。他认为自己就是因为无法弄清楚这个才喝醉的。他大概认为，无论发生了什么，事发时他喝得醉醺醺的，所以应当喝醉了去寻找答案——真正的烂醉，他那种醉法。这是精神科医生的工作。这还好说。如果这种说法不成立，那么他醉酒就是因为他想喝醉，或者控制不住自己，所谓的秘密只不过是借口。因为他喝酒，所以写不出句子，无论如何完不成书稿。换句话说，这个假设就是，他喝得太厉害，所以无法完成那本书。也可以倒过来说。”

“哦，不是，”她说，“罗杰很有才华。我敢肯定他最出色的作品还未出世。”

“我告诉过你这只不过是外行的看法。那天早晨你提到他有可能不再爱你了。这条也可以倒过来说。”

她朝屋子那边望了望，然后转过身背对着它。我也朝那边望过去。韦德站在门里注视着我们。我看着他的时候，他往吧台后面走去，伸手拿起一只酒瓶。

“阻止他是没用的，”她飞快地说道，“我从来不去阻止他，从不。马洛先生，我觉得你说得不错。没什么办法，只能让他自己克服。”

烟斗凉了，于是我把它收起来。“由于我们一直在黑暗中摸索，不妨换个角度看一看。”

“我爱我丈夫，”她坦白地说，“或许不是年轻女孩那种爱法。但我爱着他。女人一生只年轻一次。我那时爱的人已经死了，死在战争中。他姓名的首字母恰巧和你的一样。现在已经不再刻骨铭心了——只是有时候我还是不能相信他已经去世。他的遗体没有找到。战争中许多人都如此。”

她寻觅的目光在我脸上徘徊良久。“有时——当然，只是偶尔——我在某个冷清的时段去某家僻静的酒吧或上好的酒店的大堂，抑或清晨或深夜在客轮甲板上散步，总觉得有可能会看见他坐在阴影里等我。”她顿了顿，垂下眼帘。“很傻。我为此感到羞愧。我们十分相爱——热烈癫狂、难以言喻、如梦似幻的爱情，一生不可能遇到第二次。”

她不说话了，目光落在湖水上，神情有些恍惚。我又朝屋子里望了望，韦德站在敞开的法式落地长窗里面，手持酒杯。我回头看向艾琳。对她来说，我已经不复存在。我站起身来，走进屋子。韦德手持酒杯站着，杯中像是烈酒。他的目光已经不对劲了。

“跟我老婆亲热得怎样了，马洛？”这话是从一张扭曲的嘴巴里挤出来的。

“如果你是指那个的话，没有。”

“我指的就是那个。你那天夜里亲了她。你自以为很快就会得手，但你在浪费时间，老兄。就算你的调子合她的口味。”

我企图绕过他，但他用结实的肩膀挡住了我的去路。“别急着离开，老兄，我们想把你留在左右。我们家里缺个私人探子。”

“我是多余的。”我说。

他举起酒杯，喝了一口。放下酒杯时，不无恶意地瞥了我一眼。

“你应该多给自己一点时间来建立对酒精的抵抗力，”我告诉他，“等于白说，是吧？”

“得了，导师。你想谆谆教诲人，是不是？你头脑应该够清醒，不至于会去尝试教育酒鬼啊。酒鬼不可救药，我的朋友。他们只会走向崩溃。这个过程有的部分很有意思。”他又啜了一口，几乎将杯里的酒喝光了。“但有的部分很可怕。允许我引用杰出的洛林医生——那婊子养的拎黑包的杂种——的精彩语句：离我老婆远点，马洛。当然你喜欢她。他们都喜欢。你想带她上床。他们都想。你想分享她的梦，嗅一嗅她记忆里玫瑰的芬芳。也许我也想。可是没什么可让你分享的，老兄，什么也没有，什么也没有。你孤零零一个人在黑暗里。”

他喝完了酒，把杯子翻过来。

“就跟这个一样，屁也没有一个。我最清楚了。”

他将酒杯搁在吧台边上，腿脚僵硬地走向楼梯。他攀着扶手往上爬了十来级，停下脚靠在扶手上，俯视着我，脸上挂着一丝苦笑。

“请原谅刚才那些无聊的挖苦，马洛。你是个不错的家伙。我不希望你出任何事情。”

“任何事情，什么事情？”

“说不定她还没从初恋的魔力中走出来，那个在挪威失踪了的家伙。你不想失踪，是不是，朋友？你是我的专属私人侦探。我迷失在塞普尔韦达峡谷的野林子里，是你把我找了回来。”他用手心一圈圈地摩挲着光滑的扶手，“要是你失踪了，我会很伤心的。像那个很有英国派头的家伙，他失踪得一点痕迹都不留，有时甚至令人怀疑他是否真的存在过。你是否想过他说不定是她造出来玩玩的？”

“我怎么会知道？”

他看着我，双眼之间聚起深深的皱纹，嘴巴带着恨意歪向一边。

“谁会知道？大概连她自己都不知道。宝贝儿烦啦。宝贝儿破玩具玩太长时间啦。宝贝儿要走啦。”

他继续爬楼梯。

我站在那里，直到甜哥儿走进来，在吧台周围开始动手收拾，把酒杯放进托盘，查看酒瓶里的残酒，他没注意我。或者我以为他没注意我。过了一会儿，他开口说："先生。还有一杯好酒。浪费了太可惜。"他举起酒瓶。

"你喝了它吧。"

"谢谢，先生，我不要。一杯啤酒，不能再多。[1]一杯啤酒是我的量。"

"有头脑。"

"家里一个醉鬼就够了，"他看着我说，"我英语讲得不错吧？"

"当然，不错。"

"可我想事情就用西班牙语。有时候我会用刀子想事情。主人是我的人。他不需要什么帮助，伙计。我照看他，明白了？"

"你干得不赖，混混儿。"

"长笛的儿子。"他从牙缝中挤出一句西班牙语，端起堆满东西的托盘，举到肩头，伸出一只手托着，一副跑堂的架势。

我走出门去，心里还在琢磨，"长笛的儿子"在西班牙语里怎么竟会变成骂人的话。但我没在这上面花太长时间，因为还有其他太多事情要琢磨，韦德家的问题不仅仅是酗酒，酗酒只不过是一种经过掩饰的反应。

那天晚些时候，九点半到十点之间，我拨了韦德家的电话。铃声响了八遍后，我挂断了。可手刚放开听筒，电话铃声就响了。是艾琳·韦德。

"有人刚刚打电话过来，"她说，"我预感可能是你。我正要去洗澡。"

"是我，不过没什么要紧的事情，韦德夫人。我离开时，他头脑

---

①原文为西班牙语。

有些糊里糊涂的，我是说罗杰。我想我可能该对他负点责任。”

“他还行，”她说，“在床上睡得正沉。我觉得他心里对洛林医生的恼火比脸上流露出来的厉害得多。毫无疑问，他还跟你说了一堆毫无道理的话。”

“他说他很疲倦，想睡觉。我觉得这话相当合乎情理。”

“要是他只说了这句，那是。行了，晚安，谢谢你打来电话，马洛先生。”

“我没有说他只说了这句。我是说他说过这句。”

沉默了片刻，她说道：“谁不会偶然冒出些古怪念头呢？别太把罗杰的话当真，马洛先生。毕竟他的想象力高度发达。自然是这样。上次发作没过几天，他不应该又喝。我估计他还在其他事情上冒犯了你，请你别记着。”

“他没冒犯我。他言之有理，你丈夫是个能够对自我进行苛刻反省的人，这禀赋并不多见。大多数人过了一辈子，花费了一半的精力企图维护他们根本不曾拥有的尊严。晚安，韦德夫人。”

她挂断了电话。我拿出棋盘，装满烟斗，摆上棋子，检查完棋钮是否松动，然后开始了戈尔恰科夫与曼宁金对垒的冠军锦标赛，走了七十二步，以和局告终。无坚不摧的力量撞上无可动摇的堡垒的经典，一场无甲胄的战役，一场不流血的战争，一场你能够在广告代理机构以外的任何地方发现的对人类智慧的精心浪费。

25

整整一个星期，什么事也没有，我也就办了些不大能算得上业务的业务。一天早晨，卡恩机构的乔治·彼得斯打来电话，告诉我他刚巧去了塞普尔韦达峡谷，出于好奇，便到韦林吉医生的地盘上看了看，医生已经不在那里了，五六个土地测量队在丈量土地，为划分作准备。跟他说话的那些人从来没听说过韦林吉医生。

“那可怜的家伙凭一纸委托书，就把那地方贱卖了，”彼得斯说，“我查过了。为了省时省钱，他们给了他一千块钱让他放弃产权，明摆着，现在有人要把这地方分割开来造居住区，要发大财了。这就是做生意与干犯罪勾当的区别。做生意你得有资金。我有时觉得这是两者之间的唯一区别。”

“好一套愤世嫉俗的言辞，”我说，“第一流的犯罪勾当也需要资金。”

“资金又是从哪里来的，老兄？不会是从打劫酒庄的家伙腰包里来的吧。再见。”

星期四夜晚，十一点差十分，韦德打来电话。他声音含混不清，几乎是在呜噜，不过我好歹听明白了。我还从电话里听到了短促困难的喘息声。

“我情况很糟，马洛，非常糟。我挺不住了。你能不能马上过来？”

“行——不过先让我跟你夫人讲几句。”

他没回答。那边传来一声撞击，然后是一片死寂。过了一会儿，又传来一阵碰撞声。我对着电话大声呼喊，没人回答。时间一分一秒过去。最终传来轻轻一声咔哒，是听筒挂上了，接着就听见断线的声音。

五分钟后我上了路，用了半小时多一点就到了那里，我至今仍不明白这一路是怎么开过来的。飞一样通过关口，上文图拉大街时闯了红灯，强行左拐，在货车之间乱窜，总而言之，我像一个十足的疯子。过恩西诺时，我的车速差不多是一小时六十英里，车灯大开，照着停靠在街边的汽车，让想要穿过街道的行人立即止步。这种幸运只有你豁出去的时候才会有。没撞上警察，没听见警笛，没看到警灯闪烁，眼前只有韦德家里可能出现的场景：家里只剩下她和个酒疯子在一起；她断了脖子横陈于楼梯下；她把自己锁在某间屋子里，门外有人咆哮着想破门而入；她在洒满月光的小径上光着脚奔逃，体形魁梧的黑汉子高举斩肉刀在后面狂追。

而实际上完全不是那么一回事。我驾驶着奥兹拐上车道，整幢住宅灯火通明，她站在洞开的大门口，嘴里衔着烟。我跨出汽车，踩着石板路向她走去。她穿着便裤和开领衬衫，平静地望着我。如果说那里发生了任何令人不安的事情，那也是我带去的。

我一开口就是一句蠢话，接下来又干了一连串蠢事。“我以为你不抽烟。”

“什么？不，不常抽。”她取下香烟瞧了瞧，扔在地上，踩灭了。

“偶尔抽抽。他打了电话给韦林吉医生。”

那是一种冷漠而平静的声音，一种在夜色中从水上传来的声音。非常自在。

“不可能，”我说，“韦林吉医生已经不在那里了。他给我打了电话。”

“哦，是吗？我只是听见他拨电话，叫人赶快过来。我还以为一定是韦林吉医生。”

“他在哪里？”

“他摔了一跤，”她说，“准是椅子后仰得太厉害。以前也发生过。他把脑袋磕在什么东西上了。流了点血，不多。”

“那好，”我说，“我们不能让血流得太多。他现在在哪里，我刚才问你了。”

她神情严肃地看着我，接着伸手一指：“那边的什么地方。路边或者靠篱笆的树丛里。”

我往前凑了凑，盯着她看：“老天，你也没去看一看？”此时我断定她是吓懵了。我回头扫视了一遍草坪，什么也没有，只有篱笆那边有团显眼的黑影。

“没有，我没去看，”她相当冷静地说，“你找他去。我已经受够了。我再也受不了了。你找他去。”

她转身回屋，让大门就那么敞着。她没有走多远，在离大门一码左右的地方，她身体一歪，倒在了地上。我赶紧跑过去抱起她，平放在一张长沙发上。那边面对面放着两张长沙发，中间是一条浅色长几。我摸了摸她的脉搏，不觉得怎么微弱，也没有时快时慢。她双目紧闭，嘴唇发青。我把她留在那里，又回到屋外。

她没说错，韦德果真在那里。他侧躺在芙蓉花丛的阴影里，脉搏急促，呼吸反常，后脑勺上什么东西黏糊糊的。我叫他，摇晃他，拍打他的脸。他咕哝了一声，但没醒过来。我把他拽得坐起来，让他的一条手臂耷拉在我肩膀上，转过身驮起他，扯住他一条腿。我没能成功。他重得就跟水泥板似的。我们两人都跌坐在草丛里，我喘了口气，又试了一回。最后我终于以消防队员救人的姿势把他撑了起来，费力地拖过草地，朝敞开的大门移动，这段路远得好像去暹罗①打了个来回。门廊的两级台阶仿佛有十英尺高。我蹒跚着靠近沙发，屈腿就势让他滚进去。等直起腰时，我感觉脊柱至少断了三处。

艾琳·韦德已经不在那里了。屋里就我一个人。我实在是累得不行，根本顾不上理会其他人都去了哪里。我坐下来瞧着他，等他缓过气来。我又看了看他的头部，血迹斑斑，头发黏着血。伤口看上去并不算太糟，可伤在头部就很难说了。

艾琳·韦德这时来到我旁边，默默地垂眼看了看他，依旧一副冷漠的神色。

"对不起，我昏过去了，"她说，"我也不知道是怎么了。"

"我想最好打个电话给医生。"

"我打过电话给洛林医生。你知道的，他是我的医牛。他不愿意来。"

"那就找别人。"

"哦，他已经上路了，"她说，"他虽然不愿意来，但正在尽可能快地赶过来。"

"甜哥儿呢？"

"今天他休息。星期四。厨子和甜哥儿星期四休息。这里的规矩。你能不能把他弄上床去？"

"没帮手不行。最好弄块毛毯来。今晚还算暖和，但像这种情况

---

①泰国的旧称。

很容易得肺炎。”

她说她去拿毛毯。我觉得她可真好。但我脑筋不怎么清楚，因为刚才拖他进来让我精疲力竭。

我们给他盖了一条船上用的毛毯。过了十五分钟，洛林医生到了。他衣领笔挺，架着一副无边眼镜，一脸被人请来料理病狗后事的神情。

他检查了韦德的头部。“表皮割开和淤血，”他说，“不可能脑震荡。这么说吧，听听他的呼吸就能清楚地知道他眼下的情况了。”

他伸手拿过帽子，提起手提包。

“别让他着凉，”他说，“你可以轻轻擦洗一下他的头部，把血洗掉。他睡一睡就没事了。”

“我一个人没法把他弄到楼上去，医生。”我说。

“那就把他留在这里。”他冷冷地看了我一眼。“晚安，韦德夫人。你知道我是不治疗酒鬼的。就算我肯治疗，也不会收你丈夫。我想你知道为什么。”

“没人要你治疗他，”我说，“我只是让你搭把手把他弄到卧室去，好帮他脱衣服。”

“你又是哪位？”洛林医生冷冰冰地问道。

“我姓马洛，一个星期前来过这里，你妻子介绍过我。”

“有趣，”他说，“你又是怎么认识我老婆的？”

“见鬼，那又有什么关系？我只是想——”

“我对你怎么想没兴趣。”他打断我，转身向艾琳微微点了点头就往外走。我一步跨过去，背对着门，将他拦在门后。

“等等，医生。你一定很久没瞅过那篇名为《新开业医生之誓约》的小文章了吧。这个人打电话给我，我不住在附近。他听上去情况很糟，我违反了加州所有交通规则赶到这儿。我发现他躺在外面地上，就把他弄了进来。相信我，他可不是轻如鸿毛。这家的男仆不在，没人能帮我把韦德抬上楼。你看该怎么办？”

“让开，”他从牙缝里挤出两个字，“要不然我打电话给警察局，让他们派个警官来。作为专业人士——”

“作为专业人士，你就是一小撮跳蚤屎。”我说着让开了道。

他的脸慢慢地、无法掩饰地红起来。他气得说不出话来，打开门走了出去，小心地带上门。他拉上门时望了我一眼，那目光是我有生以来见过的最刻毒的目光，那表情也是我有生以来见过的最刻毒的表情。

我从门后转过身，艾琳在笑。

“有什么好笑的？”我厉声呵斥道。

“笑你。你不在乎跟人说了什么，是不是？你不知道洛林医生是谁吗？”

“知道，我还知道他是什么样的人。”

她瞄了一眼腕表。“甜哥儿这时该回家了，”她说，“我去看看。他住在车库后面的房间里。”

她从拱门走了出去。我坐下望着韦德。这位大作家正打着呼噜，脸在冒汗，但我没有拿掉毛毯。一两分钟后艾琳回来了，甜哥儿跟在后面。

26

墨西哥佬穿着黑白格子运动衫和多褶黑长裤，没束皮带，黑白双色鹿皮鞋一尘不染。黑发全部朝后梳，抹着发油或发蜡之类的东西，油光发亮。

“先生。”他说着讥消地微微躬了躬身。

“帮着马洛先生把我丈夫搬上楼，甜哥儿。他摔了一跤，受了点伤。劳驾了。”

“不客气，夫人。”甜哥儿笑嘻嘻地用西班牙语说道。

“容我道晚安了，”她跟我说，“我累得很。你需要什么问甜哥儿就是。”

她慢悠悠地走上楼梯。甜哥儿和我目送着她。

“美人儿，”他压低声音说道，“你留下过夜？”

“大概不行。”

“可惜了。[①]她很寂寞，那位。”

---

①原文为西班牙语。

“收起那种眼神，伙计。把这位弄到床上去。”

他忧愁地望了望躺在沙发上打鼾的韦德。“可怜哦，”[①]他喃喃道，好像真心怜悯他的样子，“醉得跟个古巴人一样。”[②]

“他也许醉得像头猪，不过肯定不轻。”我说，“你抬脚。”

我们抬着他，虽然是两个人，也像抬铅棺一样。上了楼梯，我们走进一个阳台，经过一道紧闭的门时，甜哥儿努了努下巴。

“夫人的房间，”[③]他悄声说道，“你轻轻地敲门，她大概会让你进去。”

我没搭腔，因为我需要他。我们抬着韦德继续走，进了另外一扇门，把他扔上床。接着，我一把抓住甜哥儿上臂靠近肩胛骨的地方，那儿用手指一摁会很疼。我用力摁下去。他缩了一下，脸色难看起来。

“你叫什么名字，老墨？”

“放开我，”他厉声说道，“不许叫我老墨。我不是偷渡来的。我叫胡安·加西亚·德索托·约索托－马约。我是智利人。”

“得，唐璜。在这里别不规矩。说到你东家，嘴巴放干净些。”

他挣脱我的手，后退一步，愤怒烧红了他的眼睛。他把手伸进衬衫，抽出一柄细长的刀，看都不看一眼，手轻轻一顶，刀尖就直直地立在手腕上。之后他猛地撒手，在刀将落未落之际一把握住刀柄。这一串动作非常迅捷，似乎不费吹灰之力。他手臂平举，猛然甩出去，刀飞过空中，刺进窗框的木头里，颤动不已。

“小心点，先生！”[④]他尖声冷笑道，“少管闲事。没人敢戏弄我。”

他轻快地穿过房间，从窗框上拔出刀子，抛向空中，踮起脚尖转了个圈，从背后接住，啪的一声，那把刀消失在他的衬衫里。

“不错，”我说，“不过只是几招花架子而已。”

他走上前来，脸上挂着嘲弄的微笑。

---

①②③④原文为西班牙语。

“而且，会害得你断了胳膊，”我说，“像这样。”

我抓住他的右手腕，猛地一拉，令他失去了平衡，然后稍稍移向他身后，弓起前臂钩住他的肘关节往上提，再以前臂为支点压住肘关节。

“用力来一下，”我说，“你的胳膊肘就裂了。扭断一只手就够了，你会有几个月玩不了扔刀的把戏。力气再大一些，你就一辈子没法再玩了。脱掉韦德先生的鞋！”

我放开了他，他朝我龇牙咧嘴。“有一手，”他说，“我会记住的。”

他转向韦德，去脱他的一只鞋子，但伸出的手却停了下来。枕头上有一摊血迹。

“谁伤了主人？”

“不是我，伙计。他跌倒了，磕着什么东西了。不过伤口很浅。医生刚才来过。”

甜哥儿慢慢吁出一口气。“你看见他跌倒了？”

“我来之前他就跌倒了。你喜欢这家伙，是吧？”

他没有回答。他帮韦德脱掉鞋子。我们一件一件脱去韦德的衣服，甜哥儿拿出一套绿色配银色的睡衣，我们给他穿上，让他躺进被窝，把被子掖得严严实实。他还在冒汗，打鼾。甜哥儿俯身瞧着他，神色忧虑，左右摇晃着他那油光水滑的脑袋。

“他得有人照顾，”他说，“我去换件衣服。”

“去睡一觉，我来照看他。要是需要，我会叫你。”

他面对着我。“你得小心照看他，”他轻声说道，“非常小心。”

他出了房间。我走进浴室，拿了一块湿手巾和一块厚浴巾。我让韦德的身体稍微侧过去些，把浴巾铺在枕头上，小心翼翼地擦去他头上的血迹，以免再流血。我见到一道平滑的、浅浅的伤口，约莫两英寸长。没什么了不得。洛林医生这点倒是没说错。缝几针不会坏事，但也许并非真的有必要。我找到一把剪刀，把伤口附近的头发剪去，贴上胶布。接着，我把他翻过来让他平躺着，给他洗脸。我想我犯了个错。

他睁开眼睛，起初目光迷蒙，渐渐地就清亮起来，他看见了站在床边的我。他动手去摸头部，摸到了黏糊糊的东西。他蠕动着嘴唇像是在说什么，接着就能听清楚了。

“谁打了我？你？”他用手感觉着那黏糊糊的东西。

“没人打你，你自己跌倒了。”

“跌倒了？什么时候？在哪里？”

“在电话机旁边，你打电话给我。我在电话里听见你跌倒的声音。”

“我给你打电话了？”他缓慢地咧嘴笑了笑。“需要时你总是会帮一把，是吧，朋友？现在什么时候？”

“过了凌晨一点了。”

“艾琳在哪里？”

“去睡觉了。她心里很苦。”

他默想了一会儿，眼睛里充满痛苦。“我有没有——”他住了口，往后缩了缩。

“就我所知，你没有碰她，这是不是你想问的？你跑到外面去了，在篱笆附近晕了过去。别说话了，快睡觉吧。”

“睡觉，”他说得又轻又慢，好像小孩子在背诵课文，“那会是什么呢？”

“吃片安眠药大概对你有帮助。有没有？”

“抽屉里。床头柜。”

我拉开抽屉，发现一只装着红色胶囊的塑料瓶。速可眠，一点五格令[1]，洛林医生开的。仁慈的洛林医生。药是配给韦德夫人的。

①英美使用的最小重量单位，1 格令等于 0.0648 克。

我倒出两颗，把药瓶放回去，从床头柜上的暖水瓶里倒了杯水。他说一颗就够了。他吞下药，喝了些水，又躺下盯着天花板出神。时间一点点过去，我坐在椅子里望着他。他不像快睡着的样子。他慢慢地说：

“我想起点事。帮我个忙，马洛。我写了些疯话，不想让艾琳看到。压在打字机盖子下面。帮我撕掉。”

“没问题。就想起这些？”

“艾琳没事吧？你肯定？”

“没事，她只是累了。顺其自然吧，韦德。别多想。我不该问你。”

“别多想，这人说。”他的声音有些昏昏沉沉，像是在喃喃自语，“别多想，别做梦，别爱别人，别恨别人。晚安，亲爱的王子。再给我来一颗安眠药。”

我又倒了些水给他，他喝完又躺下了，这回他侧着头，可以看见我。“哎，马洛，我写了些东西，不想让艾琳——”

“你已经跟我说过了，你睡着后我会去处理。”

“谢谢你。你在这里很好。非常好。”

又过了好一会儿，他眼皮沉重起来。

“杀过人吗，马洛？”

“杀过。”

“感觉真恶心，是吧？”

“有人就喜欢那种感觉。”

他的眼睛完全合上了，接着又睁开，目光迷蒙。“怎么会喜欢？”

我没有回答。他眼皮又合上了，慢慢地，好像剧院大幕徐徐降落。他开始打鼾。我又待了一会儿，接着拧暗了房间里的灯，走了出去。

27

我在艾琳门前停下脚步，听了听，里面没有响动，我便没敲门。要是她想知道他的情形，她自己去看好了。楼下客厅里灯火通明，可是空无一人。我关了几盏灯，站在前门那儿仰望二楼的阳台。客厅中间部分挑空，直达顶棚。横梁裸露着，同时支撑着阳台。阳台很宽，两端是坚实的栏杆，约莫有三英尺半高。扶手和竖柱都刨成方形，和横梁的风格保持一致。穿过方形拱门就是饭厅，拱门装了两扇百叶门。饭厅楼上估计是下人住的屋子，被一堵墙隔开了，所以厨房那儿一定有楼梯通上去。韦德的卧室位于楼上拐角处，在书房上面，我能看见从他卧室敞开的门里泻出的灯光被反射到高高的天花板上，还能看见他卧室的门框上缘。

我关了其他的灯，只留下一盏落地灯。我走过客厅，去了书房。书房的门虚掩着，亮着两盏灯：一盏是皮沙发旁边的落地灯，另一盏是有灯罩的台灯。灯光下，打字机放在结实的底座上，旁边桌上散乱地放着一堆黄颜色的纸。我坐在一把软扶手椅里，仔细观察室内的布局。我想知道他是怎样把脑袋磕破的。我坐进书桌前面的椅子里，电话机在左手边，椅子靠背的弹簧很松，要是由于往后仰得太过而翻倒，脑袋可能会撞上桌角。我拿出手帕弄湿，擦了擦桌角。没有血，什么都没有。书桌上满坑满谷的东西，包括两尊青铜大象之间的一摞书和一个老式的方形玻璃墨水瓶。我试试那墨水瓶，也没发现血。无论如何，这没多大意义，要是有人袭击他，凶器未必来自屋内。可这房子里没其他人。我站起身，打开天花板上的射灯，灯光照亮了昏暗的屋角，答案马上就明明白白地摆在眼前了。一个方形的金属字纸篓翻倒在墙根，纸片撒了出来。字纸篓自己不会走路，一定是被扔过去或一脚踢过去的。我用湿手帕试了试那几个尖角，这回我擦到一抹红褐色的血。没什么神秘的。韦德跌倒了，把脑袋磕在字纸篓的尖角上——也很可能是划了一下——自己爬起来，给了那鬼东西一脚，它就到了房间另一端。就这么简单。

然后，他又灌了一杯，酒瓶就放在沙发前面的茶几上。一只空瓶，另外一瓶还剩四分之三，一个暖水瓶，一只银碗，里面是冰块化的水。只有一只玻璃杯，大号的。

他喝了酒，感觉好些了，醉眼蒙眬地意识到听筒没搁好，不过很可能不再记得刚才打过电话，所以他走过来，把听筒放回托架上。时间差不多吻合。电话这玩意儿有某种让人着迷的地方。我们时代那些迷恋小机器的家伙恨它爱它怕它。韦德即便是喝得烂醉，还是好生伺候着它。电话是他迷恋的东西。

为了确定另一头没人，哪个正常人挂上电话前都会对着听筒说声“哈罗”，不过一个喝得昏昏沉沉且刚跌了个跟斗的家伙可就说不准了。但这关系不大，也有可能是他老婆挂的，她可能听见什么东西跌落的声音，听见字纸篓撞墙的声响，跑进了书房。大约就在那时候，酒劲儿上了头，他跌跌撞撞地出了屋子，穿过门前的草坪，昏倒在我发现他的地方。有人正为了他赶过来，但此时他已经搞不清楚那人是谁了。或许是好人韦林吉医生。

到此为止，好像什么都说得通。那他妻子又在干什么？她应付不了他，也劝不住他，而且可能连试一试也不敢。所以她会叫人来帮忙。下人们都不在，只能打电话。好吧，她打过电话。她打给了仁慈的洛林医生。我本以为她是在我到了之后才打的。她没有提起过这个。

再下去就有些说不通了。你觉得她应当找到他，确认他没受伤。当然，温暖的夏夜在地上躺一会儿对他不会有什么伤害。她搬不动他。我也是使出了吃奶的力气才把他弄进屋的。不过你料想不到她会站在大门口抽烟，甚至不太清楚他在哪里。你料想得到吗？我不知道她究竟受了他多少罪，他在那种情况下有多危险，以及她有多怕接近他。“我已经受够了。”我到的时候，她这样跟我说，“你找他去。”接着她就自己进了屋，还晕了过去。

这还是让人纳闷，不过这事得放一放。我得假设这种情况她已经历过多次，知道自己无能为力，只能听之任之，所以也就听之任之了。就那样，让他躺在地上，等人带了器械来应付他。

这还是让人纳闷。让人纳闷的还有一件事，当甜哥儿和我把他弄进卧室时，她走了，回了自己的房间。她说她爱他。他是她丈夫，他们结婚五年，他不喝醉的时候是个很不错的人——这都是她的原话。一旦喝醉，他就变了个人，因为他很可怕，所以得离得远些。得了，忘了这些吧，不过这不知怎么的还是让人纳闷。要是她真的害怕，就不会站在敞开的大门前抽烟。要是她怨恨、漠然和厌恶，也不会晕倒。

其中或许还有别的事情。有可能牵涉到另外一个女人。她才发现。会不会是琳达·洛林？也许，洛林医生是这么认为的，还公然这么说。

我没再继续想下去。我取下打字机盖子，东西在。几页打了字的黄纸，我奉命销毁它，以免艾琳看到。我拿着这几页纸走向沙发，我想读这东西该配上一杯酒。书房里有个小卫生间，我冲洗了高脚玻璃杯，斟了酒，坐下来阅读。我所读到的东西的确癫狂。如下便是。

28

再过四天，月就圆了。墙上有一方月光，它瞪着我，就像一只巨大、浑浊的盲眼，一只斜视的眼睛。笑话。该死的比喻，愚蠢得很。作家。任何东西都得像个别的什么东西才行。我的脑袋松软膨胀，就好像一堆掼奶油，只是没那么甜蜜。又是比喻。

想到那讨厌的喧闹，我就想吐。反正我就想吐。我可能会吐。别逼我，给我些时间。我肚子里有条虫子在爬呀爬呀爬呀。我最好睡觉去，但是床下有头黑兽，爬来爬去，弄出窸窸窣窣的声响，弓起的身体撞着床板，于是我大吼一声，可除了我谁也听不见。睡梦中的吼叫，梦魇里的吼叫。没什么可怕的，我不怕，因为没什么可怕的。不过一旦我那样躺在床上，那头黑兽就来折腾我，撞着床板，我就来了高潮。这比我干过的任何肮脏的勾当都更令我恶心。

我很脏，我得刮胡子。我的手在颤抖。我浑身冒汗。我闻见自己臭烘烘的。我衬衫腋下汗津津的，后背和前胸也是湿的，肘弯处同样如此。桌上放着空酒杯，现在斟酒得用两只手。也许我可以来一杯提提神。这酒味实在令人倒胃口。对我也没什么好处。到头来只会让我辗转难眠，神经受尽折磨，恍惚中听见整个世界都在哀号。好东西，哈，韦德？再来一杯。

起初两三天还行，后来就糟糕了。你受罪，就喝一杯，你会觉得好过一阵子，可代价越来越高，效果越来越差，最后总会走到那一步：除了呕吐，一无所得。你只得打电话给韦林吉。好吧，韦林吉，我来啦。韦林吉再也不会出现了。他不是去了古巴就是见了上帝。那娘娘腔杀了他。可怜的老韦林吉，命数啊，和个娘娘腔一起死在床上——那种娘娘腔。得了，韦德，起来，出去转转，去我们从没去过、一去不复返的地方。这个句子是不是废话？不是。得了，我又没要卖这句话。长商业广告片之后的短暂休息。

哈，我起来了，我做到了。好汉一条。我向沙发走去，在沙发旁跪下，摊开双手，把脸埋进去，哭了一场。我开始祈祷，又因为祈祷而鄙视自己。三级酒鬼自我鄙视。你到底在向谁祈祷，你这蠢货？健康者祈祷，因为信仰。病夫祈祷，因为害怕。祈祷个屁。这是你造就的世界，你一手造就的，外界的帮助少得可怜——那也是你造成的。别再祈祷了，你这蠢驴。站起来，喝它一杯。现在别的事情都已经来不及了。

哈，我拿起酒瓶。用双手。斟酒。一滴也没有洒到外面。现在来看看我可不可以端着它不呕吐。最好兑些水。慢慢端起来。悠着点儿，一次别喝太多。热起来了，烫起来了。要是能停止流汗该多好。杯子空了。它又回到了桌上。

月光上面浮动着一层雾霭，尽管如此，我还是放下酒杯，小心翼翼，一如将一捧玫瑰放入高腰花瓶。玫瑰带露点头。我大概就是朵玫瑰。老兄啊，我带露水了吗？现在上楼去吧。临行前也许可以来一杯纯的。不行？好吧，你说什么就是什么。上楼时带上去吧。那样我到了楼上也有所企盼。要是我能上得去，就应当受到犒劳，这是我向自己表示的一份敬意。我对自己怀着如此美好的爱意，而最甜蜜的是——没有情敌。

双倍空间。上楼去又下楼来。不喜欢楼上。那高度让我心慌。可我还是不断地敲击打字机的键盘。下意识会施展魔法，要是它能在正常时间也工作就好了。楼上也有月光，大概是同一个月亮吧。月亮不会变来变去。它就像送牛奶的工人一样准时来去。月亮的乳白永远一个样，乳白的月亮也永远——打住，伙计。你已跷起了二郎腿。现在不是卷入月亮个案史的时候。整个该死的空闲谷有足够的个案史要你去操心。

她侧着身安静地睡在那儿。膝盖蜷起来。我觉得她太安静了。你睡觉时总会弄出某种声响。大概没有睡着，努力想睡。要是凑近些，我就会弄清楚，不过也有可能会跌倒。她睁开一只眼睛——她睁开一只眼睛了吗？她看着我，她看着我吗？没有。不然她会坐起来说，你病了，亲爱的？是啊，我病了，亲爱的。不过别放在心上，亲爱的，因为这病是我的，不是你的，你睡吧，静静地睡吧，甜甜地睡吧，什么都别想，我身上黏糊糊的东西不会弄到你身上，凡靠近你的都不会是可怕、灰暗、面目可憎的东西。

你这人真烂，韦德。连用三个形容词，你这烂写手。天哪，你难道不能意识流地表达你的烂同时无须一口气连用三个形容词？我手扶栏杆又走下楼，每走一步，五脏六腑就翻腾一回。我用一个诺言阻止它们四分五裂。我脚踏在了客厅地板上，走进书房，坐进沙发，等着心跳舒缓下来。酒瓶就在手边。说到韦德的日常安排，有一件事情可以确定，那就是酒瓶总是近在咫尺。没有人会藏起它，锁起它，没有人会说，你不觉得已经喝得够多了吗，亲爱的？你会把自己喝出病来的，亲爱的。没有人会这么说。只是温馨如玫瑰般侧卧着。

我给甜哥儿太多钱了。错矣。应该从一袋花生起，涨到一根香蕉，然后是一点真正的零钱，悠着点，慢慢来，一直吊着他的胃口。你一开始就对他出手阔绰，他很快就发财了。他能够用在这里过一天的钱去墨西哥住一个月，放浪形骸，肆无忌惮。他有了一笔钱之后会干什么呢？哈，要是一个人认为自己能挣更多的钱，会不会觉得钱已经够多了呢？也许没事。也许我应当宰了那个眼睛贼亮的杂种。曾经有个好人因我而死，为什么死的不是只穿白外套的蟑螂？

不提甜哥儿。总有办法把针尖弄钝。另外一个我绝不会忘记，已用绿火[①]铭刻在我的心坎上了。

最好打个电话。失控了。感觉它们跳啊跳啊跳啊。最好趁那些粉红色的东西还没爬上脸，马上打电话。得打电话，快打快打快打快打。苏城的苏。[②]喂，接线员，我要长途。喂，长途，给我接苏城的苏。她的号码？没有号码，只有名字，接线员。你可以在第十街找到她，她走在阴凉的那一边，在伸长耳朵的高高的玉米秆下面。行了，接线员，行了，不用为我接苏城的苏了，我来告诉你，我是说，我来问你，要是你掐断我的长途电话，吉福德在伦敦举办的那些时髦的聚会谁来掏腰包？啊哈，你以为你的饭碗很稳当，你以为。现在，我最好直接跟吉福德说话。叫吉福德听电话。他的贴身用人刚巧端茶进去。要是他不方便接电话，我们就派个方便的人过去。

---

①指地狱之火。

②*Sioux City Sue*，美国歌手迪克·托马斯（1915－2003）于一九四五年发布的单曲，是乡村音乐经典曲目，歌唱来自衣阿华州苏城的一个名叫苏的女孩。

我干吗写这些东西？什么事情是我不愿意去想的？电话。最好现在就打。非常糟，非常非常……

就写到这儿。我把这几页纸折起来，塞进衣服内侧胸袋里的小笔记本后面。我走过去，打开法式落地长窗，跨上露台。月光有些阴晦。可这是空闲谷区的夏季，夏季从来不会有多么阴晦。我站在那儿凝视着静止的银色湖面，思索着，琢磨着。就在这时，我听见一声枪响。

29

阳台上敞开着两扇房门——艾琳的和罗杰的——里面亮着灯。她房间里没人，他房间里传出打斗声。我一个箭步冲进门去，只见她俯身和床上的他搏斗。枪在空中闪闪发光，被两只手——男人的大手和女人的小手——同时紧紧地抓着，但谁也没有握着枪柄。罗杰坐在床上，身体前倾，推她。她则穿着淡蓝色居家外套，中间夹棉的那种，头发散了一脸。她用两只手抓住枪，迅速一拽，从他手中夺了过来。我吃惊于她居然有如此气力，即便此刻他混混沌沌的。他往后倒去，瞪着她喘气，她抬脚离开，跟我撞了个满怀。

她靠着我站着，双手紧紧地把枪抱在胸前，痛苦地呜咽着。我抱住她，伸手去拿枪。

她猛地转身，好像刚意识到我的存在似的，瞪大眼睛，一下子瘫软在我身上。她松开了枪把。那是把笨重的韦伯利双弹簧无撞针手枪。枪管还热着。我一手扶着她，另一只手拿过枪，揣进衣袋，越过她的头顶望着他。一时间谁也没说话。

他睁开眼睛，嘴角浮起一丝疲倦的笑容。“谁也没伤着，”他喃喃道，“只不过朝天花板胡乱放了一枪。”

我感觉她身体僵了一下，和我分开了些。她的眼神不再散漫。我放开了她。

“罗杰，”她有气无力地说，“难道非得这样不可？”

他像猫头鹰一样瞪着眼睛，舔了舔嘴唇，没说话。她走过去，倚靠着梳妆台，手机械地把脸上的乱发往后捋，浑身上下一阵战栗，不住地摇着头。“罗杰，”她又一次轻声说道，“可怜的罗杰。可怜又不幸的罗杰。”

他仰头盯着天花板。“我做了个噩梦，”他慢吞吞地说道，“有个人提着把刀站在我床边。我不知道那人是谁。有点儿像甜哥儿。不可能是甜哥儿。”

“当然不会是甜哥儿，亲爱的。”她温柔地说道，离开梳妆台，坐到床沿上，伸出手抚摸着他的前额，“甜哥儿早就上床睡觉了。再说，为什么甜哥儿会带把刀？”

“他是墨西哥人。他们都带着刀，”罗杰以同样冷漠平淡的口气说，“他们喜欢刀。他又不喜欢我。”

“没人会喜欢你。”我恶声恶气地说道。

她飞快地回过头。“对不起，请你不要这么说话。他不知道。他做了个梦——”

“哪里来的枪？”我盯着她吼道，完全不理睬他。

“床头柜。抽屉里。”他扭过头来，遇上了我的视线。抽屉里根本没枪，他明白我清楚这点。那里放着安眠药和其他一些零碎东西，但是没有枪。

“也可能压在枕头下，”他又加了一句，“我不太记得了。我开了一枪——”他抬起沉重的手臂，往上指了指，“朝那儿开了一枪。”

我抬头看去。天花板的灰泥面上好像是有个洞。我走到可以看清楚那洞的地方。的确，像是子弹打出来的。从那把枪里射出的子弹可以穿透天花板，打进阁楼去。我折回床边，俯身狠狠地盯着他看。

“发神经。你想把自己崩了。你根本没做噩梦。你只是自哀自怜。你的枪既不在抽屉里也不在枕头下。你爬起来拿了枪，又回到床上，准备就此了结所有麻烦。可我觉得你没有胆量。你打了一枪，但并无目标。你妻子冲进来——你希望的就是这个。同情和怜悯，老兄。如此而已。就连扭打也多半是装的。要是你不想松手，她不可能从你手中夺下枪来。”

“我病了，”他说，“也许你没说错。这有关系吗？”

“自然有关系。他们会把你送进精神病院。相信我，管精神病院的家伙和乔治亚州看管带镣铐的苦役犯的狱警一样富于同情心。”

艾琳腾地站起来。“够了，”她厉声说道，“他病了，你是知道的。”

“他就想发病。我只想提醒他代价会是什么。”

“眼下不是说这话的时候。”

“回你自己屋去！”

她的蓝眼睛里怒火闪动。“你竟敢——”

“回屋去。不然我就打电话喊警察了。这些事情应当报警。”

他几乎是咧嘴笑了起来。“哈哈，打电话喊警察，”他说，“就像你对特里·伦诺克斯所做的那样。”

我没理睬这些，依然盯着她。她一脸倦容，楚楚可怜，美丽动人，前一瞬的怒火消失了。我伸手碰了碰她的手臂。“没事，”我说，“他不会再犯了，回去睡觉吧。”

她看了他好一会儿，然后离开了房间。等她从门口消失后，我坐到床沿上她刚才坐的地方。

“再来几颗安眠药？”

“不了，谢谢。睡不睡得着都不要紧。我感觉好多了。”

“那一枪，我没有说错吧？只不过是一小段疯狂的表演。”

“多少是那么回事吧。”他扭过头去，“我想我是昏了头了。”

“如果你想自杀，真要寻死，谁也阻止不了你。这你我都明白。”

“的确，”他仍然望着别处，“你有没有去做我让你做的事情——打字机里那玩意儿？”

“啊哈。我很吃惊你居然还记得。那些胡言乱语。有趣的是，字倒是打得很清楚。”

“我一向能做到那样——不管喝没喝醉——当然不能越过某个限度。”

“别担心甜哥儿，”我说，“你说他不喜欢你，你错看他了。我说没人喜欢你，也说得不对。我只是想激怒艾琳。”

“为什么？”

“她今晚已经晕倒了一回。”

他微微摇头。“艾琳从来不会晕倒。”

“那么是假装的。”

他也不以为然。

“曾经有个好人因你而死，是指什么？”我问道。

他皱了皱眉头，想了想。“胡诌的。我告诉过你我做了个梦——”

“我指的是你打出来的那几页扯淡的东西。”

他在枕头上转过头来，好像头有千斤重似的。他看着我：“另外一个梦。”

“让我再猜一猜，甜哥儿拿住你什么了？”

“得了老兄。”他说着闭上了眼睛。

我站起来关上门。“你不能一直逃避，韦德。甜哥儿的确可能是那个敲诈勒索的人。简单得很。他可以做得很漂亮——喜欢你，同时勒索你。怎么回事——一个女人？”

“你相信洛林那蠢货？”他闭着眼睛说。

“并不完全相信。那个妹妹呢——死掉的那个？”

在某种意义上，那只不过是棒球投手的一次暴投，却歪打正着。他突然瞪大了眼睛，唇边冒出个唾沫泡。

“这是——你在这儿的原因？”他缓缓问道，声音轻若耳语。

“你最清楚了，我是应邀而来，是你请我来的。”

他的脑袋在枕上转过来转过去。尽管服了安眠药，他仍然很紧张，满脸汗水。

“会拈花惹草的好丈夫我也不是第一个。别管我，你他妈的别管我。”

我走进浴室，拿了块毛巾，给他擦了把脸，嘲弄地望着他。我就是那个落井下石的人。等这家伙跌倒了，给他一脚，再加上一脚。他已经不堪一击，无力还手。

“改天我们再一起对付这事。”我说。

“我可没发疯。”他说。

“你只是希望自己没发疯。”

“我在活受罪。”

“没错。再明白不过了。有趣的是为什么。喂——拿着。”我从床头柜的抽屉里又取出一颗安眠药，再倒了杯水。他支起一只胳膊，伸手接玻璃杯，却偏了足有四英寸。我把杯子放进他手里。他费力地喝了口水，吞下药。接着平躺下去，一副萎靡泄气的样子，脸上毫无表情，鼻子皱着。他差点就死了。今晚他是不可能把任何人扔下楼梯了。很有可能他压根儿就没扔过。

等他的眼皮变得沉重，我便离开了房间。韦伯利手枪沉甸甸地拽着我的口袋，撞击着我的臀部。我往楼下走去。艾琳的房门开着，屋里没亮灯，但月光足以勾勒出她站在门里的身影。她唤了声什么，像是个名字，但不是我的。我走近她。

“轻点儿声，”我说，“他又睡着了。”

“我一直相信你会回来，”她柔声说道，“哪怕过去了十年。”

我凝视着她。我们中有一个在梦游。

“关上门，”她以同样柔情脉脉的声音说道，“这些年来，我一直为你守身。”

我转身关上门。此刻这似乎是个不坏的主意。等我回过头面对她时，她已经向我倒过来。我于是接住她。我的确是不得不这么干。她使劲贴着我，头发摩挲着我的脸，她仰起脸来等待亲吻。她战栗不已。她嘴唇微启，舌尖自齿缝探出。她垂下双手，把什么东西一拉，身上的袍子敞开了。袍子下，她赤身裸体有如《九月之晨》[①]里的女子，只是没那份羞涩。

“抱我上床去。”她娇喘吁吁。

我照办了。我伸手搂住她，触摸到她裸露的肌肤，柔软的肌肤，柔软又温润的肌肤。我抱起她，几步走到床边，放下她。她搂着我的脖子，喉咙里发出轻微的哼哼声，接着她呻吟着扭动起来。这简直要了我的命。我欲火中烧，如一头种马。我的自制力正在崩溃。此等女子如此这般的盛情邀请实在不可多得。

是甜哥儿救了我。短而轻的嘎吱一声，我扭头看见门把手在转动。我猛然挣脱，一步跃到门口，拉开门冲了出去。那墨西哥佬正飞快地穿过走廊，逃下楼梯。下到半截，他停下脚步，转身不怀好意地瞥了我一眼，然后离开了。

我回到房门口，关上门——这次是从外面。门里那女人在床上

---

①法国画家保罗·埃米尔·沙巴（1869–1937）的作品，描绘了一个清晨站在河水中略略弯腰的裸体女子。

发出一种古怪的声音。但现在这只是一种古怪的声音。魔法已经解除。

我疾步下楼，穿过客厅去了书房，抓起一瓶苏格兰威士忌就往嘴里灌，直到再也灌不进去，我靠在墙上喘着气，酒精在体内燃烧，烈焰蹿入脑袋。

从晚餐到现在仿佛过去了很长时间，一切正常的事情似乎都十分遥远。威士忌的劲儿很快就上了头，而且来得相当猛，我继续往嘴里灌酒，直到房间变得云里雾里，家具都换了位置，灯光好似野火或夏日闪电。我瘫倒在沙发里，竭力让胸口的酒瓶立直了。酒瓶像是空了，滚下去，咣啷一声落在地板上。

这是我最后清楚记得的事情。

30

一缕阳光照着我的一只脚踝，痒酥酥的。我睁开眼睛，望见一棵树的树冠在迷蒙的蓝天下轻轻摇曳。我翻了个身，脸触到了皮革，脑袋疼得像被斧子劈开了似的。我坐起来，发现身上盖了块毛毯，我一把掀开，伸脚下了地。我皱着眉头瞥了一眼时钟，指针指着六点二十九分。

我站了起来，这需要骨气，需要意志力。我使出全部力气，我的体力已大不如前，那些艰难岁月损害了我的身体。

我费劲地走进小卫生间，解下领带，脱去衬衣，双手接了些冷水扑在脸上和脑袋上，再用毛巾使劲擦干。然后我穿上衬衣系好领带，伸手去拿外套，口袋里的枪咚地撞在墙上。我取出枪，退出弹仓，把子弹倒在手心，五颗完好的，一颗变黑的弹壳。我转而一想，没用，这东西多得是。于是我又把子弹装了回去，拿着枪回到书房，把它搁在书桌的某个抽屉里。

我抬起头，看见甜哥儿站在门口，白外套穿得整整齐齐，头发朝后梳，油光乌亮，目光中流露出敌意。

“你要不要来些咖啡？”

“谢谢。”

“我关了灯。主人没事，还在睡。我关了他房间的门。你怎么喝醉了？”

“没法子。”

他嘲弄地望着我。“没搞到她，嗯？被踢出来了，探子。”

“没你的事。”

“今天早晨你倒是不硬，探子。你一点也不硬。”

“去端该死的咖啡过来。”我朝他吼道。

“操你妈！”[①]

我跳起来一把抓住他的手臂。他没动弹，只是轻蔑地看着我。我笑起来，放开了他。

“你说得没错，甜哥儿，我一点也不硬。”

他转身离开了。不一会儿，他端来一只银托盘，上面是一把银制小咖啡壶、糖和牛奶，还有一块叠得整整齐齐的三角餐巾。他将托盘放在茶几上，收拾了空酒瓶和其余酒具，又从地板上捡起另外一只酒瓶。

“新鲜咖啡，刚煮好的。”他说着走了出去。

我喝了两杯，不加糖也不加奶。然后我抽了根烟。好了，我又人模人样了。过了一会儿，甜哥儿又走进屋子。

“你要用早餐吗？”他阴着脸问。

“不要，谢谢。”

“好啦，赶快走吧。我们不希望你留在这里。”

“谁是‘我们’？”

---

①原文为西班牙语。

他打开香烟盒，取出一支点上，冲着我的脸傲慢地吐出一口烟。

“主人我来照顾。”他说。

“你挣了不少吧？”

他皱了皱眉头，点点头。“嗯，是的。不少钱。”

“私下拿了多少——保守秘密的钱？”

他又开始说西班牙语了：“听不懂。”

“你很清楚。你敲诈了他多少？我猜不超过两码吧？”

“什么是两码？”

“两千块。”

他咧了咧嘴。“你就给我两码吧，探子。那样我就不告诉主人你昨晚从她屋里出来。”

“两千块钱能买一车皮像你这样偷渡过来的苦力。”

他耸耸肩。“主人发起脾气来难对付着呢。你最好付钱，探子。”

“墨西哥小流氓的把戏，”我不屑道，“你碰的不过是几个小钱。许多男人喝醉了会去鬼混，她什么都知道，你没捞到什么可以诈钱的东西。”

他眼里闪过一道光。“以后别再来了，小子。”

“我走了。”

我起身绕过茶几。他挪了挪，仍旧面对着我。我瞧了瞧他的手，他今天早晨显然没有佩刀。等足够靠近时，我出手扇了他一记耳光。

“我不许下人对我嘴巴不干净，墨西哥杂种。我来此地是有正事，什么时候想来就来。从今往后，看住你这张嘴。当心挨枪子儿，你那张漂亮脸蛋就难保了。”

他完全没反应，甚至对那记耳光也是。挨了耳光，加上被骂作墨西哥杂种，对他一定是致命的侮辱。不过这回，他只是神色木然地站在那里，一动不动。接着，他一言不发，端起咖啡托盘，离开了书房。

“多谢咖啡。”我冲着他的背影说道。

他继续往外走。等他离开后，我摸了摸下巴上的胡子，活动了一下手脚，准备上路。我已经受够韦德这一家子了。

我穿过客厅时，艾琳正从楼梯上走下来。她穿着白色宽松长裤、浅蓝色衬衫及露趾凉鞋。她见到我，十分惊讶。“我不知道你昨晚在这里，马洛先生。”她说，仿佛整整一个星期没见过我，而我眼下只是顺道过来喝杯茶。

“我把他的枪放在书桌里了。”我说。

“枪？”她好像恍然大悟，“哦，昨晚有些乱，是吧？不过我以为你早就回家了。”

我走近她。她脖子上戴了根细细的金项链，坠着一枚精巧的白底上绘有金蓝两色图案的珐琅坠子。蓝色部分像是一对翅膀，但没有张开；与此相对的是一柄镶金边的白色珐琅宽匕首刺入一幅卷轴的图案。我看不清上面的字。那枚坠子像是军徽之类的东西。

“我喝醉了，”我说，“故意的，有些失态。有点寂寞而已。”

“你没必要这样。”她眼睛清明如水，里面竟没有丝毫歉疚。

“要看怎么想了，”我说，“我要走了，我不敢肯定还会再来。我刚才提到枪的事，你听清楚了吧？”

“你放在书桌里了。说不定放在其他地方更好。但他并没打算朝自己开枪，是吧？”

“我回答不了。说不准下次他就朝自己开枪了。”

她摇摇头。“我觉得不会。真的不会。你昨晚帮了大忙，马洛先生。我都不知道该怎么谢你才好。”

“你已经尽力了。”

她一下涨红了脸，然后笑起来。“我昨夜做了个古怪的梦，”她视线越过我的肩头，缓慢地说道，“我从前认识的一个人昨夜出现在这房子里，那人十年前就去世了。”她抬起手指，抚摸着那枚镶金珐琅坠子。“所以今天我才佩戴这个。这是他给我的。”

“我也做了个古怪的梦，”我说，“不过我不打算说出来。请告诉我罗杰的情况，需要我的地方请尽管说。”

她垂下眼睛盯住我看。“你刚才说你不会再来了。”

“我说我不敢肯定。我说不定还得再来。但愿不需要。这栋房子里有些事很有问题。酒充其量不过是其中一部分。”

她注视着我，眉头紧皱。“这是什么意思？”

“我想你明白我在说什么。”

她仔细想了会儿，手指依然轻柔地抚摸着那枚坠子。最后她长长地叹了口气。“总有另一个女人，”她沉静地说道，“不是此时便是彼时。不过倒并不一定就那么糟。我们讲的话牛头不对马嘴，是吧？我们大概都不是在讲同一件事。”

“也许。”我说。她依然站在楼梯上，从下往上数第三级台阶；手指依然抚摸着那枚坠子；她看上去依然是一个如此美丽的梦中人。“尤其是如果你觉得另一个女人是琳达·洛林的话。”

她放下抚摸坠子的手，下了一级台阶。

“洛林医生好像与我有同感，”她漫不经心地说，“他一定是从哪里得到了消息。”

“你说他跟空闲谷区一半的男人这么闹过。”

“我这么说过？哦——当时那种情形下，那么说很自然。”她又下了一级台阶。

“我还没刮胡子。”我说。

这话让她有些吃惊，接着她笑了起来。“噢，我可没指望你和我做爱。”

“从一开始——你游说我去找人时，你到底对我有何期望，韦德夫人？为什么找我——我能给你什么？”

“情况糟糕的时候，”她平静地说，“你靠得住。”

“我很感动。但我觉得不是因为这个。”

她走下最后一级台阶，抬头望着我。“那又是因为什么呢？”

“倘若因为这个的话——这理由太差劲，世上几乎没有比这更差劲的理由了。”

她眉头微蹙。“怎么讲？”

“因为我的所为——所谓靠得住——就算是个笨蛋，也不会犯第二次傻。”

“你看，”她轻松地说，“我们的谈话正在变得令人费解。”

“你是个非常难以捉摸的人，韦德夫人。别了，祝你好运。要是你真心为韦德好，最好为他找个对路的医生，而且要赶快。”

她又笑起来。“噢，昨夜还只是小发作。你应当见识见识他情况更糟糕的时候。他下午就能起来工作了。”

“他能起来就见鬼了。”

“他能，相信我。我最了解他。”

我直截了当地给了她最后一击，听上去实在很恶毒。

“你其实不想救他，是吧？你只是表面上装装样子。”

“对我说这种话，”她不紧不慢地说道，“实在恶劣。”

她绕过我，出了饭厅的门。大厅里空无一人。我从前门走了出去。在这明亮幽静的山谷中，此时正是一个完美的夏日清晨。这里远离城市的尘烟，又有矮山丘挡着海上来的湿气。天气会转热，但会热得温和、精致、独一无二；不会如沙漠中的炙热那般粗鲁，亦不会如城市里的闷热那般黏腻腐臭。空闲谷区是绝顶理想的生活之所，绝顶理想。体面的人物有体面的家，体面的汽车，体面的马儿，体面的狗儿，说不定还有体面的娃儿。

不过，有个姓马洛的家伙只想逃离这一切。越快越好。

31

我回到家，洗了个澡，刮了脸，换了身衣服，这才感觉干净了些。我做了早餐，吃了，把锅碗洗了，又清扫了厨房和后门廊，装了一斗烟，打了个电话给代接电话的服务公司，没人打电话给我。何必去办公室？那里只有新死的蛾子，新积的灰尘。办公室的保险箱里躺着我的麦迪逊总统像，我可以拿出来玩一玩，也可以玩一玩五张崭新的、还留着咖啡清香的百元大钞。我能这么干，可我不愿意。我内心深处有些别扭。这钱其实不属于我。这钱买的是什么呢？忠贞不贰对一个死人来说又有多少用处？哎，我这是宿醉迷离里看人生哪。

这个早晨长得没有尽头。我消沉，倦怠，迟钝，过去的分分秒秒好像掉进了虚空，带着轻微的呼呼声，如坠落的火箭。窗外灌木丛里鸟鸣啾啾，月桂谷大街上汽车川流不息。我平日里甚至听不见这些，然而今天我郁闷，易怒，刻薄，过于敏感。我决意要摆脱宿醉。

通常我早晨不喝酒，南加州的气候过于温和，不适宜。新陈代谢不够快。然而我现在却调制了一大杯冷酒，坐在安乐椅里，敞着衬衫，浏览杂志，读一个过着双重生活的家伙的荒唐故事，他有两位精神科医生，他一会儿是人，一会儿是蜂巢里的某种昆虫，这家伙就在这两种生活之间来回穿梭。整个故事荒诞不经，不过倒也别出心裁，颇为有趣。我谨慎地控制着酒量，一次只喝一小口，随时注意自己。

中午时分，电话铃响了，一个声音说："我是琳达·洛林。我打电话到你办公室，代接电话的人让我打到你家，我想见见你。"

"有何贵干？"

"我更愿意当面谈。我估计你偶尔也去办公室吧？"

"是啊，偶尔。有钱可挣吗？"

"我倒没往那边考虑。要是你想收费，我不反对。我一小时左右能到你办公室。"

"妙极啦。"

"你是怎么回事？"她厉声说道。

"宿醉。但我还能走动。我这就过去，除非你愿意来我家。"

"在你办公室更自在些。"

"我这里安静舒适，死巷，没有近邻。"

"我对这暗示不感兴趣——要是我没理解错的话。"

"没人理解我，洛林夫人。我是个难以捉摸的人。行了。我会尽快赶去办公室的。"

"多谢。"她挂了电话。

我在路上吃了个三明治，到办公室迟了些。我开了窗户通风，打开蜂鸣器，往候客室里一探头，发现她已经在那里了。她坐在曼迪·曼宁德兹坐过的那把椅子里，浏览着说不定是同一本杂志。她穿着棕色华达呢套装，看上去相当优雅。她放下杂志，严肃地望了我一眼，说：

“你的波士顿蕨需要浇水。我想还该给它换个花盆。气根太多了。”

我拉着门让她进来。波士顿蕨，见鬼去吧。她进屋后，我放手让门关上。我挪出客椅等她坐下。她习惯性地打量了一圈。我绕到办公桌后面。

“你这办公室不怎么气派啊，”她说道，“连秘书也没一个？”

“邋里邋遢的，不过我习惯了。”

“我想收入也不是太可观吧。”她说。

“哦，这我就说不准了，要看情形。要不要看看麦迪逊总统像？”

“什么？”

“五千块面值的大钞。预付金。我放在保险箱里。”我起身走过去，转动把手打开箱门，再打开里面的抽屉锁，从信封里抽出大钞，放在她面前。她似乎有些惊讶地望着它。

“别叫这间办公室的寒酸相给骗了，”我说，“我为一个老家伙工作过，他腰缠几千万，就是你老子也要对他客气三分。他的办公室不比我的强多少，除了天花板上装了隔音装置，因为他有点耳背。地上连地毯都不铺，是褐色油毡。”

她拿起麦迪逊总统像，夹在两指间拉过去，又翻了个面，然后放回桌上。

“从特里那儿来的，是吧？”

“老天，你怎么什么都知道，洛林夫人？”

她把钞票推开，皱起眉头。“他有一张。和西尔维亚复婚后他就一直随身带着。他把它唤作私房钱。在他身上没找到。”

“也许是别的来路。”

“我明白。可世上有多少人会随身揣着五千块的大钞？有多少给得起那么多钱的人会给你这张大钞？”

这个问题用不着回答。我只是点点头。她毫不客气地继续往下说。

“马洛先生，你得了这钱，原本是要为他干什么？你是否愿意告诉我？最后去蒂华纳的路上，他有足够的时间说话。那天傍晚，你明确表示不相信那份自白书。他有没有给你他妻子情人的名单，让你从中找出凶手？”

这个问题我也没有回答，不过理由不同。

“罗杰·韦德有没有可能也榜上有名？”她的话很刺耳，“要是特里没杀他老婆，那凶手一定是个不负责任的暴戾之徒，不是疯子就是残暴的酒鬼。唯有这种人才会把她的脸打得——用你那令人反感的说法——血肉模糊。这就是你为什么对韦德一家那么殷勤——好一个‘妈咪的好帮手’，随叫随到：他喝醉了照顾他，失踪了去找他，他孤苦无助时把他领回家？”

“有几点我想纠正你，洛林夫人。把这张漂亮的刻板钞票给我的可能是特里，也可能不是他。不过特里没给我任何名单，也没提及任何名字。他没要求我做任何事情，除了那件你似乎很肯定是我干的事，就是送他去蒂华纳。我之所以介入韦德的事情是受纽约一位出版商之托。那人急着要韦德完成他的新书，我的任务包括让他保持清醒，由此衍生出调查是否存在什么麻烦导致他这样酗酒。如果确有麻烦，那就得把它挖出来，下一步就是尽力消除。我说尽力，因为很可能无能为力，但可以试一试。”

“只消一句话，我就可以告诉你他为什么老喝醉，”她轻蔑地说，“因为他娶了那不死不活的金发花瓶。”

“哦，那我就不得而知了，”我说，“我不会说她不死不活。”

“是吗？有趣。”她眼睛忽闪忽闪的。

我收起麦迪逊像。“别在这上面翻来覆去地琢磨。洛林夫人。我没跟她上床。抱歉，让你失望了。”

我走到保险箱前，把钞票锁进抽屉，关上箱门，转了几圈号码盘。

“仔细想想，”她冲着我后背说，“我非常怀疑有什么人跟她上床。”

我返回来，坐在办公桌的角上。“洛林夫人，你变得尖酸刻薄起来，什么原因？难道你爱着我们的酒鬼老朋友？”

“我对这种说法十分反感，”她冷冷地说道，“我讨厌他们。我估计我丈夫白痴一样的表演让你觉得有权侮辱我。不，我不喜欢罗杰·韦德，从来没喜欢过，即便他清醒着规规矩矩的时候，更别提他现在这副模样了。”

我一屁股跌进椅子里，伸手去拿火柴盒，同时望着她。她看了看手表。

“你们这些有钱人个个都是人物，”我说，“你认为你说什么——不管有多么刻薄——都毫无问题。你可以在一个几乎不认识的人面前把韦德和他老婆贬得一文不值，可是如果我稍微回敬你几句，那就是冒犯你。得了，咱们平心静气地谈谈吧。任何醉鬼最后都会勾搭上某个放荡女人。韦德是个醉鬼，可你不是放荡女人。那种说法只不过是你血统高贵的丈夫随口胡诌，给鸡尾酒会增添热闹而已。他并非真那么想，只是为了博得哄笑。我们因此把你排除在外，去别处搜寻那个放荡女人。洛林夫人，我们要走多远才能找到这个荡妇呢——她能让你如此在意，以致光临此地来与我互相挖苦？那一定是个非同一般的人，是吧？要不然，你何必在乎？”

她一言不发，只是望着我。长长的半分钟过去了。她嘴角发白，手僵硬地抓着与套装相配的华达呢手提包。

“你可是没浪费时间，对吧？”最后她说，“那位出版商居然想到要雇你，多么省事。这么说来特里一个名字也没告诉你。不过这没关系，是不是，马洛先生？你的直觉不会有错。请允许我问你下一步棋打算怎么走？”

“不怎么走。”

“为什么？这不是浪费你的才智吗？你怎么向那张麦迪逊总统像交代呢？一定会有机会让你大显身手。”

“只是你我之间说说而已，”我说，“你这些话听上去有些俗套。那样说来，韦德认识你妹妹。多谢你告诉我，尽管是曲里拐弯地，其实我已经猜出来了。那又怎样？她的收藏很可能相当丰富，他只是其中一件而已。到此为止吧，我们言归正传。你来这儿见我有何贵干？我们说着说着就扯远了。”

她站起身来，又看了看表。“我的车等在楼下，你能否赏光同我一道回去喝杯茶？”

“行啊，”我说，“走吧。”

“我这话听上去是不是有些可疑？我有个客人想见见你。”

“你家老头子？”

“我不这么称呼他。”她说得心平气和。

我站起来，朝桌子对面探出身去。“亲爱的，你有时可真是讨人喜欢。真的。我带把枪没关系吧？”

“你应当不会怕个老头子吧。”她朝我撇了撇嘴。

“怎么会不怕？我敢打赌你也怕，怕得很。”

她叹了口气。“的确，我怕。我一直怕。他有时相当可怕。”

“那我最好带两把枪。”我说。话一出口我就后悔了。

32

我从来没见识过外观如此糟糕的建筑。那是个三层楼高的正方形灰盒子，双重斜坡式屋顶，坡度很陡，上面开了二三十个双扇老虎窗，窗户四周及之间团团簇簇的是婚礼蛋糕似的雕饰。大门两边各伫立着两根石柱，但最妙的是住宅外面有石扶手的螺旋形楼梯，直通顶上的塔楼，从那里一定能够看到湖面全景。

停车场铺了小石子。说实在的，这地方该有半里杨树掩映的车道、鹿园和不事修剪的花园，每层楼都该有阳台，书房窗户外该种成百上千株玫瑰，透过每扇窗户都该看见延伸至森林的绿色，静谧而空蒙。而眼前出现的是由一堵大卵石墙垣围起的十至十五英亩的偌大地产。在我们这拥挤的小地方，这份地产相当可观。车道两边是两排柏树，树冠修剪成球形。各处装点着一丛丛杂树，不像是加州本地的树木，大约是从别处移植来的。修建这栋住宅的人，不管是哪路人物，一心要把大西洋海滨的风貌越过落基山脉搬来此地。尽管他勉力为之，但还是不成功。

中年黑人司机阿莫斯在大门前稳稳地停下凯迪拉克，跳下车，绕过来为洛林夫人开门。我先跨出来，替他拉开车门，扶她下了车。我们在我办公室楼下上车后，她几乎没怎么跟我说话。她看上去有些倦怠，还有些紧张。或许这栋蠢笨的建筑使她感到沮丧。别说是她了，哪怕一只笑翠鸟见到它，也会沮丧得只能发出哀鸠的凄凉叫声。

“这地方是谁修建的？”我问她，“那人是在跟谁过不去吧？”

她这才笑起来。“你以前没来过这儿？”

“山谷里这么僻远的地方，我从来没来过。”

她领着我走到车道的另一侧，往上一指。“修建这宅子的人从塔楼上跳下来，差不多就坠落在你站的地方。他是位法国伯爵，名叫拉图雷勒，不像一般的法国伯爵，他很有钱。他妻子拉蒙娜·德伯勒也不是个穷人，在默片年代，她一星期可以挣三万块。拉图雷勒为他们俩造了这栋宅子。所谓的缩小版布卢瓦城堡[1]。这些你肯定知道。”

“想起来了，”我说，“了如指掌，是某个星期天的报纸新闻。她离开了他，他就自杀了，好像立了个古怪的遗嘱，是吧？”

她点点头。“他给前妻留下几百万车马费，余下的都纳入了一个信托基金。地产保持原样，什么都不能更动。晚餐桌依旧夜夜丰盛，除了下人和律师，谁也不准踏进这宅子一步。当然，后来他们没继续执行遗嘱。最终地产被分割了。我和洛林医生结婚时，父亲把它作为礼物给了我。光是修整到能重新住人就肯定花掉了他一大笔钱。我很不喜欢这宅子，一直没喜欢过。”

“你没必要非住在这里不可，是吧？”

她无奈地耸耸肩。“至少住些时候吧。至少还有个女儿可以让他

①布卢瓦城堡位于法国卢瓦尔河谷，法国历史上曾有七位国王和十位王后在此居住过。

感到安心。洛林医生喜欢这里。”

“他会喜欢的。能在韦德府上闹出那种事的人，穿睡衣都不会忘记打绑腿。”

她挑了挑眉毛。“何以见得？多谢你对这个话题如此感兴趣，马洛先生，可是我觉得我们已经说得够多了。可以进去了吗？我父亲不喜欢久等。”

我们再次穿过车道，迈上石阶。双扇大门的一扇无声地打开了，一个穿戴华贵、神色倨傲的家伙候在一边等我们进去。走廊比我住的房子都大，镶花地板，背后好像有彩色玻璃窗，要是有点光照射进来，我也许能看清楚其余部分。我们沿着长廊穿过好几道双扇雕花门，进入一间光线晦暗的房间，纵深不下七十英尺。有个人坐在那里等着，一言不发，冷冷地看着我们。

“我来晚了吗，父亲？”洛林夫人慌忙说道，“这位是菲利普·马洛先生，这位是哈伦·波特先生。”

那人只朝我望了一眼，下巴往下移动了半寸。

“按铃上茶，”他说，“坐下，马洛先生。”

我坐下望着他。他看着我，好像昆虫学家看着一只甲壳虫。谁也不说话。彻底的沉默，直到茶送上来。茶具置于巨大的银茶盘里，摆在一张中式案几上。琳达坐在旁边斟茶。

“两杯，”哈伦·波特说，“你可以去别的屋喝，琳达。”

“是，父亲。你茶里要加什么，马洛先生？”

“随便。”我的声音飘向远处，变得微弱而单薄。

她递给老头一杯，又递给我一杯，然后悄悄起身走出房间。我目送她离去。我喝了口茶，掏出香烟。

“请别抽烟。我有气喘。”

我将香烟收回口袋，瞧着他。我不知道腰缠万贯是什么滋味，不过他的样子不像是活得很开心。他个头高大，至少有六英尺五英寸，不胖不瘦。他穿了身没垫肩的灰色粗花呢西装。他那副肩膀是不需要垫任何东西的。里面穿着白衬衫，系深色领带，没带装饰用的手帕。外胸袋里插着眼镜盒，黑色的，跟他的皮鞋一个颜色。他头发乌黑，没有一丝白的，像麦克阿瑟那样，从脑袋一侧横梳到另一侧。我总觉得那片头发底下是光秃秃的头皮。他眉毛又粗又黑，声音好像是从远处传来。他喝着茶，神情就好像很讨厌那杯茶似的。

"马洛先生，为了省时间，我把我的态度先摆在这儿。我以为你正在干预我的私事。要是我没说错，希望你就此罢手。"

"我不熟悉你的私事，无从干预，波特先生。"

"不敢苟同。"

他又啜了几口茶，把杯子搁在一边，往后仰靠在大椅子里，用严厉的灰色眼睛解剖着我。

"我自然知道你姓甚名谁，靠什么谋生——如果你有生可谋——还知道你是如何卷入特里·伦诺克斯的事情的。有人向我报告说你帮助特里·伦诺克斯逃出国境，你对他犯罪表示怀疑，你后来又与我已故的女儿认识的一个男人有所接触。我不知道你意欲何为，请作个解释。"

"如果那个男人有姓有名，请你报出来。"

他淡淡一笑，但并不像是对我产生了些许好感。"韦德，罗杰·韦德。我想是一个什么作家。一个写手，他们跟我说，专写诲淫诲盗的作品，我没兴趣阅读。我还听说此人嗜酒成性，相当危险。这也许让你胡思乱想了吧。"

"也许你最好让我来说一说自己的想法，波特先生。我的想法自然不重要，可是除了这些想法，我一无所有。首先，我不相信特里杀了他妻子，原因是杀人手法，我不相信他是那种人。第二，我没去找韦德。有人要求我住在他家，尽可能地帮助他保持清醒，让他完成写作计划。第三，如果说他是个危险的酒鬼，我至今没有发现任何征兆。第四，我最初与韦德产生联系是受纽约一位出版商的委托，那时我根本不知道他认识你女儿。第五，我拒绝接受雇用，后来韦德夫人请求我帮她寻找躲出去醒酒的丈夫，我找到了他，把他带回了家。”

“很有条理。”他干巴巴地说道。

“我的有条理还没演示完呢，波特先生。第六，不知是你本人还是某个你吩咐的人派了个叫休厄尔·恩迪科特的律师，打算把我弄出监狱。他没说是谁派他来的，不过知道这件事底细的也没其他人。第七，我离开监狱后，有个叫曼迪·曼宁德兹的流氓跑来要挟我，叫我别管闲事，还啰里啰唆地讲了一遍特里如何救了他和拉斯维加斯一个叫兰迪·斯塔尔的赌棍的命。就我所知，这故事也许不假。曼宁德兹装作对特里不满，因为特里没开口让他帮忙逃往墨西哥，而是向我这个窝囊废求助。他，曼宁德兹，只消动一根手指头就能办成，而且办得更漂亮。”

“你肯定，”哈伦·波特冷笑道，“不会以为我认识曼宁德兹先生和斯塔尔先生吧。”

“这我不得而知，波特先生。一个人怎么能积累到你那个级别的财富，不是我能弄明白的。下一个警告我别插手的是你女儿洛林夫人。我们在一家酒吧偶然碰上，开始聊起来是因为我们都在喝琴蕾，那是特里喜欢的酒，在此地喝的人不多。她不告诉我我也不会知道她是谁。我跟她讲了一些我对特里的看法，她提醒我，要是惹恼了你，我的职业生涯很快就会完蛋。你很恼火吗，波特先生？”

“我恼火的时候，”他冷冷地说道，“你不用问我。你会清楚地知道。”

"我就是这么想的。我等着打手们来串门，不过至今他们还没露脸，警察也没来找我麻烦。他们完全可以这么做，让我吃些苦头。波特先生，我想你要的只是清静。我到底干了什么搅了你的清静呢？"

他咧嘴笑了笑，阴阴的，不过确实是在笑。他收拢长长的发黄的手指，跷起腿，舒坦地往后靠了靠。

"说得相当好，马洛先生，我让你说完了。现在你听着。你猜得很对——我想要的只是清静。你与韦德的相识可能纯属无意、偶然或巧合。就这样吧。我是个看重家庭的人，尽管这年月许多人觉得家庭几乎一钱不值。我的一个女儿嫁了个自命清高的波士顿人，另一个有过好几次愚蠢的婚姻，最后一任丈夫是个恭顺的平民，任由她过着毫无意义的放荡的日子，直到他突然无缘无故失去控制，把她杀了。由于手法残忍，你觉得不能接受。你错了。他用毛瑟自动手枪打中了她，就是他带去墨西哥的那把。开枪之后再砸烂她的脸，为的是掩盖枪伤。我承认这做法很残暴，但请记住，他参加过战争，负过重伤，受过不少罪，也见识过他人受罪。他也许不是故意要杀她，他们说不定还扭打了一阵，因为枪是我女儿的。那把枪虽小，但很厉害，七点六五毫米口径，型号为P.P.K.。子弹穿过她的脑袋，嵌进印花棉布窗帘背后的墙里。这细节没立即发现，消息一点没见报。好，现在我们来分析一下。"他停下来，瞪着我。"你非要抽烟不可，是吗？"

"抱歉，波特先生。我下意识拿出来的。习惯成自然。"我再次把香烟收回口袋。

"特里杀了他妻子。从警方极为局限的观点出发，他的杀人动机很充分。但他也有极其有利的辩护理由——枪是她的，在她手中，他想从她手中夺下来，但没有成功，结果她打中了自己。精明的辩护律师会由此入手大做文章，他可能会被宣判无罪。要是他那会儿打电话给我，我会帮他的。但是，他为了掩盖枪杀真相做出如此残忍的事，断了自己的后路。他不得不逃跑；就连这个，他也搞得那么狼狈。”

“的确，波特先生。不过他一开始就给在帕萨迪纳的你打了电话，是吧？他告诉我他打了。”

大人物点点头。“我叫他销声匿迹，我再看看怎么办。我不希望知道他在哪里。必须这样。我不能窝藏罪犯。”

“听上去很有道理，波特先生。”

“你话中带刺，我有没有听错？没关系。我得知细节后，做什么都不可能了。我不能容忍这样血腥的场面将会导致的那种审判。坦白说吧，听说他在墨西哥自杀，并且留下一份自白书，我感到很高兴。”

“这我能理解，波特先生。”

他朝我皱了皱眉。“留点神，年轻人。我不欣赏讽刺挖苦。你现在明白我为什么不能容忍任何人对这个案子进行任何进一步的调查，以及为什么我要使用我的全部影响来缩短调查并阻止媒体曝光了吧？”

“这很自然　　如果你确信是他杀了她。”

“当然是他杀了她。动机是另外一回事，而且已经不再重要了。我不是公众人物，也没兴趣成为那样的人物。为了避免引起关注，我想尽了办法。我有影响力，但不会滥用。洛杉矶地区检察官是个野心勃勃的角色，他聪明得很，不会为了这件丑闻葬送自己的前程。我看见你眼里闪着光，马洛。别这样。我们生活在一个美其名曰民主的社会里，一切由多数人做主。如果能够实施，真是十全十美。公众选举，可提名的却是政党机构，而政党机构要有效地运作，必定会花费大量钱财。得有谁提供这笔钱，而这个‘谁’，无论是个人、财团、工会，还是其他，都指望得到某种照应作为回报。我本人及像我这样的人希望能够不被打扰地过清静日子。我拥有报纸，可并不喜欢报纸。我视之为对我们所剩无几的私人空间的永久威胁。他们心心念念盼望着的所谓新闻自由，除了少数令人信服的例外，只意味着自由地贩卖丑闻、罪恶、性、哗众取宠、仇恨、含沙射影，以及政客和金融家的宣传鼓动。报纸是一种靠登广告营利的买卖；广告收益的多寡完全取决于报纸的发行量，你当然知道决定报纸发行量的是什么因素。”

我起身绕着自己的座椅走动。他冷冷地注视着我。我又坐了下来。我需要一点好运气。该死，我需要大大的好运气。

“不错，波特先生，接下来怎么办？”

他没在听。他皱着眉头沉浸在自己的思绪里。“钱是个怪物，”他继续说道，“巨额资产好像有自己的生命，甚至良心。金钱的力量难以驾驭。人永远是贪得无厌的动物。人口增长，战争的巨额花费，不断上涨的税收——所有这一切逼得人越来越贪婪。平民百姓身心疲惫，胆战心惊。这样的人是不可能理想化的，他得养家糊口。在当下这个时代，我们目睹了公众和个人道德观念以令人吃惊的速度堕落。你无法指望在生活缺乏质量的人身上看到质量。你无法指望批量生产的东西有质量。你讨厌有质量的东西，因为它用了很长时间也不坏。所以你以款式取而代之，这是商家的花招，意在人为地制造古董。批量制造商为了打开明年的销售市场，必须让今年兜售出去的东西在一年内变得落伍背时。我们拥有世上最洁白的厨房和最明亮的浴室。但在这洁白可爱的厨房里，寻常妇女做不出可口的饭菜，而那明亮可爱的浴室差不多就是个陈列室，摆放着除臭剂、泻药、安眠药，以及那些被称作化妆品公司的兜售虚假信心的商家炮制出来的东西。我们制造出世上最精美的包装盒，马洛，但金玉其外，败絮其中。”

他掏出一方白色大手帕，擦了擦鬓角。我坐在那里张口结舌，惊讶于他生活的动力何在。他憎恶一切。

“对我来说这些地方有点太热了，”他说，“我习惯了凉爽些的气候。我像在发表社论，一扯就忘了初衷。”

“我明白你的意思了，波特先生。你不喜欢世界现在的运行方式，所以你动用势力给自己隔离出一个私人空间，按照你记忆中五十年前批量生产年代尚未开始时人们过日子的方式生活。你拥有千百万资产，而财富带给你的只有让人头疼的事情。”

他用两只手分别用力拽着手帕的两个对角，接着又把它揉成一团，塞进口袋。

“还有呢？”他简短地问道。

“就这些，没别的了。你不在乎谁杀了你女儿，波特先生。你从很早以前就把她当成一个败笔放弃掉了。即便杀她的不是特里·伦诺克斯，真正的凶手还逍遥法外，你也不在乎。你不希望他被缉拿归案，因为那样会让那桩丑闻重新引起注意，得开庭审理，辩护听证会把你的隐私张扬得比帝国大厦还醒目。当然，除非他善解人意，在开庭之前把自己解决了。最好在塔希提、危地马拉或撒哈拉大沙漠里，总之要在那些县政府不愿意掏腰包派人验证实情的地方。”

他忽然笑起来，粗犷的大笑，带着适量的友善。

“要我给你什么，马洛？”

“如果你指的是钱，我一分也不要。我不是主动前来的，是被带来的。我告诉了你我认识罗杰·韦德的经过。但是他的确认识你女儿，也确实有暴力记录，尽管我不曾亲眼目睹。昨晚那家伙企图自杀。他焦虑不安，心里充满了罪恶感。要是我恰巧在寻找嫌疑人，他也许是个人选。我认为他只是其中之一，但我至今只遇见了他。”

他站起身来。看上去体形魁梧，也很硬。他走过来，站在我面前。

“一个电话，马洛先生，就可以吊销你的执照。别跟我绕圈子打马虎眼。我可不会容忍。”

“两个电话，我一觉醒来就会趴在阴沟里，后脑勺不知去了哪里。”

他粗声大笑。“我不会这么干。我估计你从事这稀奇古怪的行业，自然会往那里想。我已经跟你待了太长时间。我按铃叫管家送你出去。”

“不必，”我说着站起来，“我来到这里，聆听了教诲。多谢您赏我时间。”

他伸出手来。“多谢光临。我觉得你是个非常诚实的人。别逞能，年轻人。没好处。”

我同他握手。他的手像把老虎钳。现在他正仁慈可亲地朝我微笑。他是大亨，赢家，稳操胜券。

“近期我也许能放些生意给你，”他说，“不过别以为我收买政客或执法官员。我没必要那么做。马洛先生，再次感谢光临。”

他站在那里，目送我走出房间。我正欲打开前门，琳达·洛林从一处阴影里冒了出来。

“怎样？”她低声问道，“你跟我父亲谈得还投机吗？”

“不错。他向我解释了什么是文明。我是说他眼里的文明。他会让文明再多活些日子，不过它最好小心着别打扰到他的私生活。不然他就会打电话给上帝，取消订货。”

“你简直没救了。”

“我？没救？夫人，看看你家老头子。跟他比起来，我就是个摇着新拨浪鼓的蓝眼娃娃。”

我走出门去，阿莫斯已经备好了凯迪拉克等着我。他把我送回好莱坞。我要给他一块钱，他不肯收。我又说要买本 T. S. 艾略特[1]的诗集送他，他说已经有了。

---

① T. S. 艾略特（1888–1965），美国剧作家、诗人，一九四八年获诺贝尔文学奖。

33

一个星期过去了，韦德一家没有消息。天气闷热潮湿。呛人的烟雾往西一直蔓延到贝弗利山庄。从穆赫兰大道顶上望去，你能够看到整个城市被烟雾笼罩着，就好像是自地面升起的雾气。如果你人在其中，会尝到它的味道，嗅到它的气味，感到眼睛刺痛。人人都在叫苦。这烟雾使帕萨迪纳的市政议员们怒气冲冲。电影明星们把贝弗利山庄闹得乌烟瘴气后，因循守旧的百万富翁们就躲到帕萨迪纳来了。什么都是烟雾的错。要是金丝雀停止歌唱，送牛奶的姗姗来迟，哈巴狗长了虱子，领子浆得笔挺的老朽在去教堂的路上心脏病突发，都得怪这烟雾。我住的地区清早一般空气清新，黄昏通常也是如此。有时候，从早到晚竟然没有一丝烟雾，没人知道是什么原因。

一天，天气就像这样——恰巧是星期四——罗杰·韦德打来电话。“你怎么样？我是韦德。”他听上去挺不错。

“还行。你呢？”

“我怕是脑子还算清醒。努力挣辛苦钱。我们该聊聊。而且我想我欠你些钱。”

“你不欠我什么。”

“得了。一起吃午饭怎么样？你能不能一点钟左右到这里来？”

“估计没问题。甜哥儿怎么样？”

“甜哥儿？”他好像有些搞不明白，准是忘记那天晚上的事了。“哦，那天晚上他帮着你把我弄上床来着。”

“不错，他是个乐于帮忙的小家伙——在有些事情上。你夫人还好吗？”

“她也挺好。她今天上街买东西去了。”

我们挂断了电话。我坐在转椅里晃来晃去。我应该问问他书写得怎么样了。兴许跟作家说话，你总是该问问他书进展得如何。不过，也有可能这问题已经让他厌倦透顶了。

过了一会儿，又来了一个电话，声音很陌生。

“马洛，我是罗伊·阿什特费尔特。乔治·彼得斯招呼我打个电话给你。”

“哦，谢谢。你就是那个在纽约认识特里·伦诺克斯的伙计吧。他那时自称姓马斯顿。”

“正是。醉鬼一个。不过就是同一个人。你不可能认错。到这儿后，有一天晚上我在蔡森酒吧见到他和他妻子。我和客户在一起。客户认识他们。对不起，客户的名字我不能说。”

“我明白。我想现在这不那么重要了。他的名字是什么？”

“等等，让我想想。哦，对了，保罗，保罗·马斯顿。还有一件事不知你有没有兴趣。他佩戴着一枚英军徽章。就是圆环里面站只鹰那种退伍纪念章。”

“嗯。后来他怎么样了？”

“我不知道。我去了西部。我再次碰见他时，他也已经在西部了，娶了哈伦·波特放荡的闺女。这些你已经都知道了。”

“他们两个都死了。不过非常感谢你告诉我。”

“客气。很高兴为你效劳。这信息对你有用吗？”

“没什么，”我撒谎道，“我从来没开口问过他自己的事情。他有一回告诉我他在孤儿院长大。你有没有可能搞错了？”

“有他那一头白发，一张疤脸，兄弟，绝对不可能。我不敢说会永远记得某一张脸，但那张例外。”

“他看见你了吗？”

“就算看见了，他也不会表现出来。在那种情况下，不能指望他会表示认识我。反正他大概已经不记得我了。我跟你说了，他在纽约时老是喝得醉醺醺的。”

我再次感谢他，他说很高兴能帮到我。我们就挂断了电话。

我琢磨了一会儿这件事。大楼外面街道上人来车往的噪音成了我思考时不和谐的伴奏。吵得很。炎炎夏日，什么都很吵。我起身把下半扇窗户拉上。我给凶案组的警官格林打了个电话。他倒是很亲切。

“你看，”寒暄了几句后，我说，“我听到一些有关特里·伦诺克斯的事情，感到困惑。我认识的一个家伙曾经在纽约见过他，当时他用的是别的名字。你核查过他的参战记录吗？”

“你们这些家伙就是学不乖，”格林不客气地说，“你学不会少管别人的事，是吗？那个案子已经了结，上了锁，系上铅块，沉到海底去了。明白吗？”

“上星期某个下午，我和哈伦·波特在他女儿位于空闲谷区的府邸一起度过了几个小时。要不要核实一下？”

“做了什么？”他酸不溜秋地问道，“假设我信你。”

“谈了些事情。是他邀请我去的。他挺欣赏我。他还顺便告诉我，那女人是被一把七点六五毫米口径的毛瑟枪打死的。你没听说过吧？”

“说下去。”

“她自己的枪，伙计。是不是有点意思？别误会。我没想去揭露什么秘密。这是我的私事。他在哪里负的伤？”

格林沉默了片刻。电话那头传来关门的声音。接着他压低声音说道：“说不定是在边境南部参加械斗时弄的。”

“噢，去你的，格林。你有他的指纹，按常规你会把它们送去华盛顿，然后会收到那边的报告。我问你的只不过是他的参战记录。”

“谁告诉你他有参战记录？”

“曼迪·曼宁德兹。好像是伦诺克斯有一次救了他的命，因此负伤，被德国人俘虏了，是他们把他的脸弄成这样的。”

“曼宁德兹，啊？你相信那婊子养的？你脑子里一团糨糊，是吧？伦诺克斯有屁的参战记录，随便什么名字下面都没有任何记录。你满意了吧？”

“你愿意怎么说就怎么说好了，”我说道，“我不明白为什么曼宁德兹不嫌麻烦跑来对着我胡诌一通，警告我别多管闲事，因为伦诺克斯是他和拉斯维加斯的兰迪·斯塔尔的朋友，他们不希望别人掺和进来。反正伦诺克斯已经死了。”

“谁知道那流氓在搞什么鬼？”格林尖刻地说道，“或者为什么搞鬼。说不定伦诺克斯在跟钞票结婚、变得人模人样以前，和他们是一伙的。他在拉斯维加斯那个斯塔尔的地盘上当过一阵子楼层经理。他就是在那里碰到那女人的。笑一笑，鞠个躬，晚礼服，一面逗顾客开心，一面留意雇来的托儿。我想干这活计伦诺克斯很有一套。”

“他有魅力，”我说，“干警察这一行用不着这个。非常感谢，警官。格里戈里厄斯警监近来好吗？”

“退休了。你难道不读报纸？”

“不读犯罪新闻版，警官。太龌龊。”

我准备道别挂电话，但他打断了我。“富翁先生找你有何贵干？”

“我们只不过一起喝喝茶。社交拜访。他说也许可以放些生意给我。他还暗示——只是暗示，没明讲——要是哪个警察斜眼瞧我，他以后就没好日子过。”

“警局又不归他掌管。”格林说道。

“这他承认。他还说，他根本不用收买地区检察官或警察局长。他打盹儿的时候，他们会自己爬上他的大腿。”

“该死！”格林说，咔嚓一声挂断了电话。

捧个警察饭碗是件困难的差事。你永远搞不清楚在谁的肚皮上蹦跶不会惹来麻烦。

34

从公路到盘山道那一段坑坑洼洼的路在正午的热浪里蜿蜒起伏，道路两边晒干的土地上一簇簇低矮的灌木蒙着白色的沙尘。杂草散发的气味令人反胃。一丝热烘烘的气味刺鼻的风若有似无地吹着。我脱下外套，卷起袖子，但车门滚烫，无法将手臂搁在上面。一匹拴着的马在槲树丛下懒洋洋地打盹儿。一个皮肤黝黑的墨西哥佬坐在地下读报，神情像要把报纸吃下去似的。一卷风滚草无精打采地滚过路面，在凸出的岩石上停住了，刚才那儿还有只蜥蜴，似乎完全没动，但一眨眼就不见了。

我沿着柏油路绕过山丘，进入另一片乡野。五分钟后，我拐上韦德家的车道，停好车，穿过石板路，按下门铃。韦德穿着短袖的褐白两色格子衬衫、浅蓝色牛仔便裤，趿着拖鞋，自己来开门。他看上去晒黑了些，精神不错。他一只手上沾了墨水，鼻翼一侧有一抹烟灰。

他把我让进书房，自己坐在书桌后面。书桌上有厚厚一摞黄色打印稿。我将外套搁在一把椅子里，坐进沙发。

“多谢光临，马洛。喝点什么？”

我脸上露出听到醉鬼这么问时的无奈表情。我能够感觉到。他扮了个鬼脸。

“我喝可乐。”他说。

“你反应倒快，”我说，“我也不想喝酒。我陪你一起喝可乐。”

他用脚按了下什么东西，不一会儿，甜哥儿就来了。他看上去不太友好。他穿着蓝色衬衫，系了一条橘色围巾，没穿白外套。黑白双色皮鞋，考究的高腰华达呢裤子。

韦德叫他去拿可乐。甜哥儿狠狠地瞪了我一眼，走了。

“书进展如何？”我指了指那摞文稿，问道。

“哦，糟糕得很。”

“我不信。写了多少？”

“大约三分之二——就篇幅而言。但里面没什么东西。你晓得一个作家是怎么知道自己才华耗尽了的吗？”

“我对作家一无所知。”我给烟斗里填满烟丝。

“他开始翻阅自己的旧东西来寻找灵感。绝对的。我已经完成了五百页文稿，远远超过了十万字。我的书篇幅一般都很长，大家喜欢大部头的作品。那些蠢货以为页数多里面的好东西就多。我没胆量通读一遍，里面有些什么东西我连一半都不记得。我简直不敢看自己的作品。”

“你气色不错，”我说，“跟那天晚上相比，简直让人难以置信。你比自己想象的要有种。”

“我眼下需要的不仅仅是有种，有些事光有愿望还不成。要相信自己。我是个被惯坏了的作家，对什么都不再相信。我有漂亮的家和漂亮的老婆，写出的书是畅销榜上的常客，然而我想要的却只是喝得烂醉，忘掉一切。”

他双手托腮，隔着书桌盯着我。

“艾琳说我企图开枪自杀，有这么糟糕吗？”

“你不记得了？”

他摇摇头。“我只记得跌倒了，磕破了脑袋，后来我就躺在了床上，你在边上。此外我他妈的什么都不记得了。是艾琳打电话给你的？”

“不错。她没说？”

“这个星期，她没怎么跟我说话。我猜她是受够了。已经到这里了。”他把一只手横在脖子和下颌相接的地方。“洛林在这里演的闹剧把事情搅得更糟了。”

“你夫人说那没什么。”

“呃，她当然会这么说，是吧？那恰恰就是事实。不过我认为她那么说的时候心里并不相信。那家伙实在是个醋缸。你只要和他老婆在角落里喝上一两杯，笑几声，和她吻别，他马上就会认为你和她上了床。其中一个原因是他没和她上床。”

“我喜欢空闲谷区，”我说，“因为这里人人都过着一种舒适而正常的日子。”

他皱了皱眉头。门开了，甜哥儿端着两瓶可乐和两只玻璃杯走进来，他倒出可乐，把一只杯子放到我面前，看都不看我一眼。

“半小时后开饭，”韦德说，“白制服哪里去了？”

“今天我休息，”甜哥儿面无表情地说，“主人，我不是做饭的。”

“冷盘或三明治加啤酒就行，”韦德说道，“厨师今天休息，甜哥儿。我有朋友一起吃午餐。”

“你以为他是你的朋友？”甜哥儿冷笑道，“最好去问问夫人。”

韦德往后靠在椅背上，朝他微笑着。“小心你的嘴巴，小东西。你在这里舒服惯了。我不常让你帮忙，是吧？”

甜哥儿看着地板。过了一会儿，他抬起头笑了笑。“好吧，主人。我去穿上白制服弄午餐。”

甜哥儿缓慢地转过身，走了出去。韦德看着门关上，然后耸耸肩看向我。

“我们以前称他们仆人，现在称他们家庭帮手，我怀疑不用多久我们就得把早餐送到他们床前了。我付给这家伙太多钱，把他惯坏了。”

“工钱——还是额外塞给他的？”

“你指什么？”他厉声问道。

我起身递给他几页折起来的黄色稿纸。“你最好先读一读这个。显然你忘了曾叫我撕毁它们。它们在你的打字机盖子下面。”

他展开黄纸，靠在椅背上读起来。他面前桌上的可乐嗞嗞作响，他没去理会。他皱着眉头，读得很慢。读完后，又将它们重新折好，一根手指沿着纸张边缘上下移动。

“艾琳见过这个没有？”他小心地问道。

“我不得而知。或许她看过。”

“疯狂得很，是吧？”

“我喜欢。尤其是提到一个好人因你而死的那段。”

他又展开那几张纸，恼恨地把它们撕成细长条儿，扔进废纸篓。

“我想醉鬼可能会写、说或者做任何事，”他缓慢地说道，“那东西对我来说毫无意义。甜哥儿没敲诈勒索我。他是喜欢我的。”

“你最好再喝醉一回，说不定就会记起你想表达的是什么，说不定会想起许多事情。我们已经有过一次经验——那天夜里手枪走火了。我估计安眠药已经让你把这事忘得一干二净了。你那时听上去清醒得很，可现在却自称不记得写过那东西。无怪乎你的书写不出来，韦德。你还能活着真是个奇迹。”

他侧身拉开书桌抽屉，在里面摸索了一阵，拿出一本三联支票本。他打开支票本，伸手拿起笔。

“我欠你一千块钱。”他平静地说道。他在支票本上写了些字，又在存根上写了些字，接着撕下支票，绕过书桌，扔在我面前。“这行了吗？”

我往后靠了靠，抬头望着他，没去碰支票，也没回答。他的脸紧绷、憔悴，眼睛像两个深洞。

“我觉得你以为我杀了她，让伦诺克斯背黑锅，”他慢慢地说道，“她的确是个烂货，可你不至于因为一个女人是烂货就把她脑袋砸烂。甜哥儿知道我有时去那里。有趣的是我不以为他会走漏风声。我也可能失算，但还是不相信他会说出去。”

“他有没有走漏风声没关系，”我说，“哈伦·波特的朋友们不会听他的。再说，她不是被那青铜玩意儿砸死的，她是被自己的手枪打穿脑袋送了命。”

“她可能有枪，”他像在做梦似的说道，“不过我不知道她是被枪杀的。报纸没披露。”

“你不知道，还是不记得？”我问他，“没有，报纸没有披露。”

“你要拿我怎么着，马洛？”他声音温和依旧，几乎可以说是轻柔，“你要我怎么做？告诉我老婆？告诉警察？这有什么好处？”

“你说有个好人因你而死。”

“我的意思是当初如果真的展开调查，我大概会被列为嫌疑人——不过只是其中之一。在某种程度上，我可能已经完蛋了。”

“我不是来指控你杀了人，韦德。令你心神不安的是连你自己都不确定你到底干了什么。你打过你老婆，这已记录在案，你喝醉时完全不知道自己在干什么。说你不会因为一个女人是荡妇就把她脑袋打烂，这种说法站不住脚。有人就这么干了。在我看来，那个被认定的家伙犯杀人罪的可能性比你小得多。”

他走到敞开的法式落地长窗前，站在那里眺望波光潋滟的湖水。他没有回答我。有几分钟，他一言不发，也没挪动。最后，外面响起了轻轻的叩门声，甜哥儿推着一辆茶点推车进来了，上面放着雪白的餐巾、罩了银盖的餐盘、一壶咖啡和两瓶啤酒。

“主人，要打开啤酒吗？”他冲着韦德的背影问道。

“给我拿一瓶威士忌。”韦德头也没回。

“抱歉，主人，没有威士忌。”

韦德转身冲甜哥儿吼叫，但甜哥儿没有让步。他低头看着茶几上的支票，歪着脑袋读完上面的字，然后抬头望着我，从牙缝里挤出几个字来，接着又朝韦德望过去。

“我走了，今天我休息。”

他转身走了。韦德笑了一声。

“我自己去拿。”他高声说道，然后出了房间。

我揭开一个盖子，看到一些切得整整齐齐的三角三明治。我拿起一块，倒了杯啤酒，站着吃完了。韦德拿着一瓶威士忌和一只酒杯回来了。他坐进沙发，往杯子里斟了些酒，一口灌了下去。外面传来汽车离开院子的声音，大概是甜哥儿开车从副车道走了。我又拿了一块三明治。

“坐下，不用拘束，”韦德说，“我们有一整个下午可消磨。”他的脸已经开始发红，嗓音洪亮而兴奋，“你不喜欢我，是吧，马洛？”

“这问题你已经问过我了，而且我也已经回答过你了。”

“你猜怎么着？你这无情无义的狗杂种。你不择手段地索取你要的东西。你甚至趁我醉得无能为力的时候，在隔壁房间把我老婆带上床。”

“你信那耍刀子的家伙的话？”

他又倒了些酒，迎着阳光举起杯子。“当然不是什么都信，不是。威士忌的颜色真是漂亮，是吧？溺死在这金色里——也不坏啊。‘在午夜离去，没有悲伤。’[①]接下去是什么？哦，对不起，你不会知道。太文学了。你是个侦探，不是吗？能不能告诉我你为何会在这儿？”

他又灌了几口威士忌，冲着我咧嘴一笑。然后他瞄到了放在茶几上的支票，伸手拿起来，举到酒杯上方看上面的字。

“好像是开给某个姓马洛的人的。我不知道为什么要开这张支票，干什么用。好像我还签了名。我真蠢。三两下就上了当。”

“别演戏了，”我粗鲁地说道，“你老婆呢？”

他礼貌地看着我。“我老婆到时候就会回家。毫无疑问，那时我已经喝得烂醉，她可以从容不迫地取悦你。这宅子就由你支配啦。”

“枪在哪里？”我突然问道。

他一脸茫然。我告诉他我把枪放在他书桌的抽屉里。“我相当肯定已经不在那里了，”他回答道，“要是你乐意，不妨搜一搜，只是别偷我的橡皮筋。”

我走到书桌旁，搜检了一遍。枪不在。这非同小可。也有可能被艾琳藏起来了。

“喂，韦德，我问你你老婆在哪里。我认为她应该回家。不是为了我，朋友，是为你好。你得有人照看，如果落到我头上，我可就惨了。”

他茫然地瞪着眼，手里还举着支票。他放下手中的酒杯，把支票撕成两半，再撕一下，又撕一下，将纸屑撒在地下。

“显然是太少了，”他说，“你的劳务费是天价，一千块钱加上我老婆都不能让你满意。太糟糕了，可再高我也出不起了，除了这宝贝儿。”他拍拍酒瓶。

---

①出自英国诗人约翰·济慈（1795–1821）的《夜莺颂》。

“我走了。”我说。

“为什么？你要我回忆。行啊——酒瓶里有我的回忆。别走开，伙计。等我喝到那份上，会跟你聊聊我杀掉的所有女人。”

“好吧，韦德。我再留一会儿。不过我不待在这里。要是你需要我，只要往墙上扔把椅子就行。”

我离开了书房，把门开着。我穿过客厅，走上露台，拉了把躺椅到阳台投下的阴影中，舒展四肢躺着。湖对面的山丘周围蓝雾氤氲。和煦的海风掠过低矮的群山往西而去，滤净了空气，滤去了燥热。空闲谷区的夏天如此完美，是某个人精心规划出来的。天堂股份有限公司，严禁入内。仅限上层雅士。谢绝中欧族裔。只接受精英，最优秀的人士，最迷人的阶层。像洛林、韦德之流。纯金一族。

35

我躺了半个小时，琢磨着该怎么办。我的一部分希望他一醉方休，看看能否挖出些东西。他在自己家的书房里，我不觉得会发生什么严重的事情。他可能会再跌上一跤，但不会这么快。他相当能喝。再说酒鬼从来不会把自己伤得太厉害。他也可能又自觉内疚。更有可能这次他就去呼呼大睡了。

我的另一部分希望马上离开，避开这些事情的纠缠。可我向来不听从自己的这个部分。要是我真那么想，就会守在我出生的小镇上，在五金铺子里谋个饭碗，娶老板的千金，生五个小孩，星期天早晨给他们念报纸上的趣闻轶事，要是他们不像话，就给他们后脑勺一巴掌，和老婆争论该给他们多少零花钱，该让他们看哪些电视节目，听哪几个电台。我说不定还会发财——小镇人眼里的发财，住有八个房间的大宅子，车库里停着两辆车，每个星期天都有鸡吃，客厅茶几上摆着《读者文摘》，老婆一头烙铁烫的鬈发，而我的脑瓜就像袋水泥。伙计，你去过那小镇上的日子吧，而我还是愿意待在这脏乎乎的、畸形的大都市。

我起身走回书房。韦德坐在那里，一脸茫然，苏格兰威士忌的瓶子已经空了大半，他眉头微皱，目光呆滞。他望着我，就好像马儿望着围栏外。

“你要干什么？”

“不干什么。你没事吧？”

“别来烦我。我肩膀上站着个小人儿，正在跟我讲故事呢。”

我从茶点推车上又拿了一块三明治和一瓶啤酒。我靠着书桌，就着三明治喝啤酒。

“你猜怎么着，”他忽然说话了，嗓音变得清亮了许多，“我曾经用过一个男秘书，我口授他记录。后来请他走人了。他坐在那里等待我创作，烦着我了。失策。应当留下他。外面会传我是同性恋。那帮写不出其他东西只能写书评的聪明人会嗅出点什么，开始添油加醋地为我宣传。你明白的，他们得照顾他们的同类。他们都是同性恋，他妈的每个人都是。在咱们这个时代，同性恋是艺术的仲裁者，伙计。性变态者是领衔人物。”

“是这样吗？这种人一直就有，对吗？”

他没有看我，只顾自己说话，不过他听见了我的话。

“没错，几千年都这样，尤其是艺术繁盛的时代。雅典，罗马，文艺复兴，伊丽莎白女王时代，法国浪漫主义运动时期——充斥着这类人，到处是同性恋。你读过《金枝》[①]没有？噢，对你来说太长了。那就读一读缩写本。值得一读。证明我们的性取向纯属大众习惯，就好比晚礼服要配黑领带一样。我，我是个情色作家，但喜欢女人，不是同性恋。”

---

①英国人类学家詹姆斯·乔治·弗雷泽（1854–1941）所著，是一部研究原始信仰和巫术活动的著作。

他抬头望着我，冷笑道："你知道吗，我在撒谎。我的男主角个个都是八尺壮汉，我的女主角仰卧在床上，翘着双腿，屁股都磨出老茧来了。蕾丝和花边，利剑与马车，风雅同悠闲，决斗，以及壮烈身亡。都是谎言。他们擦香水，不用肥皂；他们一口烂牙，因为从不清洁牙齿；他们指甲盖下散发出肉卤的馊味。法国贵族在凡尔赛宫对着大理石走廊的墙壁撒尿。当你终于脱去可爱的侯爵夫人那好几层内衣，首先注意到的是她需要洗个澡。我应当这样写才对。"

"那你干吗不这样写？"

他轻声笑道："当然可以，但我就得住在康普顿只有五间陋室的房子里——这还要看我是不是幸运。"他伸出手，拍拍威士忌酒瓶。"你很寂寞，老兄。你需要个伴儿。"

他站起身来，脚步稳当地走出书房。我等了一会儿，脑子里什么都没想。湖面上，一艘汽艇轰鸣着驶过来，进入了我的视线，我可以看到它的桅座高出水面，船尾拖着一块冲浪板，上面站着个晒得黝黑的健壮的年轻人。我走近法式落地长窗，望着那艘汽艇打了个转弯，转得太急，几乎翻掉，冲浪的人在板上金鸡独立，企图保持平衡，结果还是跃进了水中。汽艇减速停下，水里的人懒洋洋地爬上来，顺着拖索回去，滚上冲浪板。

韦德回来了，又拿来一瓶威士忌。汽艇加速行驶，消失在远处。他把新拿来的酒放在原来那瓶旁边，坐下来，若有所思。

"老天爷，你没打算把这些酒都灌下去吧？"

他眯起眼睛看着我。"走开，讨厌鬼。回家去吧，拖拖厨房地板什么的。你挡着我的光线了。"他的声音又浑浊起来。像往常一样，他已经在厨房里喝了几盅。

"你要是需要我，喊一声就是。"

"我不会沮丧到需要你的。"

“是吗，多谢。我会一直待到你夫人回家。有没有听说过一个叫保罗·马斯顿的人？”

他缓慢地抬起头来，努力集中眼神。我可以看出他尽力想要控制住自己。他暂时得胜了。他的脸变得毫无表情。

“从来没听说过，”他小心地说，语速很慢，“那人是谁？”

* * *

我再去看他时，他已经睡着了，头发汗湿，嘴巴张开，发出苏格兰威士忌的臭味。他牙齿从嘴唇间凸出，脸有些扭曲，舌苔看上去很干燥。

一个威士忌酒瓶已经空了，桌上的杯子里还剩下约莫两英寸高，另外一瓶酒还有四分之三光景。我将空酒瓶放在茶点推车上，将推车推出书房，返回屋里，关上法式落地长窗，拉下百叶窗。汽艇说不定会回来，把他吵醒。我关上了书房的门。

我将茶点推车推到厨房。厨房是蓝白相间的色调，宽敞通风，空空荡荡。我肚子还没填饱，又吃了一块三明治，喝光了剩下的啤酒，又倒了杯咖啡。啤酒已经没气了，可咖啡还是热的。接着我又回到露台上。过了很长一段时间，汽艇才又破开湖面飞驰过来。大约四点钟左右，遥远的隆隆声渐渐变成震耳欲聋的轰鸣。应该立法控制噪音，或许这法律已经存在，只是汽艇上的人不把它当回事罢了。他很享受惹人讨厌，就像我认识的许多人一样。我往下走到湖边。

这回他成功了。汽艇转弯的速度控制得恰到好处，棕色皮肤的小伙子站在冲浪板上身体往外倾，和离心力抗衡，冲浪板几乎飞离水面，但一边还在水中。然后汽艇直线前行，冲浪板上的人还在。他们沿原路离去。情况就是这样。汽艇掀起的波浪朝我脚下的湖岸涌来。波浪猛烈地拍击着栈桥，撞击着系在旁边的小船，小船一上一下地晃荡着。我朝房子里走去，波浪仍在拍打着小船。

我刚踏上露台，就听见厨房那边门铃响了。铃声再次响起时，我意识到只有前门才会有门铃，于是穿过客厅去开门。

艾琳·韦德站在门外，眼睛望着旁边。她转过身，说："抱歉，我忘记带钥匙了。"然后她看见了我。"噢——我以为是罗杰或甜哥儿呢。"

"甜哥儿不在，今天星期四。"

她走进屋里，我关上了门。她将提包放在两张长沙发中间的茶几上，除下一双白色猪皮手套。她看上去平静而冷漠。

"出什么事了？"

"哦，喝了点酒。不太糟。他在书房的沙发上睡着了。"

"他打电话给你了？"

"对，不过不是为这个。他请我来一起吃午餐，可我恐怕他自己什么都没吃。"

"哦，"她在一张长沙发上慢慢坐下，"你看，我彻底忘记今天是星期四了。厨子也不在。真蠢。"

"甜哥儿离开前准备了午餐。我想现在我该走了。但愿我的车没挡你的道。"

她微微一笑。"哪里，地方很宽裕。你想不想喝茶？我想喝点儿。"

"好啊。"我不知道自己为什么会这样说。我其实不想喝什么茶，可嘴巴却这么说了。

她脱下亚麻外衣。她今天没戴帽子。"我先去看一眼罗杰怎么样了。"

我望着她穿过客厅走到书房门口，打开门。她在那里站了片刻，然后拉上门，折了回来。

“他还睡着，睡得很熟。我得上楼去一下，马上就下来。”

我看着她拿起外套、手套和提包，上了楼梯，进了她的屋子，关上了门。我往书房走去，想去收拾酒瓶。要是他睡着了，就不会需要它们。

36

法式落地长窗紧闭着，空气沉闷，拉下的百叶窗使房间里光线昏暗。空气里弥漫着一股刺鼻的气味，以及重得让人透不过气来的寂静。从门口到沙发不超过十六英尺，而我还没走到一半就意识到躺在沙发上的是个死人。

他侧身躺着，面对靠背，一条手臂弯曲着压在身下，另外一条前臂挡住了眼睛。前胸和沙发靠背之间有一摊鲜血，血泊里躺着一把韦伯利双弹簧无撞针手枪。脸上血迹斑斑。

我俯下身去，看着他圆睁的眼眶和赤裸发红的手臂；他头部有个肿胀发黑的窟窿，刚好圈在手肘内侧，血仍在慢慢地往外渗。

我没动他。他的手腕还是热的，但毫无疑问，他已经断了气。我四处看了看，想确认他是否留下了字条或者乱写的东西。书桌上除了一摞文稿，什么也没有。自杀的人并不都会留下文字。打字机的盖子拿下来了，里面没东西。除此之外，一切都相当自然。自杀者为自己饯行，方式各不相同：有人喝酒，有人精心安排香槟晚餐。

有人穿晚礼服，有人赤身裸体。人们上楼顶，跳水沟，进浴室，或高空或水上或水下。他们在仓库上吊，在车库吸煤气。这位看来是个省事的。我没听见枪响，不过那一枪准是在我去湖边看冲浪的人转弯时打的。那时候汽艇正在轰鸣。罗杰·韦德为何会在乎这个——我不明白；也许他并不在乎，只是最后的一闪念刚巧和汽艇撞到了一起。我不喜欢这个结局，可没人会在乎我喜欢什么。

支票的碎片还在地上，我没去管。他那天晚上乱写的、已经撕成碎条的黄色稿纸还在字纸篓里，这些我没留下。我把它们捡了出来，一张纸片也没剩下，统统塞进口袋。字纸篓几乎是空的，所以没费什么事儿。去琢磨那把枪之前放在哪里，实在是徒劳。有太多地方可以藏一把枪。可以藏在椅子或沙发的靠垫下面，也可以放在地上或书堆背后，到处都可以。

我走出书房，带上门。我侧耳倾听。厨房那边有动静。我走过去。艾琳系着蓝色围裙，水壶刚刚开始发出哨音。她关小了火，朝我冷淡地瞥了一眼。

“你的茶里喜欢加点什么，马洛先生？”

“从壶里倒出来就行。”

我背靠墙壁站着，为了不让手指闲着，我掏出一支香烟。我拧它，捏它，后来还把它弄成了两截，一截掉在了地上。她的视线随着那截香烟往下滑。我弯腰拾起它，把两截断烟揉搓成一团。

她沏好了茶。“我一向要加牛奶和糖，”她扭头说，“真奇怪，我喝咖啡是不加任何东西的。我在英国学会了喝茶。他们用糖精代替糖。战时自然也没有牛奶。”

“你在英国生活过？”

“我在那里工作过。大规模空袭[1]期间，我都在那里。我遇见了一

①指二战期间纳粹德国对英国伦敦实施的战略轰炸。

位男士——不过那段经历我已经跟你讲过了。”

“你是在哪里遇到罗杰的？”

“纽约。”

“在纽约结的婚？”

她转过身来，眉头微皱。“没有，我们没在纽约结婚。怎么了？”

“等着上茶，随便问问。”

她从水池上方的窗户看出去。从那里可以看见湖面。她靠着滴水板边沿，手指拨弄着一块折起来的茶巾。

“不制止不行了，”她说，“可我不知道该怎么办。兴许该把他送进某个机构，可我自己很难做得出来。我得在文件上签名，是吧？”

说最后一句时，她转过身来。

“他可以自己签，”我说，“我是说，以前他可以自己签。”

计时器的闹铃响了。她转过身去，将茶水从一个壶里倒进另一个壶里，然后将新壶放在已经摆好茶杯的托盘里。我走过去，端起托盘，送到客厅的两张长沙发中间的茶几上。她在我对面坐下，斟了两杯茶。我伸手将我那杯挪到跟前，等茶凉下来。我望着她在自己的茶杯里加了两块糖和一些牛奶。她尝了一口。

“你最后那句是什么意思？”她突然开口问道，“你说以前他可以自己签——自己把自己送去某个机构，你是不是这个意思？”

“我只是随口说说。那天早晨我跟你提到过那把手枪，你把它藏起来了？就是他在楼上演了那出之后？”

“藏起来？”她皱着眉头重复了一遍，“没有。我从来不做这种事。我不相信藏起来有什么用。为什么你问这个？”

“你今天忘记带钥匙了？”

“我告诉过你。”

“但没忘记车库钥匙。这种房子大门钥匙通常可以开所有的门。”

“进车库我不需要钥匙，”她提高了嗓门，“车库门由开关控制。前门内侧有个延时开关，你要出去，往上扳就可以了。车库旁边另有一个开关控制那道门。我们一般不关车库门。甜哥儿出去时会关上。”

“明白了。”

“你的话真古怪。”她口气尖酸，“那天早晨也是。”

“我在这栋宅子里碰到了一些古怪的事情。手枪半夜走火，醉鬼躺在门前草地上，来了医生却什么都不干，可爱的女人搂着我，把我当成别人跟我说话，墨西哥家仆玩刀子。至于那把手枪，真是遗憾。不过你不是真的爱你丈夫，没错吧。我想我以前也提到过。”

她缓慢地起身，冷静得好像冰块儿，但她紫罗兰色的眼睛已经不完全是原来的颜色，也不再如原来那般柔和。她嘴唇开始颤抖。

“出了——什么事？”她一字一顿地说，朝书房望去。

我几乎没来得及点头，她就奔了过去，一下到了书房门口。她一把推开门，冲进去。如果说我在等待一声尖叫，那我失算了。我什么声音也没听见。我感觉糟糕得很。我应当拦住她，小心翼翼地履行报告噩耗的常规步骤，你要有准备，请你坐下来，恐怕发生了一件严重的事情，等等等等。你费尽心机好不容易道出真相，其实未必能够减轻任何人的痛苦。而且往往会把事情搞得更糟。

我起身进了书房。她跪在沙发旁边，把他的头抱在胸口，身上沾满他的血。她一声不吭，闭着双目，紧紧地抱住他，不断地前后摇晃着。

我走出书房，找到一架电话和一本号码簿。我打电话给最近的警察分局。其实这无关紧要，他们靠无线电通讯。我去了厨房，打开水龙头，把口袋里的黄色碎纸条冲进电动垃圾粉碎机，然后把另一只壶里的茶叶也倒了进去。几秒钟后，什么都没了。我关掉水龙头，关了粉碎机，回到客厅，打开前门，走了出去。

附近一定有警察在巡逻，大约六分钟后警察就到了现场。我把他领进书房时，她还跪在沙发旁边。他立即走上前去。

“抱歉，女士。我理解你的心情，但你什么东西都不应该碰。”

她扭过头，一下跌坐在地上。“这是我丈夫，他被打死了。”

警察除下帽子，放在桌上，伸手拿起电话。

“他叫罗杰·韦德，”她声音尖利，“他是著名小说家。”

“我知道他是谁，女士。”警察说着开始拨号。她低头看着自己的前襟。“我可以上楼换件衣服吗？”

“当然。”他朝她点点头，继续对着听筒说话，然后挂断，转过身来。“你说他被打死了，意思是有人把他打死了？”

“我认为是这个男人杀了他。”她说这话时看也不看我，接着飞快地走出了书房。

警察望着我，拿出了记录本，在上面写了些什么。“我得记下你的名字，”他漫不经心地说道，“你的住址。是你打电话报的警？”

“没错。”我报上自己的名字和住址。

“不用着急，等奥尔兹警官来了再说。”

“伯尼·奥尔兹？”

“不错。你认识他？”

“认识。老相识了。他以前为地区检察官办公室工作。”

“最近换了地儿，”警察说，“他眼下是凶案组二把手，隶属洛杉矶警察局长办公室。你是这家人的朋友，马洛先生？”

“听韦德夫人的口气，好像不是。”

他耸耸肩，似笑非笑。“不用着急，马洛先生。你，没带枪？”

“今天没带。”

“我最好检查一下。”他动手搜了搜，然后往沙发那边望了一眼，“眼下这情形，你不能指望他妻子脑子清楚。我们最好等在外面。”

37

奥尔兹是个中等个儿的敦实汉子，一头乱糟糟的淡金色短发，淡蓝色眼睛，两撮粗硬的白眉毛。以前他还戴帽子的时候，每次一脱帽子，总会让你有些吃惊——他的脑袋比你料想的要硕大得多。他是个强悍的警察，对人生有一种严厉的看法，其实内里倒是个厚道人。他好几年前就该升为警监了，资格考试五六次都名列前茅，可局长就是不喜欢他，而他也不喜欢局长。

他摩挲着下巴走下楼梯，书房里的闪光灯已经停止闪烁好久了。人们进进出出，我和一个便衣警察坐在客厅里等着。

奥尔兹晃荡着双手坐在一把椅子的边缘。他嘴里嚼着一支没点燃的烟，若有所思地望着我。

“还记得空闲谷区这儿没有门房和私人警察的时候吧？”

我点点头。“还有赌场。”

“没错。你阻止不了。这整个地区现在仍然属于私人财产，就像以前的箭头湖和翡翠湾。我查案子时没有记者来瞎凑热闹已经是很久以前的事了。一定是有人朝彼得森局长耳朵里吹了风，这事没上电报。”

“他们倒是考虑得周到，”我说，“韦德夫人怎么样？”

“很放松。她肯定吞了药丸。楼上有十多种，甚至还有杜冷丁。那玩意儿很糟糕。你的朋友们近来都不怎么走运，是吧？一个一个都死了。”

我对此没什么可说的。

“我一直对用手枪自杀感兴趣，”奥尔兹漫不经心地说，“很容易造假。他老婆说是你杀了他。她为什么那么说？”

“她想表达的不是字面上的意思。”

“这里没别人，她说你知道枪放在哪里，知道他会喝醉，知道有天晚上他开枪走了火，她为了夺下他手中的枪还和他打了一架。当时你也在场。你似乎没怎么帮上忙，是吧？”

“今天下午我搜过他的书桌。枪不在。我那天跟她说过枪在哪里，叫她收起来。她现在说她不相信那样做会有什么用处。”

“‘现在’是什么时候？”奥尔兹粗声问道。

“她回家后，我打电话报警前。”

“你搜了书桌，为什么？”奥尔兹双手撑在膝盖上，神情淡漠地看着我，好像并不关心我说什么似的。

“他喝得醉醺醺的，我想最好把枪放到其他地方去。但是那天晚上他并没有想要自杀，只不过是做做戏。”

奥尔兹点点头。他从嘴里取出被嚼过的香烟，丢到一个盘子里，又换上一根新的。

“我戒烟了，”他说，“咳得太凶。不过这该死的烟瘾追着我不放。嘴里不叼一根觉得不对劲儿。这伙计独自一人的时候你负责看着他？”

“当然不是。他让我过来一起吃午饭。我们聊了一会儿。写作进行得不顺利，他有些沮丧，想喝点酒。你认为我应当把酒瓶从他手里夺走？”

“我还没想呢，只是了解情况。你喝了多少？”

“只喝了啤酒。”

“你在这里，算你倒霉，马洛。那张支票是怎么回事？他开的，签了名最后又撕掉的那张？”

“他们都希望我住在这里，帮助他保持头脑清醒。他们是指他本人、他妻子，还有他的出版商，名叫霍华德·斯潘塞，在纽约，我想。你可以向他核实。我拒绝了。后来她跑来找我，说是她丈夫不知去了哪里醒酒，她很担心，问我能不能去找他，把他带回家。我照办了。后面一次，我把他从他家门前的草坪上拖回屋里，弄上床。伯尼，这件事我一点儿也不想沾边，可是事情就这样渐渐缠上了我。”

“和伦诺克斯的案子没关系，嗯？”

“老天。根本就没有什么伦诺克斯的案子。”

“果真如此？”奥尔兹干巴巴地说道，揉了揉膝盖。有个家伙走进前门，与另一个警探谈了几句，然后朝奥尔兹走过来。

“门外有位洛林医生，长官。说是有人打电话叫他来的。他是那位女士的医生。”

“让他进来。”

那个警探走出去，洛林进来了，拎着干净的黑皮包，穿一身夏季精纺毛料西装，冷静而优雅。他经过我身边时瞥都没瞥我一眼。

“在楼上？”他问奥尔兹。

“不错——在她房间里。”奥尔兹站起身来，“你给她开了杜冷丁，为什么？”

洛林朝他皱起眉头。“我认为什么适合，就给病人开什么，”他冷冷地说道，“我不需要解释原因。是谁说我给韦德夫人杜冷丁了？”

“我说的。楼上的药瓶上有你的名字。她的卫生间都快成药店了。你大概还不知道吧，医生。不过我们在市中心有个小药丸大全展。蓝鸟、红鸟、小黄蜂、镇静球……样样都有。杜冷丁大概要算是最糟糕的了。我听说戈林[1]就是靠吃这种东西活着，他被抓住的时候，每天要吃十八粒。军医花了三个月才控制住他的剂量。”

“我不明白那些词是什么意思。”洛林冷漠地说道。

“你不明白？遗憾！蓝鸟是阿米妥钠，红鸟是安眠药，小黄蜂是戊巴比妥钠，镇静球是掺了苯丙胺的巴比妥酸盐。杜冷丁是一种合成麻醉药，非常容易上瘾。你就只管开出去完事，嗯？那位女士得了什么重病吗？”

“对一个敏感的女人来说，有个醉鬼丈夫就等于患了一身重病。”洛林医生说道。

“你没工夫给他看病，嗯？遗憾！韦德夫人在楼上，医生。耽搁你的时间了，谢谢。”

“你粗蛮无礼，先生，我要举报你。”

“是吗？去吧，”奥尔兹说，“不过在举报我之前，你得先干点别的。让那位女士头脑清醒些。我有问题要问。”

“怎么做对她最好，我就怎么做。你知道我是谁吗？还有，要说清楚，韦德先生不是我的病人。酒鬼我是不看的。”

“只看他们的老婆，嗯？”奥尔兹冲着他吼道，“是啊，我知道你是谁，医生。我吓得五内出血啦。敝人奥尔兹，奥尔兹警官。”

洛林医生上了楼梯。奥尔兹坐下来，冲我咧咧嘴。

“对付这类家伙，你得讲究策略。”他说。

---

①赫尔曼·戈林（1893–1946），纳粹德国政治影响力仅次于希特勒的第二号人物。

有个人从书房那边朝奥尔兹走来，是个一本正经的瘦子，前额充满智慧，戴副眼镜。

“警官。”

“说吧。”

“接触性枪伤，典型的自杀。气压造成大面积浮肿，眼球凸出也是因为气压。我觉得不可能从枪上找到指纹，上面沾满了血。”

“如果他睡着了，或者醉得不省人事，有没有可能是他杀？”奥尔兹问道。

“当然。不过没什么迹象。用的是韦伯利双弹簧无撞针手枪。一般来说，这种枪扣扳机要用力，但发射却只要轻轻一下。用反冲力可以解释枪的位置。到现在为止，我没找到任何不符合自杀的迹象。我预料酒精浓度会很高。如果太高的话——”那家伙停顿了一下，意味深长地耸耸肩，“自杀可能就值得怀疑了。”

“谢谢。有人打电话给验尸官了吗？”

那家伙点点头走开了。奥尔兹打了个哈欠，看了看手表，又看了看我。

“你想走吗？”

“当然，只要你肯放。我以为我是嫌疑人。”

“稍后我们可能需要你帮忙。别走开，别让我们找不到你。其他没什么。你以前当过警察，明白警察是怎么办案的。有时候你要趁还能拿到证据赶快办案。这桩案子恰巧相反。如果是他杀，谁希望他死？他老婆？她不在现场。你？好，整栋宅子就你一个，你又知道枪在哪里。设计得滴水不漏。什么都说得通，除了动机。再说我们也许还应该考虑到你的经验，我想，如果你要杀人，会做得隐蔽些。”

“多谢，伯尼。不错。”

“下人们不在。都出去了。那么只可能是某个恰好来访的人。那人得知道韦德的枪藏在什么地方，得瞧见韦德喝足了酒睡着了或者醉得不省人事，并且得在汽艇发出的噪声足以盖过枪响时扣动扳机，还得在你回房之前就离开。就我所知的情况来说，我不认为是哪个来访的人干的。唯一有手段又有机会的人是不会去使用它们的——理由很简单，因为他是唯一一个拥有它们的人。”

我起身准备离开。“行，伯尼。我晚上都在家。”

“只有一件事情，”他沉思道，“韦德这家伙是个热门作家，有钱，有名望。我本人对他写的玩意儿不感兴趣，你兴许能在妓院里发现比他笔下的角色更棒的人物。个人口味不同而已，和我警察的身份没有丝毫关系。他那么有钱，在这个国家最上乘的地区拥有这么漂亮的宅子，那么漂亮的老婆，高朋满座，没有麻烦。我想知道的是什么事情让他觉得无论如何都过不去，非得朝自己开一枪不可？当然肯定有什么事情。要是你知道，最好准备好实话实说。再见。”

我往门口走去。站在门前的家伙回头望了望奥尔兹，得了许可，便放行了。我跨进汽车，为了绕过挤在车道上的各种警车，我从草坪上开了过去。在大门口，另外一个警察上下打量了我一番，没说什么。我戴上墨镜，驱车上了公路。路上空旷安静，下午的阳光洒在修剪过的草坪上，后面是富丽堂皇的豪宅。

在空闲谷区某栋宅子里，有个并非无名之辈的人死在一汪血泊里，不过这里慵懒的静谧并没有因此被打破。就报界而言，这事情就好像发生在西藏似的。

在一个转弯处，两处地产的围墙延伸至路肩，一辆深绿色警车停在那里。一名警察走下车来举起手。我停下车。他走到我的车窗旁边。

“请出示驾照。”

我摸出皮夹，打开，递出去。

“只要驾照。按规定我不可以碰你的皮夹。”

我抽出驾照，递给他。“出什么事了？”

他朝我车里扫了一眼，将驾照交还给我。

“没什么事，”他说，“例行公事而已。对不起，打扰你了。”

他挥手让我继续赶路，自己则走回泊在那儿的车里。警察总是这副德行，他们永远不会告诉你为什么。这样你就没法发现他们自己也不知道为什么。

回到家，我给自己买了两杯冷酒，又出去吃晚饭，然后再回家。我打开窗户，敞开衣襟，等着什么事情落到我头上。等了很长时间。九点钟，伯尼·奥尔兹打来电话，叫我去一下，不必中途停车去买束花。

38

他们让甜哥儿坐在局长接待室靠墙的一把硬椅里。我经过他身边走进彼得森局长审问犯人的四方大办公室时，他恨恨地瞪了我一眼。局长的大办公室里到处陈列着人们对局长二十年来兢兢业业工作表示敬仰的奖状和奖杯，四壁挂满了马的照片，每张照片里必定会出现局长本人。雕花办公桌的桌角也雕成了马头。墨水池是一只固定在桌上的打磨过的马蹄，笔筒与墨水池是一套的，里面填满了白沙。这两件东西上都钉了金牌，注明事由及日期。不见一点污渍的办公桌吸墨板中央放着一袋达勒姆公牛牌烟草，外加一叠棕色卷烟纸。彼得森给自己卷了一支烟。他能够骑在马背上单手卷一支烟，他经常这么干，尤其是当他骑着一匹高大的白马走在队伍前列的时候，扣在那白马背上的马鞍饰有漂亮的墨西哥银饰。在马背上时，他总是头戴墨西哥平顶宽边帽。他骑术精湛，他的马向来懂得什么时候该安分，什么时候该暴烈，可以让局长挂着一脸沉着而高深莫测的微笑单手就把它驯服了。局长举手投足都很到位，他有一张鹰隼般英俊的脸，现在略微有些双下巴，但他知道如何昂着头，使它不至于暴露得太明显。他在摆姿势拍照上花了很多心血。他已经五十五岁了。他父亲，一个丹麦人，给他留下一大笔钱。可局长本人长得不太像丹麦裔，因为他头发是黑色的，皮肤是深棕色的，而且总摆出雪茄店门前印第安木头人那种一动不动的姿态，脑子大约也跟它们不相上下。不过从来没人叫他骗子。他的部门里养着些骗子，他们不但欺骗他，还欺骗公众，但是那些行为并没有影响到彼得森局长的形象。他不费什么力气就能当选，游行时骑着白马走在队首，在摄影机前审问嫌疑人。照片的说明文字是这么解释的。而事实上，他从来没审问过任何人，他不知道如何审问。他只会坐在办公桌后面目光严厉地瞪着嫌疑人，把脸展示给摄影机镜头。闪光灯熄灭后，摄影师们恭敬地向他致谢，嫌疑人还没开口就被带走了，而他会回到在圣费尔南多山谷的牧场。你总能在那里找到他。要是你找不到他本人，你总能跟他的马儿聊上几句。

到了竞选的时候，偶尔有几个看不清形势的政客觊觎彼得森局长的宝座，想要把他说成是徒有其表、自我标榜的家伙，但到头来什么用处也没有。彼得森局长照样当选。在这个国家，你可以没有相应的才能却永远占据着某一重要公职，只要你鼻子不乱嗅，脸蛋上照，嘴巴严实。如果再加上一条，马上功夫好，那你就无敌了。彼得森局长乃这一事实的活生生的证明。

我和奥尔兹走进去，彼得森局长正站在办公桌后面，摄影师们从另一扇门鱼贯而出。局长头戴白色宽边帽，正在卷一支烟，万事俱备只等回家。他看着我，目光严厉。

“这是谁？”他用浑厚的男中音问道。

“这位是菲利普·马洛，长官，”奥尔兹说道，“韦德自杀时只有他一个人在那栋宅子里。您要拍张照片吗？”

局长仔细打量了我一番。“我想不必了。”他说，然后转身朝一个一脸倦容的灰头发大个子说道：“需要的话，可以去牧场找我，赫南德兹警监。”

“是，长官。”

彼得森拿了一根厨房用的火柴在拇指指甲盖上划着，点燃香烟。彼得森局长用不着打火机。他是不折不扣的“单手卷烟单手点燃”那一类人。

他道了声晚安便走了出去，后面跟着个面无表情、眼神凶狠的黑眼睛的家伙，是他的私人保镖。门关上了。等他离去后，赫南德兹警监走向办公桌，坐进局长奇大无比的椅子里。屋角的速记员把他的小桌子从墙根推出来，好让胳膊有活动余地。奥尔兹则一屁股坐在办公桌一头，脸上带着顽皮的神情。

“好了，马洛，”赫南德兹飞快地说道，“开始吧。”

“为什么不让我拍照？”

“你听见局长是怎么说的了。”

“不错，可为什么？”

奥尔兹呵呵一笑：“你他妈的明知故问。”

“你意思是说因为我身量高大，皮肤黑，长得帅，有人会朝我多看几眼？”

“闭嘴，”赫南德兹口气冰冷，“开始说你的证词吧，从头说起。”

我从头讲起：和霍华德·斯潘塞的面谈，与艾琳·韦德的相遇，她请求我去寻找罗杰，我找到罗杰，她又要我去他们家，韦德要我干什么，我又是怎么发现他昏倒在芙蓉花丛旁的，以及其他的事情。速记员都记录下来了。没人打断我。所有的事都是真的。全是实情，除了实情没有其他。但并非和盘托出。我没说我自己的事情。

“很好，”最后，赫南德兹说，“不过不是全部。”这是个冷静而有能耐的危险家伙，这位赫南德兹。局长办公室的人非得这样才行。“韦德在自己屋里开枪的那个夜晚，你进了韦德夫人的房间，关上门在里面待了一段时间。你在里面干什么？”

“她叫我进去，问我他情况如何。”

“为什么关上门？”

“韦德半睡半醒，我不希望弄出响声。再说男仆晃来晃去，伸着耳朵呢。而且是她让我关上门的。我想不到这点会变得这么重要。”

“你在里面待了多久？”

“我不记得了。也许有三分钟。”

“我估计你在里面待了几小时，”赫南德兹冷冷地说道，“我的意思你听明白没有？”

我看了看奥尔兹。他什么都没在看，就跟平常一样，嚼着一支没点火的香烟。

“你听说的不是真的，警监。”

“我们会弄清楚的。你离开房间后，下楼去了书房，在沙发上睡了一夜，我也许应该说那天夜里剩下的几个小时。”

“他打电话到我家时是十点五十分，我那晚最后一次回到书房时是两点多。要是你愿意，你尽可以把那段时间叫作‘那天夜里剩下的几个小时’。”

“把男仆带进来。”赫南德兹说。

奥尔兹走出去，把甜哥儿领了进来。他们让他坐在一把椅子上。赫南德兹问了他几个问题以确认他的身份及其他一些信息。然后他说：“好，甜哥儿——为了方便起见，我们就这样称呼你——你帮着马洛把罗杰弄上床，后来发生了什么？”

我多少知道接下来会是什么情形。甜哥儿会以那种略带口音的下流嗓音细声鸟气地叙述他的故事，他似乎可以随意变换嗓音。他说他在楼下转悠，怕万一需要他帮忙。他在厨房里待了一段时间，给自己弄了些吃的，又在客厅里待了一段时间，坐在靠近前门的椅子上。他看见艾琳·韦德站在她自己房间的门口，看见她脱去衣服，还看见她披上睡袍，里面什么都没穿。他看见我走进她的房间，我关上房门，在里面待了很长时间，他觉得有几个小时。他上楼听了听，听见弹簧发出咯吱咯吱的声响，还听见有人窃窃私语。他把他的意思说得明明白白。说完后，他刻薄地瞪了我一眼，恨恨地闭紧了嘴巴。

“把他带出去。”赫南德兹说。

“等等，”我说，“我有问题要问他。”

“这儿由我问问题。”赫南德兹厉声说道。

“你问不了，警监。你不在场。他在说谎。我和他心里都明白。”

赫南德兹往后靠去，拿起一支属于局长的笔，扳住笔杆。那支笔又长又尖，是用硬化的马鬃做的。他松开笔头，它就反弹回来。

“问吧。”他最后说道。

我面对甜哥儿。“你是在什么地方看见韦德夫人脱衣服的？”

“我坐在靠近前门的椅子上。”他语气肯定。

“在前门和两张面对面的沙发之间？”

“我说过了。”

“韦德夫人在哪里？”

“就在她屋里靠近门口的地方。门开着。”

“客厅里亮着什么灯？”

“一盏台灯。他们称为桥灯的那种高脚台灯。”

“阳台上亮着什么灯？”

“没灯。光线是从她屋里出来的。”

“她屋里亮着哪种灯？”

“没多亮。大概是床头灯。”

“不是屋顶灯？”

“不是。”

“她脱去衣服后——你说，她站在靠近门口的地方——穿上了睡袍。什么样的睡袍？”

“蓝色睡袍。长的，像家常便袍的那件。她系了腰带。”

“所以，如果你没有看见她脱衣服，就无法得知她睡袍里面到底有没有穿衣服？”

他耸耸肩，似乎有点顾虑。“没错儿。可是我看见她脱衣服了。”

“你在撒谎。客厅里没有一处能让你恰好看见她站在门道里脱衣服，她在房间里面你就更看不见了。她得走出屋子，站在走廊边上，你才能看见。要是那样，她也会看见你。”

他只是瞪着我。我扭头望着奥尔兹。“你去过那栋宅子。赫南德兹警监没有去过——他去过没有？”

奥尔兹微微摇了摇头。赫南德兹皱着眉头，没说话。

“赫南德兹警监，如果韦德夫人在门道里或者房间里，客厅里没有一个地方能让他看见她，哪怕是她的头顶——即便他站起来——而他说他是坐着的。我比他高四英寸，如果我站在前门近旁，最多也只能看到她房间的门框上缘。她得走到走廊边上，他才能看见他刚才描述的情形。为什么她会那么做？甚至为什么她会站在门道里脱衣服？实在说不通。”

赫南德兹只望着我。然后他看了看甜哥儿。“那时间的问题怎么讲？”他和气地问我。

“他诬陷我。我说的都能得到证实。”

赫南德兹朝甜哥儿说了句西班牙语，说得太快，我没听明白。甜哥儿只是看着他，一脸不快。

“把他带下去。”赫南德兹说。

奥尔兹用拇指一下拉开了门，甜哥儿走了出去。赫南德兹摸出一盒烟，抽了一支叼在嘴里，拿一只金打火机点燃了。

奥尔兹回到屋内。赫南德兹平静地说："我刚才告诉他，如果是庭审，他在证人席上讲这些，会因为作伪证被关进圣昆丁监狱蹲一至三年班房。他好像不怎么放在心上。显然他在为什么事烦恼。老一套，胯下作祟。要是他在场，而我们又有理由怀疑是谋杀，那他会是一个怀疑对象——不过他更可能使刀子。我之前有个感觉，韦德的死令他相当难过。奥尔兹，你还有什么要问的？"

奥尔兹摇摇头。赫南德兹看着我，说："明天早晨再来一趟，在你的证词上签字，我们可以打印出来。必须在十点之前呈上调查报告，当然是比较粗略的。这样安排，你觉得有什么不喜欢的地方吗，马洛？"

"你是否介意换个问法？你这么说好像有什么我喜欢的地方似的。"

"哦，"他有些不耐烦，"你走吧。我要回家了。"

我站起身来。

"当然，我从来没真的相信过甜哥儿告诉我们的那些东西，"他说，"只是拿来当开瓶器用。我希望你别反感。"

"没感觉，警监，一点感觉也没有。"

他们望着我走出去，没道晚安。我从长长的走廊出来，走到希尔路入口，钻进汽车，开回家去。

的的确确一点感觉也没有，心里空旷得就像星辰之间的空间。到家后，我调了杯烈酒，站在起居室敞开的窗前，听着月桂谷大街上汹涌的车流声，望着山肩上庞大而愤怒的都市夜景，对影独酌。远处，警笛或火警的哀号时高时低，长久而彻底的安静坚决不出现。一天二十四小时，一些人在不断地逃遁，另外一些人在努力地追赶。

在包藏万般罪孽的黑夜里，有人正在咽气，成为残废，被飞来的玻璃片割伤，在巨轮之下支离破碎，在方向盘前头破血流。被殴，被劫，被勒死，被强奸，被谋杀。忍饥挨饿，病魔缠身，百无聊赖，孤独绝望，懊悔自责，担惊受怕，怒气冲天，冷酷无情，焦虑不安，哭泣颤抖。一个不比其他城市更糟的城市，一个富裕的、生机勃勃的、充满骄傲的城市，一个迷失的、精疲力竭的、极度空虚的城市。

这一切都取决于你的位置，你的个人成就。我没成就。我不在乎。

我喝完酒，就上床睡觉了。

39

庭审弄得一团糟。法医生怕大众对他失去兴趣，还没拿到完整的医学证据，就跑到法庭上来了。其实他的担忧实属多余。作家之死——即便这位作家名噪一时——这新闻也不会热多久。那年夏天，有太多新闻同台争艳。某位国王退位，另一位国王遭遇暗杀。一个星期之内，三架大型客机坠毁。某家通讯社的首脑人物在芝加哥自己车里遭遇枪击毙命。二十四名囚犯在一场监狱大火中被烧死。洛杉矶县的法医运气不佳，错过了一生之中的华彩乐章。

我走下证人席时，看见了甜哥儿。他脸上明显挂着歹毒的笑容——我不明白为什么——一如往常，他穿戴得有点太过考究，可可色华达呢西装，白色尼龙衬衫和深蓝色领结。他在证人席上没多说话，给人印象不错。是的，主人最近经常喝得烂醉；是的，楼上手枪走火那晚他帮着把主人抬上床；是的，最后一天在他——甜哥儿——离开前，主人要他去拿威士忌，不过他拒绝了；不，他一点儿也不懂韦德先生的文学创作，不过他知道主人很消沉，不断地把写的东西扔进字纸篓，又从里面捡出来；不，他从来没听见过韦德先生跟谁发生口角……等等等等。法医想套他的话，但没问出什么东西。有人已经很好地调教过甜哥儿了。

艾琳·韦德穿着黑白两色的衣服。她脸色苍白，声音低沉而清晰，即便通过扩音器，也一点儿没走调。法医加倍温和体贴地对待她，跟她说话时，声音抑制不住似的带着哭腔。她走下证人席时，他起立鞠躬，而她则飞给他一个不易觉察的微笑，几乎使他被自己的口水呛死。

她出去时经过我跟前，几乎没看我一眼，最后一刻，她头稍稍转过来几寸，微微一点，好像我是她很久以前见过但一时又记不起来的人。

庭审结束后，在法庭外面的台阶上，我碰见了奥尔兹，他正望着下面的车流，或者假装望着。

“干得漂亮，”他头也不回地说，“祝贺你。”

“你对付甜哥儿有一手。”

“不是我，伙计。地区检察官认为情色与本案无关。”

“情色指什么？”

他看着我。“哈，哈，哈，”他笑着说道，“我不是指你。”他的表情变得淡漠。“这些年我看得太多了，都腻了。这可是一瓶不同寻常的酒啊，私藏的陈年佳酿，专替上等人准备的。再见，伙计。你什么时候穿上二十块钱一件的衬衫，招呼我一声，我过来为你拎包穿大衣。”

人们绕过我们沿着台阶走上走下。我们只管站在那里。奥尔兹从口袋里掏出一支烟，瞧了瞧，而后扔在水泥台阶上，用鞋后跟碾得粉碎。

“岂不浪费。”我说。

“一根香烟罢了，老兄，不是一条命。过些日子，也许你会娶了那姑娘，嗯？”

“去你的。”

他阴郁地笑笑。“我总是找对了人，却说错了话，”他酸酸地说，“你不反对吧？”

“不反对，警官。”我说着抬脚往下走。他还在我背后说了些什么，我只管继续走自己的路。

我走进弗劳尔街的一家咸牛肉铺子，这里的东西很合我胃口。门口挂着一块措辞粗鲁的牌子：“只限男人。狗和女人莫入。”里面的服务也一样粗鲁。需要刮脸的侍者把食物朝你面前一丢，不管你愿不愿意，先扣下小费再说。食物很简单，但味道实在好。他们还卖一种棕色的瑞典啤酒，烈的程度不下于马丁尼。

我回到办公室时，电话铃在响。奥尔兹说：“我去你那边，我有话要说。”

他准是在好莱坞分局或附近，不到二十分钟他就到我办公室了。他一屁股坐进顾客座椅，架起腿，低声说：

“我说得过头了，包涵。忘了那些话吧。”

“为什么要忘了？我们不妨揭开伤疤瞧一瞧。”

“合我胃口，不过别太张扬。在有些人眼里你一肚子坏水，不过我从来不知道你干过什么缺德事。”

“二十块钱一件的衬衫是什么意思？”

“噢，见鬼，我不爽快而已，”奥尔兹说，“我在想那个波特老头，好像他让一个秘书吩咐一个律师叫地区检察官告诉赫南德兹警监你是他的私人朋友。”

“他不至于费那份心吧。”

“你见过他。他抽空见了你。”

“我见过他，就这样。我不喜欢他，不过兴许是忌妒。他派人来找我，给我一些建议。他是巨头，很厉害，除此之外我就不知道还有什么了。我不觉得他是什么缺德的家伙。”

“不可能双手干干净净地挣到一亿块，”奥尔兹说，“头儿也许会觉得他自己的手挺干净，可是在这个过程中，一些人被逼到墙角，兴旺的小生意遭遇釜底抽薪，只得低价转卖，正派人丢了饭碗，股票市场被人操纵，代理权以低得可怜的价钱卖出。抽取百分之五利润的掮客和大律师事务所捍卫富人的利益，打败对大众有益的法律，为此收取几十万佣金。金钱就是权力，而权力被滥用了。这就是所谓制度。说不定这就是我们能拥有的最出色的制度了，不过实在令人不敢恭维。”

“你说话怎么像个赤色分子。”我故意刺激他。

“我不知道，”他不屑地说，“还没有被调查过。你倾向自杀的裁决，是吧？”

“还能是什么？”

“不可能是别的了，我想。”他将一双粗粝的大手放在办公桌上，望着手背上大大的褐色斑点，“我老了，他们把这些斑点称作老人斑。不上五十岁你是不会长这玩意儿的。我是个老警察，老警察都是老浑蛋。韦德的死，有些事我觉得不对劲儿。”

“什么事？”我往后靠去，望着他眼睛周围太阳晒出来的细密皱纹。

“你能感觉到其中有诈。但即便你知道，也没招儿。你只能像这样坐着空谈。他一字不留，这让人觉得不对劲儿。”

“他喝醉了，有可能只是一时发狂。”

奥尔兹抬起他的淡蓝色眼睛，把手从桌上挪开。“我仔细搜查了他的办公桌。他给自己写信。他不断地写啊写。不管喝醉还是清醒的时候，他都在打字机上敲字。有些东西疯狂得很，有些稍显滑稽，还有些很忧伤。那家伙心里藏着事儿。他绕着圈子写，可就是不去碰那件事情。如果是他把自己干掉的，他该留下两页遗书才是。”

“他喝醉了。”我重复了一遍。

“对他来说这没关系。”奥尔兹有些不耐烦，“我觉得不对劲儿的第二件事是他在那个房间里自杀，让他老婆去发现他。不错，他喝醉了，可我还是觉得不对劲儿。接下来让人觉得不对劲儿的是他扣扳机时汽艇正在轰鸣，盖过了枪声。这对他来说有什么差别吗？又是巧合，嗯？还有，他老婆刚巧在下人都放假的日子忘了带大门钥匙，得按铃才进得来。”

“她可以绕到后面。”我说。

“是的，我明白。我说的是一种情形。除你之外没有人会去开门，她在证人席上说她不知道你在家里。要是韦德活着，在书房里工作，他也不会听见门铃响。他的门是隔音的。用人不在，是星期四。她竟忘了，就像忘了钥匙一样。”

“你自己也忘了一件事，伯尼。我的车停在车道上，所以她在按门铃前就知道我在里面——或者有人在里面。”

他咧了咧嘴。“我把这茬忘了，是吧？好，情况是这样：你在湖边，汽艇发出轰隆隆的声音——顺带说一句，那是几个用拖车载着汽艇从箭头湖那边跑过来玩的家伙——韦德在书房里睡着了或者醉得不省人事，有人已经从他办公桌里取出了手枪，而她知道你把枪放在那里，因为你上次告诉过她。假设她没有忘记带钥匙，她进了屋，四处看了一圈，发现你在湖边，进书房一看，韦德睡着，她清楚枪在哪里，拿了枪，瞅准时机，给他一枪，然后把枪扔在我们发现它的地方，回到宅子外面，等了一会儿，等到汽艇离开，再按门铃，静候你来开门。这么说你有没有什么要反驳的？”

“动机是什么？”

“是啊，”他阴郁地说道，“这就讲不通了。要是她想干掉那家伙，太容易了。她已经让他处于下风了，酗酒，对她动武也有案可稽。离异的话，赡养费会相当可观，财产分割也一定优厚。找不到一点儿动机。不管怎么说，时间上也太巧合了。早五分钟她就干不成，除非你也卷在里面。”

我正要开口，他举起手。“别急。我不是在控告哪个人，只是推测。如果晚五分钟，答案是一样的。她有十分钟来完成这件事。”

“十分钟，”我不耐烦地说，“她不可能预料到，更别说策划了。”

他往后靠在椅背上，叹了口气。“我明白。你知道所有答案，我也知道所有答案。可我还是觉得不对劲儿。你跟那些人凑在一起到底为了什么？那家伙写了张一千块的支票给你，然后又撕掉了。他生你的气，你说的。你反正不打算拿，也不会拿，你说的。也许是吧。他是不是以为你和他老婆上床了？”

“闭嘴，伯尼。”

“我没问你是否这么做了，我问的是他是否这么想。”

“同样的回答。”

“好吧，换一个。那墨西哥佬拿住他什么了？”

“据我所知没什么。”

“那墨西哥佬钱太多了，银行里放着一千五百块，各式各样的衣服，崭新的雪佛兰汽车。”

“他说不定贩卖毒品。”我说。

奥尔兹撑着扶手从椅子里站起来，居高临下看着我，一脸不悦。

“马洛，你这家伙真是运气好得可怕。两回重罪都让你逃脱了。你可别太自以为是。你帮了那些人，却连一个子儿也不挣。我听说你帮了那个姓伦诺克斯的家伙，也没挣一个子儿。你靠什么吃饭，伙计？你已经存够了钱，再也不需要工作了？”

我起身绕过办公桌，面对着他。“我生性浪漫，伯尼。如果半夜听见哭声，我会出去看看。这种事是一个子儿也不挣的。精明的话，你会关上窗户，把电视音量开得更大；或者踩下油门，逃得远远的。不介入别人的麻烦。管别人的闲事只会惹来一身腥。我最后一次见到特里·伦诺克斯时，我在我家为我们俩煮了咖啡，一起喝的，还抽了烟。所以当我听说他死了，我去了厨房，又煮了咖啡，倒了一杯给他，还敬了他一支烟。等咖啡凉了，烟熄了，我跟他道了声晚安。这种事是一个子儿也不挣的。你是不会这么做的。这就是为什么你当你的高尚警察，而我做我的私人侦探。艾琳·韦德担心她丈夫，所以我出去找到了他，把他送回家。还有一回，他遇到了麻烦，打电话给我，我又去了，把他从草坪上弄到床上，一个子儿也没要。没钱可分。除了有时脸上挨一拳头，被抓去蹲大牢，或者碰上个像曼迪·曼宁德兹之流发横财的小子跑来威胁，我什么也没有得到。一个子儿也没有。我保险箱里存着一张五千块的大钞，不过我永远不会去花它，因为这钱来得不对劲儿。我起初会把玩把玩，现在偶尔也会拿出来看看，不过如此，我连一个子儿也不会去花。”

“一定是假的，”奥尔兹干巴巴地说道，“只不过他们一般不造这么大的面值。说了这么一通，你主要想表达什么？”

“没什么，我只是告诉你我生性浪漫。”

“我知道了。你一个子儿不挣，我也知道了。”

“不过我总是可以叫一个警察滚蛋。滚蛋，伯尼。”

“要是我把你弄到后面去，灯光照着，你就不会叫我滚蛋了，伙计。”

“我们来日见分晓。”

他走到门口，猛地拉开门。“你猜怎么着，小子？你自以为聪明，其实愚蠢得很。你在瞎扯淡。我干了二十年警察，没有留下一个污点。有人想要欺骗我或者隐瞒什么的时候，我感觉得到。自作聪明的人只能愚弄得了自己。听我一句，伙计。我明白得很。”

他转过头去，门在他身后自行关上了。他的脚步声沿着走廊一路响过去，桌上的电话铃响时，我还能听得见。电话里传来清晰的职业化的声音：

“纽约呼叫菲利普·马洛先生。”

“我就是菲利普·马洛。”

“谢谢，请稍等。马洛先生，对方在线上了。”

接下来说话的声音是我听见过的。“我是霍华德·斯潘塞，马洛先生。我们听说了罗杰·韦德的事，当头一棒啊。我们不清楚具体的来龙去脉，但你的名字好像牵涉其中。”

“事发时我在现场。他喝醉了，开枪打死了自己。韦德夫人晚一步回来。用人不在——星期四是休息日。”

“就你一个人和他在一起？”

“我没和他在一起。我在外面转悠，等着他妻子回家。”

“我明白了。嗯，我想会有一次听证吧。”

“已经过去了，斯潘塞先生。结论是自杀。没怎么见报。”

“真的吗？很奇怪。”确切地说，他的声音并不显得失望，更像是惊讶和困惑。“他名声那么大，我还以为——得了，不用在意我怎么以为。我想我最好飞过去，不过我下个周末之前没法成行。我会给韦德夫人发封电报。也许我可以为她做些什么——还有那本书。我是说书大概已经写得差不多了，我们可以找人续完。我猜你最终还是接受了那份差事？”

“没有，尽管他亲自请求过。我坦白告诉过他我没法阻止他喝酒。”

“你显然连试都没试。”

“等等，斯潘塞先生，你连开始是怎么回事都没搞清楚，何不弄清楚了再下结论？不是说我一点儿不内疚，出了这样的事，我又在现场，怎么可能不内疚？”

“当然，”他说，“刚才是我失言，对不起。那么说很不恰当。艾琳·韦德这个时候会在家吗——你是否知道？”

“我不知道，斯潘塞先生。你何不打个电话给她？”

“我认为她不会想和任何人说话。”他说得很慢。

“为什么不？她跟法医说话，连眼睛都不眨一下。”

他清了清喉咙。“你怎么连一点同情心都没有？”

“罗杰·韦德死了，斯潘塞。他在世时是个浑蛋，大概也有些才气。这非我所能判断。他是个任性的醉鬼，他对自己恨之入骨。他给我惹来了很多麻烦，最终还让我感到悲哀。我他妈的为什么要有同情心？”

“我说的是韦德夫人。”他马上说道。

“我也是。”

“我到了之后再给你打电话，”他突然说道，“再见。”

他挂了电话。然后我也挂了。我一动不动地盯着电话看了好几分钟，然后将电话簿在办公桌上摊开，开始查找一个号码。

40

我打了个电话到休厄尔·恩迪科特的办公室找他。有人告诉我他在法庭上，不到黄昏是见不到他的。问我要不要留下名字？不用。

我拨了日落大道曼迪·曼宁德兹开的会所的号码，今年那地方改名叫埃尔塔帕多，名字倒不坏，在美洲西班牙语中意思是埋藏着的宝贝。以前这家会所叫过许多别的名字。某一年它只是日落大道上一堵朝南的空白高墙上一个霓虹指示牌上的一串数字。这地方背靠山丘,车道在山丘的另一面,从路上看不出来。这里不接纳普通人。没人清楚里面的情况，除了缉查毒品贩卖、卖淫和赌博活动的警察，犯罪集团成员，以及那些享用得起三十块钱一顿晚饭、五十块钱楼上雅间的人。

有个一问三不知的女人接了电话，接着来了个带墨西哥口音的领班。

“你想跟曼宁德兹先生说话？你是哪位？”

“名字就免了，阿米哥。是私事。”

“请稍等。”[①]

等了很长一段时间，来了个强硬的家伙，声音听上去像是从装甲车的窄缝里挤出来的。也可能只是他脸上的某条缝。

“说吧，你是谁？”

“我是马洛。”

“马洛是谁？”

“你是奇克·阿戈斯蒂诺？”

“不是奇克。快，把暗号报上来。”

“油炸你的狗脸。”

那头轻笑着说：“别挂。”

最后，另外一个声音说：“哈罗，瘪三。近来混得如何？”

“边上没人？”

“你尽管说，瘪三。我正在过目几场歌舞表演。”

“你可以把抹自己脖子也算个节目。”

“那观众喝彩要我再来一个怎么办？”

我笑了，他也笑了。“没多管闲事？”他问道。

“你没听说？我交的另外一个朋友也自杀了。从今以后他们得叫我‘丧门星’了。”

“挺好笑的，啊？”

“没什么好笑的。再就是有天下午我跟哈伦·波特一起喝茶来着。”

“混得溜啊。我从来不喝那玩意儿。”

“他说要你对我好点。”

“我从来没见过那家伙，也不打算见。”

---

①原文为西班牙语。

“他的路子可深广得很。曼迪，我只要些不足挂齿的小情报，关于保罗·马斯顿的。”

“从来没听说过这个人。”

“话可别说得太快。保罗·马斯顿是特里·伦诺克斯来西部前在纽约用过的名字。”

“那又怎么样？”

“有人在联邦调查局查过他的指纹，没查到，就是说他从来没在军队里待过。”

“然后呢？”

“要我跟你说透吗？你那散兵坑的奇谈若不是编造出来的，就是发生在别的地方。”

“我没说发生在哪里，瘪三。听我一句，忘了这事。我劝你的话，你最好记住。”

“噢，当然。我干了你不喜欢的事，我是在找死，是吧。别吓唬我，曼迪。我跟职业高手比试过。你在英国待过没有？”

“放聪明些，瘪三。这地方，谁知道天上会掉下什么。大模子威利·马贡这样的厉害角色都会遭遇不测。弄份晚报瞧瞧吧。”

“既然你这么说了，我会弄一份来看看。说不定还登了我的照片呢。马贡怎么了？”

“我说了——谁知道天上会掉下什么。到底怎么回事不太清楚，我只读了新闻。好像是四个小伙子开了一辆挂内华达牌照的车，刚巧停在马贡家门口，马贡打算搜查搜查。牌照号码大得不像真的，一定是为了好玩。只有马贡不觉得好玩，两只手臂打了石膏，下巴缝了三处，一条腿吊起来。马贡再也狠不起来了。这种事会不会落到你头上呢？”

“他跟你过不去，嗯？我看见他在维克托酒吧门前把你的伙计奇克·

阿戈斯蒂诺甩到墙上去了。要不要我打个电话给局长办公室我的哥们儿说一声？”

“你试试看，瘪三，”他说得非常慢，“你试试看。”

“而且我还要提到那时我刚和哈伦·波特的女儿喝完一杯，从另一个角度来说，有旁证，你说呢？你打算把她也打个稀烂？”

“仔细听着，瘪三——”

“你们在英国待过没有，曼迪？你和兰迪·斯塔尔，还有保罗·马斯顿或者特里·伦诺克斯或者他用过的随便什么名字？是不是在英国军队里待过？在SOHO[①]鬼混，惹了麻烦，认为可以去军队里躲一躲降降温？”

“别挂。”

我等着。什么也没发生，我就巴巴地干等着，举着电话，手臂都酸了，我换了只手。他终于回来了。

“你仔细听着，马洛，你搅和特里·伦诺克斯的事，你死定了。特里是我兄弟，我对他有情谊，你也一样。我只能跟你讲这么多。那是一支突击队，是英军部队。事情发生在挪威，某个近海岛屿上。那里有一百万个那样的岛。[②]一九四二年十一月。现在你可以省省心，别伤这份脑筋了吧？”

“多谢，曼迪。我会。我会为你保密。除了我认识的人，我不会跟任何人说。”

“去买一张报纸，瘪三。读一读，要记住。凶悍的大模子威利·马贡在自己家门前挨揍。小子，他从麻醉中醒过来时差点吓傻了！”

他挂了电话。我下楼买了份报纸，事情果真像他说的那样，还

---

①South of Houston 的缩写，指纽约下城休斯敦（Houston）街以南的社区。那里曾是工厂区，二战后逐渐成为艺术家聚居之地。

②挪威被称为“万岛之国”，岛屿数量在十万以上。

登了一张大模子威利·马贡躺在医院病床上的照片。你只能看见他的半张脸和一只眼睛，其余部分都包在绷带里，严重，但性命无碍。那帮家伙干得很谨慎。他们得留他一条命，说到底，他是个警察。在我们的城市里，地痞流氓是不会把警察打死的。这种事他们会让给少年犯。绞肉机里滚过一回的警察是最好的宣传，他最终会痊愈，回去干活，但从此以后，他便失去了某种东西——最后那一寸刚烈，正是这种东西使警察不同于普通人。他就是一个活生生的教训：不能把小流氓逼得太紧了——尤其如果你是在风化纠察队干活，开着一辆凯迪拉克，在最好的地方吃喝。

我坐着想了一会儿，然后给卡恩机构打了个电话，找乔治·彼得斯。他出去了。我留了姓名，说是有急事找他。他五点半左右会回来。

我去了好莱坞公共图书馆，去参考资料室问了几个问题，但没找着我要的东西，于是我又开着奥兹去了总馆。我在那里找到了，在一本英国出版的红色封面的小册子里。我抄录了需要的东西，便回家了。我又给卡恩机构打了个电话，彼得斯还没回来，于是我让女秘书转告他打到我家里。

我在茶几上放好棋盘，摆出一副叫“狮身人面”的困局，这棋局印在一本英国象棋大师布莱克本所著的棋谱的最后，他也许是史上棋下得最活的玩家，尽管在眼下流行的冷战棋型中他未必能在一开始取得成功。“狮身人面”走了十一步，名副其实。困局通常走不过四五步，再往下走难度就几乎呈几何级数上升。走了十一步的困局简直就是不掺水分的折磨。

情绪极低落时，我偶尔会摆出这副棋局，试图发现破局新招。这样发疯很斯文。你甚至不用开口叫喊，但效果几乎一样。

乔治·彼得斯五点四十分打来电话。我们互相寒暄慰问了一番。

“我听说你又卷入了一桩麻烦里，”他调侃道，“你何不找些太平生意做做，比如尸体防腐之类。”

“学起来太花时间。听着，如果要价不太高的话，我想成为你们机构的客户。”

“要看你想干什么了，兄弟。你得跟卡恩谈。”

“不。”

“好吧，请说。”

“伦敦到处是像我这种人，不过我分不清优劣。人们称这些人为私人调查员。你的机构一定和他们有联系。我要是随便挑个名字，说不定就被骗了。我需要一些情报，应当不难搞到，我要得很急。下个周末前一定要拿到。”

“说来听听。”

“我想知道特里·伦诺克斯或者保罗·马斯顿——或者他用过的其他任何名字——的服役情况。他在那边是突击队员，一九四二年十一月在突袭挪威的某个小岛时负伤被俘。我想知道他属于哪支部队，在他身上发生了什么。英国陆军部会保存所有档案。这不是机密，至少我不认为这是什么机密。就说是牵涉到一桩遗产继承的案子。”

“你不需要找私人调查员，你可以自己直接联系，给他们写封信就行。”

“得了，乔治。我说不定得等上三个月才能收到回音。我五天就要。”

“你说的也有道理，伙计。还有别的事儿没有？”

“还有一件。在一处他们叫作萨默塞特宫的地方保存着他们所有的人口档案。我要知道那儿有没有关于他生辰、婚姻和国籍的情报，所有的都要。”

“为什么？”

“为什么，你是什么意思？是谁掏钱哪？”

“万一没找到这些名字呢？”

“那我就卡住了。如果找到了，我需要你们那边的人挖出来的所有资料的复印件，要保证可靠。你要榨我多少钱？”

“我要去问问卡恩。他也许会整个推掉。我们不想要你那种名声。要是他让我打理这事，而你也同意不提和我们这层关系，我会报价三百块。按美元来算，那边的人要价不高。他会开口要十个基尼，不到三十美元，外加所有费用，五十美元搞定。而卡恩不到两百五十块不开档。”

“专业收费标准。”

“哈，哈。这说法他可从没听见过。”

“等你电话，乔治。要不要一起吃晚饭？”

“去罗曼诺夫？”

“行啊，”我咕哝道，“不知能不能订到座位——我有些怀疑。”

“我们可以借用卡恩的座位。我正巧知道他今晚有私人饭局。他是罗曼诺夫的常客。在高档生意圈里，这么做有好处。卡恩在城中也算是个大人物。”

“当然，没错。我认识一个人——私人交情——他的小手指甲就可以罩住卡恩。”

“干得漂亮，孩子。我就知道你在紧要关头总能化险为夷。七点在罗曼诺夫吧台前见。告诉领班你在等卡恩上校，他会替你挡住人群，你不会被那帮写剧本演电视的人渣的胳膊肘捅到。”

“七点见。”我说。

我们挂了电话，我回到棋盘前。然而“狮身人面”好像再也无法激起我的兴趣。过了一会儿，彼得斯打来电话，说是只要他们机构的名字不和我的麻烦挂上钩，卡恩就同意放行。彼得斯说他马上发夜间电报给伦敦那边。

41

一周后的星期五早上，霍华德·斯潘塞给我打来电话。他下塌里兹－贝弗利酒店，提议我顺道去那里的酒吧和他喝一杯。

“最好在你的套房里见。”我说。

“如果你希望那样，很好。八二八房间。我刚跟艾琳·韦德通过话，她好像很认命。她说她读了罗杰·韦德的遗稿，觉得很容易收尾。比起他的其他作品，这部作品要短得多，不过它的轰动效应会抵消篇幅问题。我估计你会觉得我们这些出版商无情无义。艾琳整个下午都会在家。当然，她想见见我，我也想见见她。”

“我半小时之内到，斯潘塞先生。”

他住在酒店西边一间宽敞舒适的套房里，客厅有长窗，出去是带铁栏杆的窄阳台。家具都包了白底条纹花布，配上大花图案的地毯，营造出一种老派的氛围，只是能搁杯盏的所有平面都放了玻璃板，房间里有十九只烟灰缸，放得到处都是。酒店房间最能体现客人的修养了，里兹－贝弗利酒店并不奢望他们的客人有哪怕一丁点儿修养。

斯潘塞和我握了握手。“坐吧，”他说，“你想喝点什么？”

“都行，不喝也没关系。我不是一定要喝点什么才行。”

“我想要一杯白葡萄酒。夏天的加州不是喝酒的好地方。在纽约，你喝的酒可能是这儿的四倍，醉的程度却只有这儿的一半。”

“给我来一杯柠檬黑麦威士忌。”

他打电话要了酒，然后坐进一把包了条纹花布的椅子里，摘下无边眼镜，拿一方手帕擦拭过，又架回鼻梁上，仔细扶正了，瞧着我。

“我觉得你心里有事，因此你要在这儿而不是在酒吧见我。”

“我送你去空闲谷区。我也想见见艾琳·韦德。”

他看上去有些不安。“我吃不准她是不是想见你。”他说。

“我知道她不想见我，不过我可以借你的光跟进去。”

“这么一来我好像有些失礼，是不是？”

“她告诉你她不想见我？”

“没有，她没有明说，”他清了清嗓子，“我感觉她把罗杰的死怪罪在你头上。”

“不错，他死的那个下午，她明白无误地告诉了首先赶来的那个警官。她大概跟警察局长手下凶案组负责调查这桩案子的警官也这么说了。不过她倒是没跟法医这么说。”

他往后靠去，一根手指慢慢地挠着手心，一副心不在焉的样子。

“马洛，去见她对你有什么好处呢？这对她是相当可怕的经历。我想她的整个生活曾一度非常灰暗，何必再让她重温一遍？你是不是想让她相信你没有疏忽什么？”

“她告诉警官我杀了他。”

“她不是说你真的杀了他，要不然——”

门铃响了。他起身去开门。客房服务员端着酒走进屋子，把酒放下，动作花哨得好像在伺候一顿七道大菜的晚餐。斯潘塞在账单上签了名，给了半块钱小费，那家伙便离开了。斯潘塞端起他的雪利酒走到一边，好像不打算把我的酒递给我。我没去碰它。

“要不然怎样？”我问他。

“要不然她会对法医说些什么，是不是？”他朝我皱起眉头，“我想我们是在胡扯。你要见我究竟为了什么？”

“是你要见我的。”

“只不过，”他冷冷地说道，“因为我从纽约打电话给你的时候你说我下结论未免太快，在我看来，这暗示你有事情要解释。好，那是什么？”

“我要当着韦德夫人的面解释。”

“我对这主意不感兴趣。我想你最好还是自己安排。我很尊重艾琳·韦德。作为生意人，我希望尽我所能挽救罗杰的遗作。要是艾琳对你抱有这种感觉，就如你说的那样，我不能把你带去她家里。讲点道理。”

“没关系，”我说，“算了。要见到她，对我来说不是什么难事。我只是希望身边有个人作见证。”

“见证什么？”他几乎是在呵斥我。

“你要听就去她面前听，要不然就什么也别想听到。”

“那我就什么都不听。”

我站起身来。“也许你做得对，斯潘塞。你想要韦德的书——如果能用；此外你想做个好人。两个值得称道的心愿。我一个也没有。祝你好运，再见。”

他忽然跳起来，冲我走过来。“等等，马洛。我不明白你心里是怎么想的，但你好像对什么事难以释怀。是不是罗杰·韦德的死有蹊跷？”

“什么蹊跷都没有。他头部中弹，用的是一把韦伯利无撞针手枪。你难道没有读过关于听证会的报道？”

“当然读过。”他站得离我很近，看起来有些被弄糊涂了，“是在东部的报纸上读到的，过了两天，洛杉矶的报纸上刊登了一篇详尽得多的报道。他独自在屋里，但你就在不远处。用人们都不在，指甜哥儿和厨子。艾琳在城里买东西，事发不久就回到家了。事发之际，湖上刚巧有一艘汽艇开过，噪音极大，盖过了枪响，因此连你也没有听到。”

“不错，”我说，“接着汽艇开走了，我从湖边往回走，进入宅子，听见门铃响，发现艾琳·韦德忘了带钥匙。罗杰已经死了。她站在书房门口朝里面张望了一下，以为他正躺在沙发上睡觉，于是上楼去了她的房间，然后去厨房煮茶。她去过之后一会儿我也去书房看了看，注意到听不见呼吸声，发现了原委。我理所当然报了警。”

“我没看出有什么蹊跷，”斯潘塞平静地说道，语气不再尖锐，“是罗杰自己的枪，一个星期前他曾在自己屋里开枪走火，你见到艾琳奋力从他手中夺下枪。他的精神状态，他的行为，他对自己创作能力的沮丧——都暴露出来了。”

“她告诉你他写的东西不错。他为什么要沮丧？”

“这只不过是她的看法，这你知道。有可能很糟，也有可能只是他自己感觉很糟。说下去，我不是傻瓜，我觉得不止这些。”

“调查这个案子的凶案组警探是我的老朋友，他是一头斗牛犬，一头警犬，也是个精明厉害的老警察。他觉得有几件事情不对劲儿。为什么罗杰没有留下只言片语？他可是个写作狂。他为什么这样自杀，把这令人震惊的一幕留给他妻子去发现？为什么他要费心挑一个我听不见枪响的时刻自杀？为什么她会忘记带大门钥匙，不得不等人来给她开门？为什么她在用人都休息的日子里留他一人在家？

注意，她说她不知道我在那里。如果她知道，最后两个问题就解释得通了。”

“我的天，”斯潘塞轻声说道，“你是不是要告诉我，那笨蛋警察怀疑艾琳？”

“如果能揣摩出她的动机，他会的。”

“简直可笑，为什么不怀疑你？你整个下午都在那儿。她只有几分钟时间可以作案——而且她忘了带钥匙。”

“我会有什么动机？”

他转身拿起我的柠檬威士忌，一口喝光，然后小心地放下杯子，掏出手帕，抹了抹嘴，揩了揩被冰凉的玻璃杯沾湿的手指。他收起手帕，瞧着我。

“调查还在继续？”

“说不清楚。有一点很确定，他们现在已经弄清楚他是否喝了太多酒，醉得不省人事。如果是那样，这案子怕是还没完。”

“而你想在有旁证的情况下，”他说得慢条斯理，“跟她谈谈。”

“正是。”

“对我来说，这意味着两种可能性，马洛。不是你怕得要死，就是你觉得她怕得要死。”

我点点头。

“哪种情形？”他逼问道。

“我没害怕。”

他瞧了瞧手表。“老天啊，但愿是你在发疯。”

我们相互看着，一时无言。

42

往北穿过冷水峡谷，空气渐渐变得灼热。我们上了坡顶，开始透迤而下往圣费尔南多峡谷开去时，空气闷热，阳光刺眼。我从侧面望了一眼斯潘塞，他穿着西装背心，这炎热好像并没怎么烦扰到他。他有别的闹心得多的事。他透过挡风玻璃直直地盯着前方，一言不发。谷地上方笼罩着厚厚的烟雾，从高处望去，好像是一层自地面升起的雾气，接着我们就开进了烟雾里，斯潘塞这才打破了沉默。

“我的天。我还以为南加州天气不错呢，”他说，“他们在干吗？烧废旧轮胎？”

“到了空闲谷区就没事了，”我宽慰他说，“那里有海风。”

“很高兴知道那地方除了醉鬼还有其他东西，”他说，“据我对城郊富庶居民的观察，我认为罗杰搬来此地是个悲剧性错误。作家需要能激发灵感的东西——而非装在瓶子里的那种东西。这里除了热情的阳光和没完没了的宿醉，什么也没有。当然我说的是上层阶级。”

我放慢车速，开上快到空闲谷区入口的那段尘土飞扬的道路，然后重新开上平整的路面。不一会儿，就感觉到海风由湖那边的山口飘拂而至。高杆洒水器在平展的草坪上旋转，水落在绿草上，发出沙沙的声音。这时节，大多数有钱人都去了别处，你能够从落下的百叶窗和停在车道当中的花匠卡车上看出来。很快我们就到了韦德家，我拐进院门，把车停在艾琳的美洲豹后面。斯潘塞跳下车，平静地走过石板路，走上门廊。他按了铃，大门几乎马上就打开了。甜哥儿站在那儿，穿着白制服，顶着一张深色皮肤的漂亮脸蛋，黑眼睛机警明亮。一切井然有序。

斯潘塞走进去，甜哥儿瞟了我一眼，在我面前砰地关上了门。我等着，什么动静也没有。我按下门铃，里面传来铃声。门忽然大开，甜哥儿跳出来吼道：

“快滚！找死。肚皮上欠刀子？”

“我来见韦德夫人。”

“她不想见你。”

“别挡道，乡巴佬。我有事情。”

“甜哥儿！”是她的声音，相当严厉。

他恨恨地瞪了我一眼，退了下去。我走进去，关上门。她站在其中一张长沙发旁边，看上去雍容华贵，斯潘塞站在她身边。她穿着白色便裤，高腰的那种，中袖白运动衫，一方淡紫色手帕从左胸袋里露出一角。

“甜哥儿近来变得相当蛮横，”她对斯潘塞说，“见到你很高兴，斯潘塞。你这么远赶来，真是费心了。我没料到你还带了别人。”

“是马洛开车送我过来的，”斯潘塞答道，“他也想见见你。”

“我想不出为什么。”她冷淡地说道。最后，她看了我一眼，不过不像一星期没见到我让她的生活有了缺口的样子。“是吗？”

“一两句说不清楚。”我说。

她慢慢坐下，我则在另一张沙发上坐下。斯潘塞皱着眉头。他摘下眼镜，擦了擦，这样他皱眉头便显得自然些了。然后他在我那张沙发的另一头坐了下来。

“我以为你会过来吃午餐。”她微笑着对他说。

“谢谢，不过今天不行。”

“不行？哦，要是你手头事情太忙，那当然。你只想看看手稿？”

“如果可以的话。”

“当然。甜哥儿！哦，他走了。手稿在罗杰书房的办公桌上。我这就去拿来。”

斯潘塞站起来：“我去拿，可以吗？”

没等她回答，他就起身走过客厅。在她背后十来英尺的地方，他停下脚步，不甚友好地瞅了我一眼，然后继续往书房走去。我坐在那里等着，她回过头来，冷漠地注视着我。

“你为何要见我？”她简慢地说道。

“有几件事情。我看见你又戴那个坠子了。”

“我常戴。很久以前一个非常亲密的朋友送给我的。”

“是啊，你告诉过我。某种英军徽章，对吧？”

她捏着细链末端的坠子。“是珠宝商做的仿品。比真品要小些，黄金和珐琅镶嵌而成的。”

斯潘塞回到客厅坐下，将厚厚一摞黄色稿纸放在跟前的茶几一角，漫不经心地瞥了一眼，然后望向艾琳。

“能让我凑近一些看看吗？”我问道。

她转动细链，直到能够解开搭扣。她伸手把坠子递给了我，更确切地说是扔到我手里，接着握起双手放在膝盖上，露出好奇的神色。“为什么你那么感兴趣？这是一支名叫‘艺术家步枪队’的部队的军徽，一支地方部队。给我这个的人不久后就失踪了，在挪威的安道尔尼斯，是在可怕的一九四〇年的春天。”她微笑着，一只手轻轻做了个手势，“他爱上了我。”

“大规模空袭期间，艾琳一直在伦敦，”斯潘塞的声音有些落寞，“她没法离开。”

我和她都没有搭理斯潘塞。“你也爱上了他。”我说。

她垂下眼帘，然后又抬起头来，我们的目光对峙着。“那是很久以前的事了，”她说，“在打仗。总是发生奇怪的事儿。”

“不止这些吧，韦德夫人？我估计你忘了那次你是如何毫不忌讳地告诉我你对他的感情的。‘热烈癫狂、难以言喻、如梦似幻的爱情，一生不可能遇到第二次。’我在引用你的原话，从某种角度来说，你依然爱着他。我姓名的首字母刚巧和他的一样。老天爷，我真走运。我估计这跟你挑选我多少有些关系。”

“他的名字跟你的毫无相似之处，”她冷冷地说，“而且他已经死了，死了，死了。”

我把那个小坠子递给斯潘塞。他无奈地接了过去。“我以前就见过。”他咕哝道。

“帮我核对一下这坠子的设计，”我说，“上面有一把镶金边的白色珐琅宽匕首，刀尖下指，刀身挡在一对上卷的浅蓝色珐琅翅膀前面，插入一幅卷轴的后面。卷轴上写着‘勇士常胜’。”

“好像没错，”他说，“这有什么重要的？”

“她说这是‘艺术家步枪队’的军徽，一支地方部队。她说这是那支部队里的一个人给她的。一九四〇年春天，在挪威和英国于安道尔尼斯交战时，那人失踪了。”

我引起了他们的注意。斯潘塞盯着我看。我不是在胡诌，他明白，艾琳也明白。她那两道淡棕色的眉毛疑惑地聚向眉心，不像是假装的，而且不太善意。

“这是枚袖章，”我说，“会出现这枚徽章，是由于‘艺术家步枪队’被编入或者说划归、派给——或者其他什么确切的说法——特种空军部队。他们原属地方陆军部队。直到一九四七年这枚徽章才出现。所以没有人在一九四〇年把这枚徽章送给韦德夫人。还有，一九四〇年在挪威安道尔尼斯登陆的也不是‘艺术家步枪队’，而是‘舍伍德森林人队’和‘莱斯特郡队’，两者都是地方部队。但不是‘艺术家步枪队’。我是不是很讨人厌？”

斯潘塞将坠子放在茶几上，慢慢地推到艾琳面前，什么都没说。

“你以为我不知道？”艾琳轻蔑地说。

“你以为英国陆军部不知道？”我回敬道。

“显然这里面有误会。”斯潘塞和气地说道。

我扭过头去，瞪了他一眼。“不失为一种说法。”

“另一种说法就是我在撒谎，”艾琳冷冰冰地说道，“我从来不认识一个叫保罗·马斯顿的人，从来没爱过他，或者他从来没爱过我。他从来没给过我他的部队徽章的仿品，从来没在战争中失踪过，因为他从来不曾存在过。我在纽约的一家店里买了这枚军徽，那家店专营进口英国奢侈品，比如皮货，手工粗革皮鞋，军装，学校的领带，板球衫，饰有小纹章的小玩意儿，等等。这样的解释总该让你满意了吧，马洛先生？”

“我满意后半部分，但不满意前半部分。毫无疑问，有人告诉你这是‘艺术家步枪队’的军徽，可忘了告诉你它属于哪一种，说不定他自己也不知道。但你认识保罗·马斯顿，而他也确实在那支部队服役，并且的确在挪威的行动中失踪了，不过时间不是一九四〇年，韦德夫人。是一九四二年，他那时在突击队，地点不是安道尔尼斯，而是突击队袭击的一个离岸小岛。”

“我看不必为这事弄得这么敌对。”斯潘塞以决断的口吻说道，开始摆弄起面前的黄色稿纸。我不明白他是在给我帮腔，还是只是感到痛心。他拿起一叠稿纸，在手上掂量着。

“你打算论分量买下来？”我问他。

他似乎吃了一惊，接着尴尬地笑了笑。

“艾琳在伦敦的日子很艰难，”他说，“有些事情怕是记糊涂了。”

我从口袋里摸出一张折起来的纸。“没错，”我说，“比如记不住跟谁结过婚。这是一张认证过的结婚证书复印件，正本在卡克斯顿大厅登记处。结婚日期是一九四二年八月。结婚双方的名字是保罗·爱德华·马斯顿和艾琳·维多利亚·桑普塞尔。从某种角度来说，韦德夫人说得没错，不存在一个叫保罗·爱德华·马斯顿的人，那是个假名字，因为在军队里，你要结婚，得获得许可才行。他造了假身份。他在军队里用的是另一个名字。我有他全部的服役记录。我奇怪的是，人们好像没有意识到其实你只要开口打听打听，就什么都明白了。”

现在斯潘塞十分安静。他往后一靠，瞪着眼睛。不过不是瞪着我。他瞪着艾琳。她也回望着他，脸上浮现出女人们擅长的那种半含歉意半含诱惑的浅笑。

“不过他已经死了，霍华德，在我碰见罗杰之前早就死了。这难道有什么关系吗？这些罗杰全知道。我从来没停止使用我婚前的名字。在那种情形下，我必须这么做，因为我护照上写的就是那个名字。他在一次行动中遇害之后——”她停下来，慢慢地吸了一口气，双手轻轻地落在膝盖上。“一切都完了，结束了，失去了。”

“你肯定罗杰知道？”他迟缓地问道。

“他知道一些，”我说，“保罗·马斯顿这名字对他来说意味着某种东西。我问过他一回，他神色古怪，但没告诉我原因。”

她没搭理我，而是对着斯潘塞说话。

“为什么这么问？罗杰当然什么都知道。”她耐心地微笑着看着斯潘塞，好像他反应有点慢似的。她们的小伎俩。

“那为何在日期上撒谎？”斯潘塞干巴巴地说道，“他明明是一九四二年失踪的，为何说是一九四〇年？为何佩戴这枚并非他给你的徽章，却非要说是他给你的？”

“也许我是迷失在梦里了，”她轻声说道，“更确切地说，是噩梦。我有许多朋友在大空袭期间丧生。那些日子，当你跟别人道晚安时，你努力不让它听上去像是道别，但事实常常就是这样。而你与战士说再见，那情形就更叫人揪心了。死的总是那些善良温和的人。”

他没说话。我也没说话。她望着茶几上的坠子，拿起它，又串回项链上，然后神情自若地往后靠去。

“我明白我没权利盘问你，艾琳，”斯潘塞慢吞吞地说，“忘了这事吧。马洛拿一枚军徽和一份结婚证书小题大做，让我一时也起了疑惑。”

“马洛先生，”她轻声对他说道，“小题大做，可碰到真正的大事——比如救人一命——他却跑去湖边看什么汽艇。”

“以后你再也没见过保罗·马斯顿？”我问道。

“怎么可能？他已经死了。”

“你不知道他已经死了。红十字会也没出死亡报告。他也许被关在牢里。”

她忽然打了个哆嗦。“一九四二年十月，”她慢慢地说道，“希特勒发布了一道命令，所有在狱英军突击队员都要交付盖世太保处置。我想，我们都知道这意味着什么。在盖世太保的某间地牢里遭受严刑拷打，不为人知地死去。”她又打了个哆嗦，愤怒地注视着我。“你是个非常可恶的家伙。你让我再经受一遍，就是为了惩罚我撒了个微不足道的谎。假如你爱的人被那些人抓住了，你知道发生过的情形，那么什么样的命运会落到他或她头上？我想建立另一份记忆，就算是虚假的，难道有那么奇怪吗？”

“我需要喝点东西，”斯潘塞说，“非常需要。可以吗？”

她拍拍手，甜哥儿不知从什么地方冒了出来，他向来如此。他朝斯潘塞哈了哈腰。

“您想喝什么，斯潘塞先生？”

“纯苏格兰威士忌，多来点儿。”斯潘塞说。

甜哥儿走到客厅一角，从墙里拖出吧台，取出酒瓶，往一只杯子里倒了些。他走回来，把杯子放在斯潘塞跟前，然后准备离开。

“甜哥儿，”艾琳平静地说，“说不定马洛先生也想喝一杯。”

他停下脚，瞧着她，黑着一张紧绷的脸。

“不用，谢谢，”我说，“我不想喝。”

甜哥儿鼻子里哼了一声，拔腿走了。又是一阵沉默。斯潘塞放下还剩一半的酒，点燃一支烟。他开始对我说话，眼睛却不看着我。

“我敢肯定韦德夫人或甜哥儿能够送我回贝弗利山庄。不行的话，我会叫出租。我想你要说的已经说完了吧。”

我折起那份认证过的结婚证书复印件，收进口袋。

“你确定想要这么办？”我问他。

“大家都想这么办。”

“行。”我站起身来，“我想是我太傻，费心费力做这些。你身为一流出版商，有一流出版商的脑筋——如果干这一行需要脑筋的话——你应当明白我来这儿不会只是为了扮扮黑脸。我提及旧事，自掏腰包获取事实，不是为了跟谁过不去。我调查保罗·马斯顿不是因为盖世太保杀了他，不是因为韦德夫人戴了假冒的军徽，也不是因为她混淆了日期，更不是因为她与他之间仓促的战时婚姻。我开始调查他时，什么都不知道，除了他的姓名。你以为我是怎么知道的？”

“毫无疑问，有人告诉了你。”斯潘塞冲口而出。

“正是，斯潘塞先生。那人是战后在纽约和他认识的，回来后又在蔡森酒吧撞见他和他妻子。”

“马斯顿是个常见的姓。”斯潘塞说着啜了一口威士忌。他扭了扭脑袋，右眼皮略略下垂，于是我又坐了下来。“保罗·马斯顿这名字不可能独一无二。举例来说，在纽约地区，就有十九个霍华德·斯潘塞列在电话簿上，其中四个干脆就是霍华德·斯潘塞，没有中间名缩写。”

“不错。但是，你说会有多少个保罗·马斯顿半边脸被延迟爆炸的迫击炮弹碎片毁掉，留有疤痕和整容手术的刀疤？”

斯潘塞嘴巴张开，发出一种粗重的呼吸声。他掏出手帕，擦着脑门。

“你说会有多少个保罗·马斯顿在那次迫击炮弹爆炸事件中救了曼迪·曼宁德兹和兰迪·斯塔尔那两个铁腕赌徒的性命？他们还活着，记得清清楚楚。等到适当的时候，他们会说话的。斯潘塞，怎么不再光火了？特里·伦诺克斯和保罗·马斯顿是同一个人。这可以毫无疑问地得到证实。”

我没指望谁会尖叫着跳起六英尺高，事实上谁也没这样。然而出现了一阵沉默，响亮得近乎一声叫喊的沉默。我感觉到了，我感觉到这种沉默包围了我，那么沉重，那么密不透风。我听见厨房里水流动的声音，我还听见门外折叠起来的报纸落在车道上发出的闷响，而后是报童有点走调的轻柔的口哨声随着自行车渐渐远去。

我感到脖子后面被轻轻蜇了一下，赶忙躲开，扭头一看，甜哥儿站在那里，手里捏着把刀子。他深色皮肤的脸上没什么表情，但眼睛里有某种我以前未曾见过的东西。

“你累了，阿米哥，”他轻声说道，“要不要我去给你弄杯酒来？”

“波旁威士忌加冰块，多谢。”我说。

“马上就来，先生。”[①]

他收起刀子，插进白制服的侧袋里，轻手轻脚地走了。

我这才朝艾琳望过去。她坐在那里，双手紧握，身体前倾。她垂着头，即便那脸上有任何表情，我也无法看到。她开口说话了，声音清晰而空洞，带了电话报时的机械味道。那声音一般人是不会一直听下去的，但要是你愿意，它会分分秒秒一直报下去，声调没有一丝改变。

“我见过他一次，霍华德，只见过一次。我一句话也没跟他说，他也没跟我说。他变化太大了。头发全白了，他的脸——几乎是面目全非。当然，我知道是他，他也知道是我。我们望着对方，仅此而已。之后他走出房间，第二天就离开了她的宅子。我是在洛林家遇见他——和她的。接近黄昏的时候。你在那里，霍华德。罗杰也在那里。我想你也见到他了。”

“有人给我们作了介绍，”斯潘塞说道，“我知道他夫人是谁。”

“琳达·洛林告诉我他失踪了。他没讲原因，也没发生过争执。过了些日子那女人跟他离了婚。后来我听说她又找到了他，他落魄潦倒。他们又复婚了。天知道为什么。我估计他没钱，对他来说这样也无所谓了。他知道我和罗杰结了婚。我们已经失去了对方。”

“为什么？”斯潘塞问道。

甜哥儿将酒放在我跟前，一句话没说。他看了一眼斯潘塞，斯潘塞摇摇头，他便走开了。没人注意到他，他就像中国戏台上管道具的，在台上将道具挪来挪去，而在看戏的和演戏的眼里，这人好像根本不存在似的。

---

①原文为西班牙语。

"为什么？"她重复道，"哦，你不会懂的。我们曾经拥有的已经失去了。再也不可能回来了。他最终没有落入盖世太保之手，一定是哪个正直的纳粹分子没有遵从希特勒的命令处置英国突击队员，所以他幸存下来，回来了。我曾经欺骗自己我会找回他，找回以前的他，热情，年轻，本色。然而我发现他与那个红头发婊子结了婚——实在令人恶心。我已经知道罗杰和她有染。我敢肯定保罗也知道。琳达·洛林也知道，她自己也是个烂货，只是还没烂透。他们都是一路货色。你也许会问我为什么没离开罗杰，回到保罗身边。在他向她投怀送抱之后，在罗杰也投入那双来者不拒的手臂之后？不，谢谢你了。我需要更多动力。罗杰，我可以原谅。他酗酒，不知道自己在干什么。他忧心自己的写作，他憎恨自己，因为他只是个出版商花钱雇用的笔杆子。他是个懦弱之辈，不甘心，沮丧，不过这可以理解。他只不过是个丈夫而已。保罗却不同，他如果不是一切，那就什么都不是。到头来，他什么都不是。"

我喝了一大口威士忌，斯潘塞喝干了他的。他挠着沙发布。他已经忘记了面前那一摞文稿，完蛋了的作家的一部未结束的作品。

"'他什么都不是'，这种话我不会说。"我说。

她抬眼茫然地看着我，又垂下眼帘。

"比什么都不是更糟，"她声音里出现了一种不曾有过的尖酸，"他明白她是什么货色，还跟她结婚，又受不了她是那种货色，就宰了她。还逃跑了，自杀了。"

"他没杀她，"我说，"这你清楚。"

她慢慢坐直了身子，瞪着我，眼神茫然。斯潘塞发出某种声音。

"罗杰杀了她，"我说，"这你也清楚。"

"他告诉你了？"她平静地问道。

"他没明说，但给了一两个暗示。他迟早会告诉我或者别人。那个秘密正在摧毁他。”

她略微摇摇头。“不，马洛先生。他并不是为这个感到痛苦。罗杰不知道自己杀了她，他完完全全忘记了。他知道有什么事情不对头，努力想从记忆里把它挖出来。但他无能为力。那次的冲击毁了他的记忆。有可能他某一天会回忆起来，也有可能在生命的最后几分钟里他的确回忆起来了。不过以前没有。以前没有。”

斯潘塞低吼道：“这种事情是不可能发生的，艾琳。”

“噢，当然可能，”我说，“我就知道两起得到证实的案例。其中一起是一个事后什么也不记得的醉鬼杀了一个在酒吧勾搭上的女人。他用她的围巾勒死了她。她原先用了一枚精巧的别针固定那围巾。她跟他回了家，谁也不知道发生了什么，只知道她死了。他被缉拿归案时，领带上别着那枚别针，而他一丁点儿都记不起来那别针是从哪里来的。”

“永远记不起来，还是当时一时记不起来？”斯潘塞问。

“他没承认过，也不会有人去审问他了。他们用毒气处决了他。另外一起涉及一个脑子有问题的家伙。他和一个富有的性变态一起住，那性变态是那种收集首版书籍、烹饪精致菜肴、墙板里暗藏秘密奢华书库的人。两人打了一架，满屋子跑着打，从一间屋到另一间屋，打得鸡飞狗跳。有钱人最终败下阵来。那杀人的家伙，他们抓住他时，他身上有十几处淤伤，还断了根手指。他唯一记得的是他头疼，并且找不到回帕萨迪纳的路。他不断地绕圈子，在同一个加油站停下来问路。加油站的人认为他神经兮兮，便报了警。他兜了一圈再回来时，他们已经在那儿等着他了。”

“我不相信罗杰也是这样。”斯潘塞说，“如果说他脑子有病，那我也一样。”

“他喝醉的时候什么都不记得。”我说。

“我在场，我看见他干的。”艾琳冷静地说道。

我朝斯潘塞咧嘴一笑。那是某种笑，大概不是愉快的那种。但我可以感觉到我的脸已经尽了最大努力。

“她会告诉我们是怎么回事，”我告诉他，“听着就好。她会告诉我们的。她现在已经克制不住自己了。”

“不错，这倒是真的，”她神情严肃，“你仇敌的某些事你都不愿多谈，更别说你自己丈夫的事了。如果我必须站在证人席上当着大庭广众说出那些事来，你是不会喜欢听的，霍华德。你这位优秀的、才华横溢的、永远受欢迎的摇钱树作家会显得很下贱。在纸上，他相当有魅力，是吧？那可怜的笨蛋企图活得人如其文。那个女人对他来说就是奖杯一只。我暗中监视过他们，我应当为此感到羞愧。可是得有个人把这些说出来。我一点也不觉得羞愧。我目睹了整场令人作呕的闹剧。那栋她用来寻欢作乐的客宅非常隐蔽，带有独立的车库，入口开在小巷里，是一条浓荫掩映的死巷。终于到了那一天——像罗杰这种人迟早会有这么一天——他再也做不了能满足她的情夫了，那天他醉得有点厉害，他要离开，她叫骂着追出来，一丝不挂，挥舞着一个小雕像。她使用的言语之淫秽堕落我简直无法形容。她想拿小雕像砸他。你们两位都是男士，你们当然明白最令男士震惊的莫过于听见你以为是淑女的女子满口喷粪。他喝得酩酊大醉，忽然起了施暴的念头，他有前科。他从她手里夺下雕像。你们能猜到接下去发生了什么。”

“一定流了很多血吧。”我说。

“血？”她苦涩地笑笑，“你真该看看他回家时的样子。我跑回汽车里要离开时，他正站在那里低头看她。接着他弯下腰伸手抱起她走进了客宅。这时我知道他有点被吓醒了。大约一小时后，他回到了家。他轻手轻脚地进来，见我等在那里，他吓了一大跳。不过他那时已经没那么醉了，只是晕晕乎乎的。他脸上、头发里和衣服前襟上全是血。我把他领进书房里面的盥洗室，帮他脱去衣服，冲了一下，然后把他带上楼去洗了澡，安顿他上床躺下。我找出一口旧衣箱拎下楼，把沾满血迹的衣服和毛巾之类装进箱子。我清洗了脸盆和地板，拿了一条湿毛巾出去弄干净他的车，开进车库，倒出自己的车。我开车去了查茨沃思水库。你们可以猜到我是怎么处理塞满带血衣物的箱子的。”

她打住话头。斯潘塞挠着左手心。她瞥了他一眼，继续说下去。

“我不在的时候，他爬起来，灌了好多威士忌。第二天早晨，他一点都不记得了。就是说那件事情他只字不提，或者表现得好像除了宿醉他什么都不记得了。我也什么都没提。”

“他一定发现少了衣服吧。”我说道。

她点点头。“我想他最终发现了——不过他没说。那一阵子好像什么事情都凑在一起了。连篇累牍的新闻报道，保罗失踪了，然后客死墨西哥。我怎么知道会发生这种事情？罗杰是我丈夫。他干了一件糟糕至极的事，但她是个糟糕至极的婆娘。他不知道自己在干什么。然后，就像一开始忽然出现那样，这事情在报纸上忽然就销声匿迹了。琳达的父亲一定插手了。罗杰当然读了报纸，他发表的那些议论就跟一个没有牵连的看热闹的人随口说的一样，而这人只不过凑巧认识牵涉在案的人。”

“你不害怕吗？”斯潘塞低声问道。

“我怕得害了心病，霍华德。要是他回忆起来，大概会把我也杀了。他很会表演——大部分作家都这样——他兴许已经知道了，只是在等待一个机会。不过我吃不准。他兴许——只是兴许——永远记不起那件事情，而且保罗也已经死了。”

“要是他从来不提你扔进水库的那些衣服，就说明他起疑心了，”

我说，“别忘了，他在楼上开枪走火，我看见你奋力夺下手枪那次，在他藏在打字机里面的纸上，他说有一个好人因他而死。”

“他这么说过？”她眼睛瞪得大小恰到好处。

“他写的——在打字机上。被我撕掉了，他让我撕的。我估计你已经看过了。”

“我从来不读他在书房里写的任何东西。”

“韦林吉把他接走那次，你不是读了他写的东西吗？你甚至还去翻了字纸篓。”

“那不是一回事，”她口气冰冷，“我那是找线索，想知道他去了哪里。”

“好吧，”我往后靠了靠，“还有没有？”

她慢慢地摇了摇头，声调中有种深深的悲哀。“我想没了。最后那个下午他开枪自杀时，他可能回想起来了。我们永远不会知道了。我们难道想知道吗？”

斯潘塞清了清喉咙：“马洛和这一切又有什么关系呢？把他请来这里是你的主意，你说服我去请他。这你知道。”

“我吓坏了。我害怕罗杰，我也担心他。马洛先生是保罗的朋友，几乎是他的熟人里最后见到他的人。保罗有可能告诉了他什么。我得弄清楚。如果罗杰是个危险人物，我希望他能帮帮我。如果他发现了实情，也许仍有法子救罗杰一命。”

忽然之间，不知为什么，斯潘塞变得强硬起来，他撅起下巴，身体前倾。

“让我弄弄清楚，艾琳。这位私人侦探已经和警察产生了不愉快，他们曾把他关进牢里。他们认为他帮过保罗——因为你这么称呼他，我也就这么叫了——帮他去了墨西哥。如果保罗是杀人凶手，这便是重罪。那么就算他查明了真相，能洗清自己，他也只能干坐着，什么也干不了。这是不是你打的主意？”

“我害怕了，霍华德，你明白吗？我和一个有可能失去理智的杀人凶手住在同一个屋檐下，大部分时间都是我和他单独相处。”

“这我明白，”斯潘塞仍旧很强硬，“不过马洛并没有接受，你还是单独和他相处。后来罗杰手枪走火，那以后的一个星期你也是单独面对他。再后来罗杰自杀时，却恰恰只有马洛一个人在。”

“不错，”她说，“那又怎么样呢，我有什么办法。”

“得了，”斯潘塞说道，“你觉得马洛有可能会查明真相，加上已经发生过一回手枪走火的事，他也许会把枪递给罗杰，说：‘喂，老家伙，你杀了人，我知道，你老婆也知道。她是个好女人，她承受的已经够多了。更别提西尔维亚·伦诺克斯的丈夫了。何不行行好，扣下扳机一了百了，所有的人都会以为是你喝得太凶的缘故。我这就去湖边走走，吸口烟，老家伙。祝你好运，别了。哦，枪在这儿，已经上了子弹，归你了。’”

“你变得越来越讨厌了，霍华德。我没动过这个脑筋。”

“你告诉警官，是马洛杀了罗杰。该怎么解释？”

她匆匆瞥了我一眼，几乎有些羞涩。“我真不该那么说。我不知道自己在说什么。”

“你大概认为是马洛打死了他。”斯潘塞冷静地说。

她眯起眼睛。“噢，没有，霍华德。为什么？他为什么要那么干？你这话真是歹毒。”

“为什么？”斯潘塞想要追根究底，“有什么歹毒的？连警察都这么以为。甜哥儿还提供了动机。他说罗杰将天花板打了个洞的那个晚上，马洛在你房间里待了两个小时——在罗杰吞服了安眠药睡去之后。”

她的脸一下子红到发根，瞪着他说不出话来。

“而你一件衣服也没穿，”斯潘塞不留一点面子给她，“甜哥儿是这么告诉他们的。”

“但是在听证会——”她开始用一种疲惫的声调说话。斯潘塞打断了她。

“警察没有听信甜哥儿。所以听证会上他没再提起。”

“哦。”是松了一口气的叹息。

“还有，”斯潘塞口气冰冷地继续说道，“警方怀疑你。这怀疑仍未消除，只需要解释动机。在我看来，现在他们大概能够解释了。”

她霍地站起来。“我想你们两位最好从我家离开，”她恼怒地说，“越快越好。”

“你到底有没有？”斯潘塞平静地问道，他没动弹，只是伸手去拿酒杯，发现已经空了。

“我有没有什么？”

“打死罗杰？”

她站在那里瞪着斯潘塞，脸上的红已经退去，绷紧的皮肤惨白惨白的，笼罩着一层怒气。

“我这些话到了法庭你也一样会碰上。”

“我出去了。我忘了带钥匙。我只得按铃让人开门。我回家时他已经死了。这些你们都是知道的。老天啊，你这是怎么了？”

他摸出一方手帕，擦了擦嘴。“艾琳，我在这栋宅子里逗留过不下二十次，从来不知道大门白天会上锁。我没说是你杀了他，我只是问你。你不用告诉我这不可能。照现在的情形看，这很容易。”

“我打死自己的丈夫？”她说得很慢，一脸难以置信。

“如果说他是你丈夫，”斯潘塞的声音依旧冷漠，“你在嫁给他时还有另外一个丈夫。”

“谢谢你，霍华德。非常感谢。罗杰最后的书，他的天鹅之歌，已经摆在你面前了。拿上它走吧。我想你最好报警，把你的想法告诉他们。这会是我们之间友谊的奇妙尾声，再奇妙不过了。别了，霍华德。我非常累，我头疼。我得上楼去自己房间躺躺。而马洛先生——我猜你是被他唆使——我只能这么对他说，即使他没有亲手杀死罗杰，也是他逼着罗杰走上了绝路。”

她转身欲走，我忽然说道：“韦德夫人，等一等，还没完。没必要怨恨谁，我们都在尽力做对的事情。那只被你扔进查茨沃思水库的衣箱——重吗？”

她转过身来，注视着我。“那是只旧箱子，我说了。不错，很重。”

“你是怎么将它扔过围着水库的高架铁丝网的？”

“什么？铁丝网？”她摆出一副无奈的样子，“我想走投无路的时候，人是会拼命的。反正箱子被我扔下去了。就这么回事。”

“那里并没有什么铁丝网。”我说道。

“没有什么铁丝网？”她茫然地重复道，仿佛这没有任何意义。

“而且，罗杰的衣服上也没有血迹。西尔维亚·伦诺克斯也不是在客宅外面被打死的，而是死在客宅里面的床上。实际上并没有流多少血，因为她已经死了——被手枪打死的——小雕像只不过是把她的脸砸了个稀烂，砸一个已死的女人。韦德夫人，死人是不怎么流血的。”

她鄙夷地歪了歪嘴。“我想你在场吧。”她轻蔑地说。

然后她转身走了。

我们目送她离开。她慢慢地走上楼梯，仪态从容而优雅。她消失在自己的房间里，门在她身后轻轻地但坚决地关上了。

“铁丝网怎么了？”斯潘塞有些摸不着头脑。他前后晃着脑袋，涨红的脸冒着汗。他勇敢地面对这一切，但对他来说，这不是件容易的事。

“随便说的，”我说道，“我从没走近过查茨沃思水库，不清楚那儿是什么样子。边上可能围着铁丝网，也可能没有。”

“我明白了，”他不高兴地说道，“不过问题在于她也不清楚。”

“她当然不清楚。是她杀了他们两个。”

43

有什么东西在轻轻移动，甜哥儿站在沙发一头望着我。他手上捏着弹簧小刀。他一按弹簧，刀刃弹出；再一按，刀刃缩回刀把。他眼睛熠熠生辉。

“非常抱歉，先生。”[①]他说，“我错怪你了。她杀了主子，我想我——”他打住话头，刀刃又弹了出来。

“不，”我站起来，伸出手，“把刀子给我，甜哥儿。你只不过是个讨人喜欢的墨西哥家仆，他们会栽赃到你头上，皆大欢喜的事。你搞出一阵烟雾，他们会在背后高兴地笑。你不清楚我在说什么，可我自己清楚。他们把事情搞得一团糟，即便他们想澄清是非，现在也办不到了。再说他们也不打算澄清。你还来不及说完你的名字，他们就已经飞快地从你身上榨出一篇自白来了。从星期二起三周内，你就会被判无期徒刑，然后在圣昆廷州立监狱蹲上一辈子。”

①原文为西班牙语。

“我告诉过你我不是墨西哥人，我是智利人，家在瓦尔帕莱索市附近的比尼亚德尔马。”

“刀子。甜哥儿。这我都知道。你是自由身。你有些积蓄，你家里大概有七八个兄弟姐妹吧。你要放聪明些，从哪儿来回哪儿去。这份工作已经完蛋了。”

“工作多得是。”他轻声说道，接着伸出手来，把刀子交到我手中。“看在你的面子上，给你。”

我把刀子收进口袋，他抬头望着二楼走廊。“夫人——咱们现在怎么办？”

“不怎么办。我们什么都不用做。夫人非常累，她已经筋疲力尽了。她不希望别人去打搅她。”

“我们应当报警。”斯潘塞固执地说道。

“为什么？”

“噢，我的天哪，马洛——我们一定得这么办。”

“明天。收拾起你那一摞未完成的书稿，咱们走吧。”

“我们必须报警。还是有法律这回事的吧。”

“诸如此类的事，我们不用去做，我们手上还没有充分的证据。让执法的家伙们去干这伤脑筋的活儿吧。让律师们去解决吧。一帮律师制定法律，让另一帮律师在被称为法官的一帮律师跟前逐条肢解；所以其他法官可以说初审法官错判，而最高法院可以说中级法院错判。当然，的确存在所谓法律，而且多得简直铺天盖地，但是其功能几乎全在于给律师们揽生意。你想想看，要是律师们不告诉那些黑帮大佬们如何运作，他们还能活得这么长久？”

斯潘塞愤愤然道：“扯得太远了。有人在这宅子里被打死了。这人是个作家，一个非常成功、举足轻重的作家——这也扯远了。他是一个人哪，而且你和我都知道是谁打死了他。还是有公正这回事的吧。”

"明天。"

"你要是姑息了她，就跟她一样恶劣了。马洛，我现在开始怀疑你的居心了。要是你保持警觉，你可以救他一命。从某种角度来说，是你姑息了她，让她得手。今天下午这一幕，在我看来，纯粹是一出——表演。"

"一点不假。底下隐藏着一出爱情戏。你看得出艾琳对我如痴如狂。等一切平息下来，我们说不定会结婚哩。她当然得好好调教。我连一块钱都还没从韦德家挣到哪。我等不及啦。"

他摘下眼镜擦了一遍，又揩了揩下眼窝沁出的汗，重新戴上眼镜，低头瞧着地板。

"对不起，"他说，"今天下午我着实狠狠挨了一记。听说罗杰自杀已经够糟的了，可是这另一个版本简直让我感到羞辱——光是知情。"他抬眼凝视着我，"我可以相信你吗？"

"什么事情？"

"正确的事——不管那是什么。"他弯腰拿起那一摞黄色文稿，夹在胳膊下面。"不，算了。我想你知道自己在干什么。我是个好出版人，可处理这事我不在行，我想我其实只是个自命不凡的讨厌鬼。"

他从我面前走过，甜哥儿给他让了道，又飞快地走向门口，为他拉着门。斯潘塞朝他略微点了点头，然后走出了门。我跟在他后面。经过甜哥儿身旁时，我停下脚步，注视着他乌黑闪亮的眼睛。

"可别玩花招，阿米哥。"我说。

"夫人非常累，"他低声说道，"她去了自己屋里，她不希望别人打搅她。我什么都不知道，先生。我什么都不记得……我只是他们家的用人，先生。[1]"

---

①原文为西班牙语。

我从口袋里摸出刀子，递还给他。他露出了笑容。

“没人信得过我。但我信得过你，甜哥儿。”

“我也信得过你，先生，完全信得过。”[①]

斯潘塞已经坐在车里了。我钻进汽车，启动，倒出车道，送他回贝弗利山庄。到了酒店，我把车停靠在侧门口，让他下车。

“回来的路上我一直在想，”他下车时说道，“她一定有些精神失常。他们大概不会判她有罪。”

“他们都不会开庭审理，”我说，“不过她自己并不知道。”

他同夹在胳膊下面的那一摞黄色稿纸斗争了一会儿，终于弄齐整了，然后朝我点点头。我望着他拉开门走了进去。我松开刹车，奥兹缓缓离开了白色的人行道边缘。那是我最后一次看见霍华德·斯潘塞。

* * *

我回到家时已经很晚了，既疲乏又沮丧。那是个空气沉闷的夜晚，噪声仿佛被捂住了，听上去很遥远；月亮迷蒙而冷漠。我在屋里走来走去，放了几首乐曲，可耳朵里几乎没听见什么。我好像听见从什么地方传来持续的滴答声，可这房子里根本没有一件东西会发出那种声音。那滴答声就在我的头脑中。我是一个单人报丧队。

我想起第一次见到艾琳，以及第二次、第三次、第四次见到她。那以后她身上的某些东西就变得难以把握了。她仿佛不再真实。当你知道一个人杀过人，就会觉得他不再真实。世上有人或为仇恨或为恐惧或为贪欲而杀人。有狡诈的凶手，事先精心筹划，企图瞒过

①原文为西班牙语。

众人；有狂怒的凶手，完全为热血所支配；有迷恋死亡的凶手，对于他们来说，杀人是一种间接的自杀。从某种角度来说，他们都精神失常，不过不是斯潘塞所说的那种。

天快亮的时候，我终于睡着了。

刺耳的电话铃声把我从漆黑如深井的睡眠中拽了出来。我翻身起床，摸索着拖鞋，意识到自己才睡了不到两个小时。我觉得自己就好像一块在下等饭馆里吃下去的只消化了一半的肉。我眼皮黏在一起睁不开，嘴巴里满是沙子。我费劲地站起来，一路跌跌撞撞地进了客厅，抓起电话听筒，对着里面说道："别挂。"

我放下电话，走进卫生间，往脸上扑了些冷水。窗外有什么东西在咔嚓咔嚓作响，我懵懵懂懂朝外面望了望，看见一张没表情的黄脸。那是每星期来一次的日本园丁，我叫他铁心哈利。他正在修剪金钟花丛——日本园丁修剪金钟花丛的典型做派。你叫了他四次，他总说"下星期"，然后某一天早晨六点钟就来了，在你卧室窗外咔嚓咔嚓。

我擦干脸，回到电话机旁。

"喂？"

"先生，我是甜哥儿。"

"甜哥儿，早上好。"

"夫人死了。"①

死了。一个冰冷、无声、黑色的词语，在任何语言里都是如此。夫人死了。

"我希望你什么都没干。"

"我想是药。叫杜冷丁。我想瓶子里有四五十片。现在空了。昨

①原文为西班牙语。

晚没吃饭。早晨我爬上梯子从窗户往里看。跟昨天下午一样的穿戴。我砸破了玻璃。夫人死了，冷得像冰水。[1]”

冷得像冰水。“打电话叫人了没有？”

“洛林医生打电话给警察。还没到。”

“洛林医生，是吗？那个迟来的家伙。”

“我没给他看信。”甜哥儿说道。

“写给谁的？”

“斯潘塞先生。”

“交给警察，甜哥儿。别交给洛林医生。交给警察。还有一件事，甜哥儿，不要隐瞒任何事情，不要说谎。我们昨天在那里，把事实告诉警察。这次要说实话，全部照实说。”

那边沉默了片刻。接着他说：“是，我听明白了。再见了，阿米哥。[2]”然后他挂了电话。

我打电话到里兹－贝弗利酒店，找斯潘塞。

“请稍等，我转给前台。”

一个男人的声音说：“这里是前台，能为您效劳吗？”

“我找霍华德·斯潘塞。我知道现在太早，但我很急。”

“斯潘塞先生昨晚已经退房了。他坐八点的飞机回纽约了。”

“哦，抱歉，我不知道。”

我去厨房煮咖啡——几大勺咖啡粉。厚重，浓烈，苦涩，滚烫，寡情而颓废。疲惫的男人的血液。

几个小时后，伯尼·奥尔兹打来电话。

“好吧，聪明人，”他说，“过来受受罪吧。”

---

①②原文为西班牙语。

44

就跟上回一样，区别在于这回是白天，我们在赫南德兹警监的办公室里。局长去圣巴巴拉[①]参加宗教狂欢周开幕典礼了。赫南德兹警监在，伯尼·奥尔兹也在，从法医办公室来了个家伙，还有洛林医生，他看上去好像做堕胎手术时被抓了现行似的。此外还有一个高高瘦瘦、面无表情的家伙，姓劳福德，是地区检察官办公室派来的代表，隐隐约约听人说他兄弟是中央大道区玩数字彩票的帮派头子。

赫南德兹面前放着几页肉粉色毛边纸，上面的字是手写的，用的是绿色墨水。

待大家在硬椅上尽量坐舒适后，赫南德兹开口道："这是非正式的，不做速记，不录音，尽可以随便说。韦斯医生代表法医，他会决定需不需要开庭审理。韦斯医生？"

---

①美国加州临太平洋城市，与洛杉矶相距不远。

韦斯医生是个胖乎乎、乐呵呵的家伙，看上去挺能干。“我以为不需要开庭审理，”他说，“所有迹象都表明是麻醉药物中毒。救护车到达时，那位女士呼吸微弱，处于深度昏迷状态，什么反应都没有。那种状态下，一百个里都救不活一个。她皮肤冰冷，不仔细检查，感觉不出还有呼吸。家仆以为她死了。她是在大约一个小时后才死的。我明白那位女士偶尔会遭遇剧烈的支气管哮喘，杜冷丁是洛林医生开给她应对紧急情况的。”

“韦斯医生，有没有杜冷丁服用剂量的确切数据或推断？”

“致命的剂量，”他不易察觉地笑了笑，“没有服药史，不知道患者对药物的先天承受能力和后天习惯程度，很难马上断言。据她的自白，她服用了两千三百毫克，是一个非吸毒者最低致命剂量的四至五倍。”他以询问的眼光望着洛林医生。

“韦德夫人不是瘾君子，”洛林医生冷冷地说道，“处方上的剂量是一至两片五十毫克的药片。我允许的最大剂量是二十四小时内服用三至四片。”

“但你一下子就给她开了五十片，”赫南德兹说道，“手边有这么多这种药片相当危险，你不觉得？她的支气管哮喘有多厉害，医生？”

洛林医生轻蔑地笑笑。“间歇性的，所有哮喘都这样。从来没发展成我们所说的持续性哮喘，那种情况发作起来非常严重，病人有可能会窒息。”

“有何见解，韦斯医生？”

“嗯，”韦斯医生慢条斯理地说道，“假设她没写那封信，而且我们没其他证据表明她吞服了多少药片，这就有可能是药物的意外过量服用。这种药物的安全范围不是很大。我们明天就会知道确切情况。看在老天的分上，你没想捂着那封信吧？”

赫南德兹不悦地皱着眉头，低头看着办公桌。“我只是奇怪，我还不知道麻醉疗法是医治哮喘的常规疗法。人哪，每天都能学到新东西啊。”

洛林脸红了。“急救的处方，我说过，警监。医生不可能随叫随到。哮喘发作往往说来就来。”

赫南德兹瞥了他一眼，转向劳福德。“要是我把这封信提供给报社，你们办公室会作何反应？”

地区检察官办公室派来的代表漠然地看了我一眼。“这人在此有何贵干，赫南德兹？”

“我请他来的。”

“我怎么知道他不会跟哪个记者重复在这里听到的每一句话？”

“不错，他是个大嘴巴。那次你们逮捕他时已经领教过了吧？”

劳福德歪了歪嘴角，干咳一声。“我读过那份所谓的自白书，”他谨慎地说道，“我一句话也不相信。你已经知道了背景情况：情感枯竭，丧亲之痛，毒品，战争期间在英国于炸弹轰鸣之中讨生活的艰辛，秘密婚姻，那男人的重新出现，等等。毫无疑问，她产生了负罪感，想靠移情来净化自己。”

他顿了顿，环顾四周，可看到的全是没有表情的脸。“我不能代表地区检察官说话，不过我的感觉是，就算这女人还活着，单凭你手上的自白书，也不足以起诉。”

“你已经相信了第一份自白书，不会愿意相信与之相矛盾的第二份吧。”赫南德兹挖苦道。

“别急，赫南德兹。随便哪个执法机构都得考虑公共关系。如果报纸登出这份自白，我们就麻烦了。这是肯定的。我们周围到处是猴儿急的改革派，就等着这种机会捅我们一刀。你的副手上星期获准延期十天左右继续调查此案，我们的大陪审团已经开始紧张了。”

赫南德兹说：“好吧，这归你了。劳驾在收条上签个名。”

他齐了齐那几页肉粉色毛边纸。劳福德弯下腰签了名，拿起那几页纸，折叠起来，装进胸袋，走了出去。

韦斯医生站了起来。他壮实，和蔼，相貌平平。“我们上次对韦德家人的审讯太仓促，”他说，“我估摸这次我们不用费神准备开庭。”

他朝奥尔兹和赫南德兹点点头，和洛林医生礼节性地握了握手，便离开了。洛林医生起身要走，又犹豫了一下。

“我能否报告某位关注案情进展的人士，对此案不会作进一步的调查？”他生硬地说道。

“抱歉得很，耽误了你这么长时间，医生。”

“你还没回答我的问题，”洛林尖声说道，“我最好提醒你——”

“滚吧，老兄。”赫南德兹说。

洛林惊讶得差点打了个趔趄。他急忙转身，慌里慌张地摸出门去。门关上了，有半分钟，谁也没说话。赫南德兹摇摇头，点上一支烟，然后看向我。

“怎么样？”他说。

“什么怎么样？”

“你在等什么？”

“就这么结束了，了了？完了？”

“告诉他，伯尼。”

“不错，这就结束了，”奥尔兹说，“我已经准备把她叫来询问。韦德不是自己开的枪，脑子里太多酒精。不过，就像我告诉过你的，动机是什么？她的自白在细节上可能有差错，但证明她在监视他。她知道恩西诺那栋客宅的布局。那个姓伦诺克斯的女人从她身边抢走了两个男人。客宅里发生的事就跟你想象的一样。有个问题你忘了问斯潘塞。韦德自己有没有一把P.P.K.型号的毛瑟枪？不错，他有一把小型毛瑟自动枪。我们今天已经跟斯潘塞在电话里聊过了。韦德醉后完全不省人事。这可怜的倒霉蛋不是以为自己杀了西尔维亚·伦诺克斯，就是他真的动手杀了她，或者他有理由认为是他老婆杀了她。不管是哪一种情形，他最终都会说出去。不错，他早就开始酗酒了，他讨了个空心美人。墨西哥佬最清楚了。那小杂种差不多什么都知道。这女人整天恍恍惚惚的。她人活在此时此地，心却在彼时彼地。要是她有过性渴望，也不是因为她丈夫。听明白我的话了？”

我没回答他。

“你差一点就把她搞到手了，是吧？”

我同样没回答他。

奥尔兹和赫南德兹两人都坏笑起来。“兄弟并不是那么没脑子，”奥尔兹说，“我们知道她脱衣裳的事情背后有文章。他说不过你，就认了。他又伤心又摸不着头脑，但他喜欢韦德，希望弄个明白。等他弄明白了，他就会动刀子。对他来说，这是他个人的事。他从来没有泄露过韦德的隐私，但韦德的老婆却说出去过，她故意把事情搅浑，把韦德搞糊涂。这完全说得通。最后，我猜她开始怕他。另外，韦德从未把她推下楼梯。那是意外，她自己绊倒了，他想拉住她。甜哥儿也看见了。”

“这都无法解释为什么她要留我在他们近旁。”

“我能想到几个理由。其中之一很老套。任何警察都碰到过。你这里有些她还没弄清楚的事情。你帮助特里·伦诺克斯逃跑，是他的朋友，在某种程度上可以算是他的知己。他知道多少，又告诉了你什么？他拿走了打死西尔维亚的手枪，他知道那枪发射过。她可能以为他是为她才这么干的，她顺着这条思路想下去，那么他应当知道是她开枪杀了那女人。等他自杀后，她愈加肯定他是知道的。

但你呢？她吃不准。她要从你这里榨取情报，她有魔力可以施展，还有现成的借口可以接近你。再说，如果她要替罪羊，你首当其冲。你可以说她是在收罗替罪羊。”

“你把她想得太有头脑了。”我说。

奥尔兹掐断一根香烟，半截放进嘴里嚼着，另外半截夹在耳后。

“另外一个理由是她需要一个男人，一个高大强壮的汉子，可以把她揽在怀里，让她重温旧梦。”

“她恨我，”我说，“这个说法我不信。”

“当然，”赫南德兹干巴巴地插嘴道，“你拒绝了她。她也许已经不把这事放在心上了。你却又当着她的面说破，而且斯潘塞也在场。”

“你们这两位大人物，近来有没有看过精神科医生？”

“老天，”奥尔兹说，“你难道没有听说？我们现在被这些精神科医生缠得头疼死了，我们这儿就有两位。这已经不像是警察的活儿了，快成医学的一个分支了。他们在牢房、法庭和审讯室里跑进跑出，写起报告来动辄十五大张，论述为什么一个小痞子会抢劫酒馆，强暴女学生，贩卖毒品给毕业班学生，等等。再过十年，像赫南德兹和我这样的人得去玩罗尔沙赫氏墨迹测验[①]和词语联想测验，不用再做引体向上和射击练习了。我们出去办案，只要拎着小黑包，里面装一台手提测谎仪和一瓶真言灵就行了。可惜我们没逮住揍大模子威利·马贡的那四只猴崽子。不然我们说不定可以调教调教他们失调的心理，让他们学会爱他们自己的妈。”

“我可以滚蛋了吗？”

“你都明白了？”赫南德兹弹着一根橡皮筋问道。

“我都明白了。这个案子完结了。她完结了。他们都完结了。顺

①瑞士心理学家赫尔曼·罗尔沙赫（1884–1922）发明的一种测验，用于测试人格特征、情感功能，窥视隐藏的思维混乱。

顺利利了了一桩普通案子。除了回家，不用干什么，忘记它，就当从没发生过。我遵命就是。”

奥尔兹从耳后摸出那半截香烟，看着它，好像奇怪它怎么会跑到那儿去，然后把它往背后一丢。

“你发什么牢骚？”赫南德兹说，“要不是当时手边没枪，她说不定会做得天衣无缝。”

“还有，”奥尔兹严厉地说道，“昨天电话没出故障吧。”

“不错，”我说，“你们会飞快地赶来，然后会发现个真假参半的故事，在其中她只撒了些无足轻重的小谎。今天早晨你们拿到了她的自白书，我估计是完整的。你们没容我一读，如果只是一份爱情绝笔，你们不至于打电话去地区检察官办公室。要是当初伦诺克斯一案被认真调查过，你们的人肯定会挖掘出他的参战记录，在哪里负的伤，等等。这么一来，这事和韦德一家的关联就会浮出水面。罗杰·韦德知道保罗·马斯顿是谁。跟我有联系的另外一个私人侦探恰巧也知情。”

“确有可能，”赫南德兹承认道，“但是，警方不是这么调查案子的。就算没有压力要了结此案，要让大家把这件事情忘掉，你也不会继续纠缠一个一目了然的案子。我调查过几百桩凶杀案。有些干净，整齐，完整得像是照章办事；大多数这里说得通，那里却说不通。不过要是你查出了杀人动机、方法和机会，而嫌疑人逃跑了，写下了自白书，紧接着就自杀，那你就不会去管它了。世上没有哪个警局会劳民伤财去质疑再明白不过的案子。对于伦诺克斯杀人的唯一质疑是有人认为他是个心慈手软的家伙，不会干这种事，而且另外的人也同样可能是凶手，可别人没有逃跑，没有写自白，没有把自己的脑袋打开花。他却干了。再说说他的心慈手软，依我看，百分之六七十进毒气室、坐电椅或上绞刑架的杀人凶手，在他们邻居眼里都像富勒牙刷公司的推销员一样无害。无害，安静，教养良好，就像罗杰·韦德的太太。你想不想看看她在那封信里写了些什么？行，看吧。我得出去一下。”

他站起来，拉开抽屉，将一个文件夹放在桌上。“这里有五份复印件，马洛。别让我逮着你偷看。”

他朝门口走去，接着又扭头对奥尔兹说道：“你想不想跟我一起找彼肖瑞说几句话？”

奥尔兹点点头，尾随他走了出去。等办公室里只剩下我一人时，我打开文件夹，看着黑底白字的复印件，拈着纸边数了数。有六份，分别用回形针别在一起。我拿了一份，卷起来，塞进口袋，这才开始读下面那一份。读完后，我坐下来等着。过了大约十分钟，赫南德兹一个人回来了。他又坐回办公桌后面的椅子里，点了点文件夹里的复印件，将文件夹放回抽屉。

他抬起头来，毫无表情地望着我。“满意了？”

“劳福德知不知道你有这个？”

“我不会告诉他，伯尼也不会告诉他。是伯尼亲手复印的。怎么了？”

“要是流出去一份会怎样？”

他脸上浮现出令人不悦的笑容。“不会。要是真发生了这种事，也不是从局长办公室任何人手里流出去的。地区检察官那里也有复印机。”

“你不太欣赏地区检察官斯普林格，警监？”

他作出吃惊的样子。“我？我谁都欣赏，就连你我也欣赏。滚吧，我要干活儿了。”

我起身要走。他忽然说道：“你近来带不带枪？”

“有时候带。”

“大模子威利·马贡带了两把。我想不通他为什么不用。”

"我猜他觉得他已经镇住了所有人。"

"有可能。"赫南德兹漫不经心地说。他捡起一根橡皮筋，绷在两个拇指间，越绷越紧，最后叭的一声断了。他揉了揉被橡皮筋弹了一下的拇指。"谁都可能被逼得太紧，"他说，"不管他看上去有多厉害。再会。"

我出了门，飞快地走出大楼。一旦做了替罪羊，从此便是替罪羊的命。

45

回到我在卡文葛大楼六楼的窝里，我开始玩每日例行的“双杀”①，对付早晨送来的邮件，从信箱到办公桌再到垃圾箱，“廷克传给埃弗斯再传给钱斯”。我在办公桌上腾出一块地方，展开复印件。我把它卷起来是怕弄出折痕。

我又读了一遍。信写得详尽合理，足以使任何一个没有偏见的读者满意。艾琳·韦德出于一时忌妒，杀了特里的妻子，后来又蓄意安排，等待机会，杀了罗杰·韦德，因为她确信他已经知晓内情。那晚在罗杰房间里手枪走火、子弹打进天花板的事也是有意安排的。无从回答且将永远没有答案的是为什么罗杰·韦德不采取任何行动，而是由着她得手。他一定已经明白结局会是什么样。所以他毫不在乎地损毁自己。操纵语言是他的本行，他的语言几乎无所不及，唯独对此事片言不留。

①棒球术语，指比赛中防守球员通过一系列连贯的动作造成两名进攻球员同时出局。

最近一次开的杜冷丁还剩四十六片，我打算把它们全吞下去，然后上床躺下。房门锁着。只消短短一段时间，我便救不过来了。霍华德，我希望你明白，我面对着死亡写下这些，每个字都是真实的。我没有遗憾——也许除了没能趁他们在一起时把他们同时杀掉。对那个别人叫他特里·伦诺克斯的人——保罗，我也没有什么遗憾。他是那个我曾爱过、嫁过的男人的空皮囊。那天下午是唯一一次，我见到了战后回来的他——起初我没认出他来，后来我认出来了，而他立即就认出了我。他应当在挪威的皑皑白雪里英年早逝，我那献给死神的恋人。他回来了，与赌徒为友，为富娼之夫，成了个受宠而堕落的男人，或许之前还干过坑蒙拐骗的勾当。时间使一切都变得低劣平庸，满目疮痍，皱纹累累。人生的悲剧，霍华德，并非英年早逝，而是日益老去且日益下贱。我不会步此后尘。别了，霍华德。

我将复印件收进办公桌抽屉里，锁上。午餐时间到了，但我没胃口。我从抽屉深处拿出一瓶特地留在办公室的酒，喝了一大口，然后从桌边的挂钩上取下电话簿，查找《新闻报》的号码，拨了号，告诉接电话的女孩，我要找朗尼·摩根。

“摩根先生要四点左右才会回来。你可以打去市政厅新闻发布室看看。”

我打了过去，找到了他。他倒是很清楚地记得我。“我听说你很忙啊。”

“如果你感兴趣，我有东西给你。不过我想你不会感兴趣。”

“是吗？譬如……”

“一份两起杀人案的自白书复印件。”

"你在哪里？"

我告诉了他。他想知道详情，但我不愿在电话里跟他讲。他说他不跑警事新闻。我说不管怎样他仍然是城中唯一一家独立报纸的记者。他还想争辩。

"这玩意儿你从哪里弄来的？我怎么知道它值不值得我花时间？"

"正本在地区检察官手里。他们不会发布出去，因为会揭开两件已经封档的案子。"

"我再给你打过去，要先请示一下上司。"

我们挂断了电话。我去便利店买了一份鸡肉色拉三明治，喝了点咖啡。咖啡太浓，三明治太油腻，像是从旧衬衫上扯下来的玩意儿。只要是烤出来的、用两根牙签串起来、边上露出莴苣叶子的东西，美国人一概来者不拒，莴苣叶子稍微烂点就更好了。

三点半左右，朗尼·摩根来见我。他还是那晚从监狱送我回家时那样，瘦得像根电线似的，疲疲沓沓，面无表情。他无精打采地跟我握了握手，摸出一包皱巴巴的香烟。

"舍曼先生——就是总编辑——说我可以跟你接触接触，看看你手上有什么。"

"除非你答应我的条件，不然不能公开发表。"我打开办公桌抽屉，将复印件递给他。他飞快地将四页纸扫了一遍，开始细读起来。他看上去相当兴奋——就好像寒酸的葬礼上的殡葬承办人。

"给我电话。"

我将电话机推过去。他拨了号，等了一会儿，说："我是摩根，我要和舍曼先生说话。"他又等了一会儿，电话转到另一个女人那里，最后才找到总编，他要总编用另外一部电话打回来。

他挂上听筒，坐在那里，将电话搁在大腿上，食指摁住按钮。

电话铃声再次响起，他拿起听筒凑近耳朵。

“是我，舍曼先生。”

他将纸上的内容逐字逐句念了一遍，念完后停顿了片刻，接着说道：“等一下，先生。”他放下听筒，从桌子那边望过来。“他想知道这份东西你是怎么弄到手的。”

我伸手过去，从他面前收回了那份复印件。“告诉他，我是怎么弄到手的不用他管。从哪里来的另当别论。看看复印件背后的印章就知道了。”

“舍曼先生，看上去这是洛杉矶警察局局长办公室的官方文件。我想我们很容易就可以鉴别它的可靠程度。还有，这是有代价的。”

他听了一会儿，开口说道：“是的，先生。就在这儿。”他将电话从桌子那边推过来。“想跟你说几句。”

一个居高临下的粗鲁的声音。“马洛先生，你开什么条件？记住，本报是洛杉矶唯一一家还会考虑触及这个事件的报纸。”

“伦诺克斯一案，贵报并没作多少报道，舍曼先生。”

“我承认。不过当时这纯属一桩丑闻，谁犯了罪并不是问题。如果你的文件确实可信，眼下摆在我们面前的情况就完全不同了。你想开什么条件？”

“贵报必须刊登这份自白书复印件的完整照片。不然就什么也别登。”

“我们需要核实，你明不明白？”

“我不知道你们要怎么核实，舍曼先生。如果你去问地区检察官，他要么否认，要么把它发给洛杉矶所有报纸。他不得不这么干。如果你去问警察局长办公室，他们会推给地区检察官。”

“马洛先生，不用为此操心，我们自有我们的路子。你想开什么条件？”

“我已经告诉过你了。”

“你不想要酬金？”

“钱我不要。”

“好吧，我想你的事你自己最清楚。我可不可以再跟摩根说几句？”

我把电话交给朗尼·摩根。

他简短地说了几句就挂断了。“他同意了，”他说，“这份复印件我拿走，他去核实，他会按你说的做。尺寸缩小一半，占头版半个版面。”

我把复印件给了他。他拿着文件，伸手捏了捏他那长鼻子的鼻尖。“我说你真他妈的傻，你不在乎吧？”

“我也觉得。”

“改主意还来得及。”

“不用。还记得那晚你从县拘留所开车送我回家吗？你当时说我得跟一个朋友道别。我还不曾真正跟他道别。如果你发表了这份复印件，那就是我的道别。已经很久了——非常非常久了。”

“好吧，伙计。”他歪了歪嘴，“不过我还是觉得你在犯傻。要不要我告诉你为什么？”

“尽管说。”

“我对你的了解比你以为的要深，这是做记者这一行让人懊恼的地方。你总是知道很多不能见报的材料，于是变得愤世嫉俗起来。要是这份自白上了《新闻报》，会惹许多人不高兴。地区检察官、法医、警察局长的手下、一个有权有势的姓波特的公民和两个分别姓曼宁德兹和斯塔尔的恶棍。你也许会进医院或再次进班房。”

“我不觉得。”

“你爱怎么想就怎么想，老兄。我只是告诉你我的想法。地区检察官是不会高兴的，因为是他捂住了伦诺克斯的案子，就算伦诺克斯自杀和他的自白书使检察官的做法看上去不无道理。许多人都想知道伦诺克斯，一个无辜者，怎么会走到写自白书这一步；他是怎么死的；他真是自杀，还是有人帮了他一把；这事为什么没有作调查；整件事为何这么快就销声匿迹了。还有，要是他手上有这份自白书的正本，他会觉得警察局长手下的人把他卖了。”

“你们不必把背面的印戳也登上去。”

“我们不会。我们和警察局长是朋友。我们觉得他是个正派人。他未能制止像曼宁德兹之流，我们并不因此怪他。只要赌博在某些地方半合法，而在另外的地方完全合法，那谁都无法制止赌博。你从局长办公室偷了这份自白，我不知道你是怎么躲过他们的，能不能告诉我？”

“没门儿。”

“好吧。法医也会不高兴，因为韦德的案子他瞎判一气。地区检察官帮着他。哈伦·波特也会不高兴，因为他动用强大势力了结的案子又重新见报。曼宁德兹和斯塔尔会不高兴，这理由我不确定，不过我知道，他们警告过你。要知道，这些家伙若对谁不高兴，那人就要倒霉了。你可是会受到大模子威利·马贡的待遇哟。”

“马贡做事可能太狠了。”

“为什么？”摩根拖长了声调说，“因为那些家伙必须说到做到。如果他们不嫌麻烦跑来告诉你别多事，你就别多事。如果你不听，而他们由着你惹是生非，他们不就显得很软蛋了？黑道硬汉、大腕人物及董事会，没有哪个瞧得上软蛋。他们都不是好惹的。还有克里斯·马迪哪。”

“我听说他差不多控制了内华达。”

“正是，老兄。马迪是个好人，不过他知道怎样办事对内华达最有好处。在里诺和拉斯维加斯做生意的大款流氓们都赔着小心不敢招惹他。要是他们惹恼了他，税钱就会飞速上升，警察的合作程度相应地飞速下降。东部的头儿接着就会决定换人了。管事跑腿的要是和克里斯·马迪处不好，就等于没管好事跑好腿。那就请他滚蛋，另找个人来。‘请他滚蛋’对他们来说只有一个意思，装进木匣子里抬出去。”

“他们绝没听说过我。”我说。

摩根皱了皱眉头，毫无意义地上下挥动着手臂。“没听说过你没关系。马迪在太浩湖靠内华达那边的地产和哈伦·波特的相邻。兴许他们偶尔会打声招呼。兴许某个在马迪门下混饭的角色从某个在波特门下混饭的角色那里听说有个姓马洛的痞子多管闲事，聒噪得厉害。兴许这些话会从电话里传到洛杉矶某间公寓，某个壮汉得了暗示，便带了两三个朋友一起出来活动活动。如果有人想要你的命，此壮汉不用知道为什么，家常便饭了，心里一点儿也不难过。坐着别犟，等咱来拗断你的胳膊。你想要收回吗？”

他将复印件递过来。

“你明白我要的是什么。”我说。

摩根慢吞吞地起身，将复印件放进衣服里面的口袋。“我可能说得不对，你应该比我知道得更多。我无从知道像哈伦·波特这等人物会对这些事情持什么样的态度。”

“皱眉头，”我说，“我见过他。不过他不会动用打手，这与他的生活观念不相符。”

“据我看，”摩根尖锐地说道，“想要阻止凶案调查，打个电话和干掉证人，所不同的只是手段。改日见——但愿如此。”

他晃晃悠悠出了我的办公室，好像被一阵风刮走了似的。

46

我驾车去了维克托酒吧，想着去喝一杯琴蕾，坐着等《新闻报》的晚报上市。可酒吧很拥挤，一点意思也没有。我认识的酒保晃悠过来，喊我的名字。

“你喜欢酒里加些苦料，没错吧？”

“偶尔为之。不过今晚给我加双份苦料。”

“我最近一直没见到你朋友，就是那个喜欢加绿冰的。”

“我也好久没见到他了。”

他走开了，回来时端着饮料。我慢慢地啜着，这样可以喝得久一些，我不想喝得半醉。如果不能醉个昏天黑地，那就保持清醒。过了一会儿，我又要了一杯同样的。刚过六点，拿着报纸的报童就走进了酒吧。一个酒保吆喝着让滚蛋，但在侍者揪住他把他推到门外前，他已经飞快地在酒客中间兜了一圈。我便是买主之一。我打开《新闻报》，扫了一遍头版。他们果然照做了，全都见了报。他们将复印件转成了白底黑字；尺寸缩小了，全部排在上半页。另一个版面上刊登了一篇措辞强硬的简短社论。署名朗尼·摩根的文章占去了半面专栏，排在另一个版面上。

我喝完酒便离开了，去另一个地方吃晚饭，然后开车回家。

朗尼·摩根的文章清楚明白地重新叙述了伦诺克斯一案和罗杰·韦德“自杀”的实情——针对当初报纸上的报道。没有添油加醋，没有故意隐瞒，也没有归咎于谁，是一篇干净利落、有条有理的报道。社论则另当别论。文中提出了质问——公职人员被抓到把柄时报纸通常会提出的那种质问。

大约九点半的时候，电话铃响了，伯尼·奥尔兹说他回家前会顺道过来一下。

“读了《新闻报》没有？”他闪烁其词，还没等我回答就把电话挂了。

他到了之后，一个劲儿地抱怨台阶太长，说要是我有咖啡，他能不能喝一杯。我说我去煮。我煮咖啡时，他就在屋里到处转悠，随意得好像在自己家一样。

“像你这种惹事精，住在这个地方太过冷清，”他说，“山那边是什么？”

“一条街。怎么了？”

“问问而已。你这里的灌木丛该修剪修剪了。”

我端着咖啡走进起居室，他坐下来，慢慢喝着。他拿了我一支香烟点上，吞吐了一两分钟，又掐灭。“越来越不在乎这东西了，”他说，“有可能是拜电视广告所赐。那些广告让你痛恨它们卖力推销的任何东西。老天爷，他们一定以为大众都是笨蛋。每回那些穿着白制服、脖子上挂着听诊器的混账，举着牙膏、香烟盒、啤酒瓶、漱口水、洗发水，或者一小盒让肥胖的摔跤手散发出丁香气味的玩意儿，我总是记着决不去买。妈的，就算我喜欢，也不买。你读过《新闻报》了，嗯？”

“一个朋友事先漏了点风声给我。是个记者。”

“你还有朋友？”他作出惊讶的样子，“没告诉你他们怎么弄到这份材料的？”

“没有。像这种情况他并非一定得告诉你。”

“斯普林格暴跳如雷。地区检察官的副手劳福德是今天早晨拿到自白书的，声称他一拿到就径直送去给上司了，这话令人生疑。《新闻报》刊印的看起来像是直接拿正本复印的。”

我啜着咖啡，一句话都没说。

“活该，”奥尔兹继续说道，“斯普林格这下得亲自出马了。据我看，这不像是劳福德泄露出去的。他也是个政客。”他定定地看着我。

“你来我家有何贵干，伯尼？你不喜欢我。我们曾经是朋友——任何一个平头百姓和铁腕警察可以成为的那种朋友。不过这交情后来有点变味儿了。”

他身体往前倾，同时笑起来——有点叫人发怵。“没有哪个警察喜欢一个平头百姓背着他干警察的活儿。如果韦德死的时候，你把韦德和伦诺克斯老婆的事告诉我，我会查出实情；如果你把特里·伦诺克斯和韦德夫人的关系说出来，我会把她抓在手心里——活的。如果从一开始你就和盘托出，韦德说不定能免于一死。更别提伦诺克斯了。你自以为相当机灵，是吧？”

“你要我说什么？”

“说个屁。太晚了。我告诉过你，自作聪明的人除了自己愚弄不了别人。我清楚明白地告诉过你。不管用。眼下你要是聪明，最好离开洛杉矶。没人喜欢你。有几个家伙一旦不喜欢谁，一定会做些什么。我从一个线人那里得到的消息。”

“我没这么重要，伯尼，我们没必要争吵。韦德死前，你甚至没开始调查这个案子；他死后，这案子在你、法医、地区检察官，或者在任何人眼里都无足轻重。我的确有可能做错了什么，不过事实真相大白了。你说不定昨天下午已经把她抓起来了——但根据什么呢？”

“根据你告诉我们的有关她的事情。”

“我？根据我背着你们干的警察的活儿？”

他霍地站起来，脸涨得通红。“得，聪明人。她本来是不会死的。我们会把她列为嫌疑人。你想要她死，你这混账，你心里明白。”

“我希望她能够花点时间静静地反省反省。她那么干是她的事，我要为一个无辜的人澄清冤情，至于怎么干，我一点都不在乎。现在还是不在乎。我不离开，你打算拿我怎么办，尽管来这儿找我就是了。”

“流氓会办了你，伙计。不用我操心。你以为自己是小人物一个，招惹不到他们。作为一个姓马洛的私人侦探，没问题。但你不行。有人告诫他不要越雷池，他却公然在报纸上朝着那些人的脸吐唾沫，这样一个家伙要另当别论。这冒犯了他们的尊严。”

“可怜啊，”我说，“只是想到这个，套用你的说法，我就吓得五内出血啦。”

他走到门口，拉开门，低头瞧着红杉木台阶，瞧着路对面山上和路尽头斜坡上的树。

“这里安静舒适，”他说，“够安静的。”

他走下台阶，上了车，开走了。警察从来不道别。他们总是希望在名单上再见到你。

47

次日，事情暂时好像热闹起来。地区检察官斯普林格一早召开了新闻发布会，发表了一份声明。他是那种身材高大、脸色红润、眉毛浓黑、华发早生的类型，这种人最擅长玩政治。

> 我读到了那份据说是出自一位最近自尽的不幸的女士之手的自白书，这份文件的真伪至今尚未辨明。假如是真的，显然是在心情混乱的情况下所书。我愿意相信《新闻报》是出于善意发表此文，尽管其内容有诸多荒谬和自相矛盾之处，我在此不一一列举。如果此信确系艾琳·韦德所写——我办公室的工作人员和警察局长彼得森的属下会联手调查，尽快确认——那我告诉你们，她写的时候不但脑子不清楚，而且手在颤抖。就在几星期前，这位不幸的女士发现她丈夫自杀身亡，倒在自己的血泊中。请你试想一下随着这突如其来的灾难而降临的那种震惊、绝望，以及彻底的孤独。现在她已随他去了死亡之地。请问翻搅死者的骨灰对

我们有何好处？我的朋友，你们这么做，除了多销售几份滞销的报纸，还有何益处？我的朋友，没有。到此为止吧。就像不朽的威廉·莎士比亚所作的伟大悲剧《哈姆雷特》里的奥菲莉娅那样，艾琳·韦德将“哀伤的芸香佩戴得与众不同”。我的政敌想要借这“与众不同”来大肆发挥，然而我的盟友及选民们是不会受骗上当的。他们知道我的办公室长久以来一直代表着明智审慎的执法，代表着兼具仁慈的正义，代表着坚实而传统的政府。《新闻报》代表什么我不甚明了：它代表的东西我不怎么关心，或者说不十分关心。让有见地的公众自己来判断吧。

《新闻报》在晨报（这是一份二十四小时连轴转出刊的报纸）上登载了这段废话，总编辑亨利·舍曼先生立即针对斯普林格的声明发表了署名评论。

地区检察官斯普林格先生今天早晨状态不错。他长得一表人才，低沉浑厚的嗓音相当悦耳。他没有拿事实来烦扰我们。任何时候斯普林格先生打算验证文件的真伪，《新闻报》都非常乐意效劳。就如本报不曾期待斯普林格先生会倒立在市政府塔楼之上一样，本报亦未曾期待斯普林格先生会采取任何行动，重新审理他批准或按他的指示正式结束的案件。暂借斯普林格先生的珠玑之言：请问翻搅死者的骨灰对我们有何好处？或者按照《新闻报》较为粗浅的说法，被害人已死，找到凶手有何益处？当然，除了正义和事实，什么也没有。

《新闻报》代表已故的威廉·莎士比亚对斯普林格先生盛情提及《哈姆雷特》，以及虽不准确却大体不差地提到奥菲莉娅，表示衷心感谢。“你须将哀伤的芸香佩戴得与众不同”不是在说奥菲莉娅，而是奥菲莉娅说的话。我等才疏学浅之辈从来不太明白她说的到底是什么意思。不过不用钻牛角尖，这听上去很悦耳，而且能帮着把事情搅浑。或许我们能够得到准许，也从那部得到官方认可的名叫《哈姆雷特》的悲剧里引用一句碰巧从恶人嘴里吐出的金玉良言："罪在谁身上，就在谁头上开刀。"

大约中午时分，朗尼·摩根打来电话问我感觉如何。我告诉他我不认为斯普林格会因此受到什么损害。

"只有不谙世事的书呆子会那么想，"朗尼·摩根说，"而且他们早就清楚他的招数了。我意思是你怎么样？"

"我没怎么样，正等着别人拿鞋底踩我的脸呢。"

"我并不是那个意思。"

"我还健在。别吓唬我。我的目的都达到了。要是伦诺克斯还活着，他可以径直走到斯普林格面前，啐他一口。"

"你不是已经替他啐了一口？现在斯普林格心里应该清楚了。要是他们不喜欢谁，他们有上百种手段诬陷他。我想不通这事哪里值得你花时间。伦诺克斯并非那么了不得。"

"跟这个有什么关系？"

他沉默了半晌，接着说道："抱歉，马洛。我闭嘴。祝你好运。"

我们像往常一样互道再见，然后挂了电话。

* * *

下午两点，琳达·洛林打来电话。"对不起，别问是谁，"她说，"我刚从北边那个大湖边飞回来。那边有个家伙因为昨晚《新闻报》上刊登的什么东西暴跳如雷。我的准前夫眉心挨了一拳，我离开时那可怜鬼还在擦鼻涕抹眼泪呢。为汇报这件事情他飞过去了。”

“准前夫，什么意思？”

“别犯傻。就等父亲点头了。巴黎是办离婚最理想的地方，悄悄地就把婚离了。所以我很快就要动身去巴黎。要是你脑筋还管用，可以把那张给我看过的精美版画用掉一些，远远离开。”

“这跟我有什么关系？”

“第二个傻问题。除了你自己，你愚弄不了别人。马洛，你知道他们是怎么打老虎的吗？”

“我怎么会知道？”

“他们把一只羊拴在柱子上，然后躲起来。羊会很惨。我喜欢你，我说不清楚为什么，但我确实喜欢你。我不想看到你成为那只羊。你努力不懈，做你认为对的事情。”

“多谢你的好意，”我说，“伸头是一刀，缩头也是一刀。”

“别逞能，你这傻瓜，”她厉声说道，“就因为我们认识的一个家伙自己甘当替罪羊？你不用学他。”

“要是你在这里逗留得久一些，我请你喝酒。”

“你去巴黎请我喝吧。秋天的巴黎漂亮得很。”

“我也很想去，我听人说春天更漂亮。我从来没去过，所以也不清楚。”

“你这样子，永远也去不了。”

“再见，琳达。祝你找到你要的东西。”

“再见，”她冷冷地说，“我想要的我总能找到；可等我找到时，就再也不想要了。”

她挂了电话。这天剩下的时间我无所事事。我吃了晚饭，将奥兹留在一家通宵服务的修车铺，让他们检修刹车片。我叫了出租车回家。街道和往常一样空旷。信箱里只有一张免费的肥皂优惠券。

我慢慢地走上台阶。这是一个温暖舒适的夜晚，空气里弥漫着淡淡的雾气，山上的树几乎纹丝不动。没有风。我打开锁，把门推开一点，手停住了。门离开门框约十英寸左右，里面黑漆漆的，没有声响。然而，我有一种感觉，屋子里不是空的。或许是弹簧发出轻微的响动，或许是我瞥见白色夹克衫在房间里闪过，或许是在一个如此温暖宁静的夜晚，门后的屋子让人感到不够温暖不够宁静，或许是空气里飘浮着一丝男人的气味。或许只是我过于紧张。

我贴着台阶一侧走下门廊，来到地上，挨着灌木丛猫下腰。什么动静也没有。屋里没有亮灯，我没有听见一丝动静。我身体左侧的枪套里有枪，枪把朝前，警用点三八口径短管手枪。我拔出枪，没什么用。还是一片死寂。我觉得自己在犯傻。我直起身，抬脚往回走。忽然，一辆车拐了出来，飞速上坡，几乎是无声地停在台阶下。那是一辆像凯迪拉克的黑色大轿车，有可能是琳达·洛林的车，但是有两点不对：没有人下来开门，靠我这边的车窗全都关得紧紧的。我等着，倾听着，蹲伏在灌木丛后。我没听见什么，也没等到什么。只有一辆黑色轿车一动不动地停在红杉木台阶下，车窗紧闭。不知发动机是否在转，反正我没听见。这时，一盏红色聚光灯亮了，光柱射到屋角过去二十英尺远的地方。接着大轿车慢慢倒退，直至灯光扫过引擎盖，在房子正面徘徊。

警察不开凯迪拉克。配备红色聚光灯的凯迪拉克是大人物的坐驾，市长、警察局长，也可能是地区检察官。或者是地痞流氓。

聚光灯横扫过来，我趴倒在地，但还是被照到了。灯光停在我身上不动了。除此之外无其他动静。车门仍未打开，屋子里仍然没动静没灯光。

警报器低低地响了一两秒就停歇了。终于，屋子里灯火通明，一个穿白色晚装的家伙走出前门，站在台阶顶上，侧身扫视着墙壁和灌木丛。

“进来吧，瘪三。”曼宁德兹轻声笑道，“来客人啦。”

我本可以轻松地击中他。但他后退了一步。原本可以，但现在来不及了。车后窗摇了下来，我能听见窗子打开时那砰的一声。然后机关枪声响起，一梭子子弹打在离我三十英尺远的斜坡上。

“进来吧,瘪三。”曼宁德兹站在门口,又一次说道,“你逃不掉的。”

我于是直起身走上去，聚光灯紧跟着我移动。我把枪插回扣在皮带上的枪套里。我拾级而上，走到红杉木台阶顶端的平台上，跨进门去，在门边停下脚步。有个家伙跷着二郎腿坐在屋子另一头，大腿上搁着把枪。他四肢瘦长，面相凶悍，皮肤干燥，像是常年待在烈日暴晒的地方。他穿着深棕色华达呢防风夹克，拉链一直敞到腰间。他注视着我，眼睛和手枪都没动。他镇定得如月光之下的一堵土坯墙。

48

我盯着他看了很久。侧面隐约有东西闪过，肩膀顿时痛得发麻，从手臂到指尖都动不了了。我转过身，看到一个面目凶狠的墨西哥壮汉。他板着一张脸望着我，棕色的手垂在一边，手里握着一把点四五口径的手枪。他留着一撮小胡子，油腻腻的黑头发往上、往后包过脑袋，再往下梳去。他后脑勺上扣着顶肮脏的宽边帽，两根皮带子在下巴下面打个结，然后松松地垂在他散发着汗腥味儿的手缝衬衫的前襟。世人再凶也凶不过凶悍的墨西哥人，再柔也柔不过温柔的墨西哥人，再真也真不过真诚的墨西哥人，尤其是，再悲也悲不过悲哀的墨西哥人。这家伙属于凶悍那一类，没有比这些人更凶悍的了。

我揉了揉手臂，有点刺痛，但麻木和疼痛的感觉并未退去。如果挣扎着去拔枪，我多半会把枪掉在地上。

曼宁德兹朝那个打手伸出手，那家伙好像看都没看，就把枪扔了过去。曼宁德兹接住了。他站在我面前，一脸容光焕发的样子。“瘪三，你喜欢打哪里？”他的黑眼睛亮闪闪的。

我只是望着他。像这样的问题是没有答案的。

“瘪三，我在问你话呢。”

我舔了舔嘴唇，反问了他一句：“阿戈斯蒂诺呢？我还以为他是你的枪手哪。”

“奇克变软蛋了。”他的声音变得和气起来。

“他向来很软蛋——就跟他的老板一样。”

椅子里的家伙眨眨眼，忍着没笑出来。那个把我手臂弄瘫痪的凶悍家伙既不动也不说话。我知道他在呼吸，我能够闻得出来。

“瘪三，有人撞上你胳膊了？”

“被一只辣椒肉馅玉米卷绊了一跤。”

他甚至没看着我，随手抡起枪把朝我脸上打来。

“不许对我放肆，瘪三。你没时间玩这把戏。警告过你，好声好气地警告过你。我不厌其烦，亲自登门，告诉一个家伙别多管闲事——他就别多管闲事。要不然他就躺下去再也别想站起来。”

我能感觉到一股鲜血顺着我的脸颊往下淌，我能感觉到颧骨痛得发麻，接下来疼痛感扩散到整个头部。他下手并不重，但使的家伙太硬。我还能说话，没人阻止我说话。

“曼迪，怎么你亲自上阵了？我以为这该是收拾大模子威利·马贡的那帮苦力的活儿。”

“这是私人招待，”他温柔地说道，“因为我出于一些私人原因想要教训教训你。威利·马贡的事完全是公事公办。他以为可以骑在我头上——老子给他买衣服，买汽车，为他填满保险箱，把他的房子从信托公司手中救回来。风化纠察队的宝贝哪个不是这德行？我还为他付了他家小崽子的学费。你还以为这狗娘养的会知恩图报。你猜他怎么着？他走进我的私人办公室，当着我手下的面给我颜色看。”

“这是为什么？”我问道，隐隐希望把他的火气引到别人身上去。

“因为有个涂脂抹粉的婊子说我们用灌铅骰子。好像那骚货跟他上床了。我请她从夜总会里滚出去——连同她带进来的每个铜板。”

“能够理解，”我说，“马贡应当知道没有哪个职业赌徒会诈赌。他不必这样干。可我怎么冒犯你了？”

他想了想，又给了我一下。“你让我脸上无光。在我们这一行里，话是不说两遍的。就算对厉害角色也一样。要么他马上照办，要么你控制不了。你控制不了，这一行你就干不下去。”

“我有一种感觉，事情不会是这么简单，”我说，“对不起，我拿一下手帕。”

我拿出手帕，擦了擦脸。其间枪眼一直对着我。

“下三滥探子，”曼宁德兹慢吞吞地说道，“以为可以把我曼迪·曼宁德兹当猴儿耍，让别人笑我，拿我当大笑话。我只好用刀子对付你了，瘪三。我只好把你大卸八块。”

“伦诺克斯是你哥们儿，”我盯着他的眼睛说道，“他死了，像狗一样被埋了，土包上连个姓名都没有。我想做点事情证明他的清白，这让你脸上无光了，嗯？他救了你一命，他送了自己的性命，这些对你来说无所谓。对你来说有所谓的就是做大亨。你他妈的谁也不在乎，除了你自己。你算不上个大人物，只是嗓门大罢了。”

他铁青着脸，抡起胳膊第三次打我，这回他出手很重。趁他手还没收回去，我向前跨出半步，朝他肚子上踢了一脚。

我没思索，没谋划，没等待机会，或者估量自己是否有机会，我只是受够了他的嚷嚷，我疼痛，我流血，我也可能只是被打得脑袋有点晕乎。

他弯着腰大口喘气。枪从他手里滑落。他慌忙去抓，喉咙里发出紧张的声响。我用膝盖抵住他的脸。他尖叫起来。

椅子上坐着的家伙笑起来，让我很惊愕。他站了起来，手里的枪随之举起。

“别打死他，”他温和地说道，“我们要留他作活诱饵。”

这时，客厅的阴影里有响动，奥尔兹从门外走了进来，眼神空洞，面无表情，平静异常。他俯视着曼宁德兹。曼宁德兹跪着，脑袋被扣在地上。

“软蛋，”奥尔兹说道，“软得像土豆泥一样。”

“他不是软蛋，”我说，“他受伤了。谁都会受伤。大模子威利·马贡是软蛋？”

奥尔兹瞧着我。另外那个家伙也瞧着我。那凶悍的墨西哥佬站在门边，没弄出丝毫响动。

“把那根该死的香烟从你嘴巴上弄掉，”我冲奥尔兹吼道，“要不就好好抽，要不就别碰。我看着你就来气。你让我恶心，就这样。警察让我恶心。”

他吃了一惊，咧了咧嘴。

“这是在做戏，孩子，”他笑嘻嘻地说道，“你伤得厉不厉害？那些个坏坯子打你脸蛋啦？依我看哪，你这是自找，挨一下对你有好处。”他低头看着曼迪。曼迪跪坐在地上，吃力地想爬起来，像要爬出深井一样，一次挪动几英寸。他喘着粗气。

“边上没三个律师跟着封住这毛孩子的嘴巴，”奥尔兹说道，“他就啰唆个没完。”

他拉起曼宁德兹。曼迪鼻子在流血，他抖抖索索地从白色晚装的口袋里掏出手帕，捂着鼻子，没说一句话。

“你被告发了，亲爱的，”奥尔兹用忧虑的口气对他说道，“我不怎么替马贡难过。他是自找的。不过他是警察，你们这些流氓地痞别招惹警察——永远别招惹！”

曼宁德兹放下手帕，瞧了瞧奥尔兹，瞧了瞧我，瞧了瞧那个坐在椅子里的家伙，又缓慢地转过身去，瞧了瞧门口那个凶悍的墨西哥佬。他们大家都在瞧着他，每个人都面无表情。这时，曼迪不知从何处摸出把刀子，径直刺向奥尔兹。奥尔兹朝旁边踏出一步，一手扼住他的脖子，轻而易举打掉了他手里的刀子，脸色几乎没有变化。然后他岔开脚，伸直腰板，腿稍稍弯曲，揪住曼宁德兹的领口，将他从地上提起来。奥尔兹拖着他穿过屋子，放他下地，把他摁在墙上，手一直扼着他的喉咙没放。

“胆敢动我一根手指头，我就宰了你，”奥尔兹说，“一根手指头。”然后他松开了手。

曼宁德兹轻蔑地朝他笑笑，看了看手里的手帕，重新折起，把沾有血迹的部分折在里面，又捂住鼻子。他低头瞧了瞧地上刚才他用来揍我的那把枪。坐在椅子里的家伙漫不经心地说：“没装子弹。就算你拿到了也不顶用。”

“告发，”曼迪对奥尔兹说，“我头一次听你说。”

“你找了三个打手，”奥尔兹说道，“三个都是从内华达来的警察。拉斯维加斯有人不喜欢你擅自行动。那人想找你聊聊。你可以跟这三个警察走，也可以跟我去市中心，被铐在门背后。那里有几个伙计很乐意看见你完蛋。”

“上帝救救内华达。”曼迪低声说道，再次扭头朝门口那凶悍的墨西哥佬看了一眼，然后迅速在胸前划了个十字，走出前门。那墨西哥佬跟着他。接着，另外一个，像是打沙漠里来的那个，捡起枪和刀子，也跟了出去。他带上了门。奥尔兹一动不动地等着。砰的一声，是车门拉上的声音，接着汽车驶进了黑夜。

“你肯定那些恶棍都是警察？”我问奥尔兹。

他回过头来，见我站在那儿，好像有些吃惊。“他们都有警徽。”他有些不耐烦地说道。

“干得漂亮，伯尼。非常漂亮。你认为他能活着到拉斯维加斯吗，你这狗娘养的铁石心肠的家伙？”

我进了卫生间，打开冷水，拿一方湿毛巾捂住滚烫的脸颊。我照了照镜子，脸肿得变了形，乌青乌青的，上面还有不规则的口子，是枪托砸到颧骨弄的。左眼眶下面也有一片青紫。我得“美”上好几天了。

这时，我从镜子里看到奥尔兹出现在我背后，他捏着一支未点燃的烟顺着嘴唇滚动，就像猫在逗弄一只半死不活的老鼠，打算让它再逃跑一次。

“下次别在警察门前舞大刀，”他瓮声瓮气地说，“你以为我们让你偷走复印件是闹着玩儿？我们预感曼迪会找你麻烦，于是跟斯塔尔说了这事。我们告诉他我们没法在县里禁赌，可我们能够让他们生意难做，挣不到钱。地痞打了警察，就算打了浑蛋警察，也别想在我们的地盘上混下去。斯塔尔告诉我们这事他没沾边，组织对这事不高兴，曼宁德兹该受点教训。因此曼迪要找三个外乡流氓来收拾你时，斯塔尔派了三个他认识的人，开着他自己的车过来，他自掏腰包。斯塔尔是拉斯维加斯某个警局的头儿。”

我转身看着奥尔兹。“今晚沙漠里的野狼要开牙祭了。恭喜你。警察真是积极理想的职业，伯尼。这一行唯一不对劲儿的是干这一行的人。”

“可惜了你，大英雄，”他突然恶声恶气起来，“看见你走进自己的窝里来挨揍，我简直忍不住笑岔了气。因为这事儿，我长了工资，老弟。这份活儿脏得很，只得黑吃黑，脏对脏。要让那帮家伙开口，你得让他们瞧瞧你的厉害。你没伤得太重，我们不得不牺牲你一下。”

“非常对不住，”我说，“非常非常对不住，让你这么难过。”

他绷紧了脸看着我。“我恨赌徒，”他声音嘶哑，“我恨他们，就跟恨毒贩一样。赌博助长的恶疾与吸毒相比有过之而无不及。你以为里诺和拉斯维加斯那些赌场只是让人找找小乐子消遣消遣的地方？傻蛋，那些地方专门等着送上门去的小人物，那些净做黄粱美梦的蠢货，口袋里装着工资袋、输光整个星期饭钱的小子。有钱的赌家输掉四万块一笑了之，下次玩更大的。伙计，撑起那黑窝的不是有钱的赌家。哗哗地流进去的都是十分、二十五分、半块，偶然有一块、五块的。大笔的黑钱就像你家洗手间水管里的水，稳定，从不间断。随便什么时候，有人想要把哪个开赌场的干掉，我都赞成，我就希望这样。任何时候哪个州政府收赌场的钱，美其名曰征税，那个政府就是在同这些职业赌徒沆瀣一气。理发师和美容院的小妞拿出两块钱下注，这些钱是孝敬赌博集团的，是真正的财源所在。人们希望警察机构清正廉明，是吧？为什么？保护那些持有优待卡的家伙？我们州有合法的跑马场，一年四季从不歇业。他们经营得倒是很正派，州政府也从中分成，跑马场每投入一块钱，赌马的人就会下五十块的赌注。每张卡上有八到九场比赛，其中一半是没人留意的小赛局，只要有人开口，随时可以做手脚。骑手只有一种办法赢得一场比赛，却有二十种办法输掉，就算每隔七根柱子就有一个管理员监视着，只要骑手知道怎么玩花招，谁他妈的也拿他没法子。这就是合法赌博，老兄。干干净净、光明正大的买卖，州政府批准的。因此是正当的，是吧？在我看来却并非如此。因为这是赌博，会养出一批赌徒。总的说来，赌博只有一种——不正当的。”

“感觉好些了？”我一边往伤口上敷白碘酒，一边问道。

“我是个疲倦的老警察。满腹牢骚。”

我转身盯着他。“你他妈的实在是个模范警察，伯尼。不过还是一样，你完全错了。从某种角度来说，警察全是一个样儿。他们都怪错了对象。有人在赌台上赔掉了工钱，就禁止赌博；有人喝醉了，就不许造酒；有人开车撞死了人，就停止造车；有人在旅馆客房里被女人勒索，就禁止性交；有人跌下楼梯，就不许造房子。”

“闭嘴！”

“行，封住我的嘴巴好了。我只是普通公民。得了，伯尼。并不是因为有奸诈的政客和他们在市政府及立法机构里的帮凶，才存在流氓恶棍、犯罪集团和打手喽啰。犯罪并非恶疾本身，而是恶疾的症状。警察就好比开阿司匹林医治脑瘤的医生，不同的是警察更喜欢施行大棒疗法。我们一夜暴富，粗鲁野蛮，犯罪是我们为此付出的代价；有组织犯罪是我们为我们的组织化付出的代价。犯罪会在很长一段时间内一直尾随我们。集团犯罪只是暴富肮脏的一面。”

“干净的一面又是什么？”

“我还没见识过。哈伦·波特也许会告诉你。我们喝点什么吧。”

“你从门外走进来时脸色很好嘛。”奥尔兹说。

“曼迪拿刀刺向你时，你的脸色更好。”

“握一握。”他说着伸出手来。

我们一起喝了一杯，他从后门离开了。他刚才就是撬开后门进来的，前一天晚上他顺道来访实为探路。要是后门朝外开，加上木头上了年头，干燥收缩，撬开会很容易，你只要把固定铰链的钉子敲出来，其他不在话下。奥尔兹临走时指了指门框上的一处凹痕给我看，然后翻过山坡朝他停车的另一条街走去。他能同样轻而易举地撬开前门，不过那样会把锁撬坏，太过显眼。

我目送他穿过树丛，一束手电光在身前晃荡。他翻过坡顶，接着就消失了。我锁上门，调了一杯不太烈的酒，回到客厅坐下来。我瞧了眼手表，时间还早。从我回家到现在感觉上仿佛过了很久。

我走到电话旁边，打给接线员，把洛林的号码报给了她。管家问过我是谁，然后去看洛林夫人是否在家。她在。

“我充当了那只羊，”我说，“不过他们活捉了老虎。我青了几处。”

“你一定得找个时间说给我听听。”她说话的口气好像已经远在巴黎了似的。

“如果你有空，我们可以一起喝一杯，边喝边告诉你。”

“今晚？噢，我在整理东西，准备搬出去，恐怕不行。”

“好吧，我听得出来。那就算了，我只是觉得你大概想听听。多亏你好心提醒了我。不过这事和你家老头子没一点关系。”

“你肯定？”

“没错。”

“哦，稍等。”她离开了一会儿，回来后声音听上去更温和了些，“说不定我可以挤出点时间和你喝一杯。去哪里？”

“你说哪里就哪里。我今晚没车，但我可以叫出租。”

“别瞎说了，我来接你，但得等上一小时或者更久。地址是什么？”

我告诉了她，她便挂了电话。我打开门廊上的灯，门敞着，我在屋里站了一会儿，呼吸夜晚的空气。现在已经凉爽多了。

我回到屋里，打电话给朗尼·摩根，但没找到他。我突发奇想，拨电话给拉斯维加斯的泥龟俱乐部，找兰迪·斯塔尔。我想他大概不会接，但他接了。他的声音镇定、果断，听上去像个见过大场面的人。

“很荣幸接到你的电话，马洛。特里的朋友就是我的朋友。我能为你效劳吗？”

“曼迪上路了。”

“上路去哪里？”

“去拉斯维加斯，和你派来捉拿他的三个打手坐一辆装有红色聚光灯和警报器的凯迪拉克黑色大轿车。是你的车吧，我猜？”

他哈哈一笑。“就像那些人在报纸上说的，在拉斯维加斯，我们把凯迪拉克当拖车使。到底是怎么回事？”

“曼迪领了几个痞子上门，打算揍我一顿——说难听些——就为了报纸上的一篇报道，他好像觉得那是我的错。”

“是你的错吗？”

“我又不开报馆，斯塔尔先生。”

“我也不养坐在凯迪拉克里的打手，马洛先生。”

“他们可能是警察。”

“这我可说不准。还有什么事？”

“他用枪把打我，我踢了他的肚子，还拿膝盖撞他的鼻梁。他看起来不太乐意。尽管如此，我还是希望他能活着到拉斯维加斯。”

“如果他往这边来，我相信他会活着。我恐怕不能和你多聊了。”

“等等，斯塔尔先生。奥塔托丹那档子事，你也在场——还是曼迪一个人干的？”

“再说一遍？”

“别糊弄我，斯塔尔。曼迪跟我过不去，不是因为他嘴上说的理由——不至于为那个上门布局，像对付大模子威利·马贡那样对付我。没有足够的理由。他警告我别多管闲事，别对伦诺克斯的案子追根究底。我追究了，原因是事情碰巧走到了那一步。所以他就像我刚才告诉你的那样出手了。所以一定有更讲得通的原因。”

“我明白了，”他慢条斯理地说，声音依旧平静温和，“你怀疑特里的死有蹊跷？比如，他不是自杀的，而是被谋杀的？”

“我想，细节有助于把事情说得更明白。他写了一份自白书，是假的。他给我写了一封信，寄出去了。旅馆里的侍者或打杂的偷偷帮他寄的。他藏在旅馆里，无法逃脱。信里夹了一张大面额钞票，而且信恰巧在有人敲门的时候写完。我想知道随后谁进了屋子。”

“为什么？”

“要是敲门的是打杂的或侍者，特里会在信尾添一句说明。如果是警察，信寄不出来。那么，进去的人是谁呢？——还有特里为什么要写这份自白？”

“不知道，马洛，一点儿也不知道。”

“对不起，打搅你了，斯塔尔先生。”

“没关系。很高兴能跟你聊聊。我会问问曼迪是否知道些什么。”

“好的——要是你能再见到他——活着的。要是没见到他，请务必弄弄清楚。不然有人乐意代劳。”

“你？”他的口气强硬起来，但依旧沉着。

“不，斯塔尔先生，不会是我。有人轻轻吹口气就可以把你扫出拉斯维加斯。相信我，斯塔尔先生。请你相信我。我说的是实话。”

“曼迪会活着见到我，你不必为此操心，马洛。”

“我猜你肚子里一清二楚。晚安，斯塔尔先生。”

49

汽车停在前门外，车门打开了。我走出去站在台阶顶上，跟下面打招呼。中年黑人司机为她拉着车门，等她下车，然后提着她的过夜小行李包跟着她走上台阶，所以我就等在那里。

她走上台阶顶端的平台，转身对司机说："马洛先生会送我去旅馆，阿莫斯。非常谢谢你。我明天早晨给你打电话。"

"好的，洛林夫人。我可以请教马洛先生一个问题吗？"

"当然可以，阿莫斯。"

他将小行李包放在门内，她绕过我走进屋里，留下我们俩。

"'我老了……我老了……我将卷起我的裤脚。'是什么意思，马洛先生？"

"没什么意思。只不过听上去悦耳罢了。"

他微笑起来。"这是《J. 阿尔弗雷德·普鲁弗洛克的情歌》里的句子。还有一句：'房间里，女人们走来走去，谈论着米开朗基罗。'您听了这个作何感想，先生？"

“好吧——这句诗告诉我那家伙不怎么懂得女人。”

“我的感觉完全一样，先生。尽管如此，我还是非常景仰 T.S. 艾略特。”

“你刚才说了‘尽管如此’？”

“怎么了？是的，我是这么说的，马洛先生，有什么不对吗？”

“没有，就是别当着亿万富翁的面说。他会觉得你在戏弄他。”

他哀伤地笑了笑。“我连做梦都没想过。先生，您出了意外？”

“不是意外，是安排好了的。晚安，阿莫斯。”

“晚安，先生。”

他转身走下台阶，我走回屋子。琳达·洛林站在起居室中央，环视四周。

“阿莫斯毕业于霍华德大学[①],”她说,“对一个不安分的家伙来说，住在这样一个地方不怎么安全，是吧？”

“哪里又是安全的？”

“可怜你这张脸。谁干的？”

“曼迪·曼宁德兹。”

“你把他怎么了？”

“没怎么。只踢了他一两脚。他中了圈套。现在他在去拉斯维加斯的路上，由三四个彪悍的内华达警察陪着。不提他了。”

她在沙发上坐下。

“你想喝什么？”我抓过香烟盒,递到她面前。她说她不想抽烟，喝什么都行。

“我想喝香槟，”我说，“我没冰镇桶，不过酒是冷的。两瓶，红带香槟。我留了好几年了。估计不错。不过我不是品酒师。”

---

①美国一所历史悠久的黑人大学。

“留着等什么？”她问。

“等你。”

她笑起来，不过还是盯着我的脸瞧。“都破相了。”她伸出手指，轻轻碰了碰我的脸颊，“留着等我？不太可能。我们才认识几个月。”

“那就留着等待我们相遇。我去拿来。”我拎起她的小行李包朝起居室外面走去。

“你拎它去哪里？”她大声问道。

“这不是为过夜准备的吗？”

“给我放下，过来。”

我遵命行事。她的眼睛亮闪闪的，同时又有些睡眼蒙眬。

“这倒是新鲜事，”她慢吞吞地说道，“相当新鲜。”

“怎么个新鲜法？”

“你连一根指头都没碰过我。没追过，没暗示过，也没亲昵过，什么都没有。我以为你是个粗暴、冷酷、好挖苦人的刻薄鬼呢。”

“我想我是那样的——有时候。”

“眼下我送上门来，我估计不需要什么序幕，等我们喝得酒酣人醉，你就打算把我弄上床去，是吧？”

“扪心自问，”我说，“的确有这类念头。”

“我受宠若惊，不过要是我不想这样呢？我喜欢你，非常喜欢。但这并不意味着我想跟你上床。你怎么可以马上得出如此判断——就因为我刚巧随身带着过夜的行李包？”

“那可能是我弄错了。”我说。我走过去提了她的小行李包，放回到门口。“我去拿香槟。”

“我不想伤害你的感情。你也许更愿意把香槟留给某个更幸运的日子。”

“我只有两瓶，”我说，“真正幸运的日子需要一打来庆贺。”

“噢，我明白了，”她突然间愤怒起来，“我只是凑数的，在哪个更漂亮、更迷人的人儿出现之前。非常感谢你。你伤害到我了，不过我想我在这里还不至于有危险。要是你以为一瓶香槟就可以把我变成一个荡妇，我可以告诉你，你完全想错了。”

“我已经知错了。”

“我告诉你我与丈夫离婚，我让阿莫斯送我来这里，还带着过夜的包，这些并不意味着我就那么贱。”她说道，还是气呼呼的。

“见鬼的过夜包！”我吼道，“去它的过夜包！要是再提一个字，我就把它扔到台阶下面去。我请你出来喝一杯，我现在就去厨房弄酒。仅此而已。我根本没想过要灌醉你。你不想跟我上床，我完全明白了。你没道理应该那么想。不过我们还是可以喝一两杯香槟，不是吗？用不着为谁在什么时候、在哪里、喝了多少香槟后被诱惑这种事争执。”

“你也不必发火呀。”她红着脸说道。

“又是一着棋，”我吼道，“我知道不下五十种这类把戏，没一种不让人讨厌。忸怩作态，其实无一不暗含挑逗。”

她起身走到我跟前，指尖温柔地抚过我脸上的伤口和青肿。“对不起。我是个疲倦而沮丧的女人，请待我好些。我不是那种随便的人。”

“你不疲倦，也不比大多数人更沮丧。照理说你应当跟你妹妹一样，是那种被惯坏了的肤浅而荒淫的女人，不过真是奇迹，你并不是这样。你拥有你们家族全部的真诚和一大部分的胆识。你不需要任何人对你好。”

我转身走出屋子，穿过走廊去了厨房，从冰箱里取出香槟，启开瓶塞，飞快地斟满两只高脚杯，先喝了一大口，被呛得流出眼泪来。不过我还是喝完了这杯，又重新斟满，然后把酒杯和香槟都摆在托盘里，端去起居室。

她不在那里。过夜行李包也不见了。我放下托盘，打开前门。我没听见开门的声音，而她也没有车。我什么声音都没有听见。

这时，她在我身后说话了。“傻瓜，你以为我逃走了？”

我关上门，转过身。她放下了头发，光脚趿着一双植绒拖鞋，穿一件夕照色彩的印着日本图案的绸睡衣。她慢慢地走向我，脸上竟浮现出羞涩的微笑。我把酒杯递给她。她接过去，啜了两口，又还给了我。

“非常好。”她说着默默地投入我的怀抱，一点不装腔作势。她嘴唇紧贴着我的，皓齿微启，舌尖触着了我的舌尖。过了很久，她才将头往后靠，手臂依然缠绕着我的脖子，明眸闪烁。

“我一直想要，”她说，“我只是必须表现得难以接近些。我也不知道为什么，大概是过于紧张了吧。我不是放荡随便的女人。很可惜是吧？”

“如果我觉得你是那样的女人，在维克托酒吧第一次碰见你时，我就会勾搭你了。”

她微笑着慢慢地摇着头。“我不认为你会那么觉得，所以我才来这里。”

“那晚也许不会，”我说，“因为那晚我心里惦着另一桩事。”

“也许你从来不去酒吧勾搭女人吧。”

“不常去。光线太暗。”

“可是好多女人去酒吧就是为了被男人钓。”

“好多女人一早醒来就在打这主意了。”

“不过酒是色媒人哪——在一定程度上。”

“医生还推荐呢。”

“谁提医生了？我要喝香槟。”

我又吻了她。真是轻松甜美的活儿。

“我要亲亲你可怜的脸。”她说着便吻了下那里。“滚烫的。”她说。

“除了那里我通体冰冷。”

“才不是。我要喝香槟。”

“为什么？”

“要是不喝就没气了。再说，我喜欢那酒的味道。”

“好吧。”

“你很爱我吗？这么说吧，要是我跟你上床，你会很爱我吗？”

“有可能。”

“你并不是非要跟我上床不可，你明白。我不是很坚持。”

“谢谢你。”

“我要喝香槟。”

“你有多少钱？”

“总共？我怎么会知道？大概八百万。”

“我决定跟你上床。”

“唯利是图。”

“香槟的钱是我掏的。”

“去他的香槟。”她说。

50

一小时后，她伸出一条裸露的手臂挠着我的耳朵，说：“你要不要考虑一下和我结婚？”

“怕是连六个月都维持不了。”

“看在上帝的分上，”她说，“就算维持不久，难道不值得？你指望生活给予你什么——万无一失的保险？”

“我四十二岁，自由自在惯了。你呢，稍微有些——不太严重——被钱宠坏了。”

“我三十六岁。有钱并不是不光彩的事，与钱结婚也一样。绝大多数有钱人不配有钱，也不懂怎么当个有钱人。不过这种情形不会长久。我们会有另一次战争；等打完仗，谁都会钱囊空空——除了骗子和恶棍。其余的人都会交税交到一文不名。”

我抚摸着她的头发，将其中一缕缠在我手指上。“你说得大概没错。”

“我们可以飞去巴黎，在那里好好享受享受。”她支起一条胳膊，低头瞧着我。我能够看见她眼里的光亮，但看不清她的表情。“你抗拒结婚吗？”

“一百个人里只有两个是婚姻美满的，其余都是凑合。二十年后，男人剩下的就只有车库里的一条工作凳。美国女孩厉害得很，美国妻子就更上一层楼了。更何况——”

“我要喝香槟。”

“更何况，”我说，“对你来说，这只是一段插曲。第一次离婚最艰难，以后的就只是经济问题。对你来说这也不成问题。十年后，你在街上跟我擦肩而过，要是你注意到我，可能会想一下到底在哪里见过这个人。”

“你这自足自满、自鸣得意、犟头倔脑的混账。我要香槟。”

“这样你才会记住我。”

“而且自以为是，彻头彻尾地自以为是。现在多了点瘀伤。你以为我会记得你？不管我嫁过多少男人，跟多少男人上过床，你以为我都会记得你？我干吗要记得你？”

“对不起，我高估了自己。我去给你拿香槟。”

“我们不是既甜蜜又理智吗？”她挖苦道，“我有钱，亲爱的，而且我会越来越有钱。我可以把世界买来给你，要是它值得我花钱。你现在拥有什么？有间空屋可以回去，连一条狗一只猫都没有；白天在一间窄小憋闷的办公室里眼巴巴地坐等生意上门。就算我跟你离婚了，我也绝不会让你过回这种日子。”

“你怎么拦得住我？我又不是特里·伦诺克斯。”

“对不起。请你别提他，也别提那个金色冰棍儿韦德的女人，也别提她那倒霉蛋醉鬼丈夫。你想成为唯一一个拒绝我的男人？这有什么值得骄傲的？我已经给了你我给得出的最高称誉了。我要你和我结婚。”

“你已经给了我更高的称誉了。”

她开始哭起来。“你这傻瓜，你这不折不扣的傻瓜！”她脸颊湿漉漉的，我可以感觉到她脸上的泪水。“就算只能维持六个月、一年或两年，你又损失了什么？不就是你办公室书桌上的积灰、百叶窗帘上的尘土，还有你现在孤独寂寥的日子么？”

“你要再来点香槟吗？”

“要。”

我将她揽过来，她伏在我肩头哭泣。她不爱我，我们都清楚。她不是为我而哭，只是现在她恰好想哭一会儿而已。

她离开了我肩头，我下了床。她去了浴室补妆。我拿来了香槟。她回来时脸上挂着微笑。

“对不起，我哭了，”她说，“六个月后我会连你的名字都想不起来。拿到起居室去吧，我想看见灯光。”

我遵命行事。她像刚才一样坐在沙发里。我在她面前斟香槟。她望着杯子，却没去碰。

“那我就自我介绍，”我说道，“我们到时再一起喝一杯。”

“像今晚一样？”

“永远不会像今晚。”

她举起香槟，慢慢地喝了一点儿，接着转过身来，将余下的泼在我脸上。然后又开始哭泣。我摸出手帕，擦了擦自己的脸，又为她擦了擦脸。

“我不知道自己为何要这么做，”她说，“不过看在老天的分上，千万别说我是个女人，而女人从来搞不清楚自己为何要做某件事。”

我往她的杯子里又斟了些香槟，嘲笑她。她慢慢地喝着，然后转过身，倒在我腿上。

“我困了，”她说，“这回你得抱我过去了。”

过了一会儿，她就睡着了。

次日早晨，我起来煮咖啡时她还睡着。我洗了澡，刮了胡子，穿戴整齐，她才醒过来。我们一起吃了早餐，我叫了出租，提着她的行李包走下台阶。

我们道了别。我目送出租车消失在视线里。我走上台阶，走进卧室。我将床弄乱，再铺整齐。一只睡枕上留着一根长长的深色头发。我心里坠着一块铅。

法国人有一种说法可以形容这种感觉。那帮杂种对什么都有个说法，而且说得总是那么贴切。

说一声再见，就是死去一点。

51

休厄尔·恩迪科特说他今天会工作到比较晚，我可以七点半左右去他的办公室。

他的办公室位于大楼拐角，铺着蓝色地毯，红木办公桌四角雕花，是老货，而且显然相当值钱，几个普通的玻璃门书柜里全是芥末黄色的法律书，还有几幅“密探”[①]创作的英国著名法官的讽刺漫画，南墙上挂着大法官奥利弗·温德尔·霍姆斯[②]的巨幅肖像，显得孤零零的。恩迪科特的座椅包了黑皮革，他身旁放着一张敞开的拉盖书桌，里面塞满文件。这间办公室，室内设计师应该没有为它费过心。

他只穿了衬衫，看上去很疲倦，但他本来就长着一张那样的脸。他正抽着一支淡而无味的香烟，烟灰掉在他松开的领带上，手臂和手背上长着一层卷曲的黑毛。

我坐定后，他起初只是瞧着我，然后才开口说道：“你这婊子养

①莱斯利·马修·沃德（1851–1922），英国肖像画家、讽刺画家，密探（Spy）为其常用笔名。
②奥利弗·温德尔·霍姆斯（1841–1935），美国著名法学家，曾担任美国最高法院法官。

的是我见过的最冥顽不灵的家伙。别告诉我你还在往下刨。”

“有些事让我不放心。现在我能不能说你那时去牢房见我，是代表哈伦·波特先生？”

他点点头。我轻轻摸了摸脸颊，伤口已痊愈，肿胀也已消失，不过准是伤了一根神经，有一块地方还是没感觉。我做不到忽略它。过一段时间兴许会好吧。

“你去奥塔托丹，是作为地区检察官临时委派的工作人员？”

“不错，但别老提这个，马洛。我有可能过分看重它了，尽管那曾是一层有价值的关系。”

“我希望现在还是。”

他摇摇头。“不行啦，已经完了。哈伦·波特先生现在通过旧金山、纽约和华盛顿的律师事务所处理他的法律事务。”

“我想他一定恨我胆大包天——当他想到这事的时候。”

恩迪科特笑了。“最有趣的是他把全部的错都归到他女婿洛林医生头上。像哈伦·波特这样的人物，一定得把错归到某个人头上才行，他自己绝不可能有错。他认为如果洛林不给那女人开送命的药，一切都不会发生。”

“他错了。你见到了特里·伦诺克斯的遗体，是吧？”

“我的确见到了。在橱柜店的后面。他们那里没有正经八百的太平间，橱柜店老板也做棺材。特里通体冰冷，我见到了他脑门上的伤口。身份没有问题，要是你在这方面心存怀疑。”

“不，恩迪科特先生，我不怀疑，因为他的特征几乎难以作假。他有没有化过妆？”

“脸和手的皮肤颜色深了些，头发染黑了，可脸上的疤还是一眼就能看出来。当然，他的指纹和他在家里碰过的东西上留下的指纹很容易比对核实。”

“那里的警察机构怎么样？”

“相当原始。警察头儿勉强会读会写，不过他倒是懂指纹。天气很热，你明白吧，相当热。”他拧起眉头，从嘴里取出香烟，随手丢进一口巨大的黑色玄武岩容器里。“他们不得不去旅馆弄冰块，”他添了一句，“许多冰块。”他再次瞧着我，“那里没有尸体防腐措施，得尽快处理。”

“你会讲西班牙语吗，恩迪科特先生？”

“只会几句。旅馆经理翻译给我听。”他微微一笑，“是个穿着讲究的小白脸，表面上很粗鲁，但相当懂礼貌，帮了我很多忙。一会儿工夫就完事了。”

“特里给了我一封信。我猜波特先生应该知道。信里夹着一张麦迪逊总统像，我告诉了他女儿洛林夫人，还给她看过。”

“一张什么？”

“五千块的大钞。”

他挑起眉毛。“真的？当然，他当然财大气粗。他们第二次结婚时，他老婆足足给了他二十五万。我想他打算去墨西哥过日子——远离这里的是非。我不知道那些钱的下落。那事我没参与。”

“恩迪科特先生，要是你有心读一读，信就在这里。”

我摸出来递给他。他看得很仔细，律师阅读任何东西都带着这股劲儿。他将信纸放在书桌上，往后靠去，茫然地瞪着眼。

“有点咬文嚼字，是吧？”他轻声说道，“我弄不懂他为什么这么做。”

“自杀、自白，还是给我写信？”

“当然是自白和自杀，”他提高了声音，“他写这封信可以理解。你为他做了那些事，还有后来的遭遇，至少你得到了合理的补偿。”

“邮箱的事我还没弄明白，”我说，“特里说他窗外的街上有个邮箱，旅馆侍者投递之前会先举起信，好让他看见。”

恩迪科特眼里浮现出某种朦胧的东西。“怎么了？”他淡漠地问道。他从一个方盒里取出一支带过滤嘴的香烟。我点亮打火机凑过去。

“在奥塔托丹那种地方，街上是不会有邮箱的。”我说。

“说下去。”

“起初我并不知道，后来我查了那地方。那只是一个小村庄，有一万到一万两千人。有一条铺了半截的街道。警察头儿有一辆A型福特车，当公车用。邮局设在肉铺的一角。一家旅馆，两家小酒馆，没什么像样的路，有个小机场，因为有人去山里狩猎——相当频繁，是去那儿唯一舒适些的办法。”

“说下去。我知道那里可以打猎。”

“说那条街上有个邮箱，就好像说那里有跑马场、赛狗场、高尔夫球场、回力球场，还有带彩色喷泉和露天演奏台的公园一样。”

“那他犯了个错，”恩迪科特冷冷地说道，“也许街上有个他觉得像邮箱的东西——比如垃圾箱。”

我站起来，伸手拿过信，折叠好放回口袋。

“一只垃圾箱，”我说，“不错，就是一只垃圾箱。漆成墨西哥国旗那样的红白绿三色，还印了一行醒目的大字：保持市区清洁。当然了，写的是西班牙文，边上还躺着七条癞皮狗。”

“别耍小聪明，马洛。”

“对不起，我只是说出我的想法。另外一件小事我已经跟兰迪·斯塔尔提过了。信怎么会寄出来？据信上的说法，寄信的办法是事先商量好的，所以有人告诉了他邮箱的事。所以告诉他邮箱的那个人说谎了。所以有人寄出夹了这张大钞的信一事也不可信。透着古怪，你不觉得？”

他呼出一口烟，望着烟雾袅袅散去。

“那你得出什么结论了——还有，为什么把兰迪·斯塔尔也扯进来？”

“斯塔尔和一个叫曼宁德兹的浑蛋——他现在已从我们当中消失了——是特里·伦诺克斯在英军部队里的哥们儿，从某个角度来说，他们不是一路人，我应该说他们几乎在任何方面都不是一路人，不过他们对彼此仍然尊重。出于某个显而易见的原因，他们掩盖了他们之间的关系。在奥塔托丹，出于全然不同的原因，他们又掩盖了另一层事实。”

“那你得出什么结论了？”他又问了一遍，口气咄咄逼人。

“你的结论呢？”

他没有回答。于是我谢过他抽出时间见我，便离开了。

我打开门时他眉头紧锁，但我觉得那是迷惑的真实流露。也许他正在努力回忆旅馆外面的样子，回忆那里是否真有一只邮箱。

另外一只轮子开始转动——仅此而已。转了整整一个月，终于有了端倪。

一个星期五的早晨，我发现有个陌生人在办公室里等着我，是个穿戴讲究的墨西哥佬，或者是南美人。他坐在敞开的窗前，抽一支味道很重的咖啡色香烟。他又高又瘦，温文尔雅，黑胡子和黑头发留得比一般人长些，梳得整整齐齐，穿着纹路疏松的浅褐色西装，鼻梁上架着一副绿色太阳眼镜。他礼貌地站起身来。

“马洛先生？”①

“请问我能为你做什么？”

他递给我一张折起来的纸。“这是拉斯维加斯的斯塔尔先生给你的。你会讲西班牙语吗？”②

---

①②原文为西班牙语。

“会，不过说不顺溜。说英语更好些。”

“那就说英语吧，”他说，“对我来说都一样。”

我接过那张纸，看了一遍。

这位西斯科·迈奥拉诺斯是我的朋友，我估计他可以帮你。S.

“请进屋说，迈奥拉诺斯先生。”

我拉开门，等他走进去。他经过我面前时，我闻到一股香水味。他眉毛也够精致的。不过他也许并不像他外表那么脂粉气，因为他脸颊两侧都有刀疤。

52

他在顾客座椅上坐下，跷起腿来。“我听说你希望了解伦诺克斯先生的某些情况？”

“只是最后那几天的情况。”

“先生，我当时在那儿。我在旅馆里工作。”他耸耸肩，“微不足道，当然是临时的。我在那里值白班。”他英语说得顺溜至极，不过是西班牙语的节奏。西班牙语——美洲西班牙语——有明显的起伏，在美国人听来，丝毫不影响语义表达。就好像大海里的波涛。

“你看上去不像做那种事的人。”我说。

“人难免会遇上点事儿。”

“谁给我寄的信？”

他拿出一盒香烟。“抽一支试试？”

我摇摇头。“太烈。我喜欢哥伦比亚香烟，古巴香烟太要命了。”

他淡淡一笑，给自己点上一支，吐出一圈烟雾。这家伙真他妈的斯文，几乎要惹恼我了。

“我知道信的事情，先生。守卫出现后，打杂的怕了，不敢上楼去那位伦诺克斯先生的房间。守卫不是警察就是侦探，你明白吧。所以我亲自拿了信交给邮差。是在开枪后，这你也明白。”

“你应该看看里面是什么。夹着一张大额钞票。”

“信是封了口的。”他冷冷地说，“El honor no se mueve de lado como los congrejos.[①]就是说，信用不像螃蟹会横着走。”

“抱歉。请继续。”

“我当着门外守卫的面走进房间，关上门，看到伦诺克斯先生左手捏着一张一百比索的钞票，右手握着一把枪。他跟前的桌上放着那封信，还有另外一张纸，我没看上面写了什么。我拒绝了钱。”

“钱太多了。”我说，不过他没有搭理我的挖苦。

“他坚持要给，我最终收下了，后来给了打杂的。我将信盖在托盘里的餐巾下，托盘是刚才端咖啡用的。那侦探狠狠地瞪着我，不过什么都没说。我下楼梯走到一半，就听见了枪响。我飞快地藏好信，跑回楼上。侦探正在踢门。我用随身带的钥匙打开门。伦诺克斯先生已经死了。”

他指尖轻轻地摩挲着办公桌边缘，叹了口气。“其余的你肯定都知道了。”

“旅馆住满了没有？”

“没有，没住满。只有六个客人。”

“都是美国人？”

“两个北美来的，猎人。”

“真正的美国佬还是墨西哥移民？”

他的指尖滑过膝头的浅褐色布料。“我想其中一个很可能是西班

①西班牙语。

牙裔。一口边境西班牙语，非常粗野。”

“他们有没有靠近过伦诺克斯的房间？”

他猛地抬起头，但他戴着绿色太阳眼镜，我没法看清他的眼神。“他们为什么要这么做，先生？”

我点点头。“哦，承蒙你好意来我办公室告诉我这些事情，迈奥拉诺斯先生。请你转告斯塔尔，说我对他感激不尽，可以吗？”

“没问题，先生，[①]没问题。”

“以后，要是他有空，可以派一个知道自己在说什么的人来见我。”

“先生？”他声音依旧轻柔，口气却冷冰冰地，“你怀疑我的话？”

“你们这些家伙老是把信用挂在嘴边。信用是小偷的伪装——有时候。别生气。安静坐好了，听我换个思路讲述。”

他倨傲地往后靠了靠。

“我只是猜测，记住。我可能弄错了，但也可能是对的。那两个美国人去那里是有目的的。他们坐飞机过去，假装去打猎。其中一个姓曼宁德兹，是个赌徒。他登记时是否用了别的名字我不知道。伦诺克斯知道他们在那里，而且他知道他们为什么去那里。他写信给我是因为他良心不安。他把我当傻帽儿耍了一回，可他又是那么善良的人，心里很过意不去。他在信里夹了一张钞票——就是那五千块——因为他很有钱，而他知道我很穷。他还给出了微妙的暗示，这暗示可能会也可能不会被注意到。他总是希望做正确的事情，而结果往往阴差阳错。你说你把信交给了邮差，为什么不直接投进旅馆前面的箱子？”

“箱子，先生？”

“邮箱。我想你们是叫作 cajón cartero 吧。”

---

①原文为西班牙语。

他微微一笑。“奥塔托丹不是墨西哥城，先生，那是一个落后的地方。奥塔托丹街上的邮箱？那里没人明白要那玩意儿做什么。没人会从里面收信。”

我说道：“哦，好吧，不提这个了。你压根儿没端着托盘给伦诺克斯先生送咖啡，迈奥拉诺斯先生。你也没当着侦探的面走进屋子，不过那两个美国人的确进去了。当然，侦探已经被拿下，被拿下的还有其他几个家伙。一个美国人从背后猛击了伦诺克斯一下，然后拿起毛瑟枪，打开其中一个弹壳，取出里面的子弹，再将弹壳装回去。接着他将手枪顶在伦诺克斯的脑门上，扣动扳机，打出惨不忍睹的伤口，但其实并没有把他打死。之后他马上被包裹得严严实实，仔细伪装一番，用担架抬了出去。等美国律师到达时，伦诺克斯昏迷不醒，被冰冻起来，安置在兼做棺材的橱柜店的阴暗角落里。美国律师在那里见到伦诺克斯时，他浑身冰冷，处于深度昏迷之中，他脑门上的伤口已经变黑。他看上去就是个死人。次日入土的是装了石块的棺材。美国律师拿了指纹和某份假文件回了美国。迈奥拉诺斯先生，你觉得精彩不精彩？”

他耸耸肩。“倒是有可能，先生。不过要有钱有路子才行。倒是有可能，兴许这位曼宁德兹先生跟奥塔托丹当地的大人物关系密切，比如镇长、旅馆老板之类。”

“哦，也有可能。很棒的想法。这就可以解释为什么他们挑了像奥塔托丹这样偏僻的小地方。”

他的笑容一闪即逝。“那么，伦诺克斯先生可能还活着，是吧？”

“是的。非得来个假自杀不可，这样自白书才说得过去。要骗过一个曾经当过地区检察官的律师，必须足够逼真；但是万一出了纰漏，现任地区检察官可就被当作猴儿耍了。这位曼宁德兹自以为很厉害，其实不然。不过他用枪把揍我的脸时倒的确够狠，为的是我多管闲事。因此一定有其他原因。要是作假的事情曝光，曼宁德兹便是国际丑闻的中心人物。墨西哥人恨警察弄虚作假，其程度一点儿也不亚于我们。”

“这些都有可能，先生，我相当清楚。不过你指责我说谎，你说我没进入伦诺克斯先生的房间，没去拿他的信。”

“老兄，你人已经在里面了——正在写信。”

他伸手摘下太阳眼镜。没人能够改变一个人眼睛的颜色。

“我想，现在去喝琴蕾还早了点。”他说。

53

在墨西哥城，他们在他脸上动的手术相当出色，为什么不会？他们的医生、技师、医院、画家和建筑师跟我们的一样好，有时还更好。不是有个墨西哥警察发明了用石蜡测试钠硝石粉末的办法吗？他们不能将特里的脸整得完美无瑕，但他们已经做得够漂亮的了。他们甚至还整了整他的鼻子，拿掉一段鼻梁骨，让鼻子看起来稍微扁平些，少了点北欧人的特征。他们没法完全消除他一边脸上的疤痕，索性在另外一边添了两道。刀疤在拉丁美洲国家不是什么少见的东西。

“他们甚至给这边移植了神经。”他说着，用手碰了碰原来有疤痕的那半边脸。

“我猜得没太离谱吧？”

“够准的了。具体细节有些出入，但都不重要。干得相当迅速，有些主意是临时想出来的。连我自己都不知道事情会如何发展。他们吩咐我做几件事，要留下清楚的踪迹。曼迪对我写信给你这事不怎么高兴，但我顶住了。他有些看不上你。他压根儿就没留意到邮箱的事。”

“你知道谁杀了西尔维亚？”

他没直接回答我。“把一个女人当杀人凶手交出去，很难哪——即便你从来没把她太放在心上。”

“世上的事没几件不难。哈伦·波特知不知道内情？”

他又微微一笑。“他岂会让人看出来？我猜他不知道。我猜他觉得我已经死了。谁会告诉他？——除非你去。”

“我跟他没什么好说的。曼迪近来如何——他还在不在？”

“他还行，在阿卡普尔科。全靠兰迪他才捡了条命回来。那帮家伙一般不对警察下辣手。曼迪没你想象的那么糟。他倒是还长了颗心。”

“蛇也长了。”

“得了。来杯琴蕾如何？”

我没回答他，而是径直朝保险箱走去。我拧开把手，取出一个信封，里面夹着一张麦迪逊总统像和五张散发着咖啡味的百元钞票。我把里面的所有东西倒在桌上，拿起五张百元钞票。

“这些我收下。调查及其他开销差不多花掉了这么多。至于麦迪逊总统像，我玩得很过瘾，现在该物归原主了。”

我将那东西推到他面前。他瞧了瞧，没去碰。

“你的，收着吧，”他说，“我有的是。那些事情你完全可以不理会。”

“我知道。她杀了自己的丈夫，如果能躲过罪责，她可能会变成更好的人。当然，他没什么大不了的，不过是一个有血有肉有感情的人。他知道内情，努力想揣着这个秘密活下去。他是个写书的。你大概听说过他。”

“听着，我是身不由己，”他慢慢地说道，“我不希望有人受到伤害。在这里我一点机会也没有。人在匆促之间想问题不可能面面俱到。

我怕了，逃跑了。我还能怎么办？”

“我不知道。”

“她个性有些疯狂，她大概不管怎样都会把他杀了。”

“不错，她会。”

“得了，放松点。我们找个清净地方喝一杯去。”

“我现在没时间，迈奥拉诺斯先生。”

“我们曾经是很好的朋友。”他不悦地说。

“我们？我忘了。我记得那好像是另外两个家伙。你常住墨西哥？”

“噢，是的。我在这里是非法的，从来就没合法过。我告诉过你我生在盐湖城，但其实我生在蒙特利尔。我不久就要入墨西哥籍了。只要有个精干的律师，什么都能办到。我一直喜欢墨西哥。去维克托喝一杯琴蕾，不会出什么意外的。”

“收起你的钱，迈奥拉诺斯先生。这张钱沾了太多血。”

“你很穷。”

“何以见得？”

他捻起纸钞，伸出细长的手指将它捋平，随意地插进衣服内侧的口袋。他雪白的牙齿咬着嘴唇，是那种只有在褐色皮肤的衬托下才显得出来的白。

“那天早晨你送我去蒂华纳，我跟你讲了我做的所有事情。我给了你机会去告发我，将我交给警方。”

“我不是生你的气。你就是那种人。我有很长一段时间一直弄不明白。你举止文雅，素养颇高，但有什么地方不对劲儿。你坚持自己的原则，但这些原则只属于你个人，与任何一种伦理道德都没关系。你这人不坏，因为你本质不错。不过不管是正人君子还是流氓痞子你都乐于结交，只要流氓痞子英语讲得流利，吃相过得去就行。

你是个无道德可言的人。我估计是因为战争，可我又觉得或许你本性如此。”

“我听不懂，”他说，“真的听不懂。我想回报你，你拒绝接受。我把我做过的所有事情都告诉了你，你没必要替我扛着。”

“这是我听过的最好听的话了。”

“很荣幸我有某些地方是你喜欢的。我一度碰上了大麻烦。我正巧认识几个家伙，他们知道怎么对付这种事。很久之前，我在一次军事行动中救了他们，这可能是我这辈子唯一做对的事情，动作快得像闪电一样。当我需要他们时，他们便挺身而出，而且不计报酬。你不是这世上唯一不贴价签的人，马洛。”

他从办公桌对面伸过手来，拿了我一支香烟。他晒黑的皮肤下面浮起不均匀的红，伤疤显现了出来。我望着他从兜里掏出一只精致的气体打火机，点燃香烟。我闻见他身上飘来一股香水味儿。

“特里，你打动过我。一个点头，一个微笑，挥一挥手，这里那里某个清静的酒吧里一起清清静静地喝几杯酒。好时光一去不复返。回头见，阿米哥。我不跟你道别。我已经跟你道过别了，那时这么做还有意义。那时它意味着沉痛、孤寂、不可追回。”

“我回来得迟了，”他说，“整容手术很花时间。”

“我不熏你出来，你是不会出来的。”

突然间，他眼睛里泪光一闪。他飞快地戴上太阳眼镜。

“我不敢肯定，”他说，“我没打定主意。他们不想让我告诉你任何事情。我只是没打定主意。”

“别再为这事挂心，特里。总有些人会帮你。”

“我曾在突击队待过，老兄。如果你只是个菜鸟，他们根本不会接受你。我伤得很重，而那些纳粹医生就不用提了。那些事改变了我。”

“我都明白，特里。在许多方面，你是个讨人喜欢的人，我并不是在指责你，我从没指责过你。只不过你已经不属于这里，你走得太远了。你锦衣玉食，满身飘香，你风雅得就跟要价五十块的娼妇似的。”

“我只是装装样子。”他急切地争辩道。

“你也乐在其中，是吧？”

他歪了歪嘴，苦笑了一下，又像拉美人那样夸张地耸了耸肩。

“当然。只是装装样子而已，没有其他。这里——”他用打火机敲了敲胸口，“这里什么都没有。曾经有过，马洛。很久以前有过。得了——我想，就这样结束了。”

他站了起来。我也站了起来。他伸出瘦长的手，我握了握。

“回头见，迈奥拉诺斯先生。很高兴结识你——尽管相当短暂。”

“再见。”

他转身走了出去。我看着门自己合上。我听着他的脚步声在人造大理石走廊上渐远渐轻。过了一会儿，那声音变得很微弱，再之后就剩下一片寂静了。我还在倾听。为了什么？难道我希望他忽然停下脚步，转身回来跟我聊聊，让我感觉好些？算了，他没有。这以后，我再也没见过他。

所有那些人我都再也没见过——除了警察。还没想出什么招儿跟他们道别。

图书在版编目(CIP)数据

漫长的告别/〔美〕钱德勒(Chandler,R.)著；卢肖慧译. —海口：南海出版公司，2013.7

ISBN 978-7-5442-5715-2

Ⅰ.①漫… Ⅱ.①钱…②卢… Ⅲ.①长篇小说—美国—现代 Ⅳ.①I712.45

中国版本图书馆CIP数据核字(2013)第033449号

漫长的告别
〔美〕雷蒙德·钱德勒 著
卢肖慧 译

出　　版　南海出版公司　(0898)66568511
　　　　　海口市海秀中路51号星华大厦五楼　邮编 570206
发　　行　新经典文化有限公司
　　　　　电话(010)68423599　邮箱 editor@readinglife.com
经　　销　新华书店

责任编辑　许韩茹　杜益萍
装帧设计　金　山　宋　璐
内文制作　唐人佳悦

印　　刷　北京中科印刷有限公司
开　　本　870毫米×1170毫米　1/32
印　　张　13.5
字　　数　317千
版　　次　2013年7月第1版
　　　　　2014年1月第3次印刷
书　　号　ISBN 978-7-5442-5715-2
定　　价　39.50元